비밀요원

The Secret Agent

Joseph Conrad

대산세계문학총서 053

조지프 콘래드 지음

왕은철 옮김

THE SECRET AGENT

비밀요원

문학과지성사
2006

대산세계문학총서 053_소설
비밀요원

지은이 조지프 콘래드
옮긴이 왕은철
펴낸이 이광호
펴낸곳 ㈜문학과지성사
등록번호 제1993-000098호
주소 04034 서울 마포구 잔다리로7길 18(서교동 377-20)
전화 02) 338-7224
팩스 02) 323-4180(편집) 02) 338-7221(영업)
전자우편 moonji@moonji.com
홈페이지 www.moonji.com

제1판 1쇄 2006년 11월 17일
제1판 4쇄 2018년 6월 29일

ISBN 978-89-320-1740-2
ISBN 978-89-320-1246-9(세트)

이 책의 판권은 옮긴이와 ㈜문학과지성사에 있습니다.
양측의 서면 동의 없는 무단 전재 및 복제를 금합니다.

이 책은 대산문화재단의 외국문학 번역지원사업을 통해 발간되었습니다.
대산문화재단은 大山 愼鏞虎 선생의 뜻에 따라 교보생명의 출연으로 창립되어
우리 문학의 창달과 세계화를 위해 다양한 공익문화사업을 펼치고 있습니다.

차례

· 비밀요원 11

작가의 말 364
옮긴이 해설_ "영국의 검은 늪지에 유럽적인 시각의 빛을 가져다준 작가" 373
작가 연보 390
기획의 말 394

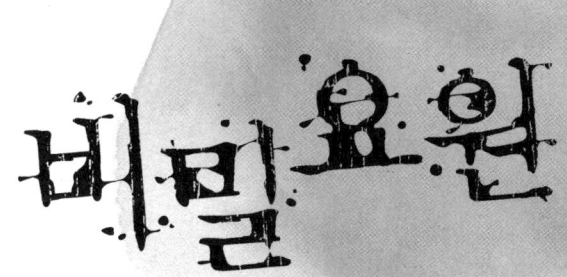

비밀요원

루이셤 씨의 사랑의 기록자이며
킵스 씨의 전기작가이며
앞으로 다가올 시대의 역사가인
H. G. 웰스에게
19세기를 배경으로 한 이 단순한 이야기를
애정 어린 마음으로 바칩니다.

1

벌록 씨는 아침에 집을 나서면서 명목상으로 가게를 처남에게 맡겼다. 그것은 손님과 거래를 할 일이 거의 없기 때문에 가능한 일이었다. 실제로 저녁 시간 이전에는 거래가 전혀 없었다. 벌록 씨는 외형적으로 벌여놓은 장사에는 거의 관심이 없었다. 게다가 그의 부인이 처남을 돌보고 있었다.

가게는 작았다. 집도 그랬다. 집은 재건축기 이전에 런던에 상당히 많았던 우중충한 벽돌집 중의 하나였다. 가게는 네모난 상자 모양이었고, 앞쪽은 작은 창살에 유리가 끼워져 있었다. 문은 낮에는 닫혀 있었고, 밤에는 조심스럽고 수상쩍게 약간만 열려 있었다.

진열된 물건들이 창문 너머로 보였다. 다소간에 나신을 드러낸 무희들의 사진, 특허 의약품처럼 포장지에 싸인 정체 모를 상품, 짙은 검정색 글씨로 2실링 6펜스라고 적혀 있는 속이 훤히 비치는 노란색 종이봉투, 마치 건조시키려고 널어놓은 것처럼 줄에 걸쳐져 있는 낡은 프랑스 만화, 더러운 청색 사기그릇, 검정색 나무상자, 불변색 잉크병, 고무 스탬프, 음란한 내용을 암시하는 제목이 붙은 몇 권의 책, "횃불"이나 "징" 따위의 선동적인 제목이 조잡하게 인쇄된 모호한 신문 등이 창문 너머로 보이는 물건들이었다. 창문 안쪽에 밝혀진 두 개의 가스 불은 가스를 절약하기 위해서인지, 아니면 거기에 들어오는 손님들의 체면을 위해서인지 모르지만, 언제나 침침했다.

안으로 불쑥 들어서기 전에 얼마 동안 창문 주위를 기웃거리는 아주 젊은 남자들이나 수중에 돈이 없는 듯 그저 구경만 하는 나이가 지긋한 남자들이 그 가게에 출입하는 손님들이었다. 나이가 지긋한 남자들은 콧수염까지 코트 깃을 올리고 있었다. 닳아빠지고 볼품없어 보이는 그들의 바짓가랑이에는 진흙이 묻어 있었다. 바짓가랑이 속에 있는 다리도 대개 그렇듯 별로 신통치 않아 보였다. 그들은 코트 주머니에 양손을 깊숙이 찌르고, 벨 소리가 날까 봐 두려운 것처럼, 몸을 비스듬히 하여 한쪽 어깨부터 가게 안으로 들이밀었다. 그런데 철사를 구부려 문에 매달아놓은 벨을 건드리지 않고 안으로 들어선다는 것은 어려운 일이었다. 그것은 가망 없이 깨진 벨이었지만, 저녁때 손님이 들어오다가 조금이라도 건드리면, 노골적으로 악의를 드러내며 뒤에서 쨍그랑거렸다.

벨이 쨍그랑거리는 소리가 나면, 벌록 씨는 뒤쪽에 있는 거실에 있다가, 페인트칠이 된 카운터 뒤의 먼지 낀 유리문을 열고 황급히 가게로 나왔다. 그의 눈은 그렇게 타고난 것처럼 무거워 보였고, 옷을 입은 채 흐트러진 침대에서 하루 종일 빈둥거린 것 같은 분위기를 풍겼다. 다른 사람이라면, 그런 모습이 자기한테 손해가 된다고 느낄 만도 했다. 모름지기 소매업이란 주인의 싹싹하고 호감 있는 태도에 많은 것이 달려 있기 마련이다. 그러나 벌록 씨는 자신이 하는 장사에 대해서 잘 아는 사람이었다. 그래서 자신의 모습이 어떻든 전혀 신경을 쓰지 않았다. 그는 모종의 끔찍한 위협을 숨기고 있는 것 같은, 침착하면서도 뻔뻔스러운 눈길을 하고,

손님이 지불하는 돈에 비해 너무 형편없는 물건들을 카운터 너머로 팔았다. 속에 아무것도 들어 있지 않은 게 틀림없는 작은 마분지 상자 한 개, 조심스레 닫혀 있는 노란색 종이봉투 한 장, 그럴듯한 제목이 붙은 때 묻은 책 한 권 등이 팔려나갔다. 누렇게 바랜 사진 속의 무희들도 실제로 살아 있는 젊은 여자들이라도 되는 것처럼 가끔 팔려나갔다.

벨이 쨍그랑거리는 소리가 나면, 벌록 씨 부인이 나타나는 경우도 있었다. 꼭 끼는 옷을 입고 있는 위니 벌록은 가슴이 풍만하고 엉덩이가 큰 젊은 여자였다. 그녀의 머리는 아주 단정했다. 그녀는 남편처럼 차분한 눈길을 하고, 카운터라는 방어벽 뒤에서 속을 헤아리기 힘든 무관심한 표정을 지었다. 상대적으로 젊은 나이의 손님은 여자와 거래를 해야 한다는 사실에 갑자기 쩔쩔매면서, 속으로는 화가 나면서도 소매가로 6펜스인 불변색 잉크를 불쑥 사고는(그 잉크의 값은 벌록 씨의 가게에서 1실링 6펜스였다) 밖으로 나가서 그것을 하수구에 슬그머니 던져버렸다.

저녁에 오는 손님들은 외투의 목깃을 세우고 중절모자를 꾹 눌러쓴 남자들이었다. 그들은 벌록 부인을 향해 허물없이 고개를 끄덕이고 인사말을 중얼거리며 카운터 끝 부분의 판자를 젖히고 뒤쪽 거실로 갔다. 그러고 나서 통로를 거쳐 가파른 계단을 올라갔다. 그 가게의 문은 벌록 씨가 수상쩍은 물건들을 판매하고, 사회의 수호자로서 직무를 수행하고, 가정적인 미덕들을 연마하는 집으로 들어가는 유일한 입구였다. 그가 가정적인 미덕들을 연마한다는 것은 명백한 사실이었다. 그는 완전히 가정적이 되어 있었다. 그에게는 외출을 자주 해야 할 아무런 정신적, 지적, 육체적 필요도 없었다. 그는 아내와 장모의 극진한 배려를 받으며, 집에서 휴식을 취하고 양심의 평화를 음미하는 데 익숙해 있었다.

위니의 어머니는 얼굴이 넓적하고 갈색이었으며, 살이 너무 쪄 숨을 헐떡거렸다. 그녀는 하얀 모자 밑에 검은 가발을 썼다. 부은 다리 때문에 행동도 둔했다. 그녀는 자신에게 프랑스인의 피가 흐르고 있다고 생각했다. 어쩌면 그것은 사실일 수도 있었다. 그녀는 자기보다 더 평범한, 주류 판매 허가증이 있는 식당 주인과 오랫동안 결혼 생활을 하다가 과부가 되었다. 그 후, 한때는 상당히 번창했으며 아직도 벨그라비아 구역에 속한 복스홀 브리지 로드 근처에서 가구가 딸린 방을 남자들에게 세 내주면서 생계를 꾸려나갔다. 그 구역에 속해 있다는 것은 셋방을 사람들에게 알리는 데 상당히 유리하게 작용했다. 그러나 이 과부의 집에 드나드는 사람들은 엄밀히 말해 상류층 사람들이 아니었다. 위니는 그런 사람들의 뒤치다꺼리를 도맡아 했다. 이 과부가 자랑스럽게 생각하는 프랑스인의 피가 위니의 몸에도 흐르고 있는 게 분명했다. 그것은 그녀가 윤기가 도는 검은 머리를 아주 깔끔하고 맵시 있게 매만지는 모습에서 분명해졌다. 위니에게는 젊음, 둥글고 풍만한 몸매, 깨끗한 얼굴, 그리고 깊이를 헤아릴 수 없는 침묵이 주는 자극적인 매력 등 여러 가지 매력이 있었다. 물론 그녀의 과묵함은 대화를 가로막을 정도까지는 아니었다. 숙박하는 사람들과 활발하게 얘기를 할 수 있을 만큼은 됐다. 그녀는 그들에게 한결같이 친절했다. 벌록 씨는 위니의 이러한 매력들에 아주 민감하게 반응했음이 틀림없다. 벌록 씨는 가끔가다 묵으러 오는 손님이었다. 그는 뚜렷한 이유 없이 들락거렸다. 그는 보통 (유행성 감기가 그렇듯) 유럽에서 런던으로 왔는데, 다만 신문에 떠들썩하게 보도되는 감기와 달리 조용하고 아주 진지한 모습으로 그 집을 찾았다. 그는 침대에서 아침 식사를 하고 정오가 될 때까지, 때로는 더 늦은 시간까지 침대에서 뒹굴었다. 그런데 외출을 했다가 돌아올 때는, 벨그라비아 구역에 있는 숙소를 찾는 데 상당히 애를 먹는 것 같았다. 그는 늦게 집을 나섰다가 새벽에 돌아왔다. 보통 귀가 시간은 새벽 세 시나 네 시쯤이었다. 그는 열 시쯤 일어나서, 우스꽝스럽고 지친 모습으로 예의를 차리며, 여러 시간 동안 격렬한 말을 하고 난 사람이 그렇듯, 쉬고 힘이 빠진 목소리로 아침 식사를 갖다 달라고 위니에게 말했다. 그는 눈꺼풀이 두껍고 툭 튀어나온 눈을 끈적끈적하게 양쪽 옆으로 굴리면서 턱까지 이불보를 끌어당기고 있었다. 새까맣고 부드러운 콧수염이 아주 달짝지근한 농지거리를 할 수 있는 두툼한 입술을 덮고 있었다.

위니의 어머니의 눈에 벌록 씨는 아주 훌륭한 신사였다. 그녀는 다양한 '술집'에서 얻은 경험으로, 고급 살롱 바에 출입하는 손님들이 보여주는 신사적 태도의 이상적인 형태에 대한 고정된 관념을 갖고 있었다. 벌록 씨는 그 이상에 접근한 사람이었다. 사실, 그는 그 이상에 도달한 사람이었다.

위니가 말했다.

"어머니, 물론 우리가 어머니의 가구를 물려받을 거예요."

이제 숙박업을 그만둬야 했다. 더 해봤자 뾰족하게 득이 될 게 없었다. 그것은 벌록 씨에게 너무 귀찮은 일이 될 것이었다. 그가 다른 일을 하는 데도 이롭지 않았다. 그는 자신이 무슨 일을 하는지 말하지 않았지만, 위니와 약혼한 후에는 정오가 되기 전에 일어나서 아래층에 있는 식당으로 내려와, 꼼짝 않고 있는 위니의 어머니에게 기분 좋게 대하려고 노력했다. 그는 고양이를 쓰다듬고 난롯불을 헤집었다. 그리고 그쪽으로 점심을 가져오게 했다. 그는 숨 막힐 듯한 아늑한 분위기가 아쉬운 듯, 미적미적하며 자리를 떴다. 하지만 그는 밖에 나가면 여전히 밤이 으슥해질 때까지 돌아오지 않았다. 그는 괜찮은 신사라면 당연히 그랬어야 함에도, 위니에게 극장에 가자고 한 적이 결코 없었다. 그는 저녁에 늘 바빴다. 그는 언젠가 위니에게, 자신이 일종의 정치적인 일을 하고 있다면서, 자신의 동지들에게 공손하게 대하라고 말했다. 그러자 그녀는 알 수 없는 눈길로 그를 빤히 쳐다보며, 물론 그렇게 하겠노라고 대답했다.

그가 자신의 직업에 대해서 위니에게 얼마나 더 자세하게 얘기했는지, 그녀의 어머니로서는 알 길이 없었다. 결혼한 후, 부부는 위니의 어머니를 가구와 함께 떠맡았다. 그녀는 그 가게가 너무 보잘 것이 없다는 사실에 깜짝 놀랐다. 벨그라비아에서 소호로 거주 지역을 옮긴 것이 그녀의 다리에 나쁜 영향을 미쳤다. 다리가 엄청나게 부었다. 한편, 그녀는 자신이 물질적인 것에 대해 더는 염려할 필요가 없어졌다는 데 안도감을 느꼈다. 사위의 듬직하고 좋은 성격에 마음이 안정되었다. 딸의 장래는 틀림없이 보장된 것이었으며, 아들 스티비에 대해서도 걱정할 필요가 없었다. 그녀는 불쌍한 스티비가 애물단지라는 사실을 속으로 인정하지 않을 수가 없었다. 그러나 위니가 예민한 자기 동생을 너무 좋아하고 벌록 씨의 성격이 친절하고 너그럽다는 점을 떠올리며, 그 불쌍한 아이가 이 힘든 세상에서 아주 안전하게 살아갈 수 있을 것이라고 느꼈다. 딸과 사위 사이에 자식이 생기지 않은 게 차라리 잘됐다 싶었다. 벌록 씨는 아이가 없다는 것에 대해서는 완벽하게 무관심한 것처럼 보였다. 위니는 남동생에게 모성에 가까운 애정을 쏟았다. 어쩌면 그것도 가엾은 스티비를 위해서는 더없이 좋은 일이었다.

그는 다루기 힘든 아이였다. 예민했고, 아랫입술이 축 늘어진 것을 제외하면 조금 잘생긴 얼굴이었다. 그는 아랫입술이 흉하게 생겼음에도 불구하고, 훌륭한 의무교육 제도하에서 읽고 쓰는 법을 배웠다. 그러나 심부름꾼으로서는 그다지 성공적이지 못했다. 그는 심부름을 가다가 잊어먹기 일쑤였다. 심부름을 가는 도중에 길 잃은 개나 고양이를 만나면, 자신이 심부름을 간다는 사실을 잊어버리고 개나 고양이를 따라 좁은 골목으로 들어갔다가 고약한 냄새가 나는 막다른 골목에 이르곤 했다. 거리에 구경거리가 있을 때는, 심부름 가는 것은 잊어먹고 그 모습을 쳐다보기 일쑤였다. 그리고 때때로 땅 위에 쓰러진 말을 보고, 그 애처롭고 끔찍한 장면에 마음이 동요되어, 사람들 틈에서 날카로운 괴성을 질러댔다. 말이 쓰러져 있는 그 국가적인 구경거리를 조용히 즐기던 사람들이 스티비가 그렇게 괴성을 지르는 걸 좋아할 리 만무했다. 스티비는 근엄한 경찰관이 그를 보호하여 데리고 가려 하면, 자기가 사는 곳조차 기억하지 못할 때가 많았다. 여하튼 얼마 동안은 그랬다. 스티비는 누군가가 자신에게 무뚝뚝한 목소리로 사는 곳이 어디냐고 물으면, 금방 질식이라도 할 것처럼 말을 더듬었다. 스티비는 무엇인가에 놀라 당황하게 되면 눈이 한쪽으로 무섭게 쏠렸다. 그러나 발작을 하는 일은 없어서 그나마 다행이었다. 그는 어렸을 때, 아버지가 도저히 성질을 이기지 못하고 무섭게 화를 내면, 위니 누나의 짧은 치마 밑으로 숨곤 했었다. 그런 반면에, 그는 무모한 장난기를 안에 숨기고 있는 것 같았다. 그가 열네 살 때의 일이었다. 어떤 외국계 가공 우유 회사의 대리점을 하던 아버지 친구가 그를 점원으로 고용한 적이 있었다. 안개가 잔뜩 낀 어느 날 오후, 그는 주인이 없는 틈을 타 계단에서 정신없이 폭죽을 쏘아댔다. 강력한 로켓 폭죽과 회전 폭죽, 엄청난 소리가 나는 폭죽을 연거푸 쏘아댔다. 그냥 내버려뒀더라면 사태가 정말로 심각해졌을지도 몰랐다. 건물 전체가 공포의 도가니였다. 공포에 질려 눈이 휘둥그레진 점원들이 연기가 자욱한 통로로 우르르 몰려나왔고, 연로한 상인들과 그들의 실크 모자는 따로따로 계단에서 굴러 내렸다. 그렇다고 스티비가 자신이 저지른 일에서 어떤 희열을 느끼는 것 같지는 않았다. 그가 왜 그런 기상천외한 일을 했는지 도무지 알 수 없었다. 나중에야 위니가 알쏭달쏭하고 혼란스러운 고백을 받아냈을 뿐이었다. 그

건물에서 일하던 다른 두 점원들이 그의 동정심이 정점에 이르러 광란의 상태가 될 때까지, 불의와 핍박에 관한 이야기로 그를 자극했던 모양이었다. 물론 스티비 아버지의 친구는 이러다가는 사업이 망하겠다 싶어 즉시 그를 해고했다. 스티비는 이런 이타적인 행위 때문에 해고된 후, 지하의 주방에서 접시를 닦는 일과 벨그라비아의 숙소를 들락거리는 남자 손님들의 구두를 닦는 일을 하게 되었다. 물론 그것은 장래성이 없는 일이었다. 손님들은 종종 그에게 1실링짜리 동전을 팁으로 주었다. 벌록 씨는 가장 너그러운 손님이었다. 그러나 팁을 모두 합해봐야 소득이나 장래성의 면에서 별것 아니긴 마찬가지였다. 그래서 스티비의 어머니는 위니가 벌록 씨와 약혼했다고 말했을 때, 한숨을 쉬면서 식기실을 바라보고, 이제 가 없은 스티비는 어떻게 될 것인지 걱정하지 않을 수 없었다.

벌록 씨는 장모와 가족의 전 재산인 가구와 마찬가지로, 스티비도 떠맡을 준비가 되어 있는 것 같았다. 벌록 씨는 그의 널찍하고 선한 가슴에 다가오는 것이라면 무엇이든 받아들였다. 가구는 그 집에 맞게 이곳저곳에 배치할 수 있었지만, 벌록 부인의 어머니는 1층에 있는 두 개의 뒷방 중 하나에 틀어박히게 되었다. 불행한 스티비는 나머지 하나에서 잠을 잤다. 이 무렵, 가늘고도 솜털 같은 털이 자라면서, 금색 안개가 그러하듯, 작은 아래턱의 날카로운 윤곽을 흐릿하게 만들었다. 그는 누이가 하는 집 안일을 맹목적인 사랑과 순종심을 갖고 도왔다. 벌록 씨는 스티비에게도 뭔가 할 일이 있으면 좋겠다고 생각했다. 스티비는 할 일이 없으면 컴퍼스와 연필로 종이에 원을 그리며 시간을 보냈다. 그는 주방 식탁 위에 팔을 벌리고 고개를 낮게 숙인 채, 아주 열심히 원을 그렸다. 위니는 종종, 가게 뒤에 있는 응접실 문틈으로, 경계를 늦추지 않는 모성적 눈길로 스티비를 바라보았다.

2

　이것이 벌록 씨가 오전 열 시 반에 서쪽으로 향하면서 뒤에 두고 가는 그의 집과 가정, 가게의 상황이었다. 그로서는 이례적으로 이른 시간이었다. 그의 몸에서는 이슬에 맞은 듯한 신선한 매력이 발산되는 것 같았다. 그는 단추를 채우지 않은 채 곤색 코트를 입고 있었다. 구두는 반들반들했다. 막 면도를 한 탓인지 볼에서는 윤이 났다. 두꺼운 눈꺼풀 아래의 눈조차도 밤새 편안히 잠을 잔 덕분인지 비교적 기민하게 움직였다. 벌록 씨는 하이드 공원의 난간을 따라 걸음을 옮기며, 승마로에서 말을 타는 사람들을 그러한 눈길로 바라보았다. 부부가 같이 정겹게 말을 몰며 서서히 지나가는 사람들도 있었고, 침착하게 보통 걸음으로 말을 타는 사람들도 있었고, 서넛이 그룹을 지어 빈둥거리는 사람들도 있었고, 혼자서 말을 타는 붙임성 없어 보이는 기수들도 있었고, 꽃 모양의 배지가 달린 모자를 쓰고 꼭 끼는 코트에 가죽 벨트를 찬 하인이 거리를 두고 뒤를 따르는 가운데 혼자서 말을 타는 여자들도 있었다. 마차들이 지나가고 있었다. 두 필의 말이 끄는 유개(有蓋) 마차가 대부분이었지만, 안이 야생 동물의 가죽으로 되어 있고 접힌 덮개 위로 여자 승객의 얼굴과 모자가 드러나는 이인승 사륜 무개(無蓋) 마차도 더러 눈에 띄었다. 그리고 충혈된 것처럼 보인다는 말이 아니고서는 달리 표현할 도리가 없는, 런던 특유의 태양이 이러한 모든 것들을 골똘히 응시하면서 빛을 발하고 있었다. 태양은 어김없이 온화한 경계 자세로, 적당한 거리를 두고 하이드 공원 위에 떠 있었다. 벌록 씨의 발밑에 있는 보도는 벽도, 나무도, 짐승도, 그리고 인간조차도 그림자를 드리우지 못하게 하는 산광(散光)을 받아, 바랜 금색을 띠고 있었다. 벌록 씨는 낡은 금가루가 뿌려진 듯한 분위기 속에서, 그림자가 없는 도시를 통과해 서쪽으로 가고 있었다. 집들의 지붕에도, 벽의 후미진 곳에도, 마차의 안장에도, 말의 털에도, 그리고 벌록 씨 코트의 널찍한 뒷자락에도 붉은 구릿빛이 어렸다. 모든 것이 흐릿하게 녹슬어버린 것 같았다. 그러나 벌록 씨는 자신이 녹슬었다는 사실을 전혀 의식하지 않았다. 그는 공원 난간을 따라 걸으면서 도시의 풍요로움과 화려함을 만족스러운 눈길로 쳐다봤다. 이 모든 사람들은 보호받아야 했다. 풍요로움과 화려함의 전제 조건은 보호였다. 그들의 말과 수레, 집과 하인들도 마찬가지였다. 그들이 가진 부의 원천은 이 도시의 심장부와 이 나라의 심장부에서 보호를 받아야 했다. 위생적인 게으름에 알맞은 모든 사회 질서는 비위생적인 노동의 천박한 시샘으로부터 보호를 받아야 했다. 그래야 했다. 만약 벌록 씨가 불필요한 수고를 하는 것을 체질적으로 싫어하는 성격이 아니었다면, 양손을 비비며 만족감을 표시했을 것이었다. 그의 게으름은 위생적이 아니었지만, 그에게는 아주 잘 맞는 것이었다. 어떤 의미에서 보면, 그가 게으름에 집착하고 헌신하는 것은 일종의 비활동적인 광신, 혹은 광신적인 비활동이라 할 만했다. 평생 고생을 하면서 부지런하게 살았던 부모 사이에서 태어난 그는, 한 남자가 수많은 여자들 중에서 특정한 여자를 더 선호하는 충동을 느끼는 것처럼, 절박하고도 설명할 수 없는 심오한 충동에 이끌려 그 게으름을 받아들였다. 그는 너무 게을러서 단순한 선동가나 노동 연설가, 혹은 노조 지도자조차 될 수 없었다. 그런 것들은 너무 귀찮은 것들이었다. 그에게는 좀더 완벽한 형태의 편안함이 필요했다. 그게 아니라면, 그는 인간이 아무리 노력해봤자 소용없다는 철학적인 불신론의 피해자인지도 몰랐다. 그러한 형태의 게으름에는 어느 정도의 지능이 필요한 법이다. 벌록 씨는 지능이 결핍된 사람은 아니었다. 눈을 깜빡거리는 것과 회의를 표시하는 데도 노력이 필요했으니 망정이지, 그렇지 않았더라면 그는 사회 질서가 위협받고 있다는 생각에 스스로에게 눈을 깜빡거렸을지 몰랐다. 그런데 그의 튀어나온 눈은 깜빡거리는 데 잘 맞지 않았다. 그것은 잠이 들 때라야 장엄하고 엄숙하게 닫히는 그런 눈이었다.

  살찐 돼지처럼 감정을 내색하지 않는, 몸집이 큰 벌록 씨는 만족감에 손을 맞잡고 비비거나 자신의 생각을 향해 회의적으로 눈을 깜빡이지도 않으며, 묵묵히 걸음을 옮겼다. 그는 윤이 나는 구두를 신고 무거운 걸음으로 걸어갔다. 전체적인 옷차림은 자영업을 하는 넉넉한 살림살이의 기술자 옷차림과 흡사해 보였다. 그는 액자 제조업자에서 열쇠 제조업자에 이르기까지, 소규모의 노동력을 사용하는 고용주와 비슷해 보였다. 그러나 그에게는 기술자가 아무리 부정직한 방법을 동원하더라도 습득할 수 없는, 말로 표현하기 힘든 분위기가 있었다. 그것은 악과 어리석음, 인간의 저질적인 공포를 이용해 살아가는 사람들에게서 흔히 찾아볼 수 있는 분위기였다. 그것은 도박장이나 매음굴의 업주들, 사설탐정과 홍신소 직원들, 주류 판매상, 정력에 좋다는 전기 벨트 판매업자들, 사이비 특허 약품 발명가들에게서 흔히 찾아볼 수 있는 도덕적 허무주의의 분위기였다. 그러나 나는 마지막에 언급한 특허 약품 발명가들에 대해서는 깊이 조사해 본 적이 없기 때문에 확실하게 단정할 수는 없다. 다만 내가 알고 있는 것은 그들의 표정이 완벽할 정도로 악마적일 수 있다는 사실뿐이다. 그렇다 해도 나는 놀라지 않을 것이다. 그러나 내가 여기에서 확인해두고 싶은 것은, 벌록 씨의 표정이 전혀 악마적이지 않았다는 사실이다.

벌록 씨는 나이츠브리지에 이르기 전에, 흔들거리는 버스들[1]과 유개 마차들이 요란한 소리를 내며 질주하고, 이륜마차들이 거의 소리를 내지 않고 빠르게 질주하는 분주한 중심가로부터 왼쪽으로 길을 꺾었다. 그는 모자를 약간 뒤쪽으로 쓰고 있었는데, 그 밑의 머리카락은 조심스럽고 매끈하게 빗겨져 있었다. 대사관에 볼일이 있기 때문이었다. 벌록 씨는 바위처럼, 그것도 부드러운 종류의 바위처럼 안정되게, 어느 면에서 보아도 개인 전용이라고 해야 합당할 도로 위를 걸어갔다. 넓이, 길이, 텅 빈 상태 등을 고려하면, 그 길에는 결코 죽지 않는 물질, 즉 무생물적인 성격의 위엄이 깃들어 있었다. 살아 있는 걸 상기시키는 것은 보도의 연석 가까이에 당당하게 홀로 서 있는 의사의 마차뿐이었다. 번쩍번쩍하는 문의 손잡이는 눈길이 닿을 수 있는 먼 곳까지 빛을 발산하고 있었고, 깨끗한 유리는 어둡고 불투명한 광채를 내며 번쩍거렸다. 모든 것이 고요했다. 하지만 우유 배달 마차가 덜거덕거리며 멀리서 지나가는 소리가 들렸다. 고깃간에서 일하는 아이가 두 개의 붉은 바퀴 위에서 몸을 높이 세우고, 올림픽 경기에서 전차를 모는 전사처럼, 무모하리만큼 저돌적으로 자전거를 타고 구석을 돌고 있었다. 돌 밑에서 튀어나온, 뭔가 구린 데가 있는 것처럼 보이는 고양이가 벌록 씨 앞을 가로질러 지하실로 달려 들어갔다. 그

---

[1] 당시의 버스는 말이 끄는 버스였다. (역주)

리고 감정도 없고 감각도 없는 이방인처럼 보이는 뚱뚱한 경찰관 한 사람이 자신도 역시 무생물의 일부인 것처럼 가로등 기둥 뒤에서 불쑥 나왔다. 그는 벌록 씨를 조금도 눈여겨보지 않았다. 벌록 씨는 왼쪽으로 한 번 돌더니, 어떤 이유에서 그렇게 돼 있는지는 모르지만 검은 글씨로 체스햄 스퀘어 1번지라고 씌어 있는 노란색 담 옆으로 난 좁은 길을 따라 걸음을 옮겼다. 사실, 체스햄 스퀘어는 60야드쯤 떨어진 곳에 있었다. 벌록 씨는 이러한 지리적인 오류에 속지 않을 정도로 충분히 국제적인 사람이었다. 그는 놀라거나 화난 기색도 없이 꾸준히 걸음을 옮겼다. 지극히 사무적이고 줄기찬 걸음걸이였다. 마침내 그는 스퀘어에 도착해서, 10번지를 향해 대각선 방향으로 걸어갔다. 두 개의 집 사이에 있는 높고 말끔한 벽에 난 위압적인 마차 출입구가 10번지였다. 두 집 중 하나는 이치에 맞게 9번지로 되어 있었고, 다른 하나는 37번지로 되어 있었다. 그것은 포트힐 스트리트의 37번지라는 말이었다. 포트힐 스트리트는 인근에서 잘 알려진 도로였는데 1층 창문 위쪽으로, 뿔뿔이 흩어진 런던의 건물들을 파악하는 아주 효율적인 업무를 맡은 관계 당국이 붙여놓은 도로 표시가 있었다. 의회에 요청하면 그 건물에 제 주소에 맞는 번호를 매길 수 있었을 텐데도, 관계 당국이 그렇게 하지 않은 이유는 참으로 알 수 없는 일 중 하나였다. 벌록 씨는 그런 것에 신경을 쓰지 않았다. 그가 세상에서 해야 할 일은 사회 구조의 수호이지 그것을 완벽하게 만들거나 비판하는 것이 아니었다.

아주 이른 시간이었기 때문에, 대사관 수위는 벌록 씨가 통과하려고 하자, 제복의 왼쪽 소매에 한쪽 팔을 집어넣으며 허둥지둥 밖으로 나왔다. 그는 붉은색 조끼에 짧은 바지를 입고 당황한 표정을 지었다. 벌록 씨는 수위가 허둥지둥 옆쪽으로 다가오자 그를 제지하고 대사관 직인이 찍힌 봉투를 내보이며 문을 통과했다. 문을 열어준 하인에게도 똑같은 것을 보여주었다. 그러자 그 하인은 벌록 씨가 현관으로 들어설 수 있도록 뒤로 물러섰다.

높은 벽난로에서는 불이 선명하게 타고 있었다. 야회복을 입고 목걸이를 건 나이가 지긋한 사람이 불을 등지고 서서, 엄숙하고 매서운 얼굴 앞에 신문을 두 손으로 잡고 읽고 있었는데, 벌록 씨가 들어서자 흘깃 쳐다봤다. 그는 미동도 하지 않았다. 그때, 가느다란 노란 띠를 가장자리에 두른 연미복과 갈색 바지를 입은 다른 하인이 벌록 씨에게 다가왔다. 벌록 씨는 자신의 이름을 낮은 목소리로 말했다. 하인은 그의 말을 듣고 소리 없이 돌아서더니 한 번도 뒤돌아보지 않은 채 걸어가기 시작했다. 벌록 씨는 그를 따라 카펫이 깔려 있는 계단 왼쪽의 통로를 지나서 육중한 책상 하나와 몇 개의 의자가 있는 작은 방으로 불쑥 들어섰다. 하인이 뒤에서 문을 닫았다. 그렇게 해서 벌록 씨는 혼자 남게 되었다. 그는 의자에 앉지 않았다. 한 손으로는 모자와 지팡이를 들고, 뭉툭한 다른 손으로는 맵시를 낸 머리를 쓰다듬으며 주위를 살폈다.

다른 문이 소리 없이 열렸다. 벌록 씨는 그쪽으로 눈을 고정시켰다. 눈에 처음 들어온 것은 검은 옷, 벗어진 정수리, 아래로 늘어진 짙은 회색 구레나룻에 양손을 대고 있는 모습이었다. 방으로 들어온 그 사람은 눈앞에 한 묶음의 서류를 들고, 그걸 하나씩 넘기면서 거들먹거리는 걸음걸이로 책상에 다가갔다. 대사관의 부영사이자 추밀 고문관인 부름트였다. 그의 눈은 약간 근시였다. 이 고위 관리는 서류를 책상 위에 놓으며, 짙은 눈썹과 길고도 짙은 흰머리에 둘러싸인 우울하고 창백하고 못생긴 얼굴을 드러냈다. 뭉툭하고 볼품없는 코에 검은 테 코안경을 쓴 그는 벌록 씨의 모습을 보고 깜짝 놀란 것 같았다. 거대한 눈썹 밑에 있는, 시력이 좋지 않은 눈이 안경 속에서 애처롭게 깜빡거렸다.

그는 인사말을 할 생각이 전혀 없는 것 같았다. 자신의 위치를 알고 있음이 틀림없는 벌록 씨도 마찬가지였다. 그러나 벌록 씨의 어깨와 등의 윤곽이 미세하게 변화한 것을 보면 널찍한 코트 속에 있는 등을 약간 구부렸는지도 모를 일이었다. 어쨌든 눈에 거슬리지 않게 경의를 표시한 셈이었다.

"당신이 보고한 서류들이 여기에 있소."

관리는 엄지손가락 끝으로 서류를 세게 누르고, 뜻밖에도 부드럽고 피곤한 목소리로 말했다. 그는 잠시 말을 멈췄다. 자신의 필체를 잘 알고 있는 벌록 씨는 숨이 막힐 듯한 침묵 속에서 다음 말을 기다렸다. 정신적인 피로가 역력해 보이는 관리가 말을 이었다.

"우리는 이곳 경찰들의 태도가 아주 못마땅하오."

벌록 씨의 어깨는 실제로 움직이지는 않았지만, 한 번 으쓱거린 것 같았다. 그날 아침에 집을 떠난 후 처음으로 그의 입이 열렸다.

"어느 나라든 경찰이 있기 마련입니다."

그는 달관한 투로 말했다. 그러나 대사관 관리가 자신을 향해 눈을 계속 깜빡거리자 다음 말을 덧붙일 수밖에 없었다.

"저한테는 이곳 경찰들을 어떻게 할 수 있는 방법이 전혀 없습니다."

그러자 서류를 가진 그가 말을 받았다.

"우리가 원하는 것은 그들을 바짝 긴장하게 만들 만한 구체적인 사건이오. 그게 당신이 할 일 아니오?"

벌록 씨는 대답 대신 한숨을 쉬었다. 한숨이 저절로 밖으로 흘러나온 것이었다. 그것은 그가 즉시, 얼굴에 밝은 표정을 지으려고 노력하는 것으로 미루어 알 수 있었다. 관리는 방의 희미한 빛 때문에 그러는 것처럼 의심스럽다는 듯 눈을 깜빡거렸다. 그는 자신이 한 말을 애매하게 되풀이했다.

"경찰이 바짝 긴장하고 판사들이 혹독해지도록 만들어야 한단 말이오. 여기 영국은 재판 절차가 너무 관대해 억압적인 수단을 도무지 사용하지 않는 게 탈이오. 이것은 유럽에서는 스캔들이오. 지금 당장 필요한 것은 이미 존재하고 있음이 틀림없는 불안을 조장하고 강화하는 것이오."

"물론입니다. 물론입니다."

벌록 씨는 연설가들의 목소리처럼 깊고 공손한 저음으로 불쑥 말했다. 그 목소리가 종전의 어조와 너무나 달랐기 때문에, 상대방은 깜짝 놀랐다.

"그것은 위험할 정도입니다. 제가 지난 1년간 제출한 보고서들을 읽어보시면 그걸 분명하게 아실 수 있을 겁니다."

"나는 당신이 지난 1년간 제출한 보고서들을 다 읽었소. 하지만 왜 당신이 그런 보고서를 제출했는지 이해할 수 없었소."

부름트 추밀 고문관은 조용하고 냉정한 목소리로 말했다.

얼마간 지독한 침묵이 흘렀다. 벌록 씨는 꿀 먹은 벙어리가 된 것 같았으며, 상대는 책상 위에 놓인 서류들을 뚫어져라 응시하고 있었다. 마침내 그가 조금 더 말을 밀어붙였다.

"당신이 여기에서 보고하는 사건의 실상은 우리가 당신을 고용하는 첫째 조건이오. 지금 우리에게 필요한 것은 글이 아니라 분명하고 중요한 사실, 아니 놀라운 사실을 밝혀내는 것이오."

"제가 그 목적을 위해서 모든 노력을 기울이리라는 것을 새삼스럽게 말씀드릴 필요는 없을 것 같습니다."

벌록 씨가 허스키한 목소리로 자신 있게 말했다. 그러나 상대방의 눈이 맹목적으로 반짝이는 안경알 뒤에서 끊임없이 자신을 노려보며 깜빡거리고 있다는 사실이 그를 당황하게 만들었다. 그는 절대적인 충성을 다하겠다는 듯한 몸짓을 하며 갑자기 말을 멈췄다. 비록 이름이 날 정도로 유명하지는 않았으나, 업무에 열성적이고 유능한 부영사의 얼굴에 새로운 생각이 떠오른 듯한 표정이 어렸다.

"당신은 몹시 살이 쪘군그래."

이 발언은 사실, 심리적인 성격의 발언이었다. 활동적인 삶보다는 잉크와 종이에 더 익숙한 관리가 머뭇머뭇 그 말을 하자, 벌록 씨는 개인적인 모욕을 당한 것 같아 충격을 받았다. 그는 한 발자국 뒤로 물러났다. 그리고 허스키한 목소리로 화를 내며 물었다.

"예? 무슨 말씀이시죠?"

부영사는 이 인터뷰가 자신에게 맡겨진 일이긴 하지만, 더 참을 수가 없는 것 같았다.

"당신은 블라디미르 씨를 만나보는 게 좋겠소. 맞아. 블라디미르 씨가 당신을 상대해야 할 것 같소. 여기서 잠깐 기다리시오."

그러고 나서 그는 거들먹거리는 걸음걸이로 방에서 나갔다.

그와 동시에 벌록 씨는 손으로 머리를 쓰다듬었다. 이마에 땀이 약간 솟아 있었다. 그는 스푼에 있는 뜨거운 수프를 입으로 식히듯, 오므린 입술 사이로 공기를 뱉었다. 갈색 옷을 입은 하인이 소리 없이 문에 나타났다. 그때까지 벌록 씨는 면담 내내 서 있던 자리에서 조금도 움직이지 않은 상태였다. 그는 자신이 함정에 둘러싸여 있다고 느끼는 사람처럼 미동도 하지 않고 있었다.

그는 가스 불 하나만이 달랑 켜져 있는 통로를 따라 걷다가, 구불구불한 계단을 올라 2층에 있는 밝고 번쩍번쩍한 복도를 걸어갔다. 하인이 문을 열고 비켜섰다. 벌록 씨의 발에 두툼한 카펫이 느껴졌다. 그 방은 창문이 세 개 있는 널찍한 방이었다. 얼굴이 큰 젊은 남자가 면도를 말끔히 한 모습으로 큼지막한 마호가니 책상 앞에 있는 커다란 팔걸이의자에 앉아 있었다. 그 사람은 서류를 들고 나가려고 하는 부영사에게 프랑스어로 말했다.

"부영사님, 맞습니다. 살찐 동물이로군요."

일등 서기관 블라디미르 씨는 사근사근하고 재미있는 사람이라고 상류 사회에 소문이 나 있었다. 그는 사교계의 총아로, 서로 어울리지 않는 생각들을 익살스럽게 연결하는 데 재치가 있는 사람이었다. 그는 그런 얘기를 할 때, 앉아 있는 자리에서 앞쪽으로 몸을 당기고 왼손을 들어올리는 동작을 취했다. 마치 엄지손가락과 집게손가락 사이에 무엇인가를 들고 우스꽝스러운 시범을 보이려고 하는 것 같았다. 그러는 동안, 깨끗이 면도를 한 둥글둥글한 얼굴에는 즐겁고도 난감한 듯한 표정이 감돌았다.

그러나 벌록 씨를 바라보는 얼굴에는 즐겁거나 난감한 듯한 표정이 전혀 없었다. 그는 깊숙한 팔걸이의자의 안쪽으로 쑥 들어앉아 양쪽 팔꿈치를 쭉 펴고, 한쪽 다리를 두툼한 무릎 위에 얹어 꼬고 있었다. 반질반질하고 혈색 좋은 얼굴에는 누구라도 가당찮은 소리를 하면 가만두지 않겠다는 듯한, 신비스럽게도 쑥쑥 커가는 어린아이의 표정이 어려 있었다.

"당신은 프랑스어 할 줄 알겠지?"

그가 묻는 말에 벌록 씨는 허스키한 목소리로 그렇다고 대답했다. 벌록 씨의 거대한 몸집이 앞으로 기울어졌다. 한쪽 손은 모자와 지팡이를 잡고 있었고, 다른 쪽 손은 맥없이 옆에서 흔들거렸다. 그는 그런 모습으로 방 한가운데에 서 있었다. 그리고 목 깊숙한 곳에서 우러나오는 목소리로 프랑스 포병대에서 군대 생활을 했노라고 겸손하게 말했다. 그러자 블라디미르 씨는 곧, 외국인 악센트가 전혀 없는 영어로 경멸과 심술을 섞어 말했다.

"아, 물론 그렇지. 그럼 따져봅시다. 당신은 신형 야포의 노리쇠 디자인을 훔친 죄로 몇 년을 복역했지?"

"5년 동안 요새에 감금당했습니다."

벌록 씨가 불쑥 말했다. 그러나 거기엔 아무런 감정의 흔적도 묻어 있지 않았다.

블라디미르 씨가 응수했다.

"당신은 쉽게 나왔던 거야. 하기야 그러다가 잡혔으니 그럴 만도 하지. 그런데 당신이 어떻게 해서 그런 짓을 하게 됐지?"

벌록 씨는 허스키한 목소리로, 젊었을 때 그럴 만한 가치도 없는 일에 주책없이 빠졌기 때문이었다고 말했다.

"아! 그 여자 때문이지."

블라디미르 씨는 벌록 씨의 말을 자르고 나머지 말을 프랑스어로 자신이 대신 했다. 그러나 그의 목소리에는 상냥함이 없었다. 오히려 냉혹했다. 그는 벌록 씨에게 대사관에 고용된 지가 얼마나 되느냐고 물었다.

"돌아가신 스토트 바르텐하임 남작님이 계실 때부터입니다."

벌록 씨는 서거한 외교관에 대한 애도의 표시로 입술을 슬픈 듯 내밀며 가라앉은 목소리로 말했다. 일등 서기관은 벌록 씨의 얼굴이 움직이는 모습을 유심히 바라보다가 날카롭게 물었다.

"아, 그래? 그때부터라…… 그런데 당신, 무슨 할 말이 있는 거야?"

벌록 씨는 깜짝 놀라면서 특별히 할 말은 없다고 말했다. 다만 대사관으로부터 편지를 받고 왔다는 얘기만 했다. 그리고 손을 코트 주머니에 재빨리 집어넣었다. 블라디미르 씨의 조롱하는 듯하면서 냉소적인 눈길을 받자, 손을 호주머니 속에 가만히 두기로 했다.

"흥! 당신이 이와 같은 상황에서 벗어나고 어쩌고 한다는 말은 무슨 말이지? 직업에 걸맞은 체격조차 갖추지 못한 주제에 뭐라고? 당신이 굶어 죽어가는 프롤레타리아의 일원이라니, 말도 안 돼. 당신의 정체가 뭐야? 자포자기적인 사회주의자야? 아니면 무정부주의자야?"

"무정부주의자입니다."

벌록 씨가 기어들어가는 목소리로 대답했다.

블라디미르 씨가 목소리를 높이지도 않고 말을 이었다.

"허튼소리 하지 마. 당신 때문에 연로하신 부름트 부영사님이 놀라셨잖아. 당신은 바보 천치도 속일 수 없을 거야. 당신네 부류는 모두 그렇고 그래. 그런데 당신은 아예 가망조차 없어 보이는군. 그래, 당신은 프랑스제 총 디자인을 훔쳐내면서 우리와 관계를 맺게 됐지만, 그 일을 하다가 덜컥 잡히고 말았지. 그건 우리 정부로서는 틀림없이 불쾌한 일이었을 거야. 당신은 별로 영리해 보이지도 않는군."

벌록 씨는 허스키한 목소리로 자신에게 죄가 없다는 걸 얘기하려고 애썼다.

"제가 앞서 말씀드린 바와 같이, 보잘것없는 것에 빠져서……"

블라디미르 씨는 크고 포동포동하고 하얀 손을 들어올렸다.

"아, 그래. 당신이 젊었을 때 재수 없게 빠졌다던 그 일 말인가? 그래서 그 여자가 돈을 챙긴 후에 당신을 경찰에 팔아넘겼단 말이지, 응?"

그 말이 유감스럽게도 사실이라는 것은 벌록 씨의 얼굴이 슬픈 표정을 띠고 몸 전체가 순간적으로 숙여지는 것으로 보아 역력했다. 블라디미르 씨는 한쪽 무릎에 놓여 있는 다른 쪽 다리의 발목을 손으로 잡았다. 그는 짙은 감청색 실크 양말을 신고 있었다.

"당신이 영리하게 행동하지 않았다는 것은 당신도 알겠지. 당신이 감정에 너무 약한 건지도 모르지."

벌록 씨는 허스키하면서 분명치 않은 목소리로 자신이 더는 젊지 않다는 것을 은근히 내비쳤다.

블라디미르 씨는 그건 잘 알고 있다는 듯 악의적으로 응수했다.

"그래, 그건 나이를 먹어도 고칠 수 없는 약점이지. 하지만 그게 아냐! 당신은 그러기에는 너무 살이 쪘어. 당신이 조금이라도 민감한 사람이었다면 이런 상태로 이곳에 나타나지는 않았을 거야. 당신의 문제가 무엇인지 내가 말해주지. 당신은 게으른 인간이야. 당신, 이 대사관에서 급료를 받은 지가 얼마나 되지?"

벌록 씨는 기분이 언짢아져 잠시 머뭇거리다가 답변했다.

"11년째입니다. 저는 스토트 바르텐하임 남작님이 파리 주재 대사로 계셨을 때, 여러 가지 임무를 부여받고 런던으로 건너왔습니다. 그리고 남작님의 명령에 따라 런던에 정착했습니다. 저는 영국 사람입니다."

"그렇지. 그런가? 정말이야?"

벌록 씨가 둔하게 말했다.

"영국에서 태어난 영국 시민입니다. 그러나 아버지는 프랑스인이었습니다. 그래서……"

그러자 상대방이 벌록 씨의 말허리를 싹둑 잘랐다.

"설명할 필요는 없어. 그러니까 당신은 법적으로 말하자면 프랑스의 공군 원수나 영국의 국회의원도 될 수 있었지만, 우리 대사관을 위해 일하는 사람이 되어 있다는 말이겠지."

그런 쪽으로 상상이 비화되어나가자 벌록 씨의 얼굴에 희미한 미소가 떠올랐다. 그러나 블라디미르 씨의 표정은 여전히 냉정하고 엄숙했다.

"그러나 내가 말했던 것처럼 당신은 게으른 인간이야. 당신은 기회를 활용하지 못하고 있어. 스토트 바르텐하임 남작이 대사로 있었을 때는 머리가 좀 모자란 사람들이 대사관을 운영했었지. 그 사람들은 당신 같은 인간들로 하여금 우리 대사관이 스파이 활동에 지출하는 돈에 대해서 뭔가 잘못된 생각을 하도록 만든 거야. 내 임무가 뭐냐 하면, 스파이 활동에 관한 당신의 잘못된 선입관을 바로잡아주는 거야. 대사관은 자선 단체가 아니야. 나는 이 얘기를 해주기 위해서 당신을 이곳으로 부른 거야."

블라디미르 씨는 벌록 씨의 얼굴에 당황하는 표정이 스치는 걸 보며 냉소를 지었다.

"이제 당신은 내 말을 완벽하게 이해할 수 있겠지. 당신도 당신 일을 할 때는 충분히 머리가 잘 돌아가겠지. 그래서 하는 말인데, 우리가 지금 원하는 것은 행동이야, 행동이라고."

'행동'이라는 말을 반복하면서 블라디미르 씨는 책상 가장자리에 기다랗고 하얀 집게손가락을 댔다. 이제 벌록 씨의 목소리에는 허스키한 음조가 사라지고 없었다. 코트의 벨벳 목깃 위로 불거져 나온 벌록 씨의 살찐 목덜미가 붉어졌다. 입이 크게 벌어지기 전에 입술이 바르르 떨렸다. 그는 크고 분명하고 웅변적인 저음으로 우렁차게 말했다.

"제 기록을 보면 잘 아시겠지만 저는 불과 3개월 전, 로무알드 공작님이 파리를 방문하셨을 때, 파리 경찰에 전보를 쳐서 경고를 한 바 있습니다. 그리고……"

"흥! 닥쳐!"

블라디미르 씨가 얼굴을 찌푸리며 말했다.

"프랑스 경찰에겐 당신의 경고가 아무 소용이 없었다는 것을 모른단 말인가? 그런데 당신, 어디다 대고 소리를 지르고 야단이야? 이게 감히 무슨 짓이야?"

벌록 씨는 잠시 정신이 없어서 그랬다면서 겸손하게 사과했다. 그는 자신이 여러 해 동안 옥외 집회와 넓은 홀에서 열린 노동자들의 집회에서 우렁찬 목소리로 연설을 하는 것으로 유명했으며, 바로 그 목소리 때문에 자신이 신뢰할 만한 동료로 인식돼왔다고 말했다. 따라서 이 목소리는 아직도 자신이 쓸모가 있는 부분적인 이유라고 얘기했다. 이 목소리로 인해 사람들이 그의 신념을 신뢰할 수 있다는 것이었다.

"그래서 지도자들은 아주 결정적인 순간에 저를 연단에 세웠던 것입니다."

벌록 씨는 아주 만족스러운 표정이 명백히 드러나는 것을 숨기지 못했다. 그는 자신의 목소리로 제아무리 소란스러운 소리라도 제압할 수가 있노라고 갑작스럽게 항의조로 덧붙였다.

"잠깐만요."

그는 고개를 숙여 무겁고 재빠르게 방을 가로질러 프랑스풍으로 생긴 창문으로 다가갔다. 그리고 억제할 수 없는 충동에 사로잡힌 것처럼 창문을 조금 열었다. 블라디미르 씨는 놀라서 깊숙한 팔걸이의자에서 몸을 벌떡 일으켜 그의 어깨 너머를 바라보았다. 저 아래, 대사관 뜰을 가로질러 정문을 넘어선 곳에, 부유층 아이가 탄 화려한 유모차가 광장을 가로지르는 모습을 한가롭게 바라보고 서 있는 경찰관의 널찍한 등이 보였다.

"경찰입니다!"

벌록 씨가 속삭이듯 힘들이지 않고 말했다. 블라디미르 씨는 날카로운 기구에 찔린 것처럼 빙글빙글 도는 경찰관의 모습을 보고 웃음을 터뜨렸다. 벌록 씨는 조용히 창문을 닫고 방 한가운데로 돌아왔다.

벌록 씨가 특유의 허스키한 목소리로 돌아가서 말했다.

"저는 바로 이런 목소리로 자연스럽게 신뢰를 받았지요. 물론 제가 무슨 말을 해야 하는지도 잘 알고 있었고요."

블라디미르 씨는 넥타이를 매만지며 벽난로 위의 거울에 비친 벌록 씨의 모습을 유심히 바라보았다. 그리고 경멸스럽다는 듯 말했다.

"당신은 혁명에 관계된 용어들도 잘 암기하고 있겠지. 복스 에트······²
그만 두지, 당신은 라틴어를 공부한 적이 없을 테니까. 안 그렇소?"

벌록 씨가 투덜거렸다.

"모릅니다. 설마 당신은 제가 라틴어를 알아야 한다고 생각하시는 건 아니겠죠? 저는 다수에 속하는 사람입니다. 누가 라틴어를 압니까? 제 몸 간수도 못 하는 몇백 명의 저능아들뿐이죠."

블라디미르 씨는 등 뒤에 있는 벌록 씨의 살찐 윤곽과 비만한 몸이 거울에 비치는 모습을 30초 정도 더 면밀히 살펴보았다. 동시에, 그는 거울에 비친 자신의 얼굴도 바라볼 수 있었다. 얼굴은 말끔히 면도가 되어 있었으며 둥글고 혈색이 좋았다. 얇고 민감한 입술은 그가 상류 사회의 사교계에서 인기를 누릴 수 있도록 재치 있는 말들을 하는 데 알맞은 모습이었다. 그는 몸을 돌려 방 쪽으로 발을 내디뎠다. 그 모습이 너무나 다부져, 이상스러울 만큼 고풍스러운 나비넥타이의 끝이 형언하기 힘든 위협적인 모습을 하고 쭈뼛이 곤두서는 것 같았다. 그 움직임이 어찌나 빠르고 사나웠던지 벌록 씨는 그 모습을 곁눈질하면서 잔뜩 겁을 먹었다.

블라디미르 씨는 영국식이나 유럽식도 전혀 아닌, 놀라울 만큼 거친 억양으로 말했다. 세계 각지의 빈민굴을 두루 경험한 벌록 씨조차도 놀랄 억양이었다.

"아하! 당신은 이제 뻔뻔스럽기까지 하군. 감히 어디다 대고! 아! 내가 쉬운 영어로 당신에게 말해주지. 목소리 갖고는 안 돼. 우리에겐 당신의 목소리 따위는 필요 없단 말이야. 우리는 목소리를 원하는 게 아니야.

---

2 이것은 원래 vox et praeterea nihil이라는 말이 생략된 말로 "목소리밖에 가진 것이 없다"는 말이다. 유명한 라틴어 숙어로 나이팅게일이라는 새를 가리키는 말이다. (역주)

이 빌어먹을 놈아, 우리가 원하는 건 사실이야. 그것도 사람들을 깜짝 놀라게 할 만한 사실이란 말이야."

그는 마지막 말을 벌록 씨의 얼굴을 향해 잔인하게 내뱉었다.

벌록 씨는 카펫을 바라보며 허스키한 목소리로 자신을 방어했다.

"당신은 지금 과장된 말로 나를 압도하려고 하는데, 그러지 마시오."

이 말을 듣고 상대방은 쭈뼛이 선 나비넥타이 위로 가소롭다는 듯한 미소를 지으며 이번에는 프랑스어로 말하기 시작했다.

"당신은 자신을 공작원이라고 생각하겠지. 공작원이 해야 할 일은 선동하는 거야. 여기에 있는 당신의 보고서를 보면 당신은 지난 3년 동안 돈을 받을 만한 일을 한 게 전혀 없어."

벌록 씨는 손끝 하나 까딱하지 않고 눈도 치켜뜨지 않았지만, 목소리에 진지한 감정을 실어 소리쳤다.

"아무 일도 하지 않았다고요? 여러 차례나 큰일이 날 뻔한 걸 제가 방지하지 않았던가요?"

블라디미르 씨가 의자에 털썩 앉으며 벌록 씨의 말허리를 잘랐다.

"이 나라 속담에 예방이 치료보다 낫다는 말이 있지. 그건 우둔하기 싹이 없는 말이야. 예방엔 끝이 없는 법이야. 그러나 그런 것이 이 나라의 특징이지. 이 나라는 결정적인 것을 싫어한단 말이야. 당신, 너무 영국식이 돼가고 있는데 그래서는 안 돼. 특히 이 경우에는, 말도 안 되는 소리 하지도 마. 악은 이미 여기에 존재하고 있어. 우리에게 필요한 건 예방이 아니라 치료야."

그는 말을 잠시 멈추고 책상 쪽으로 돌아서서 거기에 놓여 있는 서류들을 뒤적거리더니 벌록 씨를 바라보지도 않고 사무적인 어투로 말했다.

"물론 당신은 밀라노에서 열리는 국제회의에 대해서 알고 있겠지?"

벌록 씨는 거친 목소리로 일간 신문을 매일 읽는다고만 말했다. 상대방이 좀더 다그치자, 벌록 씨는 자신이 읽은 것을 이해했노라고 말했다. 이 말을 듣고 블라디미르 씨는 그가 아직도 하나씩 훑어보고 있는 서류들을 향해 희미한 미소를 지으며 중얼거렸다.

"라틴어로 쓰이지 않았으니까 물론 그럴 테지."

벌록 씨가 둔하게 말을 받았다.

"중국어로 쓰인 것도 아니니까요."

블라디미르 씨는 손에 들고 있던 회색 인쇄물을 혐오스럽다는 듯 내려놓으며 말했다.

"흠, 당신의 혁명가 친구들의 글은 중국어만큼이나 이해하기 어려운 말로 씌어 있군그래. 망치와 펜과 횃불이 교차돼 있고 FP라는 제목이 붙은 이 전단들은 뭐야? FP라는 게 도대체 뭐야?"

벌록 씨는 위압적인 모습의 책상 앞으로 다가섰다. 그리고 팔걸이의자 옆에 어정쩡한 자세로 서서 설명했다.

"프롤레타리아의 미래라는 의미입니다. 단체 이름이지요. 원칙적으로 무정부주의자들만이 아니라 혁명에 동조하는 모든 사람들에게 개방된 단체입니다."

"당신도 거기에 소속되어 있는 거야?"

"부회장을 맡고 있습니다."

벌록 씨는 크게 숨을 내쉬었다. 일등 서기관은 고개를 들고 그를 바라보며 날카롭게 말했다.

"그렇다면 당신은 부끄러운 줄 알아야 해. 이처럼 더러운 종이에 뭉툭한 글씨로 말도 안 되는 예언 나부랭이나 찍어대는 것 외에 당신들의 모임이 할 수 있는 것이 뭐가 있어? 뭔가를 좀 해보면 어때? 이봐, 내가 단도직입적으로 말하겠는데 당신은 우리한테 받아가는 돈에 합당한 일을 해야 해. 스토트 바르텐하임 남작이 재임하던 때와 같은 호시절은 이제 끝난 거야. 일을 하지 않으면 돈도 주지 않겠어."

벌록 씨는 땅딸막한 다리가 휘청거리는 걸 느꼈다. 그는 한 걸음 뒤로 물러서서 큰 소리로 코를 풀었다.

그는 사실, 너무 놀랐다. 런던의 안개를 벗어나려고 안간힘을 쓰는 색 바랜 태양이 일등 서기관의 사무실을 미적지근한 빛으로 비췄다. 그 침묵 속에서 벌록 씨는 파리 한 마리가 희미한 소리를 내며 창문 유리에 부딪는 소리를 들었다. 그해에 처음 보는 파리였다. 그 소리는 봄이 오고 있다는 것을 여러 마리의 제비들보다 더 잘 알려주고 있었다. 작은 파리가 쓸데없이 활기차게 윙윙거리는 소리는 게으름에 익숙해 있다가 협박을 당하고 있는, 몸집이 큰 그 남자를 불쾌하게 만들었다.

블라디미르 씨는 말을 멈추고, 벌록 씨의 얼굴과 겉모습에 관한 경멸의 말을 수없이 속으로 되뇌었다. 그는 예기치 않게 천하고, 비대하고, 뻔뻔스러울 정도로 우둔하게 생긴 놈이었다. 그는 이상하게도, 대금 청구서를 갖고 찾아온 배관공 같았다. 일등 서기관은 그가 이따금 활용하는 미국적인 유머에 입각해, 저런 부류의 기술자들이야말로 사기적인 게으름과 무능력의 화신이라는 생각을 갖고 있었다.

이 사람이 그 유명하고 충직하다는 비밀요원이었다. 그는 너무 비밀스러운 존재여서 고 스토트 바르텐하임 대사의 공식, 비공식 서신 교환에서 △로만 지칭되었다. 제공하는 정보가 엄청난 영향력을 행사해 때때로, 왕실이나 대공의 행차 계획과 일자를 변경하거나 연기하게 만들었던 유명한 △! 저따위 인간이! 블라디미르 씨는 부분적으로는 자신이 너무 안이하게 생각했다는 것에 깜짝 놀라서, 그리고 대부분은 모두가 유감스럽게 생각하는 스토트 바르텐하임 남작을 제물로 삼아, 조롱에서 나오는 즐거움을 속으로 만끽하고 있었다. 고 스토트 바르텐하임 남작은 왕의 극진한 총애를 받아, 장관을 비롯한 외무부 관계자들이 달갑게 생각하지 않았음에도 불구하고 대사로 임명되었다. 그는 생전에, 똑똑한 것 같으면서도 어리석고 염세적이고 잘 속아 넘어가는 것으로 유명했다. 고인은 사회 혁명을 염두에 두고 있었다. 그는 자신이 끔찍하고 민주적인 대변혁 속에서 외교와 세계가 종말로 치닫는 것을 지켜보기 위한 특별한 소명을 받고 배치된 외교관이라고 생각했다. 그가 그처럼 세상에 대해 예언적이고 슬픈 입장을 취하면서 대사로 부임했던 것은 몇 년 동안 외무부에서 웃음거리였다. 그는 자신의 임종을 보러 왔던 친구이자 상관에게 이렇게 말했다고 전해진다. "불행한 유럽이여! 그대는 후손들의 도덕적 광기 때문에 멸망하리라!" 블라디미르 씨는 벌록 씨를 향해 희미하게 웃으며, 남작이 자신에게 다가온 첫번째 사기꾼 악당 놈한테 희생을 당할 수밖에 없었겠다고 생각했다.

그가 갑자기 소리쳤다.

"당신은 스토트 바르텐하임 남작님에 대한 기억을 소중히 해야 해."

벌록 씨의 수그러진 몸은 음산하고 짜증나는 듯한 분위기를 풍겼다.

"제 생각을 말씀드리지요. 제가 고압적인 편지를 받고 이곳으로 소환되었다는 사실을 우선 지적하고 싶습니다. 저는 지난 11년 동안 두 차례를 제외하고는 여기에 온 적이 없습니다. 이렇게 오전 열한 시에 온 적은 더욱 없습니다. 저를 이런 식으로 소환하는 것은 현명한 처사가 아닙니다. 제가 노출될 수도 있으니까요. 이건 저한테는 농담이 아닙니다."

블라디미르 씨가 어깨를 으쓱했다.

그는 흥분한 상태에서 말을 계속했다.

"이건 저를 무용지물로 만드는 겁니다."

그러자 블라디미르 씨가 부드럽고도 무자비한 목소리로 중얼거렸다.

"그건 당신의 문제야. 무용지물이 되면 당신은 해고되는 거지. 그래, 즉각 말이야. 간단히 말하지. 당신은……"

블라디미르 씨는 적합한 표현을 찾으려고 얼굴을 찡그리며 잠시 멈췄다가 곧 표정이 밝아지며 아름답고 하얀 이를 드러내고 씽긋 웃었다. 그리고 잔인하게 말을 뱉었다.

"당신은 해고될 거야."

벌록 씨는 다시 한 번 다리가 후들거리는 것을 이를 악물고 참아야 했다. 그의 다리는 비록 지금은 이래도, 한때는 어떤 불쌍한 인간에게 "나의 가슴이 나의 구두 속으로 들어갔어!"[3]와 같은 미사여구를 생각나게 했던 다리였다. 그걸 의식한 벌록 씨는 용감하게 머리를 치켜들었다.

블라디미르 씨는 자신에게 짙은 의문의 눈길을 던지는 그 얼굴을 아주 지긋이 바라보았다. 그리고 경쾌하게 말했다.

"우리가 원하는 것은 밀라노에서 열리는 국제회의에 활력소를 불어넣는 거야. 정치적인 범죄를 억제하기 위한 국제적인 협약을 해봤자 소용없는 짓이지. 영국은 미적미적한 태도를 취할 뿐이야. 이놈의 나라는 얼토당토않게도 개인의 자유에 관해서는 감상적인 태도를 취한단 말이야. 당신 친구들이 하고 있는 꼬라지들을 보니 참을 수가 없어."

벌록 씨가 허스키한 목소리로 말을 잘랐다.

"그렇게 함으로써 그들 모두를 제 감시하에 둘 수 있는 겁니다."

---

3 "나의 가슴이 나의 구두 속으로 들어갔어!"라는 표현은 "My heart went down into my boots!"라는 문장을 직역한 것인데, 이는 가슴이 철렁 내려앉았다는 의미의 말을 비유적으로 표현한 것이다. (역주)

비밀요원 39

"차라리 그들을 가둬놓고 열쇠로 채워놓는 편이 훨씬 어울릴 거야. 영국이 동조하도록 만들어야 해. 이 나라의 어리석은 부르주아 계급은 스스로, 그들을 집에서 몰아내 시궁창에서 굶어 죽게 만들 사람들의 공범자가 돼가고 있어. 그들의 손에 아직도 정치적 권력이 있으니, 그걸 자신들의 입지를 보존하기 위해서 쓰면 될 텐데, 그렇지 않다는 게 문제란 말이야. 당신도 중산층이 어리석다는 덴 동의하겠지?"

벌록 씨는 허스키한 목소리로 그 말에 동의했다.

"그렇지요."

"그들에겐 상상력이 없어. 그들은 바보 천치 같은 허영심 때문에 눈이 멀었어. 그들에게 지금 필요한 것은 질겁할 정도로 단단히 한번 당하는 거야. 지금이 당신 친구들을 움직이게 할 절호의 순간이란 말이야. 당신을 이곳으로 소환한 것은 이러한 나의 생각을 얘기해주고 싶었기 때문이야."

블라디미르 씨는 고압적인 자세로 경멸감과 우월감을 섞어 자신이 생각하는 바를 얘기했다. 동시에 그의 말은 혁명주의자들의 진정한 목적과 생각, 방법론에 대한 상당한 무지를 드러냈다. 이것을 조용히 듣고 있던 벌록 씨는 속으로 경악을 금할 수가 없었다. 블라디미르 씨는 변명의 여지가 없을 정도로 원인과 결과를 혼동하고 있었다. 우선 그는 가장 뛰어난 선동가들을 즉흥적으로 폭탄을 던지는 자들과 혼동하고 있었다. 그리고 그 속성상, 존재할 수가 없는 조직을 가정하고 있었다. 그는 어떤 때는, 혁명주의자 집단이 대장의 말에 절대적으로 복종하는 군대나 되는 것처럼 얘기하다가, 때로는 그것이 계곡에 진지를 구축하고 있는 무모한 산적들의 어설픈 모임이나 되는 것처럼 얘기했다. 벌록 씨는 이의를 제기하려고 입을 한 번 열었지만 멋지게 생긴 크고 하얀 손이 그를 가로막았다.

그는 그다음에는 너무 경악하여 이의를 제기할 생각도 하지 못했다. 그는 아무런 움직임 없이 두려운 마음으로 그 말을 들었다. 그것은 상대방의 말에 심오하게 귀를 기울이는 것처럼 보였다.

블라디미르 씨는 침착하게 말을 이어갔다.

"이 나라에 일련의 난폭 행위들이 일어나게 만들어야 해. 여기에서는 '계획만 세워서는' 안 돼. 사람들은 그런 것엔 신경을 쓰지 않으니까 말이야. 당신 친구들이 유럽 대륙의 절반에 불을 질러도 여기 사람들은 그런 걸 금지하는 국제적인 법률 제정에는 찬성하지 않을 거야. 그들은 자기들의 뒤뜰 너머는 쳐다보지도 않거든."

벌록 씨는 목청을 가다듬었다. 그러나 용기가 나질 않았다. 그래서 그는 아무 말도 하지 않았다.

블라디미르 씨는 과학에 대한 강연을 하는 것처럼 말을 이었다.

"이러한 난폭 행위들이 특별히 피비린내 나는 것일 필요는 없지. 그러나 충분히 간담을 서늘하게 만들고 효과적인 것이어야 해. 가령, 그런 걸 건물에다 해보지그래. 벌록 씨, 당신은 지금 모든 부르주아들이 숭배하는 것이 뭔지 알고 있나?"

벌록 씨는 양손을 펴며 어깨를 조금 으쓱거렸다. 그 모습을 보고 블라디미르 씨가 이렇게 말했다.

"당신은 너무 게을러서 아무 생각도 할 수 없는 거야. 내가 하는 말을 잘 들어둬. 이제, 숭배의 대상은 충성심도 아니고 종교도 아니야. 그러니까 왕궁이나 교회는 내버려둬야 해. 벌록 씨, 내가 하는 말을 알아듣겠어?"

벌록 씨는 실망스럽고도 경멸스러워 경솔한 말을 불쑥 뱉었다.

"완벽하게 이해합니다. 그렇다면 대사관들은 어떻습니까? 대사관들이 연이어 공격을 당한다면……"

그는 이렇게 말을 시작했지만 일등 서기관의 날카롭고 냉혹한 눈초리를 감당할 수가 없었다.

일등 서기관이 아무렇게나 말을 내뱉었다.

"당신, 농담도 할 줄 알고 제법이네. 그건 괜찮아. 사회주의자들의 모임에서 열변을 토할 때 써먹을 수 있을 테니까 말이야. 그러나 이 사무실은 그런 걸 위해서 있는 게 아냐. 내가 하는 말을 그대로 따르는 것이 신상에 이로울 거야. 당신은 황당무계한 이야기보다는 구체적인 사실을 제시해야 한단 말이야. 그러니 내가 지금 당신에게 애써 하고 있는 말에서 무엇인가를 알아들으려고 노력하라고. 이제 신성한 숭배의 대상은 과학이야. 당신 친구들을 시켜 저 목석같은 얼굴을 하고 있는 고위층 나리들을 어떻게 좀 해보라고 하는 게 어때? 그것이 당신이 말하는 프롤레타리아의 미래가 도래하기 전에 싹 쓸어버려야 하는 그런 제도의 일부가 아니던가?"

벌록 씨는 아무 말도 하지 않았다. 입을 열면 신음 소리가 나올 것 같아 두려웠다.

"이게 당신이 해야 할 일이야. 어떤 면에서는, 왕이나 대통령을 공격하면 세상을 충분히 떠들썩하게 만들 수도 있겠지. 그러나 그것도 예전 같지가 않아. 그것은 모든 국가의 수반이 당할 수 있는 보편적인 일이 되어버렸거든. 거의 관습이 돼버린 거지. 특히 상당수의 대통령들이 암살을 당한 후로 그렇게 된 거야. 예를 들어, 교회를 공격한다고 가정해봐. 물론 처음 보았을 때는 충분히 끔찍하겠지. 그러나 그것은 보통 사람이 생각하는 것만큼 그렇게 효과적이진 못해. 그 발단이 아무리 혁명적이고 무정부주의적이라 해도, 어리석게도 그러한 도발 행위에 종교적인 의미를 부여하려고 한단 말이야. 그렇게 되면 우리가 그 일을 저지르면서 노렸던 것이 수포로 돌아가고 말지. 레스토랑이나 극장을 아무리 무자비하게 공격해봐도 결과는 결국 마찬가지야. 사람들은 거기에 정치적인 의미를 부여하지 않을 거야. 굶주린 노동자가 홧김에 사회에 복수를 하기 위해서 그랬다고 해석하는 정도겠지. 이런 것들은 이미 다 써먹은 수법이야. 혁명적 무정부주의에서의 어리석은 교훈처럼 더는 쓸모가 없어. 신문사에서는 모두, 그런 일이 일어날 경우, 판에 박힌 말로 설명할 준비를 해놓고 있지. 내가 폭탄 공격에 대해서 어떻게 생각하는지 말해주지. 당신은 지난 11년 동안 그런 걸로 봉사를 해왔다고 얘기하니까, 되도록 당신이 알아들을 수 있는 말로 하겠어. 당신이 공격하고 있는 계급적 감정은 곧 무뎌지고 말 거야. 오히려 그들에게는 재산이라는 것이 파괴할 수 없는 요지부동한 것처럼 보이는 거야. 동정심이나 공포심과 같은 그들의 감정은 오래 믿을 게 못 돼. 폭탄 공격이 여론에 영향을 미치기 위해서는 복수나 테러리즘 이상의 것이 되어야 해. 그것은 완전히 파괴적이어야 해. 그래야 한다고. 그것만이 다른 것이 끼어들 소지를 차단하는 거야. 당신네 무정부주의자들은 세상 전체를 싹 쓸어버리겠다는 점을 분명히 해야 해. 그렇다면 소름이 끼칠 정도로 앞뒤가 맞지 않는 생각을 어떻게 한 치의 실수도 없이 중산층의 머리통 속에 집어넣을 수 있느냐, 이것이 문제야. 이 문제에 대한 답은, 사람들이 도저히 생각하지 못하는 것을 공격하는 데서 찾을 수 있지. 물론 예술에 대해서 그렇게 할 수도 있겠지. 국립 예술관에 폭탄을 투척하면 조금은 소동이 일어나겠지. 그러나 문제는 그것이 충분히 심각한 게 아니라는 데 있어. 그들은 예술을 숭배한 적이 없거든. 그래서 예술관을 공격하는 것은 어떤 사람의 집 뒤쪽 창문을 몇 장 부수는 것에 불과하지. 그 집에 사는 사람을 정말로 놀라게 하려면 적어도 지붕을 통째로 들어내려고 해야 해. 물론 소리를 좀 지르긴 하겠지만 그 소리가 누구한테서 나오느냐가 문제야. 예술가나 예술 평론가들은 중요한 사람들이 아니야. 그들이 무슨 말을 하든 아무도 상관하지 않아. 그러나 과학은 달라. 아무리 얼빠진 인간이라도 돈을 버는 사람이라면 그것을 믿지. 이유는 모르지만, 여하튼 그들은 그것이 중요하다고 믿는 거야. 그것은 신성불가침의 숭배 대상이지. 염병할 교수 놈들은 속으로는 과격주의자들이야. 그들로 하여금 위대하고 높으신 분들이 프롤레타리아의 미래를 위해서 사라져줘야 한다는 것을 깨닫게 해야 해. 이런 지적인 머저리들이 소란을 피우면 밀라노 국제회의 일을 자연스럽게 도와주는 결과가 되는 거지. 그들은 신문에 글을 쓸 거야. 그들의 분노는 물질적인 것이 개입돼 있지 않으니까 의심을 받지 않을 거야. 그렇게 되면 이기적인 계급들이 화들짝 놀라게 되고 자연히 영향을 받게 되는 거지. 그들은 신기하게도 과학이 그들의 물질적인 번영의 근원이라고 믿고 있거든. 정말 그래. 그런 식으로 잔인하게 일을 처리하는 것이 그들과 같은 인간들로 가득 찬 거리나 극장을 난도질하는 것보다 더 큰 영향을 그들에게 미칠 수 있는 거야. 극장이나 거리가 난도질을 당하면 그들은 언제나 '그것은 단순한 계급적 증오일 뿐이야'라고 말하겠지만, 이해할 수도 없고 설명할 수도 없으며 거의 생각조차 할 수도 없고, 미쳤다고밖에 할 수 없는 불합리한 파괴적 잔인함에 대해서는 아무 말도 하지 못할 거야. 미쳤다는 것은 그 자체만으로도 무시무시하게 위협적인 거야. 그것은 협박이나 설득이나 뇌물로 잠재울 수 없는 거야. 게다가 나도 명색이 문명인인데, 아무리 좋은 결과가 나온다고 해도 당신에게 사람들을 학살하라는 지시를 어떻게 내리겠어. 그런 생각은 꿈속에서도 한 적이 없어. 게다가 내가 원하는 결과는 사람들을 학살한다고 해서 얻을 수 있는 것도 아니야. 우리는 살인에 익숙해 있어. 그것은 거의 관습이 되어 있어. 그래서 이제 우리가 할 일은 과학에 관한 것이야. 그렇다고 아무 과학이든 무방하다는 얘기는 아니지. 그래서 공격은 천혀 근거도 없고 무시무시하며 몰상식한 모독 행위가 돼야 해. 폭탄이 당신들의 표현 수단이니까 순수한 수학에 폭탄을 던지는 것이 정말 효과적이겠지. 그런데 그것은 불가능한 일이야. 나는 지금 당신을 교육시키고 있는 거야. 그래서 당신이 활용할 수 있는 고차원적인 철학을 설명한 것이고, 당신에게 도움이 될 만한 것들을 암시한 거야. 당신은 내가 당신에게 교육시킨 것들을 어떻게 현실적으로 적용할 수 있느냐, 하는 데 관심이 있을 테지. 그러나 나는 당신과 얘기하기 시작했을 때부터, 그 문제에 대한 현실적인 측면도 고려하고 있었지. 천문학에 대해 한번 시도해 보는 게 어때?"

팔걸이의자 옆에서 얼마 동안 부동자세로 서 있던 벌록 씨는 혼수상태에 빠진 사람 같았다. 그것은, 벽난로 옆의 깔개 위에서 악몽을 꾸고 있는 개한테서 볼 수 있는 것처럼, 이따금 발작적으로 까닥거리는 것을 제외하면 늘어지고 무감각한 상태였다. 그는 블라디미르 씨가 한 말을 개가 내는 것 같은 불편한 목소리로 되풀이했다.

"천문학."

그는 블라디미르 씨의 카랑카랑하고 빠른 말을 따라잡으려고 노력하면서 받았던 얼떨떨한 기분에서 아직도 완전히 헤어나지 못하고 있었다. 그 기분은 그의 이해력을 압도했다. 그것은 그를 화나게 만들었다. 그런데 그 분노는 도대체 믿을 수가 없다는 마음과 뒤섞였다. 갑자기 이 모두가 교묘한 농담이라는 생각이 들었다. 블라디미르 씨의 하얀 이빨에는 미소가 감돌았으며 곧추선 나비넥타이 위에 있는 만족한 듯한 둥근 얼굴에는 보조개가 파였다. 그는 자신을 좋아하는 지식층 여자들에게 익살스러운 재담을 한 후 짓는 표정을 짓고 있었다. 그는 몸을 앞으로 숙이고 하얀 손을 들어올렸다. 그 모습이 마치 자신이 제안했던 것의 미묘한 지점을 엄지손가락과 집게손가락으로 아슬아슬하게 잡고 있는 것 같았다.

"이보다 더 좋은 방법이 있을 수는 없어. 그러한 공격은, 인간을 최대한으로 배려함과 동시에, 잔인한 우둔성을 가장 놀라운 방식으로 보여주는 것이 되겠지. 기자들이 제아무리 궁리를 해도 어떤 프롤레타리아가 천문학에 개인적인 불만을 갖고 있었다며 대중을 설득할 수는 없겠지. 거기다가 굶주림이 어쩌고저쩌고 할 수는 도저히 없겠지. 안 그래? 그리고 또 다른 이점들이 있지. 문명화된 세계라면 어디서나 그리니치를 알고 있지. 그건 채링크로스 역의 지하 대합실에 있는 구두닦이들까지 알고 있는 사실이지. 안 그래?"

세련된 유머 감각으로 사교계에 잘 알려진 블라디미르 씨의 얼굴이 냉소적인 자기만족감으로 빛났다. 그의 재담을 즐기는 지식층 여자들이 이 모습을 보았더라면 경악을 금치 못했을 것이다.

그는 상대를 얕보는 듯한 미소를 지으며 말을 계속했다.

"맞아. 본초 자오선을 날려버리면 온갖 난리가 다 날 거야."

"그건 어려운 일입니다."

벌록 씨는 그런 식으로 대꾸하는 것만이 안전하다고 생각되어 그렇게 중얼거렸다.

"당신, 도대체 어떻게 된 거야? 당신은 일당들을 손아귀에 넣고 있잖아? 엄선된 자들로 말이야. 늙은이 테러리스트 윤트도 있잖아. 그 작자는 목 덮개가 달린 곤색 모자를 그럴싸하게 쓰고 거의 날마다 피커딜리를 활보하더군. 그리고 가출옥한 미케일리스도 있잖아. 뭐? 설마 그가 어디에 있는지 모른다는 말은 아니겠지? 당신이 모른다면 내가 알려주지."

블라디미르 씨는 위협하듯 말했다.

"당신만이 우리한테서 비밀 자금을 받고 있다고 생각하면 착각이야."

전혀 할 필요가 없는 말까지 나오자 벌록 씨는 발을 약간 끌었다.

"그리고 이쪽으로 피신해 온 혁명주의자들도 있잖아? 밀라노 회의에서 그런 얘기가 나오자마자 이쪽으로 몰려왔잖아? 이놈의 나라는 참 웃기는 나라야."

"돈이 들겠는데요."

벌록 씨가 이렇게 본능적으로 응수하자, 블라디미르 씨는 놀랍게도 완벽한 영어 발음으로 그 말을 받았다.

"그런 수는 통하지 않아. 매월 급료는 지불하겠지만, 무슨 일이 일어나기 전에는 그 이상은 안 돼. 그리고 빠른 시일 내에 무슨 일인가 벌어지지 않으면 당신은 그것마저 못 받게 될 거야. 당신이 위장한 직업이 뭐야? 당신은 무엇으로 먹고살기로 돼 있지?"

"가게를 합니다."

벌록 씨가 대답했다.

"가게라고? 어떤 가게?"

"문구나 신문을 팔죠. 제 아내가······"

"당신의 뭣이라고?"

블라디미르 씨가 그의 중앙아시아적인 거친 음색으로 묻자, 벌록 씨가 허스키하고 힘없는 소리로 그 말을 받았다.

"제 아내 말입니다. 저는 결혼한 사람입니다."

블라디미르 씨가 깜짝 놀란 표정을 하고 소리를 질렀다.

"지랄하고 자빠졌군. 결혼을 했다고! 그러고도 당신이 무정부주의자야? 이게 무슨 염병할 헛수작이야? 그냥 해보는 소리겠지. 무정부주의자는 결혼하지 않는 법이야. 그건 누구나 아는 소리잖아. 할 수가 없는 거야. 그건 배반이야."

벌록 씨가 불만스럽게 중얼거렸다.

"제 아내는 무정부주의자가 아닙니다. 게다가 그 문제는 당신이 상관할 일이 아닙니다."

블라디미르 씨가 그의 말을 잘랐다.

"아니긴 뭐가 아냐. 내가 상관할 일이지. 당신은 하고 있는 일에 도대체 어울리지 않는 사람이라는 확신이 서는군. 당신은 결혼을 함으로써 당신네 세계에서 신뢰할 수 없는 사람이 된 거야. 결혼하지 않고는 못 배기겠던가? 당신이 애착을 갖는 게 이것이로군. 당신은 이런저런 애착 때문에 무용지물이 돼가는 거야."

벌록 씨는 볼을 씰룩이며 격렬하게 숨을 내쉬었다. 그러나 그것뿐이었다. 그는 인내심으로 자신을 무장했다. 그 이상으로 오래가지는 않을 것이었다. 일등 서기관은 갑자기 아주 간결하고 초연하고 확정적인 말을 했다.

"이제 가도 좋아. 다이너마이트로 공격해야 해. 당신에게 한 달간의 여유를 주겠어. 밀라노 회의가 연기되었다니까 말이야. 그러나 그 회의가 다시 열리기 전에 여기에서 무슨 일인가가 일어나야 해. 그렇지 않으면 당신과 우리의 관계는 끝날 테니 그리 알아."

그는 다시 한 번, 원칙도 없고 변덕스러운 종전의 어조로 되돌아갔다. 그리고 창문 쪽으로 손을 움직이며, 놀리는 것처럼 겸손함을 가장하여 말했다.

"벌록 씨, 나의 철학에 대해서 잘 생각해봐. 본초 자오선을 폭파하라고. 당신은 나만큼 중산층에 대해서 잘 알지 못해. 그들의 감성은 지칠 대로 지쳐 있어. 본초 자오선을 폭파하는 거야. 정말로 그것보다 더 좋고 쉬운 것도 없어."

그는 이렇게 말하고 일어섰다. 그리고 얇고 예민한 입술을 익살스럽게 씰룩거리며 벽난로 선반 위에 있는 거울로, 모자와 지팡이를 손에 들고 둔하게 방을 빠져나가는 벌록 씨의 모습을 바라보았다. 문이 닫혔다.

헐렁한 바지를 입은 하인이 갑자기 복도에 나타나, 벌록 씨가 다른 길을 통해 정원 구석에 있는 작은 문으로 나가도록 도와줬다. 문에 서 있던 수위는 그가 나가는 것은 안중에도 없다는 듯 철저히 무관심했다. 벌록 씨는 꿈을 꾸는 사람처럼, 그것도 격심한 꿈을 꾸는 사람처럼, 아침에 왔던 순례의 길을 되짚어갔다. 그는 바깥 세계에 완벽하게 무관심했다. 과도하게 길을 서두르지도 않았다. 그러나 그의 몸은 불가사의하게 벌써 가게 문 앞에 도달해 있었다. 마치 거대한 바람의 날개로 서쪽에서 동쪽까지 실려온 것 같았다. 그는 카운터 뒤로 똑바로 걸어가서 거기에 있는 나무의자에 앉았다. 아무도 그의 고독을 방해하러 나타나지 않았다. 스티비는 초록색 베이즈 앞치마를 입고 위층의 먼지를 털고 걸레질을 하고 있었는데, 마치 재미로 하는 것처럼 아주 열심이었다. 부엌에 있던 빌록 부인은 깨진 벨이 덜거덕거리는 소리를 듣고 반들거리는 응접실 문까지 나와서 커튼을 조금 들춰보고 어두운 가게를 응시했다. 그녀는 남편이 모자를 뒤로 비스듬히 쓰고 어둑하고 큼직한 모습으로 앉아 있는 것을 보고 즉시 스토브가 있는 곳으로 되돌아갔다. 한 시간쯤 지났을 때 그녀는 스티비에게서 초록색 베이즈 앞치마를 벗기고, 그의 손과 발을 씻겨주지 않게 된 지난 15년 동안 그랬던 것처럼, 단호한 목소리로 스티비에게 손과 발을 씻으라고 말했다. 그녀는 스티비가 식탁으로 다가오며 불안한 표정을 숨기고 자신 있게 손과 발을 내밀자, 접시에 음식을 담는 일에서 눈을 떼고 동생을 바라보았다. 전에 스티비가 손발을 씻게 하는 데 가장 효과적이었던 것은 아버지가 화를 내는 것이었다. 그러나 벌록 씨의 가정적인 조용함을 생각하면, 화를 내는 건 있을 수 없는 일이었다. 가엾은 스티비의 신경과민도 고려 사항이었다. 그들은 벌록 씨가 식사를 할 때 조금이라도 깨끗하지 않은 걸 보면 말할 수 없이 고통스러워하고 충격을 받는다고 생각했다. 위니는 아버지가 죽자, 불쌍한 스티비 때문에 더는 전전긍긍할 필요가 없다는 사실에 상당한 안도감을 느꼈다. 그녀는 스티비가 매맞는 걸 참을 수가 없었다. 그것은 그녀를 미치게 만들었다. 그녀는 어렸을 때도, 주류 판매가 허용되는 식당을 운영하던 화 잘 내는 아버지를 이글거리는 눈으로 노려보며 스티비를 두둔하곤 했었다. 그러나 벌록 부인의 겉모습을 보면 그녀가 그처럼 격렬하게 대들 수 있는 사람이라고는 생각되지 않았다.

    그녀는 접시에 음식을 담는 일을 마쳤다. 식탁은 거실에 있었다. 그녀는 계단 밑으로 가서 큰 소리로 "어머니!" 하고 불렀다. 그리고 가게로 통하는 유리 달린 문을 열며, 나직한 목소리로 "아돌프!" 하고 불렀다. 벌록 씨는 조금도 자세를 바꾸지 않고 있었다. 그는 한 시간 반 동안이나 털 끝 하나 움직이지 않았음이 분명했다. 그는 느릿느릿 몸을 일으켜 코트를 입고 모자를 쓴 채 말 한마디 하지 않고 식탁으로 왔다. 햇빛이 거의 들지 않는 더러운 거리의 음영에 가려지고 후덥지근한 잡동사니로 가득한 어두침침한 가게 뒤에 있는 이 집 안에서, 벌록 씨가 아무런 말을 하지 않는다는 건 그다지 놀라운 일이 아니었다. 그런데 그날만은 달랐다. 무엇인가를 골똘히 생각하고 있음이 틀림없는 벌록 씨의 침묵은 두 여자를 긴장하게 만들었다. 그들은 불쌍한 스티비를 조심스럽게 지켜보며 조용히 앉아 있었다. 그들은 스티비가 느닷없이 시끄럽게 수다를 떨까 봐 두려웠다. 그는 벌록 씨의 맞은편에 아주 점잖게 앉아서 멍한 눈초리를 하고 있었다. 두 여자는 어떻게 해서든 그 집의 가장에게 스티비가 못마땅하게 보이지 않도록 하기 위해 이만저만 조바심을 치는 게 아니었다. '그 애'— 그들 사이에서는 스티비를 그렇게 불렀다— 는 거의 태어나는 날부터 걱정거리였다. 죽은 식당 주인은 그렇게 이상한 애를 아들로 뒀다는 것이 창피해 스티비를 아주 무자비하게 다뤘다. 그는 신경이 예민한 사람이었다. 저런 등신이 우리 집안에 태어나다니! 그는 이렇게 생각했다. 그는 남자로서 그리고 아버지로서 피가 머리로 솟구치는 걸 느꼈다. 그래서 스티비가 투숙객들에게 골칫거리가 되지 않도록 해야 했다. 사실 투숙객들도 괴상하기 짝이 없는 사람들이긴 마찬가지였지만, 그들은 걸핏하면 불만을 터뜨리기 일쑤였다. 그는 근처에 얼씬거리기만 해도 늘 두통거리였다. 벨그라비아에 있던 낡은 집의 지하 식당에서 일하던 어머니는 아들이 행여 구빈원 요양소 같은 데 보내지지나 않을까 전전긍긍했다. 그녀는 딸에게 이렇게 말하곤 했다.

"애야, 네가 그렇게 좋은 남편을 만나지 않았더라면 저 불쌍한 애가 어떻게 되었을지 모르겠구나."

벌록 씨는 동물을 별로 좋아하지 않는 사람이 자기 부인이 사랑하는 고양이를 대하듯 스티비를 대했다. 그것이 자비였든, 아니면 마지못해서였든 결국 마찬가지였다. 두 여자는 그 이상 무엇을 더 바라겠느냐고 생각했다. 노파는 벌록 씨가 그렇게 해주는 것만으로도 감지덕지했다. 그녀는 경험에서였던지 처음 얼마 동안은 가끔씩 걱정스러운 얼굴을 하고 딸에게 이렇게 말하곤 했다.

"애야, 설마 네 남편이 스티비가 집에 있는 것을 지겹게 생각하지는 않겠지?"

위니는 그 말에 습관적으로 고개를 약간 저었다. 그러나 그녀는 한번은 강한 어조로 이렇게 대꾸했다.

"그이가 그런다면 저부터 지겹게 생각해야 될 거예요."

긴 침묵이 뒤따랐다. 발판에 다리를 올려놓고 있던 그녀의 어머니는 그 대답이 도대체 무슨 의미인지 헤아려보려고 노력했다. 도무지 딸의 속마음을 알 수 없었다. 그녀는 왜 위니가 벌록 씨와 결혼을 했는지 도무지 알 수 없었다. 잘한 일이긴 했다. 최선의 선택이긴 했다. 그러나 딸은 자신에게 더 맞는 나이의 남자를 만나 살고 싶어 했을 수도 있었다. 정육점 주인의 외아들인 괜찮은 젊은이가 가까운 곳에 살고 있었다. 그는 아버지의 장사를 돕고 있었다. 위니는 즐거운 마음으로 그와 데이트를 하곤 했다. 그가 아버지한테 의존하고 있다는 것은 사실이었다. 하지만 정육점이 괜찮은 상태여서 전망이 아주 좋은 젊은이였다. 그는 저녁에 그녀를 데리고 여러 차례 극장에 가곤 했다. 노파는 그들이 약혼했다는 소식을 행여 듣게 되지나 않을까 하여 가슴이 조마조마했다. 그렇게 되면 이 큰 집은 어떻게 관리하며 스티비는 어떻게 될 것인가. 그런데 갑자기 그들의 관계가 끝나고 위니는 활기를 잃었다. 그러나 하늘의 뜻이었는지, 벌록 씨가 1층 앞방을 쓰게 되었고 그 이후로 정육점 주인 아들에 대한 얘기는 입에 오르지 않았다. 분명히 하늘의 섭리였다.

3

"……이상화하는 것은 모두, 삶을 더 초라한 것으로 만드는 것입니다. 미화하는 것은 복잡다단한 삶의 속성을 빼앗고 파괴하는 것입니다. 여러분, 그런 것은 윤리학자들에게나 맡기세요. 역사는 사람들에 의해 만들어지지만, 그렇다고 사람들이 그것을 머릿속에서 만드는 것은 아닙니다. 그들의 의식 속에서 태어난 생각들은 일어나는 일들에 미미한 역할을 할 뿐입니다. 역사는 연장과 생산, 즉 경제적인 조건에 의해 좌우되고 결정되는 것입니다. 자본주의가 사회주의를 만든 주체이며, 재산을 보호할 목적으로 자본주의에 의해 만들어진 법이 무정부주의에 대해 책임이 있는 것입니다. 그 누구도 앞으로 사회 조직이 어떤 형태를 취할 것인지 얘기할 수는 없습니다. 그렇다면 우리가 무엇 때문에 예언적인 환상에 탐닉해야 할까요? 기껏해야 예언자의 마음을 해석할 수 있을 뿐인데 말입니다. 그런 것들에는 객관적인 가치가 있을 수 없습니다. 그런 소일거리는 윤리학자들에게 맡기면 되는 것입니다."

가출옥한 사도 미케일리스는 고른 목소리로 이렇게 얘기하고 있었다.

그런데 그 목소리는 마치 가슴에 붙은 지방층이 그를 압박하기라도 하는 것처럼 씨근대는 목소리였다. 그가 욕조처럼 둥근 아주 위생적인 감옥에서 출옥할 당시, 배는 무지막지하게 컸으며 안색은 창백해서 반쯤 투명해 보였고 양 볼은 팅팅 불어 있었다. 마치 15년 동안 격노한 사회의 하인들이 축축하고 어두운 지하에서 그의 몸에 살찌는 음식을 쑤셔넣기라도 한 것 같은 모습이었다. 그는 그 이후로 조금도 몸무게를 줄일 수가 없었다.

들리는 얘기로는, 아주 돈이 많은 노부인이 그를 치료해주려고 세 계절에 걸쳐 휴양 도시인 마리엔바드에 그를 보내줬다고 했다. 한번은, 공교롭게도 똑같은 시기에 그곳을 찾은 국왕과 같이 사람들에게 주목의 대상이 될 뻔한 적이 있었는데, 경찰이 열두 시간 이내에 그곳을 떠나라고 명령하는 바람에 수포로 돌아가기도 했다. 그는 약수터에 가는 것도 금지당하며 계속 수난을 당했다. 그러나 그는 이제 체념한 상태였다.

그는 관절이 보이지 않아 마네킹의 것처럼 보이는 굽은 팔꿈치를 의자 뒤로 젖히고, 짤막하고 굉장히 큰 허벅지 위로 몸을 약간 기울여 벽난로에 침을 뱉었다.

그는 별 억양도 없이 이렇게 덧붙였다.

"그래요! 나한테는 생각할 시간이 조금 있었습니다. 이 사회가 내게 명상할 시간을 듬뿍 준 것이지요."

칼 윤트는 벌록 부인의 어머니가 으레 앉아 있던 벽난로 저쪽의 마모직 팔걸이의자에 앉아, 이가 다 빠진 입으로 떨떠름한 표정을 하고 킬킬대는 웃음을 불길하게 웃었다. 그는 자신을 테러리스트라고 불렀다. 그는 늙고 대머리였으며, 좁다랗고 눈처럼 하얀 염소수염 몇 가닥을 턱에 흐늘흐늘 늘어뜨리고 있었다. 꺼진 눈에는 음흉한 악의적 표정이 남아 있었다. 그가 힘들게 일어나서 통풍 때문에 부어서 흉하게 생긴 뼈만 앙상한 손을 앞으로 내미는 모습은, 다 죽어가는 살인자가 마지막으로 한 번 더 공격을 하기 위해 사력을 다하는 모습 같았다. 그는 다른 손으로 두툼한 지팡이를 짚고 있었는데, 손 밑의 지팡이가 덜덜 떨리고 있었다.

그는 거칠게 말했다.

"나는 수단을 선택하는 데 전혀 망설임이 없고, 스스로를 파괴자라고 일컬을 정도로 강하고, 세상을 썩어빠진 것으로 만드는 체념적인 염세주의에 전혀 물들지 않은 사람들의 집단을 꿈꿔왔소. 그들 자신을 포함하여 지상의 모든 것에 대해 일말의 동정심도 없이, 인류를 위해 영원히 죽음에 임하는 것, 바로 그것이 내가 보고 싶은 거란 말이오."

그의 작은 대머리가 흔들렸다. 그러자 하얀 염소수염 가닥도 덩달아 우습게 흔들렸다. 그가 하는 말을 낯선 사람이 들었다면 정말로 이해할 수 없는 소리로 들렸을 것이다. 그의 진부한 열변은 무기력하지만 사납다는 점에서, 망령이 든 관능주의자의 흥분한 목소리 같았다. 그것은 혀끝을 붙잡으려고 하는 것처럼 보이는 이 없는 잇몸과 갈라진 목소리 때문에 더욱 가관이었다. 방의 한쪽 구석 소파에 앉아 있던 벌록 씨는 그 말이 맞다는 듯, 두 번이나 뭐라고 툴툴거렸다.

늙은 테러리스트는 비쩍 마른 목 위에 얹힌 머리를 이쪽저쪽으로 서서히 돌리며 말했다.

"지금까지 그런 사람 셋이 같이 모인 적이 없었소. 당신처럼 썩어빠진 염세주의를 믿는 자들은 많지만 말이야."

그는 큼지막한 나무통처럼 생긴, 꼬고 있던 살찐 다리를 풀고 화가 났다는 표시로 의자 아래로 갑자기 발을 밀어넣는 미케일리스를 향하여 으르렁댔다.

나더러 염세주의자라니! 말도 안 되는 소리야! 미케일리스는 자신에 대한 비난이 모욕적이라고 소리쳤다. 그리고 자신이 염세주의와는 너무나 거리가 먼 사람이라고 했다. 그는 자신이 사유 재산 제도가 그것의 본래적인 결점 때문에 궁극적으로 파국을 맞을 수밖에 없다는 것을 이미 예견했다고 했다. 그에 따르면, 사유 재산을 소유한 사람들은 의식 있는 프롤레타리아와 맞닥뜨려야 할 뿐만 아니라 자기들끼리도 싸워야 했다. 그렇다. 투쟁과 전쟁은 사유 재산의 조건이었다. 그것은 숙명이었다. 그는 자신의 신념을 유지하기 위해서 감정적인 자극에 의존하지 않았다. 열변도, 분노도, 나부끼는 핏빛 깃발에 대한 생각도, 운이 다한 사회의 지평선 위로 솟아오르는 복수의 비유적인 붉은 태양도 필요치 않았다. 적어도 그는 그렇지 않았다! 그는 자신의 낙관론의 근거는 차가운 이성이라며 큰소리를 쳤다. 그래, 낙관론······

그가 힘들게 헐떡거리며 말하는 소리가 멈췄다. 그는 한두 번 숨을 헐떡거린 다음, 이렇게 덧붙였다.

"당신 생각에는, 내가 지금과 같은 낙관론자가 아니었다면, 지난 15년 동안 이 목숨을 끝장낼 방안을 강구하지 않았을 것 같습니까? 최후의 수단으로, 언제라도 벽에 머리를 들이박고 삶을 끝장낼 수도 있었습니다."

그는 너무 숨이 차, 목소리에는 열기도 없고 생기도 없었다. 크고 창백한 볼은 속이 팽팽한 주머니처럼 아무런 움직임 없이 얼굴에 매달려 있었다. 그러나 뭔가를 응시하는 것처럼 가늘게 뜬 푸른 눈에서는 자신만만한 기민함이 엿보였다. 고정된 시선에서는 약간의 광기마저 느껴졌다. 이 불요불굴의 낙관론자는 감방에 앉아 생각에 생각을 거듭하며 숱한 밤을 보내면서, 그런 눈길을 하고 있었음이 틀림없었다. 그의 앞에는, 칼 윤트가 빛바랜 녹색 군모의 차양 한쪽을 어깨 너머로 거만하게 젖힌 채, 아직도 서 있었다. 벽난로 앞쪽에는 오시폰 동지가 건장한 다리를 뻗어 구두창을 난로 쪽으로 향하고 앉아 있었다. 그는 전직 의대생이었으며, FP 전단의 선전 문구를 작성하는 사람이었다. 붉고 주근깨가 많은 얼굴 위의 노랑머리는 곱슬곱슬했다. 코는 납작하고 입은 흑인들처럼 불거져 나와 있었다. 아몬드같이 생긴 눈은 불거진 광대뼈 위에서 늘쩍지근하게 곁눈질을 했다. 그는 회색 플란넬 셔츠를 입고 있었고, 검정색 실크 넥타이의 느슨한 끝자락이 단추가 채워진 서지 옷의 아래쪽에서 나풀거렸다. 머리를 의자 뒤에 기대고 목을 대부분 드러낸 그는 기다란 나무 담뱃대를 들어올려 빨더니 천장을 향해 연기를 내뿜었다.

미케일리스는 자신이 생각하는 바를 얘기했다. 사회적 소외에 대한 생각이었다. 그건 감옥 생활 중에 깨달아, 상상 속에서 계시되는 신앙심처럼 쑥쑥 커버린 생각이었다. 듣는 사람이 자기 말에 동정심을 보이든 적개심을 보이든, 그리고 그들이 거기에 있든 말든, 혼자 얘기를 했다. 그것은 그가 사회적으로 익사당한 사람들을 위한 거대한 영안실처럼 불길하고 추한, 사면이 하얗게 칠해진 감방의 고독 속에서, 수없는 벽돌들이 쌓여 만들어진, 강 근처에 있는 감옥의 무덤 같은 침묵 속에서, 자신의 생각을 큰 소리로, 그리고 희망적으로 스스로에게 되뇌던 습관에서 생긴 것이었다.

그는 토론을 잘하지 못했다. 토론이 그의 신념을 흔들 수 있어서가 아니라, 다른 사람의 목소리를 듣기만 해도 고통스럽게 쩔쩔매고 혼란에 빠지기 때문이었다. 물이 없는 사막보다도 더 메마른 정신적인 고독 속에서 그렇게 숱한 세월 동안, 아무도 이의를 제기하지 않고 응수도 하지 않고 긍정도 하지 않는 가운데 자기 혼자만 키워왔던 생각이, 다른 사람의 목소리를 듣는 순간, 고통스러울 정도로 흔들려버리는 것이었다.

지금은 아무도 그의 말을 가로막지 않았다. 그는 다시 한 번 자신의 신념을 고백했다. 그 신념은 그를 저항할 수 없게 만드는, 은총처럼 완전한 것이었다. 그것은 삶의 물질적인 측면에서 밝혀진 운명의 비밀이었고, 모든 과거와 미래를 결정짓는 경제적인 조건이었으며, 모든 인간의 정신적인 진보나 열정을 인도하는 모든 역사와 모든 관념의 근원이며……

그때, 오시폰 동지가 거칠게 웃었다. 그러자 갑자기, 다소간에 들떠 있던 사도의 눈이 당혹스러워지고 침착성을 잃더니, 길게 이어지던 연설이 더듬더듬 주춤거리다가 뚝 그쳤다. 그는 흩어진 생각을 정돈하려고 하는 것처럼 천천히 눈을 감았다. 침묵이 흘렀다. 탁자 위에 밝혀진 두 개의 가스등과 타오르는 난로의 열기 때문에, 벌록 씨의 가게 뒤에 있는 거실은 지독히 더웠다. 벌록 씨는 내키지 않아 하면서도, 환기를 시키려고 부엌으로 통하는 문을 열었다. 그러자 나무 탁자에 아주 똑바른 자세로, 조용히 앉아 원을 그리고 또 그리는 순진한 스티비의 모습이 보였다. 그는 중심이 같거나 다른 원을 수없이 그리고 있었다. 수없는 선이 뒤엉켜 형태가 일정한 원들이 어지럽게 소용돌이를 치는 모습은 우주의 무질서, 즉 인식의 영역을 초월하려고 하는 광기 어린 예술의 상징처럼 보였다. 그 예술가는 전혀 고개를 돌리지 않았다. 자신이 하고 있는 일에 심혈을 기울이고 있는 그의 등이 떨렸다. 두개골 밑으로 움츠린 가느다란 목이 어느 순간, 툭 부러질 것만 같았다.

벌록 씨는 그 모습을 보고 놀라 툴툴거리면서 소파로 돌아왔다. 알렉산더 오시폰이 쥐가 날 정도로 오래 앉아 있던 자리에서 몸을 일으켰다. 천장이 낮은 데서 보니, 실이 드러나 보이는 푸른 서지 옷을 입은 그의 키가 커 보였다. 그는 두 계단 아래에 있는 부엌 쪽으로 가서, 스티비를 쳐다보았다. 그는 수수께끼 같은 소리를 하며 돌아왔다.

"아주 좋아. 아주 특징적이란 말이야. 완벽할 정도로 전형적이야."

"무엇이 그리 좋단 말인가?"

벌록 씨가 소파의 구석으로 몸을 옮기며 툴툴거렸다. 오시폰이 부엌 쪽을 향해 고개를 가볍게 쳐들고 겸손한 척하며, 자신이 한 말의 의미를 대충 설명했다.

"저런 형태의 퇴화 인간의 경우에는 전형적이란 말이죠. 저 애가 그려놓은 것들을 두고 하는 말입니다."

그러자 벌록 씨가 중얼거렸다.

"당신, 지금 저 애를 퇴화 인간이라고 하는 거야?"

알렉산더 오시폰 동지는 학위는 없지만 전에 의학을 전공한 적이 있기 때문에 의사라는 별명을 갖고 있는 사람이었다. 그는 나중에는 노동자들의 모임에 참석하여 위생의 사회주의적인 측면에 대해서 강연을 하고 다녔다. 그리고 『중산층의 악습』이라는 제목의 사이비 의학서의 저자였는데, 물론 이 싸구려 소책자는 나오자마자 경찰에 압수당했다. 그리고 그는 칼 윤트와 미케일리스와 함께 선전문을 담당하는, 다소간에 애매모호한 좌익 단체의 특별위원이었다. 오시폰은 적어도 두 대사관과 관련이 있는, 모호한 관계이긴 하지만 또 친숙한 관계이기도 한 벌록 씨를 향해, 과학 서적을 읽는 사람만이 평범한 사람들의 우둔함을 향해 던질 수 있는 가망 없이 자신만만한 눈길을 던졌다.

"과학적으로 얘기해서 저 애는 그렇게 분류할 수 있죠. 저런 종류의 퇴화 인간으로서는 아주 좋은 특징이죠. 그건 저 애의 귓불을 쳐다보는 것으로도 충분하죠. 만약 당신이 롬브로소를 읽었다면……"

비대한 몸을 소파에 얹고 앉아 있던 우울한 표정의 벌록 씨는 자신의 조끼에 달린 단추들을 계속 굽어보고 있었다. 갑자기, 그의 뺨이 약간 붉어졌다. 그는 최근 들어 과학이라는 단어와 결부된 말을 듣기만 해도 (물론 과학이라는 말 자체는 사람을 화나게 할 것도 없었고, 특정한 의미를 지니고 있는 것도 아니었다) 초자연적이라고 생각될 만큼 선명하게, 블라디미르 씨의 불쾌한 얼굴이 눈앞에 떠올랐다. 물론 이러한 현상도 그 자체로 보면 과학의 놀라운 현상 중의 하나로 분류해도 무방할 것이지만, 벌록 씨는 과학이라는 말만 들어도 두렵고 화가 머리끝까지 나서 고래고래 소리를 지르며 욕을 하고 싶은 충동을 느꼈다. 그러나 그는 아무 말도 하지 않았다. 발악적으로 소리를 친 건 칼 윤트였다.

"롬브로소는 똥멍청이야."

오시폰 동지는 이 불경스러운 말에 충격을 받아 상대방을 멍하니 쳐다볼 뿐이었다. 윤트는 광채가 전혀 없는 못쓰게 된 눈으로, 크고 여윈 이마 아래에 드리워져 있는 짙은 그림자를 더욱 검게 만들며, 마치 화가 나서 말을 질근질근 씹는 것처럼, 단어를 두 개 발음할 때마다 멈추고 입술로 혀끝을 물었다.

"당신, 그처럼 백치 같은 놈을 본 적이 있소? 그 작자에 의할 것 같으면 죄수는 범죄자 타입이야. 간단하잖아? 그런데 그를 거기에 처넣은 사람들은 어떻지? 그래, 그를 강제로 거기에 처박은 사람들은 어떠냔 말이야? 그리고 어떤 게 범죄야? 가난하고 운 없는 수없는 사람들의 귀와 이를 조사해 포식을 하며 사는 놈들의 세계에서 이름을 낸, 이 형편없는 작자가 그걸 제대로 알기나 해? 이와 귀를 보면 범죄자를 알 수 있다고? 그래? 그렇다면 배불리 처먹은 놈들이 굶주린 사람들로부터 자신들을 보호하기 위해 만들어낸 저 돼먹지 않은 법은 어떻게 된 거야? 그놈들의 사악한 피부에도 그 이론을 적용해보지그래? 당신은 사람들의 두꺼운 살가죽이 지글지글 끓고 타면서 나는 냄새와 소리가 여기에서도 느껴지지 않나? 그런 식으로 범죄자들을 몰아놓고, 당신이 신봉하는 롬브로소 같은 작자들은 씨도 안 먹히는 헛소리를 하는 거라고."

그가 너무 흥분하는 바람에, 그의 다리와 짚고 있는 지팡이 손잡이가 같이 흔들렸다. 그러나 모자에 달린 햇빛 가리개 천이 뒤로 늘어져 있는 그의 몸통은 역사적인 거부의 몸짓을 유지하고 있었다. 그는 사회적인 잔인성의 오염된 공기 냄새를 맡고, 그것의 잔혹한 소리를 들으려고 귀를 쫑그리는 것 같았다. 이러한 모습에는 굉장히 함축적인 힘이 있는 것 같았다. 이제는 거의 죽어가고 있는, 다이너마이트 전쟁의 베테랑은 한창때는 대단한 연기자였다. 연단에서도 그랬고, 비밀 집회에서도 그랬고, 개별 면담에서도 그랬다. 그는 유명한 테러리스트로서, 사회 조직에 대고 조그만 손가락을 들어올릴 만큼의 행동도 개인적으로는 하지 않았다. 그는 행동파가 아니었다. 대중을 환호와 열광의 도가니로 몰고 가는 청산유수의 달변가도 아니었다. 그는 더 교묘했다. 그는 거만하고 악의에 찬 선동가의 역할을 했다. 그는 아무것도 모르고 맹목적인 시샘과 무지의 허영, 가난의 고통과 비참함, 정당한 분노와 연민과 반역의 희망적이고 고귀한 환상들에 숨어 있는 사악한 충동을 악의적이고 거만하게 부채질하는 역할을 담당했다. 텅 비어 쓸모가 없어졌기 때문에 쓰레기 더미 위에 던져지게 될 오래된 독약 병에 남아 있는 치명적인 냄새처럼, 그가 옛날에 발휘했던 사악한 재능의 그림자가 그에게 아직도 남아 있었다.

가출옥한 사도 미케일리스는 다문 입가에 애매한 웃음을 지었다. 창백한 얼굴은 침울한 긍정의 무게에 소침해져 있었다. 그 자신도 죄수였다. 그는 부드러운 어조로, 자신의 살갗이 새빨간 인두 밑에서 실제로 지글지글 끓었노라고 중얼거렸다. 그러나 의사라는 별명을 가진 오시폰 동지는 그때쯤 충격에서 벗어나 있었다.

"당신은 모르고 하는 말입니다."

그는 혐오스럽다는 듯 말을 꺼냈다. 그런데 그는, 오직 그 소리에 이

끌린 것처럼 서서히 얼굴을 돌려 자신을 응시하는, 칠흑같이 움푹 들어간 검은 눈을 바라보더니 잔뜩 겁을 먹고, 하던 말을 뚝 멈췄다. 그는 어깨를 약간 으쓱거리며 더 논쟁하는 것을 포기했다.

무관심 속에서 이리저리 돌아다니는 데 익숙한 스티비는 부엌 식탁에서 몸을 일으켜, 그린 것을 침대로 가지고 가려고 했다. 그런데 거실 문에 이르렀을 때, 그는 칼 윤트가 현란하게 제시하고 있는 이미지에 충격을 받았다. 원으로 가득 찬 종이가 손가락 사이에서 빠져나와 바닥으로 떨어졌다. 그리고 그는 갑자기, 병적인 공포나 육체적인 고통에 대한 두려움 때문에 그 자리에 못 박힌 것처럼 늙은 테러리스트를 응시하며 서 있었다. 스티비는 뜨거운 다리미가 사람의 살갗에 닿으면 굉장히 아프다는 것을 잘 알고 있었다. 겁먹은 눈은 분노로 이글거렸다. 그래 몹시 아플 거야. 그의 입은 멍하니 벌어져 있었다.

미케일리스는 눈 한번 깜빡하지 않고 난롯불을 바라봄으로써 생각을 계속하는 데 필요한 고독을 되찾았다. 낙천적인 말이 그의 입에서 흘러나오기 시작했다. 그는 자본주의의 몰락은 처음부터 예정된 것이라고 했다. 경쟁의 원리라는 독소를 갖고 출발한 것이기 때문이었다. 그는 대자본가들이 소자본가들을 집어삼키고, 대량 생산의 수단과 힘을 찾는 데 골몰하고, 산업화 과정을 완성하고, 자기 확장에만 혈안이 되어 준비하고 조직하고 치부하면서, 고통을 당하는 프롤레타리아를 적법하게 물려받을 궁리만 하는 게 현실이라고 생각했다. 미케일리스는 '인내'라는 거창한 말을 사용했다. 벌록 씨의 집 거실의 낮은 천장을 향해 들어올려진 맑고 푸른 눈에는 거룩한 진실성이 담겨 있었다. 침착해진 스티비는 문간에 서서, 둔감한 상태에 푹 빠져버린 것 같았다.

오시폰 동지의 얼굴이 분노로 씰룩거렸다.

"그렇다면 뭘 해도 소용없다는 말이군요. 제아무리 무슨 일을 해도 말입니다."

"내 말은 그게 아닙니다."

미케일리스가 부드럽게 이의를 제기했다. 이번에는 진실에 대한 생각이 너무 강렬해서인지 낯선 목소리가 들렸음에도 주춤거리지 않았다. 그는 타고 있는 석탄을 계속 내려다보며 말했다. 미래를 위한 준비는 필요한 것이었다. 그는 커다란 변화가 어쩌면 혁명의 격변기에 생길 수 있다는 것을 받아들일 용의가 있었다. 그러나 혁명을 위한 선전은 지고한 양심이 결부된 섬세한 일이라고 주장했다. 그것은 세계의 주인들에 대한 교육이었다. 그것은 왕들에게 하는 교육만큼이나 주도면밀해야 하는 것이었다. 그는 경제적인 변화가 행복, 도덕, 지성, 인간의 역사에 어떤 영향을 미칠지 모르는 만큼, 소심하다고 할 수 있을 정도까지 조심스럽게, 그 원리를 진전시켜야 한다고 믿었다. 역사는 관념이 아니라 도구로 만들어지는 것이었다. 모든 것은 경제적인 조건에 따라 변화하기 마련이었다. 예술, 철학, 사랑, 미덕, 그리고 진실 그 자체까지도!

난로의 석탄이 찌—직 하는 소리를 내면서 내려앉았다. 그러자 교도소라는 사막에서 미래에 대한 비전을 찾아냈던 사도 미케일리스는 급히 몸을 일으켰다. 부푼 풍선처럼 뚱뚱한 그는 새로 태어난 우주를 가슴에 껴안으려는 애처롭게도 가망 없는 몸짓을 하는 사람처럼, 짧고 두꺼운 팔을 펼쳤다. 열정이 넘쳐 숨을 못 쉴 정도였다.

"미래는 노예 제도, 봉건주의, 개인주의, 집단주의와 같은 과거처럼 확실한 것입니다. 이것은 공허한 예언이 아니라 법입니다."

오시폰 동지는 혐오스럽다는 듯 두꺼운 입술을 삐쭉거렸다. 그러자 흑인처럼 생긴 얼굴이 더욱 두드러져 보였다. 그럼에도 그는 침착하게 말을 이었다.

"웃기는 소리 작작 하시오. 법도 없고, 확실성도 없소. 무슨 놈의 염병할 교육용 선전이란 말입니까? 알고 있는 것이 정확하기만 하다면, 사람들이 무얼 알고 있는지는 중요하지 않소. 우리가 상관할 일은 대중의 감정 상태일 뿐이오. 감정이 없으면 행동도 없는 것이오."

그는 잠시 말을 멈췄다가 다소 강하게 말했다.

"나는 지금 당신에게 과학적으로 말하고 있는 거요. 과학적으로 말이오."

벌록 씨가 소파에서 뭐라고 투덜거렸다. 그러자 오시폰이 물었다.

"벌록 씨, 뭐라고요?"

"아무것도 아니오."

벌록 씨는 그 혐오스러운 과학이라는 단어에 자극되어 그저 "염병할!" 이렇게 말했을 뿐이었다.

그러자 늙은 테러리스트가 이 없는 입으로 독기 오른 소리를 내뱉었다.

"당신은 내가 현재 경제 상황에 대해서 뭐라고 할지 알아? 그건 식인적이야. 바로 그거야! 그들은 사람들의 바들바들 떨리는 살과 따뜻한 피로 탐욕을 채우고 있는 거야!"

스티비는 그 무서운 말을 소리가 날 정도로 꿀꺽 삼켰다. 그리고 그것이 순식간에 몸에 퍼지는 독약이라도 되는 것처럼 부엌문 계단에 힘없이 주저앉았다.

미케일리스는 아무런 얘기도 듣지 못한 것 같았다. 그의 입술은 영원히 봉해진 것 같았다. 두툼한 볼에는 아무런 움직임도 없었다. 그는 걱정스러운 눈을 두리번거리며, 둥글고 딱딱한 모자를 찾아 둥근 머리에 썼다. 그의 둥글고 비대한 몸이 칼 윤트의 날카로운 팔꿈치 밑에 있는 의자 사이에서 낮게 떠다니는 것 같았다. 늙은 테러리스트는 어정쩡하고 갈고리 발톱 같은 손을 들어올려, 검정색 펠트 멕시코 모자를 으스대듯 잡아당겨 쭈글쭈글한 얼굴의 고랑과 능선에 그림자를 드리우게 만들었다. 그는 한 발자국 나아갈 때마다 지팡이로 마루를 두드리며 서서히 움직였다. 그가 집 밖으로 나가게 하는 것도 일이라면 일이었다. 그는 이따금 무슨 생각을 하는 것처럼 멈춰 서서 미케일리스가 앞으로 끌어당길 때까지 움직이지 않았다. 부드러운 심성의 사도는 형제애를 발휘하여 그의 팔을 붙들어줬다. 그들 뒤에서는 건장한 오시폰이 손을 호주머니에 찌른 채 멍하게 하품을 했다. 덥수룩한 노랑머리 뒤에 있는 에나멜가죽 챙이 달린 곤색 모자는, 그를 한바탕 질펀하게 논 후, 세상에 염증이 난다는 듯한 표정을 짓는 노르웨이 선원처럼 보이게 했다. 벌록 씨는 모자는 벗고 무거운 코트는 열어놓고 바닥에 눈을 고정시킨 채 집을 떠나는 손님들을 배웅했다.

그는 그들의 등 뒤로 약간 거칠게 문을 닫은 다음, 열쇠를 돌리고 빗장을 걸었다. 그는 자신의 친구들이 불만족스러웠다. 폭탄 투척에 관한 블라디미르의 철학적 입장에서 비춰 보면, 그들은 아무짝에도 쓸모없는 인간들이었다. 혁명적 정치 행위에서 관찰하는 일을 맡아온 벌록 씨는 자기 집에서건 큰 모임에서건 자신이 직접 나서서 행동을 취할 수는 없었다. 그는 신중해야 했다. 그는 자신에게 가장 소중한 평온함과 안정이 위협받고 있는 상황에서, 마흔이 넘은 사람으로서 의로운 분노를 느꼈다. 칼 윤트, 미케일리스, 오시폰과 같은 인간들에게서 달리 뭘 기대할 수 있으랴 싶었다.

벌록 씨는 가게 중앙에 있는 가스 불을 끄려던 것을 잠시 멈추고 도덕적인 묵상의 나락에 빠져들었다. 그는 이러한 생각의 나락 속에서 그 나름의 통찰력을 발휘하여 동료들에 대한 판단을 내렸다. 칼 윤트라는 작자는 게으르기 짝이 없는 인간이었다. 지독한 근시인 노파가 그를 보살피고 있었다. 그 여자는 그가 수년 전에 친구한테서 빼앗은 사람이었는데, 그는 후에 이 여자를 떼어버리려고 시궁창에 한 번 이상 밀어넣었다. 윤트에게는 대단히 다행스럽게도, 그럴 때마다 그녀가 죽기 살기로 다시 찾아왔으니 망정이지, 그렇지 않았더라면 아무도 그린 공원의 담 옆에서 그가 버스에서 내릴 수 있도록 도와줄 사람이 없었을 것이다. 그린 공원은 그 유령 같은 인간이 날씨가 좋은 날 아침이면, 산책이랍시고 나다니는 곳이었다. 그 악착스럽고 딱딱거리는 늙은 마녀가 죽으면 그 거들먹거리는 유령도 사라지고 말 것이었다. 성미 사나운 칼 윤트도 그때가 되면 끝장일 것이었다. 미케일리스도 형편없기는 마찬가지였다. 벌록 씨는 미케일리스의 낙관론에 비위가 상했다. 잘사는 귀부인이 그를 감싸고돌았다. 그녀는 최근에 미케일리스를 시골에 있는 그녀 소유의 오두막으로 보내려 하고 있었다. 가출옥수인 그는 감미롭고 인도주의적인 유유자적함을 누리면서, 그늘진 오솔길을 돌아다니며 몇 날 며칠을 생각에 잠길 수 있을 것이었다. 오시폰도 마찬가지였다. 그 비렁뱅이 놈은 두둑한 은행 통장을 갖고 있는 얼빠진 여자들이 있는 한, 아무것도 원하는 게 없는 인간이었다. 기질적으로는 동료들과 똑같은 성향의 벌록 씨는 마음속으로, 사소한 차이점을 들어서 자신을 그 사람들과 구별했다. 체통을 지키고자 하는 본능이 그에게 강하게 남아 있었기 때문에 자족적인 마음으로 그렇게 한 것이었다. 그러나 그에게도 문제가 없는 건 아니었다. 그는 노동이라면 어떤 것이든 싫어했다. 노동에 대한 혐오는 그와 기존의 사회 형태를 혁명적으로 개혁하려고 하는 사람들의 공통된 기질적 결점이었다. 사람이란 일반적으로 그 사회가 주는 기회와 이점에 반항하는 것이 아니라, 똑같은 것에 대해 기존의 도덕성, 자기 억제, 노고 등으로 값을 치러야 한다는 것에 반항하는 법이다. 다수의 혁명주의자들은 대부분, 질서와 노동의 적이다. 또한 그들의 정의관에서 보자면, 그들이 지불해야 하는 값이 너무나 크고 불쾌하고 억압적이고 짜증나고 터무니없고 용납할 수 없게 보인다. 그런 자들은 광신자들이다. 반역자들 중 나머지는 허영, 즉 고귀하고 사악한 모든 환상의 어머니이며 시인과 개혁가와 협잡꾼과 예언자와 선동자의 동반자인 허영이라는 말로 설명할 수 있다.

명상의 깊은 나락 속에서 잠시 망연자실해 있던 벌록 씨는 이러한 추상적인 생각을 더 깊숙이 밀고 들어가지 않았다. 어쩌면 그는 그렇게 할 수 없었는지도 모른다. 여하튼 그럴 시간도 없었다. 그는 블라디미르 씨가 머리 속에 불쑥 떠오르자 고통스럽게 현실로 돌아왔다. 그는 블라디미르 씨에 대해서도 정확하게 판단을 내릴 수가 있었다. 도덕적인 면에서 서로 유사한 점이 있기 때문에 가능한 일이었다. 그는 그를 위험한 인간이라고 생각했다. 질투의 그림자가 생각 속으로 스며들었다. 블라디미르 씨를 알지 못하는 이 인간들은 빈둥거려도 상관없었다. 게다가 그들에겐 기댈 여자들도 있었다. 그런데 그에게는 부양해야 하는 여자까지 딸려 있고……

이때쯤 해서 벌록 씨는 이런저런 생각을 하다가, 그날 저녁도 잠을 자긴 해야겠다고 생각했다. 그렇다면 지금 즉시 그러면 안 될까? 그는 한숨을 쉬었다. 그래야 한다는 것은 그 나이, 그 기질의 남자에게 그렇게 즐거운 일이 아니었다. 그는 불면이라는 괴물이 무서웠다. 그 괴물이 자신을 점찍은 것 같았다. 그는 팔을 들어 머리 위에서 너울거리고 있던 가스 등을 껐다.

밝은 빛줄기가 거실 문을 통해서 카운터 뒤의 가게 일부를 비췄다. 그 빛은 벌록 씨로 하여금 서랍에 있는 돈이 얼마인지 한눈에 알도록 해줬다. 돈은 얼마 되지 않았다. 그는 가게를 시작한 이래 처음으로, 그것의 상업적 가치를 가늠해보았다. 형편없었다. 상업적인 이유 때문에 이런 장사를 시작한 것은 아니었다. 쉽게 돈을 버는 음침한 일에 본능적으로 끌려, 이처럼 특이한 장사를 시작한 것이었다. 게다가 이 가게는 그를 자신의 영역 밖으로, 경찰이 감시하는 영역 밖으로 벗어나지 않게 해줬다. 오히려 그 영역 내에서 그의 위치를 공공연한 것으로 만들어주었다. 가게는 벌록 씨가 경찰을 염려하지 않고 사람들을 맞을 수 있도록 하는 데 아주 적절한 눈가림이 되어주었다. 그러나 생계 수단으로서는 불충분했다.

그는 서랍에서 돈궤를 꺼내 가게에서 나오다가, 스티비가 아직도 아래층에 있다는 것을 알았다.

저 애가 도대체 저기서 뭘 하고 있을까? 벌록 씨는 이렇게 자문했다. 왜 저렇게 이상야릇한 짓을 하는 걸까? 그는 처남을 미심쩍은 눈으로 바라보았다. 그러나 실제로 무슨 일이냐고 처남에게 물어보지는 않았다. 벌록 씨가 아침 식사를 마치고 나서 스티비에게 건네는 말은 언제나 "내 구두 갖고 와"란 말뿐이었다. 하기야 그것조차도 직접적인 명령이나 요청이라기보다는 대부분 필요에 의한 것이었다. 벌록 씨는 자신이 스티비에게 무슨 말을 해야 할지 모른다는 사실이 놀라웠다. 그는 거실 한가운데에 꿈쩍 않고 서서 아무 말 없이 부엌 쪽을 쳐다봤다. 자신이 무슨 말을 하면 무슨 일이 생길지 알지 못했다. 그런데 갑자기, 이 친구도 자신이 부양해야 하는 존재라는 생각이 불쑥 머리에 떠오르자 아주 야릇한 기분이 들었다. 그는 그때까지 스티비의 존재에 관해서는 한순간도 생각해본 적이 없었다.

그는 그 애에게 어떻게 말을 건네야 할지 정말 모르고 있었다. 그는 스티비가 부엌에서 돌아다니며 뭔가 중얼거리는 모습을 지켜보았다. 스티비는 우리에 갇힌 흥분한 동물처럼 식탁 주위를 어슬렁거리고 있었다.

"가서 자는 게 어떠냐?"

그가 시험 삼아 이렇게 말해보았지만 아무 효과도 없었다. 벌록 씨는 처남의 행동거지를 무표정하게 관찰하던 것을 그만두고 돈궤를 손에 들고 지친 모습으로 거실을 가로질렀다. 물론, 그가 계단을 오르면서 느낀 피로는 전적으로 정신적인 것이었다. 그러나 말로 설명할 수 없는 뭔가가 그를 놀라게 했다. 이러다 정말로 아프게 되는 것은 아닐까 하는 생각까지 들었다. 그는 몸의 감각을 확인하기 위해 어두운 층계참에 멈춰 섰다. 그러나 어둠 속에 꽉 들어찬, 작지만 계속적으로 들리는 코 고는 소리 때문에 그럴 수도 없었다. 그 소리는 장모의 방에서 나오고 있었다. 부양해야 할 인간이 또 있구나. 이런 생각과 함께 그는 침실로 걸어 들어갔다.

벌록 부인은 침대 옆에 있는 탁자에 램프— 위층에는 가스 불이 없었다—를 환히 켜놓은 채 잠들어 있었다. 램프의 갓 때문에 아래로 쏠린 빛이 머리에 눌려 안으로 쑥 들어간 하얀 베개 위에 쏟아져 내리고 있었다. 그녀는 머리를 여러 가닥으로 땋아 늘이고 잠들어 있었다. 그녀는 이름을 부르는 소리에 깨어났다. 남편이 그녀를 굽어보고 있었다.

"위니! 위니!"

그녀는 처음에는 조용히 누운 자세로, 벌록 씨의 손에 들린 돈궤를 보면서 움직이지 않았다. 그러나 동생이 "아래층에서 돌아다니고 있다"는 소리를 듣자, 벌떡 일어나 침대 가로 나왔다. 그녀는 남편의 얼굴을 올려다보면서, 목과 팔목에 단추가 꽉 채워지고 소매가 달린 간소한 옥양목 잠옷의 밑자락을 뚫고 나온 듯한 맨발에 카펫 위에 놓여 있던 슬리퍼를 신었다.

벌록 씨가 역정을 내며 말했다.

"난 저 애를 어떻게 다뤄야 할지 모르겠어. 불을 켜놓은 채 아래층에 그 애를 혼자 놔둬서는 안 될 것 같아."

그녀는 아무 말도 하지 않고 미끄러지듯 방에서 나갔다. 그녀의 하얀 모습 뒤로 문이 닫혔다.

벌록 씨는 협탁에 돈궤를 놓고 옷을 벗기 시작했다. 그는 멀리 있는 의자 위에 코트를 던지고 웃옷과 조끼를 벗었다. 그리고 긴 양말을 신은 채 방에서 서성거렸다. 그는 손을 목 부위에 초조하게 대고 아내의 옷장 문에 달린 기다란 거울 앞으로 왔다 갔다 했다. 그런 다음 어깨에서 멜빵끈을 풀었다. 그러고는 거칠게 베니션 블라인드를 올리고 차가운 유리창에 이마를 갖다 댔다. 차고 어둡고 축축하고 질퍽하고 황량한 벽돌과 슬레이트와 돌같이, 인간에게는 사랑스럽지도 않고 친근하지도 않은, 적의를 띤 것들이 한 장의 깨지기 쉬운 얇은 유리를 사이에 두고 저쪽 너머에 펼쳐져 있었다.

벌록 씨는 육체적인 고통에 육박할 정도로, 문밖에 있는 모든 것들의 보이지 않는 적의를 느꼈다. 경찰의 비밀요원이라는 직업보다도 더 완벽하게 사람을 실망시키는 직업은 없다. 그것은 자신의 말이, 인적도 없고 목이 바짝바짝 타들어가는 평원 한가운데에서 갑자기 고꾸라져 죽어버리는 것과 같다. 이렇게 말에 비유하는 이유는 그가 한창 시절에 여러 마리의 군마를 탔던 경험에 비추어 볼 때, 자신이 처음으로 그 말에서 떨어진 것 같은 느낌을 받고 있기 때문이었다. 앞으로의 전망은 그가 이마를 기대고 있는 창유리만큼이나 어두운 것이었다. 그런데 갑자기, 면도를 말끔하게 하고 위트가 넘치는 블라디미르 씨의 발그스레한 얼굴이, 치명적인 어둠에 찍힌 일종의 핑크빛 봉인처럼 불쑥 나타났다.

또렷하고 불완전한 환영이 소름 끼칠 정도로 너무 생생해, 벌록 씨는 드르륵 소리가 나게 블라인드를 내리고 창문에서 물러섰다. 그 환영이 다시 나타날까 두려웠다. 그는 두려운 마음에 할 말을 잃고, 아내가 방으로 다시 들어와 차분하고 사무적인 모습으로 침대 속으로 들어가는 모습을 바라보았다. 그는 그 모습을 보면서 절망적인 고독감을 느꼈다. 벌록 부인은 그가 아직도 자지 않고 있는 걸 보고 놀라워했다.

벌록 씨가 축축한 이마에 손을 대며 중얼거렸다.

"몸 상태가 별로 안 좋아."

"어지러워요?"

"응. 몹시 안 좋아."

벌록 부인은 경험이 있는 아내가 그러하듯이 원인이 무엇이며 치료는 어떻게 해야 하는지에 대해 침착하게 얘기했다. 그러나 방 한가운데 못 박힌 듯 서 있는 남편은 내려뜨린 고개를 슬프게 저을 뿐이었다.

"당신, 거기 서 있다가는 감기 들겠어요."

벌록 씨는 나머지 옷을 힘들게 다 벗고 침대로 들어갔다. 아래에 있는 고요하고 좁은 거리에서, 누군가가 집을 향하여 뚜벅뚜벅 걸어왔다가 서두르지도 않고 다시 뚜벅뚜벅 걸어가는 소리가 들렸다. 마치 그 행인은 그 밤에 가로등에서 가로등으로 끝없이 옮겨 다니며 영원의 거리를 재기 시작한 것 같았다. 층계참에 있는 낡은 시계의 졸린 듯 재깍재깍 소리가 침실에서도 분명하게 들렸다.

벌록 부인은 천장을 보며 말했다.

"오늘은 매상이 아주 적었어요."

똑같은 자세로 누워 있던 벌록 씨는 무엇인가 중요한 것을 말하려는 것처럼 목청을 가다듬었다. 그러나 그는 간단한 질문만 했다.

"아래층 불은 껐어?"

벌록 부인이 신중하게 대답했다.

"예, 껐어요."

그녀는 시계가 세 번 째깍거릴 동안 말을 멈췄다가 다시 말을 이었다.

"저 가엾은 애가 오늘 밤은 아주 흥분해 있네요."

벌록 씨는 스티비의 흥분 상태에 대해서는 전혀 관심이 없었다. 그러나 그는 잠이 멀리 달아나는 것을 느꼈다. 그는 램프를 끈 다음에 몰려올 어둠과 침묵이 두려웠다. 바로 이 두려움이 그로 하여금 말을 하게 만들었다. 그는 자신이 스티비에게 들어가서 자라고 얘기했지만 들은 척 만 척했다는 얘기를 부인에게 했다. 함정에 걸려든 벌록 부인은, 스티비가 그렇게 한 것은 '무례'해서가 아니고 '흥분'했기 때문이라고 장황하게 설명했다. 그녀는 런던에 사는 스티비 또래의 젊은이들 중에서 그 애만큼 유순하고 말 잘 듣는 애는 없다고 말했다. 아무도 스티비만큼 정 많고 남을 기쁘게 하려고 하는 애도 없으며, 머리를 혼란시키지만 않는다면 그 애만큼 쓸모 있는 애도 없다는 것이었다. 벌록 부인은 누워 있는 남편을 향하여 몸을 돌리고 그를 걱정스럽게 굽어보면서, 스티비를 가족의 쓸모 있는 일원으로 생각하고 또 믿어야 한다고 말했다. 동생의 비참한 상태로 인해 그녀가 어렸을 때부터 비정상적으로 갖게 된 보호 본능과 연민의 마음이 그녀의 창백한 볼에 희미한 홍조를 띠게 하고, 검은 눈꺼풀 아래의 큰 눈을 반짝이게 했다. 그러자 벌록 부인은 더 젊어 보였다. 그녀는 처녀 시절만큼 젊어 보였고, 벨그라비아 지역에 살던 시절에 남자 투숙객들에게 비쳤던 것보다 훨씬 더 생기 있어 보였다. 벌록 씨는 일에 대한 걱정 때문에 아내가 말하는 것에서 아무런 의미를 찾을 수 없었다. 마치 그녀가 두꺼운 벽의 다른 쪽에서 얘기하는 것 같았다. 그를 제정신으로 돌아오게 한 것은 그녀의 모습이었다.

그는 이 여자의 진가를 인정했다. 그러나 감정과 흡사한 어떤 것이

마음속에 출렁거리면서 촉발된, 그녀에 대한 평가는 정신적인 고뇌에 또 다른 고통을 얹어줄 뿐이었다. 그녀가 말을 멈췄을 때 그는 불편하게 몸을 움직이며 말했다.

"지난 며칠 동안, 몸이 별로 좋지 않았어."

그는 비밀을 털어놓을 요량으로 이 말을 했는지 모르지만, 벌록 부인은 그것과 상관없이 베개에 머리를 다시 눕히고 천장을 쳐다보며 하던 말을 계속했다.

"저 애는 여기에서 오가는 얘기를 너무 많이 듣고 있어요. 제가 그 사람들이 오늘 밤에 오는 걸 미리 알았더라면, 저 애가 저와 같은 시간에 잠자리에 들 수 있도록 했을 거예요. 저 애는 사람들이 사람들의 살을 먹고 피를 들이마신다는 말을 엿듣고 갈피를 못 잡고 있어요. 그런 얘기를 해서 뭐가 좋은 거죠?"

그녀의 목소리에 경멸과 노기가 묻어 있었다. 벌록 씨는 이번에는 제대로 반응했다.

그는 으르렁거리는 소리로 대답했다.

"칼 윤트에게 직접 물어봐."

벌록 부인은 단호한 어조로, 칼 윤트는 "혐오스러운 늙은이"라고 말했다. 그리고 미케일리스가 마음에 든다는 것을 서슴없이 얘기했다. 그러나 자신의 마음을 언제나 안절부절못하게 만드는 건장한 오시폰에 대해서는 이렇다 저렇다 아무 말도 하지 않았다. 그녀는 여러 해 동안 보살펴야 했고 걱정해야 했던 남동생에 대한 얘기를 계속했다.

"그 애한테는 여기에서 하는 얘기들이 부적절해요. 그 애는 그게 모두 사실이라고 믿고 있어요. 더는 몰라요. 그런 얘기를 들으면 그 애는 온통 그 생각만 하게 돼요."

벌록 씨는 아무 말도 하지 않았다.

"제가 내려갔을 때 그 애는 내가 누구인지 모르는 것처럼 나를 노려봤어요. 그 애의 심장은 쿵쿵 뛰고 있었고요. 그 애는 흥분하지 않을 수 없었던 거예요. 그래서 제가 어머니를 깨워서 그 애가 잠이 들 때까지 옆에서 지켜보라고 했어요. 그건 그 애 잘못이 아니에요. 그 애는 가만 놔두면 문제가 없는 애예요."

벌록 씨는 여전히 아무 말도 하지 않았다.

벌록 부인은 다시 무뚝뚝하게 말을 이었다.

"그 애가 학교에 다니지 않았더라면 좋았을 걸 그랬어요. 그 애는 늘 가게 창문에 있는 신문들을 가져다 읽어요. 얼굴이 붉어질 때까지 그걸 자세히 읽는 거예요. 우리 가게에선 한 달에 열 부 정도나 팔릴까 말까 한 것을 말이에요. 그것은 창문 앞쪽에 자리만 차지하고 있잖아요. 그리고 오시폰 씨가 몽땅 갖다놓은 반 페니짜리 FP 팸플릿도 있어요. 저 같으면 그걸 다 준다고 해도 단 한 푼도 내지 않을 거예요. 말도 안 되는 얘기들이에요. 그건 팔리지도 않아요. 스티비가 지난번에는 그중 하나를 가져다 읽었어요. 거기에는 아무런 후속 조치도 취하지 않은 상태에서 독일군 장교가 신병의 귀를 반쯤 잘라냈다는 이야기가 실려 있었어요. 잔인한 얘기죠! 그날 오후엔 저도 스티비를 도무지 어떻게 할 수가 없더라고요. 그 얘기는 사람의 피를 부글부글 끓게 하기에 충분했어요. 그런데 그런 것을 인쇄해서 어디에 쓰자는 거죠? 우리는 독일의 노예가 아니잖아요. 고맙게도 말이에요. 그건 우리가 상관할 일이 아니잖아요?"

벌록 씨는 아무 대답도 하지 않았다.

벌록 부인은 이제 약간 졸린 목소리로 말을 이었다.

"제가 그 애한테서 조각칼을 뺏어야 할 정도였다니까요. 그 애는 소리를 치고 발을 구르고 울고불고 야단이었어요. 그 애는 잔인한 것을 참을 수 없어 해요. 그 애가 만약 그 장교를 보았더라면 돼지 죽이듯 찔러 죽였을 거예요. 그것은 사실이기도 하잖아요. 사실, 어떤 사람들은 별로 동정을 받을 자격도 없으니까요."

벌록 부인의 목소리가 그쳤다. 그녀가 길게 말을 멈추는 동안, 그녀의 움직이지 않는 눈에 점점 더 사색적이고 베일에 싸인 듯한 표정이 어렸다.

"당신, 편안해요? 불을 끌까요?"

그녀가 먼 곳에서 들려오는 듯한 희미한 목소리로 물었다.

벌록 씨는 불면의 밤을 보내야 한다는 두려움 때문에 아무 말도 할 수 없었다. 한없이 무기력하기만 했다. 말을 하는 것조차 힘들었다.

"그래, 끄지."

마침내 그가 음산한 어조로 말했다.

4

술집은 지하에 있었다. 하얀 무늬의 붉은색 천으로 덮인 30여 개의 작은 탁자들은 대부분, 짙은 갈색 판자로 된 벽 쪽에 직각으로 정렬되어 있었다. 여러 개의 전구가 달린 청동 샹들리에가 약간 둥글고도 낮은 천장에 달려 있었다. 창문이 없는 벽에는 밋밋하고 우중충한 프레스코 벽화가 그려져 있었다. 중세풍 옷을 입은 사람들이 사냥을 하고, 야외에서 술을 마시며 노는 장면이 그려진 벽화였다. 소매 없는 짧은 조끼를 입은 기사들이 사냥용 칼을 거품이 보글보글 올라오는 커다란 맥주 잔 위로 치켜들고 있는 모습도 그려져 있었다.

건장한 오시폰이 발을 의자 밑으로 완전히 밀어넣은 상태에서, 팔꿈치를 테이블 앞쪽으로 뻗고 몸을 앞으로 기울이며 말했다.

"내가 크게 착각한 게 아니라면, 이 어처구니없는 일의 내막을 알고 있는 사람은 당신 같은데요."

그는 골똘한 눈으로 상대방을 응시했다.

양쪽에 야자수 화분이 놓인 문 가까이에 있는 미니 그랜드피아노에서 강렬한 왈츠 선율이 갑자기, 그것도 저절로 터져나왔다. 귀를 멍멍하게 만드는 소리였다. 그 소리가 시작할 때와 마찬가지로 갑자기 멈추자, 맥주가 가득 담긴 두꺼운 유리잔을 앞에 두고 오시폰을 바라보고 있던, 안경을 쓴 꾀죄죄한 모습의 작은 남자는 일반 명제처럼 들리는 소리를 조용히 내뱉었다.

"원칙적으로 얘기해서, 우리 중의 하나가 어떤 사실에 대해서 알건 모르건, 남들이 상관할 일은 아니오."

"원칙적으로 얘기하면 그럴 일은 아니겠지요."

오시폰 동지가 낮은 목소리로 동의했다.

그는 크고 혈색 좋은 얼굴을 두 손으로 감싸고, 계속 상대방을 골똘히 노려봤다. 그러는 동안, 안경을 쓴 꾀죄죄한 작은 남자는 냉정한 표정으로 맥주를 한 모금 마시고 잔을 테이블 위에 다시 내려놓았다. 그의 넓죽하고 큰 귀가 머리의 양쪽으로 벌어져 있었다. 그의 머리는 오시폰이 엄지와 검지로 잡고 으깰 수 있을 만큼 가냘퍼 보였다. 이마는 안경테 위에서 휴식을 취하고 있는 것 같았다. 그는 기름기가 많고 건강하지 못한 안색을 하고 있었다. 납작한 볼은 듬성듬성 나 있는 검은 구레나룻의 초라한 모습 때문에 더욱 볼품없어 보였다. 한탄스러울 정도로 궁상맞게 생긴 그의 생김새는 너무나 자신감에 찬 모습 때문에 더욱 우스꽝스럽게 보였다. 그의 말은 짤막했다. 그는 침묵을 지키는 데 특히 인상적인 사람이었다.

오시폰은 두 손으로 얼굴을 감싼 상태에서 다시 중얼거렸다.

"오늘, 밖에 오래 나와 계셨어요?"

"아니오. 오전 내내 침대에 있었소. 그런데 그건 왜 묻는 거요?"

"아, 아닙니다."

오시폰은 무엇인가를 알아내고 싶어 속이 부들부들 떨리고 눈길도 간절해졌지만, 작은 몸집의 그 남자가 압도적일 만큼 무관심한 태도를 보이자 주눅이 든 게 분명했다. 큰 몸집의 오시폰은 이 동지와 얘기할 경우가 드물긴 했지만, 얘기할 때마다 도덕적으로 그리고 심지어 육체적으로도 자신이 왜소해지는 느낌을 받았다. 그러나 그는 용기를 내어 다른 질문을 던졌다.

"여기까지 걸어서 오셨나요?"

"아니오. 버스로 왔소."

그는 기다렸다는 듯이 이렇게 대답했다.

그는 멀리 이즐링턴에 있는, 지푸라기와 더러운 종이가 여기저기 흩어진 허름한 거리에 있는 작은 집에 살고 있었다. 그 집은 아이들이 수업이 끝나고 돌아와 뜀박질을 하고, 날카롭고 떠들썩하고 불쾌한 소리를 내지르며 싸움을 해대는 시끄러운 거리에 있었다. 그는 뒷방 한 칸을 세내어 살았는데, 그 방에는 무지막지하게 큰 벽장이 있었다. 그는 주로 하녀들의 옷을 지어주는 일을 하는 두 명의 노처녀 재봉사들에게서 가구가 딸린 이 방을 구했다. 그는 묵직한 맹꽁이자물쇠를 벽장에 채워놓고 있었다. 그것을 제외하면, 그는 모범적인 하숙인이었다. 문제 될 것도 없었고, 특별히 뭔가 시중을 들어줄 것도 없었다. 그의 별난 점은 그가 있을 때만 방 청소를 하게 한다는 것이었다. 그러고는 방을 나설 때면 언제나 문에 자물쇠를 채우고 열쇠를 갖고 나갔다.

오시폰은 이 사람의 둥그런 검은 테 안경이 버스 위에서 자신감 있게 반짝거리며, 집들의 벽을 이곳저곳 내려다보거나 거리를 무심코 지나는 사람들의 머리를 굽어보는 모습을 상상해보았다. 벽들이 고개를 끄떡거리고 사람들이 그 광경을 보고 나 살려라 도망치는 모습을 상상하자, 오시폰의 두터운 입술에 창백한 미소가 드리워지면서 입 모양이 달라졌다. 그들이 알았다면 얼마나 경악했을 것인가!

그는 중얼거리는 목소리로 물었다.

"여기에 오래 앉아 계셨나요?"

"한 시간쯤 됐소."

상대방은 무관심하게 대답하고 흑맥주를 한 모금 꿀꺽 마셨다. 그가 잔을 잡는 방식이나 마시는 행동, 그리고 무거운 잔을 내려놓고 팔짱을 끼는 모습 하나하나가 결의에 차 있고 빈틈이 없어서인지, 앞으로 몸을 내밀고 상대방을 응시하고 있는, 입술이 쑥 튀어나오고 몸집이 크고 근육질인 오시폰은 상대적으로 우유부단하고 엉성해 보였다.

"한 시간이라고요? 그렇다면 당신은 아직 제가 방금, 밖에서 들은 뉴스를 못 들었겠군요. 들었나요?"

그 작은 남자는 머리를 약간 흔들어 듣지 못했다는 표시를 했다. 그러나 그는 아무런 호기심도 보이지 않았다. 오시폰은 그 소식을 방금 밖에서 들었다고 했다. 신문 배달 소년이 면전에서 그 얘기를 해줬는데, 그런 종류의 일에 마음의 준비가 전혀 되어 있지 않았기 때문에 아주 놀라고 당황했었다고 말했다. 그는 입이 바싹바싹 타서 들어왔노라고 말했다. 그는 탁자에 팔꿈치를 괴고 계속 중얼댔다.

"저는 당신이 여기에 있으리라고는 생각하지 못했어요."

상대방은 자극적일 만큼 냉정을 유지하며 말했다.

"나는 이따금씩 이곳에 들른다오."

"다른 사람들은 몰라도, 당신이 이것에 대해 아무 얘기도 듣지 못했다는 것은 참으로 놀라운 일이로군요."

몸집이 큰 오시폰의 말이 계속 이어졌다. 오시폰의 눈썹이 반짝이는 눈 위에서 초조하게 움직였다.

"당신이 말입니다."

그는 이 말을 되풀이했다. 그가 이렇게 감정을 절제하는 것은, 이 냉정하고 작은 사람 앞에서 믿을 수 없고 설명할 수 없을 만큼 소심해지고 겁을 먹고 있다는 표시였다. 상대방은 다시 유리잔을 들어 맥주를 마신 다음, 무뚝뚝하고 단호한 동작으로 그것을 내려놓았다. 그게 전부였다.

말이든 신호든 무엇인가를 상대방한테서 기다리고 있던 오시폰은 자신의 말에 상대방이 아무런 반응을 보이지 않자 자신도 무관심한 척하려고 노력했다. 그는 목소리를 더 낮추며 물었다.

"당신은 당신이 만든 물건을 누구든 요청하기만 하면 주는 겁니까?"

작은 남자가 단호하게 말했다.

"내게 조금이라도 남아 있는 한, 요청하는 사람이 누구든 거절하지 않는 게 나의 절대적인 원칙이오."

"그게 원칙이라고요?"

"그렇소. 원칙이오."

"그게 분별 있는 행위라고 생각하십니까?"

누리끼리한 얼굴을 자신감 있게 보이게 만드는 커다랗고 둥근 안경이 차가운 광채를 번득이며, 잠도 없고 깜빡이지도 않는 눈처럼, 오시폰을 마주 보고 있었다.

"완벽하고 변함없지. 어떤 상황에서도 말이오. 무엇이 나를 막을 수 있겠소? 내가 그래서는 안 되는 이유가 뭐요? 내가 왜 그런 것에 대해 두 번씩 생각을 해야 한단 말이오?"

오시폰은 놀라서 숨이 콱 막혔지만 신중하게 물었다.

"그렇다면 형사가 와서 달라고 해도 주겠다는 말씀입니까?"

상대방이 희미하게 미소를 지었다.

"올 테면 오라고 해. 그들은 나를 잘 알아. 나도 그들 하나하나를 잘 알고 있거든. 그들은 내 근처에 오지 않을 걸세. 그들은 아냐."

그의 얇고 창백한 입술이 굳게 닫혔다. 오시폰이 말꼬리를 물고 늘어졌다.

"그러나 그들이 누군가를 대신 보내, 당신을 속일 수도 있습니다. 그걸 모르시겠어요? 그렇게 해서 당신의 물건을 손에 넣은 다음, 그걸 증거로 당신을 체포할 수도 있잖아요."

"무슨 증거로? 기껏해야 허가 없이 폭발물을 취급했다는 죄목이겠지."

그의 얇고 창백한 얼굴은 이 말을 하면서도 전혀 변하지 않았고, 어조도 태연했다. 그러나 말에는 경멸적인 조롱이 섞여 있었다.

"누구도 그런 식으로 날 체포하려고 하지는 않을 거요. 영장을 청구하지도 않을 거요. 그들 중의 최고라는 자도 말이오. 단 한 사람도 없을걸."

"왜 그렇습니까?"

"왜냐하면 그들은 내가 결코 마지막 것만은 포기하지 않을 것이라는 사실을 잘 알고 있기 때문이오. 나는 항상 그것을 여기에 갖고 다니지."

그는 이렇게 말하면서 웃옷의 가슴 부위를 살짝 손으로 만졌다. 그리고 이렇게 덧붙였다.

"두꺼운 유리 플라스크에 담아서 말이오."

오시폰은 놀라움이 담긴 목소리로 말했다.

"저도 그런 얘기는 들었지만, 그렇게까지는……"

그러자 그 작은 남자는 가냘픈 머리 위로 올라온 의자의 등에 몸을 기대면서 또렷또렷한 목소리로 상대의 말허리를 잘랐다.

"그들은 내가 결코 체포당하지 않으리라는 것을 알고 있소. 경찰이 이런 게임을 해서 좋을 게 없거든. 나 같은 사람을 상대하기 위해서는, 진정하고 무방비적이고 명예롭지 못한 영웅심이 필요한 법이니까."

그는 다시 한 번 입술을 자신감 있게 꼭 다물었다. 오시폰은 조급해지는 마음을 억제하며 응수했다.

"혹은 무모하거나 아무것도 몰라야겠죠. 그렇다면 그들은 당신이 주머니에 당신과 60야드 이내에 있는 것들을 가루로 만들어버리기에 충분한 물건을 갖고 다닌다는 사실을 모르는 사람을 찾기만 하면 되겠군요."

"내가 결코 제거당하지 않을 것이라고 말한 적은 없소. 다만 체포를 당해서 그렇게 될 경우는 없다는 말이오. 게다가 그것이 겉보기만큼 그렇게 쉬운 것은 아니오."

오시폰은 이 말을 반박하고 나섰다.

"흥! 그렇게 너무 자신하지 마십시오. 거리에서 대여섯 명이 뒤에서 덤비면 당신은 꼼짝 못하고 당할 게 아닙니까? 팔이 묶이면 옴짝달싹 못하게 될 겁니다. 안 그렇습니까?"

작은 남자가 태연하게 말을 받았다.

"그렇게는 안 될 것이오. 게다가 나는 밤에는 밖으로 나가는 일이 거의 없소. 늦은 시간에 나다니질 않는단 말이오. 그리고 나는 언제나, 바지 주머니 속에 들어 있는 말랑말랑한 고무 튜브를 오른손으로 쥐고 다니지. 이것을 누르면 주머니 속의 플라스크에 든 뇌관이 터지는 거요. 그것은 셔터가 카메라 렌즈에 작동하는 것과 같은 원리요. 그렇게 되면 튜브가 위로 올라오면서……"

그는 재빠른 동작으로 오시폰에게, 조끼 겨드랑이에서 나와 웃옷 안주머니로 들어가는, 가느다란 갈색 벌레와 같은 고무 튜브를 잠깐 보여주었다. 별다른 특징이 없는 갈색 혼방 옷은 실이 드러나 보이고 얼룩이 묻어 있었으며, 주름이 진 곳은 먼지투성이인 데다 단춧구멍은 해어져 있었다.

그는 아무렇지도 않다는 듯 자상하게 설명까지 덧붙였다.

"뇌관은 부분적으로는 기계적으로, 부분적으로는 화학적으로 작동하게 되는 것이오."

오시폰은 몸을 약간 떨면서 중얼거렸다.

"물론 순간적으로 작동하겠지요?"

그러자 상대방은 입을 뒤트는 것처럼 주저하는 표정으로 슬프다는 듯 말했다.

"그것과는 거리가 멀지. 내가 볼을 누른 순간부터 폭발하기까지는 20초가 걸린다오."

오시폰은 "휴!" 하고 완전히 질려버렸다는 듯한 휘파람 소리를 내며 말했다.

"20초라고요? 당신은 그 20초를 감당할 수 있다는 겁니까? 나 같으면 미쳐버리고 말 겁니다."

"그런다고 해도 상관없소. 물론 그것이 나 자신을 위해 특별히 고안해놓은 이 폭탄의 약점이지. 그런데 문제는 폭발하는 방식이 언제나 우리들의 약점으로 작용한다는 데 있소. 나는 어떤 상황에서도, 심지어 예기치 않은 상황의 변화에도 작동할 수 있는 뇌관을 개발하려고 하고 있소. 가변적이지만 완벽할 정도로 정밀한 장치를 개발하려는 거요. 진짜 지능형 뇌관 말이오."

오시폰이 다시 중얼거렸다.

"20초. 휴! 그런 다음……"

그 작은 남자가 머리를 약간 돌리자 안경이 반짝거렸다. 그 모습은 유명한 실레노스 레스토랑 지하에 있는 술집의 크기를 재는 모습 같았다.

그렇게 훑어보던 그가 다짜고짜 이렇게 선언했다.

"이 방에 있는 누구도 빠져나갈 수 없을 거요. 지금 계단을 올라가는 저 남녀조차 말이오."

계단 밑에 있는 피아노가 야비하고 뻔뻔스러운 유령이 으스대는 것처럼, 시끄럽고 격렬하게 마주르카를 연주했다. 음조가 이상하게 오르락내리락했다. 그런 다음, 모든 것이 뚝 그쳤다. 오시폰은 한순간 불이 휘황하게 밝혀진 그곳이, 깨진 벽돌과 수족이 절단된 시체로 뒤범벅된 아수라장이 되고, 지독한 가스가 뿜어져나와 숨이 막히는, 끔찍하게 생긴 블랙홀이 되어버린 것 같은 상상을 했다. 그 순간, 죽음과 폐허가 어찌나 생생하게 느껴지던지 그는 다시금 몸이 후들거렸다.

상대방은 냉정하고 자신감에 찬 표정으로 말을 이었다.

"최종적으로, 자신의 안전을 보장해주는 것은 기질일 뿐이오. 이 세상에는 나처럼 기질이 명확하게 설정된 사람이 거의 없소."

그러자 오시폰이 딱딱거리는 소리로 말했다.

"어떻게 해서 그러실 수 있는지 궁금하군요."

"개성의 힘이지."

상대방은 목소리를 높이지도 않고 말했다. 궁상맞게 생긴 입에서 흘러나오는 그 말은 건장한 오시폰으로 하여금 아랫입술을 깨물게 만들었다.

"개성의 힘이란 말이오."

그는 뻐기는 것처럼 차분하게, 자신이 한 말을 되풀이했다.

"나한테는 나를 치명적인 존재로 만드는 수단이 있소. 그러나 당신도 알겠지만 그 자체로는 아무것도 아니오. 효과적인 것은 사람들이 내가 그 수단을 사용할 것이라고 믿는다는 데 있소. 이것이 그들이 받는 인상이오. 완벽하지. 따라서 나는 치명적인 존재인 것이오."

오시폰이 험악하게 중얼거렸다.

"그 사람들 중에도 당신처럼 개성이 있는 사람들이 있을 텐데요."

"아마 그럴 테지. 그러나 그것은 분명히 정도의 문제란 걸 알아야 하오. 예를 들자면, 나는 그들한테서 깊은 인상을 받지 못하오. 따라서 그들은 열등한 존재요. 그들은 그렇게 돼 있소. 그들의 개성은 인습적인 도덕을 바탕으로 하고 있소. 그 개성은 사회 질서라는 것에 기대고 있소. 나의 개성은 인위적인 모든 것으로부터 자유롭지. 그들은 온갖 인습에 묶여 있지. 삶에 의존하고 있는 거지. 삶이란 게 뭣이냐 하면 온갖 것을 다 자제하고 심사숙고해야 하는, 아주 복잡하게 생겨먹은 역사적인 사실이라고. 그래서 삶이란 이쪽저쪽에서 공격받기 십상인 복잡한 거요. 내 경우는 다르지. 나는 죽음에 의존하지. 자제심도 모르고, 공격받을 수도 없는 죽음 말이오. 그래서 내가 우월하다는 거야."

둥근 안경이 차갑게 반짝거리는 모습을 바라보며 오시폰이 말했다.

"당신은 그걸 초월적인 방식으로 말하고 있는데, 칼 윤트도 얼마 전에 똑같은 소리를 하더군요."

상대방은 경멸스럽다는 듯 말을 받았다.

"흥, 국제 공산주의 위원회 대표인 칼 윤트와 나를 비교해? 그 작자는 폼만 그럴듯하게 잡았지 평생 허깨비 노릇만 하며 살아온 인간이야. 당신들 셋이 대표자 아니던가? 당신이 그중 하나니까 더는 가타부타 말 안 하겠소. 하지만 당신들이 말하는 것은 아무런 의미도 없어. 당신들은 혁명적인 선전 활동에서는 가치가 있는 대표자들이겠지. 그러나 문제는 당신들이 어느 식료품 주인이나 기자 같은 사람들처럼 독립적으로 사고를 할 수 없을뿐더러, 개성이라는 걸 갖고 있지 못하다는 데 있소."

오시폰도 이번에는 속이 부글부글 끓는 것을 억제할 수가 없었다. 그는 둔한 목소리로 상대방에게 대들었다.

"하지만 당신이 우리한테서 원하는 게 뭡니까? 당신의 목적이 도대체 뭡니까?"

상대방이 단호한 목소리로 대답했다.

"완벽한 뇌관이오. 그런데 당신, 왜 얼굴을 찌푸리는 거야? 그것 봐, 도대체 당신들은 결정적인 걸 얘기하면 참을 수 없어 한다니까."

신경이 거슬린 오시폰이 곰처럼 으르렁거렸다.

"내가 언제 얼굴을 찌푸렸다고 그러십니까?"

상대방은 자신감에 찬 표정으로 한가롭게 말을 받았다.

"당신네 혁명주의자들은 당신들을 두려워하는 사회적인 인습의 노예야. 그 인습을 보호하는 경찰들과 마찬가지로 노예일 뿐이오. 당신들은 사회적인 인습을 혁명화하려고 하지. 그러니까 노예야. 그것이 당신들의 생각과 행동을 지배하는 거야. 당신들의 생각과 행동이 결정적일 수 없는 이유는 바로 거기에 있소."

그는 잠시 말을 멈췄다. 그러고는 끝없는 침묵에 잠겨 있는 듯한 모습을 지었다. 그러더니 갑자기 말을 이어나갔다.

"당신들은 당신들을 반대하는 세력들보다 나을 게 하나도 없소. 예를 들자면 경찰보다 나을 게 없다는 말이오. 나는 지난번에 토트넘 코트 로드의 어딘가에서 히트 반장을 예기치 않게 만난 적이 있었소. 그 사람은 나를 아주 찬찬히 쳐다보더군. 그러나 나는 그를 쳐다보지 않았소. 그런 작자는 흘깃 한 번 쳐다보는 것으로 족하거든. 그자는 많은 것들을 생각했겠지. 자신의 상급자, 자신의 명성, 법정, 봉급, 신문 등 수백 가지를 생각했을 것이오. 그런데 나는 오직 나의 완벽한 뇌관만을 생각하고 있었소. 그는 나에게 아무런 의미도 없는 존재였소. 그가 워낙 하찮은 존재여서 비교할 대상도 마땅히 없지만, 굳이 비교하자면 칼 윤트만큼이나 하찮다고 할 수 있을지 모르겠소. 테러리스트와 경찰관은 같은 바구니에서 나오는 거라오. 혁명이든 법이든, 똑같은 게임을 하면서 서로 밀고 당기는 것에 불과하오. 그 밑바닥에 깔려 있는 것은 양쪽 다 게으름이오. 그 작자도 게임을 하고, 당신들도 선전 활동을 하며 게임을 하는 거요. 하지만 나는 게임을 하지 않소. 나는 하루에 열네 시간씩 일을 하오. 때로는 굶어가면서 일을 하지. 실험을 하려면 가끔씩 돈이 필요하거든. 그래서 하루나 이틀씩 굶어가며 일하는 거요. 당신, 지금 내 맥주를 쳐다보고 있군. 그래, 벌써 두 잔을 다 마셨군. 곧 한 잔 더 마실 거요. 오늘은 휴일이오. 그래서 혼자 축배를 들고 있는 거요. 그러면 어때? 나한테는 혼자서, 아주 혼자서, 절대적으로 혼자서 일할 수 있는 투지가 있소. 나는 몇 년 동안 혼자서 일해왔소."

오시폰의 얼굴이 붉어졌다.

그는 아주 낮은 목소리로 비아냥거렸다.

"완벽한 뇌관을 만들기 위해서 말이죠?"

"그렇소. 말 한번 잘했소. 당신은 당신이 속한 위원회나 대표단과 관계된 당신의 행동의 본질에 대해서 방금 얘기한 것만큼 정확하게, 아니 그 반만이라도 정확하게 얘기할 수 없을 거요. 제대로 선전 활동을 하는 사람은 다름 아닌 나요."

그러자 오시폰은 개인적인 문제는 거론하지 않겠다는 듯 말했다.

"그 문제는 얘기하지 맙시다. 그런데 내가 이 얘기를 하면 당신의 휴일을 망쳐버릴 것 같아 걱정이군요. 오늘 아침 그리니치 공원에서 한 남자가 산산조각 나서 죽었어요."

"그걸 어떻게 알고 있지?"

"오늘 두 시부터 신문들이 그 뉴스로 야단법석입니다. 신문을 사서 바로 여기로 달려 들어온 것입니다. 그런데 당신이 이 테이블에 앉아 있더군요. 내 주머니에 신문이 있습니다."

그는 신문을 꺼냈다. 그것은 괜찮은 크기의 장밋빛 종이로 된 신문이었다. 그 색깔은 마치 그것이 가진 낙관적인 믿음의 온기 때문에 붉어진 것 같았다. 그는 재빠르게 신문을 훑어보았다.

"아! 여기 있군요. '그리니치 공원의 폭발 사건'이라는 제목이 붙어 있어요. 여기서 그렇게 멀지 않은 곳에서, 열한 시 반쯤, 안개가 자욱한 아침 시간에 일어났다. 폭발의 위력이 롬니 스트리트와 파크 플레이스까지 광범위하게 미쳤다. 뿌리가 박살나고 가지가 찢긴 나무 밑에 굉장히 큰 구멍이 파였다. 한 남자의 시체가 찢겨 사방으로 흩어졌다. 이게 이 기사에 실린 내용의 전부예요. 나머지는 신문이 쓸데없이 해대는 소리에 불과하죠. 그들에 따르면 누군가가 천문대를 날려버리려고 흉악한 음모를 꾸민 게 분명하다는 겁니다. 흠. 그건 믿기 어려운 일이죠."

그는 얼마 동안, 신문을 더 들여다보다가 상대방에게 신문을 건네줬다. 상대방은 건네진 신문을 건성으로 들여다본 후 아무 말 없이 내려놓았다.

말을 먼저 한 사람은 오시폰이었다. 그는 아직도 화가 나 있었다.

"당신도 보시다시피, 한 남자의 몸이 산산조각 났다는 겁니다. 자기 몸을 날려버렸다는 말이 되겠죠. 이 소식이 당신의 하루를 망친 셈이지 않습니까? 당신은 이런 종류의 움직임을 예상하고 있었습니까? 저는 이 나라에서 이런 종류의 일이 계획되고 벌어진다는 건 상상도 못 해봤어요. 현재 상황에서 이것은 범죄나 마찬가지입니다."

그 작은 남자는 경멸스러운 표정을 담고, 가늘고 검은 눈썹을 치켜들었다.

"범죄라고? 그게 뭔데? 도대체 무엇이 범죄야? 그렇게 말하는 근거가 뭐야?"

오시폰이 조급하게 말을 받았다.

"그렇다면 내가 어떻게 말을 해야 하죠? 쉬운 말로 해야 하지 않겠습니까? 내 말은 이 사건이 이 나라에서 우리의 입장을 아주 불리하게 만들 것이라는 말입니다. 그것이 범죄가 아니고 뭐란 말입니까? 당신은 그렇게 생각하지 않습니까? 당신이 만든 물건을 누구에겐가 최근에 건네준 게 틀림없다는 생각이 드는군요."

오시폰이 뚫어져라 상대방을 쳐다보았다. 상대방은 움츠러들지도 않고 서서히 고개를 숙였다가 다시 들어올렸다.

프롤레타리아 전단의 편집자 오시폰은 낮지만 격한 소리로 물었다.

"맞죠? 아닙니까? 당신은 정말로, 당신한테 오는 사람이 누군지에 상관없이 처음 오는 사람에게 그걸 건네준다는 말입니까?"

"그렇소! 이 저주받은 사회 질서는 종이와 잉크 위에 만들어진 게 아니오. 당신이 어떻게 생각하든, 종이와 잉크를 갖고 이 사회 질서를 끝장낼 수는 없을 거요. 그렇소. 나는 남자든 여자든, 아니 어떤 멍청이라도 나한테 오면 두 손으로 그걸 건네줄 것이오. 당신이 무슨 생각을 하고 있는지 알겠소. 그러나 나는 공산당 위원회의 지시를 받는 사람이 아니오. 나는 머리카락 하나 까딱하지 않고, 당신들 모두를 여기서 쫓아내거나 체포당하게 할 수도 있고, 교수형을 당하게 할 수도 있소. 개인적으로 우리에게 일어나는 일은 하찮은 것일 뿐이오."

그는 열도 내지 않고 거의 감정도 없이 무심코 이렇게 뱉었다. 오시폰은 속으로는 감정의 동요가 일었지만 겉으로는 아무렇지 않은 척했다.

"여기 경찰들이 제대로 일을 한다면, 권총으로 당신의 몸을 벌집으로 만들거나, 벌건 대낮에 당신을 뒤에서 공격할지도 모르는 일입니다."

그 작은 사람은 그 가능성에 대해서 냉담하고 자신 있게 이미 예측해 본 것 같았다. 그는 상대방의 말에 즉각 동의했다.

"그렇겠지. 그러나 그들은 그렇게 되면 그들의 체제와 부딪쳐야 할 거요. 무슨 말인지 알겠소? 그렇게 하려면 이만저만한 용기가 필요한 게 아니지. 특별한 종류의 용기가 필요하단 말이오."

오시폰이 눈을 깜빡였다.

"내 생각엔, 만약 당신이 미국에 실험실을 세우게 되면 당신에게 바로 그러한 일이 벌어질 거요. 그들은 격식을 차리고 어쩌고 하지 않으니까."

상대방은 그 말이 맞다는 걸 인정했다.

"내가 거기에 가서 확인하게 될 일은 없을 거요. 당신 말이 맞을 수도 있지. 그들에겐 기질이 있으니까. 그들의 기질은 본질적으로 무정부주의 적이야. 우리 같은 사람들에게는 기름진 토양이라고 할 수 있지. 아주 좋은 토양이오. 그 거대한 나라는 그 안에 파괴적인 본질을 이미 갖고 있다는 말이야. 집단적인 기질은 무법적이야. 아주 훌륭해. 그들은 우리를 총으로 쏘아 넘어뜨릴 수도 있겠지만……"

오시폰이 우울한 목소리로 으르렁거렸다.

"당신의 말은 너무 고차원적이어서 알아듣기가 힘들어요."

그러자 상대방이 이의를 제기했다.

"그게 아니라 논리적이지. 논리엔 여러 종류가 있소. 이것은 계몽적인 논리요. 미국은 괜찮은 나라요. 위험한 나라는 합법성에 대한 이상주의적인 생각을 갖고 있는 바로 이 나라요. 이 사람들의 사회성은 주도면밀한 선입관으로 포장되어 있소. 그런데 바로 그것이 우리가 하는 일에는 치명적인 거요. 당신들은 영국이 우리의 유일한 도피처라고 얘기하고 다니지! 그래서 더 잘못된 거요. 일종의 카푸아지![4] 도피자들을 데리고 뭘 어쩌겠다는 거야? 당신들은 여기에서 토론하고 인쇄하고 음모를 꾸미며 살고 있지만, 정작 하는 일은 아무것도 없어. 내가 장담하건대, 이런 상황이 칼 윤트와 같은 부류의 인간들에게는 아주 안성맞춤일 거요."

그는 어깨를 약간 으쓱거렸다. 그리고 여전히 한가롭고 침착하게 말을 이었다.

"합법에 대한 미신과 숭배를 부수는 것이 우리의 목적이 되어야 하오. 히트 반장과 같은 부류의 인간들이 대중의 지지를 받으며, 대낮에 우리를 향해 총을 갈겨대는 것보다 나를 기쁘게 하는 건 없을 거요. 그렇게 되면 우리가 하는 싸움은 절반쯤 이긴 거나 다름이 없소. 낡은 도덕 개념이 무너지는 결과가 될 테니까 말이오. 바로 이것이 당신들이 목표로 삼아야 하는 거요. 그러나 당신네 혁명주의자들은 결코 그것을 이해할 수 없을 거요. 당신들은 미래를 계획하고 현재의 것에서 얻어질 경제 체제에 대한 몽상에 빠져 있지. 그러나 정작 필요한 것은 모든 것을 싹 쓸어버리고 삶을 새롭게 시작할 수 있도록 만드는 거요. 당신들이 여지만 만들어주면 그런 종류의 미래는 저절로 나타나게 돼 있소. 나한테 폭탄만 충분히 있다면, 거리의 구석구석에 무더기로 쌓아놓을 거요. 그럴 수가 없으니까, 정말로 믿을 수 있는 뇌관을 만들어보려고 최선을 다하고 있는 거요."

정신적으로 깊은 물속에서 허우적거리고 있던 오시폰은 그 사람의 마지막 말을 널빤지라도 잡는 것처럼 붙들고 늘어졌다.

"그래요. 그 말 한번 잘 나왔습니다. 당신이 만든 뇌관 말입니다. 그

---

4 고대 그리스 도시. 한니발의 군대가 겨울에 머물렀던 곳으로, 사치스러운 그곳의 분위기에 끌려 한니발은 그 도시에 대해 유화적인 태도를 취하게 되었고, 결국 그것이 기원전 215년, 한니발의 패배로 이어졌다. (역주)

뇌관 중의 하나가 공원에서 그 남자를 싹 날려버린 것 아닙니까?"

오시폰을 마주 보고 있던 상대의 단호하고 창백한 얼굴에 짜증스러운 표정이 어렸다.

"나의 어려움은 정확하게 말하면 여러 종류의 것들을 가지고 온갖 실험을 해야 한다는 데 있소. 결국 그것들을 모두 시험해봐야 하거든. 게다가……"

오시폰이 말허리를 끊었다.

"그 작자가 누구입니까? 런던에 있는 사람들은 아무것도 모르고 있습니다. 당신이 그 물건을 건네준 사람의 인상착의를 말해줄 수 있어요?"

상대방은 두 개의 탐조등처럼 오시폰을 향하여 안경을 돌렸다. 그리고 서서히 오시폰의 말을 되풀이하며 말했다.

"그 사람의 인상착의를 말해달라! 지금으로선 말해주지 않을 이유가 조금도 없지. 그 사람의 인상착의에 대해서는 한마디로 얘기해줄 수 있지. 그 사람은 벌록이오."

호기심에 가득 차, 의자에서 약간 몸을 들고 있던 오시폰은 얼굴을 얻어맞은 것처럼 다시 주저앉았다.

"벌록! 말도 안 돼요."

냉정한 표정의 그 작은 사람은 고개를 약간 끄떡였다.

"그렇소. 그 사람이오. 이제 당신은 내가 나를 찾아온 아무 멍청이한테나 물건을 내줬다고는 할 수 없겠지. 내가 알고 있기론, 그 사람은 당신네들 중 거물이지."

"그렇지요. 거물이지요. 아니, 그렇게 말하는 건 정확한 게 아니죠. 그는 정보 계통으로는 중심적인 인물이며, 이곳으로 오는 동지들을 맞는 일을 담당하고 있지요. 중요하다기보다는 쓸모가 있는 사람이지요. 그는 아무런 생각이 없는 사람입니다. 제가 알기로는, 그 사람은 몇 년 전, 프랑스에 있을 때는 집회 연설을 담당했었대요. 그렇다고 연설을 그렇게 잘한 건 아니었다고 하더군요. 그 사람은 라토르나 모제와 같은 옛날 사람들한테 신임을 받았던 모양입니다. 그가 갖고 있는 유일한 재주라곤 어떻게 해서든 경찰의 주의를 따돌린다는 것입니다. 예를 들자면 여기에서는 경찰이 그를 아주 면밀히 감시하지 않는 것 같습니다. 당신도 알다시피 그는 정식으로 결혼한 사람입니다. 제가 알기론, 그는 그 여자의 돈을 가지고 그 가게를 시작했는데, 그런대로 장사가 잘되는 모양입니다."

오시폰은 갑자기 말을 멈추고 혼잣말로 중얼거렸다.

"이제 그 여자는 어떻게 될까?"

그러고는 생각에 빠져들었다.

상대방은 과시하는 듯한 무관심으로 다음 말을 기다렸다. 그의 부모에 대해서는 알려진 것이 거의 없었다. 그는 보통, 교수라는 별명으로만 알려져 있었다. 그렇게 불리는 이유는 그가 한때 어떤 전문대학에서 화학을 강의한 이력이 있기 때문이었다. 그는 자신이 부당한 취급을 받는 것 때문에 학교 당국과 싸웠다. 그 후에 염색 공장의 실험실에 자리를 잡았다. 그는 거기에서도 비위에 거슬리는 부당한 취급을 당했다. 궁핍한 가운데에서도 사회적 위치를 높이고자 부단한 노력을 하다 보니, 그는 자신의 가치를 너무 높이 평가하게 되었다. 그래서 세상이 그를 그의 생각에 걸맞게 대해주는 것은 굉장히 어려운 일이었다. 세상일이란 개인의 인내심에 상당히 많은 것이 달려 있는 법이다. 교수는 재능은 있었지만 체념이라는 미덕을 갖추지 못하고 있었다.

오시폰은 남편을 잃어버린 벌록 부인과 가게를 생각하다가, 갑자기 그 생각을 그만두고 큰 소리로 말했다.

"지적인 면에서는 있으나 마나 한 사람입니다. 아주 평범한 사람이지요. 교수님, 당신이 동지들과 정도 이상으로 접촉을 하지 않고 지내시는 것은 옳지 않은 일인 것 같습니다."

그리고 그는 나무라는 어조로 덧붙였다.

"그가 당신에게 무슨 말을 하던가요? 무슨 일을 하려고 했는지 얘기했나요? 저는 그를 만난 지가 한 달이나 됐습니다. 그가 죽었다니 말도 안 되는 소리 같군요."

교수가 말했다.

"그는 나에게 무슨 건물에 대해서 거사를 하려고 한다고 했소. 어떤 용도에 쓰일지를 알아야 거기에 맞는 폭탄을 만들겠기에 물어봤더니 그렇게 말합디다. 완전히 파괴적인 결과가 나타나기에 충분한 양의 폭탄이 수중에 없다고 얘기했더니, 그는 최선을 다해보라고 아주 간절히 애원합디다. 손으로 들고 다닐 수 있는 폭탄을 달라고 하기에, 나는 내가 갖고 있던 오래된 1갤런짜리 코펄 통을 사용하는 게 어떻겠느냐고 제안했소. 그 사람도 그게 좋겠다고 하더군. 나한테는 힘든 일이었지. 우선 바닥을 도려내고 나중에 다시 그것을 납땜해서 붙여야 했거든. 우선, 두꺼운 유리병에 16온스의 X2 화약을 넣고, 큰 주둥이를 코르크 마개로 단단히 봉한 다음, 통 안에 넣고 축축한 진흙으로 주변을 촘촘히 채워넣었소. 뇌관은 수지 통 위쪽에 있는 볼트에 연결했소. 그건 시간과 충격을 교묘하게 이용하도록 된 정교한 폭탄이었소. 나는 그것이 어떻게 작동하는가를 그에게 설명해줬지. 그것은 얇은 주석 통이었고, 그 안에는……"

오시폰의 관심은 다른 곳에 가 있었다.

그는 상대방의 말허리를 잘랐다.

"당신은 무슨 일이 생겼다고 생각하죠?"

"모르겠소. 접속되는 윗부분을 완전히 조인 다음, 시간을 맞추는 걸 잊었을 수도 있지. 그것은 이십 분으로 맞춰져 있었소. 다른 한편으로, 시간은 맞춰놓았는데 날카로운 충격을 받아 폭탄이 순간적으로 터졌을 수도 있소. 시간을 너무 짧게 맞춰놓았거나, 아니면 그것을 떨어뜨렸을 수도 있소. 적어도 접선이 됐다는 건 분명한 사실이오. 폭탄은 완벽하게 작동했던 거요. 멍청한 사람들은 서두르다 보면 연결을 하는 걸 잊어먹을 수도 있소. 내가 걱정했던 건 그런 실수를 하지 않을까 하는 것이었소. 아무리 대비를 해도, 그런 멍청이들 앞에서는 속수무책일 수밖에 없소. 그런 바보들이 다룰 수 있을 만큼 폭탄이 완벽할 수는 없잖소."

교수는 웨이터를 불렀다. 오시폰은 괴롭고 혼란스러운 눈길을 하고 굳은 자세로 앉아 있었다. 웨이터가 돈을 갖고 간 후, 그는 아주 불만족스러운 표정으로 일어섰다.

그는 생각에 잠겨 말했다.

"이건 제게는 너무 불쾌한 일입니다. 칼은 기관지염 때문에 일주일 동안이나 병석에 누워 있는 상태입니다. 다시 일어나지 못할 가능성도 있습니다. 미케일리스는 어딘가 시골구석에서 사치스럽게 지내고 있을 겁니다. 책을 쓰는 조건으로 일류 출판사에서 5백 파운드를 받았다고 합니다. 그건 틀림없이 실패로 끝날 것입니다. 당신도 알다시피 그 친구는 감옥에 있으면서 일관된 사고를 할 수 없게 돼버렸습니다."

교수는 일어서서 코트의 단추를 채우며 완벽하게 무관심한 표정으로 주위를 둘러보았다.

오시폰이 지친 듯 물었다.

"이제 어떻게 하실 겁니까?"

그는 공산당 중앙위원회로부터 문책을 당할까 봐 두려웠다. 이 위원회는 고정적으로 어디에 자리를 잡고 있는 것이 아니었다. 또한 그는 이 위원회에 속한 사람들이 누구누구인지 정확히 통보받은 바도 없었다. 만약 이번 사건이 FP 전단을 인쇄하는 데 필요한 보조금 지급이 중단되는 사태로 이어진다면, 그는 정말로 벌록이 저지른 종잡을 수 없는 바보짓을 유감스러워해야 할 것이었다.

오시폰은 자신이 느끼는 바를 침울하고 잔인하게 내뱉었다.

"극단적인 형태의 행동에 의존하는 것은 어리석게 무모한 짓을 하는 것과는 별개입니다. 난 도대체 벌록이 어떻게 된 건지 이해할 수 없습니다. 뭔가 석연치 않은 게 있습니다. 여하간 그는 죽었습니다. 그걸 어떻게 받아들이느냐 하는 것은 당신의 자유입니다. 그러나 현재 상황에서 전투적인 혁명주의자들이 할 수 있는 유일한 일은 이 염병할 장난과 아무런 관련이 없다며 발뺌을 하는 것입니다. 내가 걱정하는 것은 어떻게 하면 그것을 설득력 있게 하느냐 하는 것입니다."

그 작은 남자는 일어서서 단추를 채우고 나갈 준비를 했다. 그의 키는 오시폰의 앉은키보다도 크지 않았다. 그가 쓴 안경의 높이가 오시폰의 얼굴과 평행을 이뤘다.

"당신이 똑바로 행동했다는 걸 경찰한테 확인해달라고 하면 어떻겠소. 그들은 당신들 모두가 지난밤에 어디에 있었는지 알고 있잖소. 만약 당신이 요청하면, 그들은 그것을 기꺼이 공식적으로 확인해줄 거요."

"그들은 우리가 이번 일과 아무런 관련이 없다는 것은 충분히 알고 있어요. 그러나 그들이 무슨 말을 하느냐 하는 것은 다른 차원의 문제지요."

그는 괴로운 어조로 중얼거리며, 옆에 서 있는 땅딸막하고 올빼미 같고 꾀죄죄한 인간을 무시한 채 생각에 잠겼다.

"미케일리스한테 곧 연락을 해야겠어요. 그래서 그로 하여금 우리 모임에서 그의 심중에서 나오는 말을 하도록 해야겠어요. 대중은 그 친구한테서 일종의 감상적인 느낌을 받거든요. 게다가 그의 이름이 상당히 알려져 있는 상태이고요. 내가 주요 일간 신문의 기자들과 친분이 있으니까 적당히 어떻게 해보죠. 그는 틀림없이 말도 안 되는 소리를 지껄이겠지만, 말재주를 부려 그것이 먹혀들도록 할 겁니다."

"달콤한 꿀처럼 말이지."

교수가 낮은 목소리로 여전히 무감동한 표정을 하고 불쑥 말을 던졌다.

당황한 오시폰은 완전한 고독 속에서 사념에 잠긴 사람처럼 들릴락 말락 한 소리로 혼잣말을 했다.

"빌어먹을 자식! 이렇게 형편없는 일을 내 손에 떠맡기고 죽다니! 이 일을 어떻게 해야 좋담."

그는 입술을 꽉 다물고 앉아 있었다. 가게에 곧장 가서 무슨 일인지를 알아보는 것은 별로 탐탁지 않았다. 그는 벌록의 가게가 이미 경찰의 올가미에 걸려 있을지 모른다고 생각했다. 그들은 고결한 분노와 비슷한 감정으로 몇몇 사람들을 체포할 것이었다. 그의 혁명적인 삶이 다른 사람이 저지른 잘못 때문에 위협당하고 있었다. 그러나 만일 그가 거기에 가지 않는다면, 어쩌면 당연히 알고 있어야 할 중요한 것을 모를 위험이 있었다. 석간신문에 난 것처럼, 공원에 있던 그 사람이 산산조각 났다면 경찰이 아직 신원을 파악하지 못했을 수도 있을 것이다. 그렇다면 경찰이 특별한 감시의 대상인 무정부주의자들이 드나드는 다른 장소들보다 벌록의 가게를 특별히 더 감시할 이유가 없었다. 예를 들자면, 벌록의 가게가 실레노스의 가게보다 특별히 더 감시당해야 할 이유가 없는 것이었다. 그가 어디를 가든, 감시당하기는 마찬가지였다. 아직……

그는 스스로에게 자문을 구하며 이렇게 중얼거렸다.

"그렇다면 지금은 어떻게 해야 하지?"

팔꿈치 가까이에서 귀에 거슬리는 경멸적 소리가 들렸다.

"괜찮은 여자에게나 매달리지그래!"

이 말을 한 후에 교수는 테이블을 떠났다. 부지불식간에 교수의 생각을 받아들인 오시폰은 순간, 움찔했다. 그러나 그는 무력한 눈빛을 하고 의자에 못 박힌 것처럼 앉아서 꼼짝도 하지 않았다. 외로운 자동 피아노가 의자의 도움도 받지 않고, 용감무쌍하게 몇 개의 화음을 치더니 애국적인 곡들을 연주하기 시작했다. 그러면서 마지막으로「스코틀랜드의 블루벨(초롱꽃)」을 연주했다. 오시폰이 천천히 계단을 올라 홀을 가로질러 거리로 나서는 동안, 등 뒤에서 들리는 고통스럽게도 초연한 피아노 소리가 점점 희미해졌다.

커다란 출입구 앞에는 신문 판매원들이 인도에서 떨어져 꼴사납게 늘어서 있었다. 그들은 신문을 도로의 배수용 도랑에 쌓아놓고 팔고 있었다. 으스스하고 침울한 이른 봄날이었다. 하늘은 우중충하고, 거리는 진흙으로 뒤범벅이 되어 있었다. 잉크로 더럽혀진 축축하고 쓰레기 같은 종이들이 어지럽게 널려 있는 모습과 지저분한 남자들의 누더기 옷이 서로 잘 어울리는 듯했다. 오물로 얼룩진 전단 광고들이 벽걸이 융단이라도 되는 것처럼, 인도와 차도 사이의 연석을 차지하고 있었다. 오후 신문은 불티나게 팔려나갔지만, 그 효과는 보행자들의 지속적이고 빠른 행렬에 비하면 하찮고 미미한 것이었다. 오시폰은 오가는 사람들의 대열에 합류하기 전에 급히 양쪽을 바라보았다. 그러나 교수는 이미 사라지고 없었다.

5

 교수는 왼쪽으로 방향을 틀고, 자신의 왜소한 키보다 작은 사람이 거의 없는 군중 속에서, 고개를 뻣뻣이 세우고 걸어갔다. 그도 실망하지 않은 건 아니었다. 그러나 그것은 단순한 감정일 뿐이었다. 그의 생각의 냉철함은 이런저런 실패에 교란될 수 없었다. 다음번, 아니면 그 다음번에, 효과적인 일격을, 아니 정말로 깜짝 놀랄 뭔가를 보여주면 될 것이었다. 그것은 사회의 잔혹한 불의를 감싸고도는, 법적 개념이라는 거대한 건물의 위풍당당한 정면에 처음으로 금이 가게 만들 정도의 일격이 될 것이었다. 그의 상상력은 일찍부터, 가난의 늪에서 빠져나와 권위와 풍요를 누리게 된 사람들에 대한 얘기를 듣고서 활활 타올랐었다. 그의 비천한 태생과 타고난 재주와는 대조되게 정말로 보잘것없이 생긴 얼굴은 그의 상상력에 불을 지르는 데 한몫을 했다. 그는 권력과 명성이 기교와 품위, 요령과 재산과는 상관없이 완벽한 진가 한 가지만을 갖고 있으면 획득할 수 있는 것이라고 굳게 믿었다. 이것은 극단적이고도 어쩌면 금욕적이기까지 한 형태의 생각이었다. 그래서 그는 자신이 말할 필요도 없이, 성공하기로 되어 있는 사람이라고 믿었다. 이마가 약간 튀어나온 그의 아버지는 예민하고 가무잡잡한 광신도였는데, 모호하지만 엄격한 기독교 종파에 속한 사람들의 마음을 선동하고 다니는 순회 목사였다. 그의 아버지는 자신이 옳다는 것을 추호의 의심도 없이 철저하게, 어쩌면 너무 철저하게 믿는 사람이었다. 그런데 기질적으로 개인주의자인 아들은 조금 다른 경우였다. 비밀 집회에 참석하는 것을 통해 유지되던 그의 신앙은 완전히 과학으로 대체되었고, 도덕적인 태도는 광적인 야망의 청교도주의로 대치되었다. 그는 그것을 세속적으로 신성한 것이라고 생각하고 소중히 여겼다. 그는 그것이 좌절당하는 것을 보고, 도덕성이라는 것이 인위적이고 타락하고 신성 모독적이기까지 한, 세상의 본질에 눈을 뜨게 되었다. 가장 정당하다고 인정할 수 있는 혁명조차도 신념으로 위장한 개인적인 감정에 의해 준비되는 법이다. 교수의 분노는 그 자체 내에서 궁극적인 명분을 찾아냈고, 그것은 야망을 성취하기 위해서 파괴에 의존한다는 죄의식으로부터 그를 해방시켜주었다. 합법성에 대한 사람들의 믿음을 파괴하는 것은 그의 현학적인 광신에서 비롯된 불완전한 처방이었다. 그러나 집단적 혹은 개인적 폭력에 의하지 않고는 기존의 사회 질서의 구조나 형태를 효과적으로 파괴할 수 없다는 잠재의식적인 믿음은 정확하고 틀림없는 것이었다. 그는 자신을 도덕적 대리인이라고 생각했고, 그것은 그의 마음속에 확고하게 자리를 잡았다. 그는 무자비한 저항 정신으로 무장하고 대리인 역할을 수행함으로써, 자신이 힘과 개인적인 명성을 갖고 있는 것처럼 보이게 됐다. 그것은 복수심으로 가득 찬 그의 마음에는 부정할 수 없는 것이 되었다. 그것은 그 안에 있는 불안감을 잠재웠다. 어쩌면 가장 열렬한 혁명주의자들도 다른 사람들과 마찬가지로, 허영심을 달래고 욕구를 충족하고, 양심을 달래는 평화 이상의 것을 추구하는 것은 아닌지 모른다.

궁상맞고 왜소하기 그지없는 교수는 군중 속에 섞여, 손을 왼쪽 바지 주머니에 넣고 불길한 자유를 보장해주는 고무공을 가볍게 거머쥐며, 자신이 갖고 있는 힘에 대해 자신만만해했다. 그러나 그는 얼마 후, 마차들로 가득 찬 도로와 사람들로 가득 찬 인도를 보고 기분이 상했다. 그는 수많은 사람들 중 소수에 불과한 사람들이 걸어가고 있는 길고 반듯한 거리에 있었다. 그는 주위를 빙 돌아, 그 길을 쭉 뻗어나가 거대한 벽돌 더미에 가려져 보이지 않는 지평선의 저쪽 끝에 이르기까지, 무수히 많은 사람들이 있다는 것을 느꼈다. 그들은 메뚜기처럼 많고 개미처럼 끈질기게, 감정과 논리, 두려움과 테러에도 무감각한 채, 맹목적이고 규칙적이고 정신이 없는 상태에서 앞으로 나아가는 자연의 힘처럼 무심했다.

바로 그것이 그가 가장 두려워하는 것이었다. 두려움에도 무감각하다니! 그는 밖으로 나다닐 때 종종, 자신만의 생각에서 빠져나와 정신을 차리는 경우가 있었다. 그럴 때면, 인간이라는 존재가 도저히 믿을 수 없는 존재라는 끔찍한 생각에 사로잡혔다. 아무것도 그들을 동요하게 만들 수 없다면 어쩌지? 그것은 인간을 단번에 손아귀에 움켜쥐려고 하는 모든 사람들에게 찾아오기 마련인 의심이었다. 예술가, 정치가, 사상가, 개혁가, 그리고 성자도 그런 점에서는 마찬가지였다. 이러한 혐오스러운 감정 상태에 대한 처방은 고독이었다. 교수는 가난한 집들 사이에 황량하게 묻혀 완벽한 무정부주의자의 은둔처가 되어주는, 맹꽁이자물쇠가 달린 벽장이 있는 자신의 방을 생각하자 기분이 좋아졌다. 그는 버스를 탈 수 있는 지점에 더 빨리 도착하기 위해, 사람의 통행이 잦은 도로에서 판석(板石)이 깔린 좁고 음침한 샛길로 들어섰다. 샛길의 한쪽에 있는 먼지 자욱한 낮은 벽돌집 창문에는 보이지는 않지만, 치유할 수 없는 폐허의 병적인 분위기가 묻어 있었다. 마치, 썩기를 기다리는 텅 빈 조개 같았다. 그런데 다른 쪽을 보니, 생명이 완전히 고갈된 것은 아닌 것 같았다. 하나밖에 없는 가스램프를 마주 보며, 중고가구점이 입을 벌리고 하품을 하고 있었다. 기묘한 모양의 숲처럼 진열돼 있는 옷장들, 그리고 그 밑으로 뒤엉킨 덤불처럼 서 있는 탁자의 다리들이 가게 안에 일종의 좁은 길을 만들고 있었다. 그 좁은 길이 만든 그늘에 푹 파묻힌 커다란 벽거울이 숲 속에 있는 웅덩이처럼 반짝거리고 있었다. 불행하고 집을 잃은 듯 보이는 소파가 자신과 전혀 관련이 없는 두 개의 의자와 함께 바깥에 놓여 있었다. 그런데 교수 외에도 그 샛길을 이용하는 사람이 또 한 사람 있었다. 그 사람은 맞은편에서 몸을 곧추세우고 당당한 자세로 걸어오다가 갑자기 걸음을 멈췄다.

"안녕하시오."

그는 이렇게 말하고 상대를 경계하며 한쪽으로 약간 비켜섰다.

교수는 벌써 걸음을 멈추고, 몸을 반쯤 틀었다. 그러자 어깨가 다른 쪽 벽에 거의 닿았다. 그는 버려진 것처럼 보이는 소파 뒷면에 오른손을 가볍게 댔다. 왼손은 의도적으로, 바지 주머니에 깊숙하게 찔러넣었다. 두꺼운 테의 둥글둥글한 안경 때문에 침울하고 감정의 동요가 없는 얼굴이 올빼미처럼 보였다.

그것은 마치 그들이 활기에 찬 아파트 측면 통로에서 서로를 대면한 것 같았다. 신체가 건장한 그 사람은 단추를 위까지 채운 검정색 코트를 입고 우산을 들고 있었다. 모자가 뒤로 젖혀져 이마가 상당 부분 드러났다. 그 이마는 컴컴한 곳에서 아주 하얗게 보였다. 거무튀튀한 눈구멍 속의 안구가 날카롭게 빛났다. 잘 익은 옥수수 색깔을 띤 길게 늘어진 콧수염의 끝은 말끔하게 면도가 된 턱에 닿아 있었다.

그는 짤막하게 말했다.

"난 당신을 찾고 있는 게 아니오."

교수는 꿈쩍도 하지 않았다. 거대한 도시의 뒤엉킨 소음들이 뭔지 알아들을 수 없이 낮게 웅얼거리는 소리처럼 들려왔다.

특수범죄 수사부의 히트 반장은 어조를 바꿔, 조롱하듯이 짤막하게 물었다.

"집으로 서둘러 돌아가는 건 아니겠지?"

혈색이 좋지 않은 얼굴을 한, 파괴의 도덕적 대리인인 그 작은 남자는, 위협받는 사회를 지켜야 한다는 책무를 부여받은 이 남자를 제어할 수 있는 개인적인 힘이 자신에게 있다는 것에 대해 속으로 의기양양해했다. 그는 잔인한 욕심을 더 충족시키려고 로마 상원에 의원이 단 한 사람만 있었으면 하고 바랐던 칼리굴라(로마의 제3대 황제)보다 운이 더 좋은 사람이었다. 그는 앞에 있는 한 사람에게서, 그가 거부하고 저항하는 모든 힘들, 즉 법, 재산, 압박, 불의와 같은 모든 힘들이 압축되어 있는 걸 보았다. 그는 그 사람에게서 그의 모든 적들의 모습을 볼 수 있었고, 그의 허영을 최고로 만족시키면서 두려움 없이 그들과 맞설 수 있었다. 그들은 끔찍하고 불길한 징조 앞에 서 있는 것처럼, 당황한 모습으로 그 앞에 서 있었다. 그는 모든 인간들보다 자신이 우월하다는 것을 확인시켜주는 이 우연한 만남을 속으로 흡족하게 생각했다.

그것은 실제로, 우연한 만남이었다. 히트 반장은 그리니치에서 그의 부서로 전보가 처음 도착했던 오전 열한 시 이전부터 그때까지, 기분 나쁘게 바쁜 하루를 보낸 참이었다. 그가 고위층 인사에게 무정부주의자들의 도발 행위가 없으리라고 장담을 한 지 일주일도 못 되어 이번 사건이 발생했다는 게 신경에 거슬렸다. 그가 그런 장담을 한 것은 적어도 믿는 바가 있었기 때문이었다. 그는 그 말을 하면서 아주 만족스러워했었다. 고위층 인사가 바로 그러한 말을 듣기를 고대하고 있던 시점에 그렇게 애기할 수 있었기 때문이었다. 그는 무슨 일이 생기든, 이십사 시간 전에 자기가 속한 부서가 그 사건을 감지할 수 있다고 자신 있게 말했다. 그는 자신이 이 방면에서는 손꼽히는 전문가라는 것을 의식하며 얘기했다. 그는 정말 현명한 사람이라면 사용하지 않을 표현까지 써가며 그 말을 했다. 그러나 히트 반장은 아주 현명한 사람은 아니었다. 적어도 진정한 의미에서는 그렇지 않았다. 앞뒤가 뒤죽박죽이고 모순적인 이 세계에선 어떤 것에 대해 확신하지 않는 것이야말로 진정한 현명함이었다. 하기야 그가 정말로 현명했더라면 지금과 같은 지위에 이르지도 못했을 것이다. 만약 그랬더라면, 그것은 그의 상사들을 놀라게 했을 것이고 그가 승진할 기회도 없었을 것이다. 그는 초고속으로 승진한 사람이었다.

그는 이렇게 장담했었다.

"저희들은 밤이건 낮이건 상관없이, 그들 중 누구라도 잡아들일 수 있습니다. 저희들은 그들 하나하나의 동태를 매시간 파악하고 있습니다."

고위층 인사는 황송하게도 그에게 미소를 머금기까지 했다. 히트 반장과 같이 명성이 자자한 경찰관에게 그런 말을 듣는 것만으로도 충분했다. 무척 기쁜 일이었다. 고위층 인사는 히트 반장의 장담을 믿었다. 히트 반장의 말은 모든 것이 그렇게 돌아가야 한다는 자신의 생각과 일치하는 것이었다. 그의 지혜는 공식적인 성격의 것이었다. 그렇지 않았더라면 그는 이 문제를 이론의 차원이 아닌, 음모가들과 경찰들 사이의 관계에서는 때로 예기치 않게 연속성이 와해되기도 하고, 시공간에 갑작스러운 공백이 생기기도 한다는 경험적 차원에서 생각했을지 몰랐다. 특정한 무정부주의자의 일거수일투족을 시시각각 감시한다고 해도 갑자기 그 사람이 몇 시간 동안 감쪽같이 잠적해버리는 경우가 발생하기도 했다. 그렇게 잠적했을 때는 폭발 사건과 같은 다소간에 불미스러운 일이 발생하는 것이었다. 그러나 그 고위층 인사는 일이 제대로 돌아가고 있다는 감정에 이끌려 미소까지 머금었던 것이다. 무정부주의자들에 관한 전문가임을 자처하는 히트 반장은 그 미소를 떠올리자, 아주 곤혹스러운 기분이 되었다.

그 유명한 전문가의 평온함이 깨진 것은 이것 때문만이 아니었다. 바로 그날 아침, 또 다른 상황이 전개된 것이었다. 그는 그날 아침, 부국장의 전용 사무실로 급히 오라는 호출을 받고 놀라지 않을 수 없었다. 그 생각을 하자, 짜증이 났다. 그는 출세를 한 사람으로서 오래전부터, 명성이란 보통, 자신이 이룩한 성취만큼이나 매너를 바탕으로 한다는 것을 본능적으로 알고 있는 사람이었다. 그런데 그 전보를 갑자기 받았을 때 자신의 매너가 썩 인상적이지 않았던 것 같았다.

"말도 안 돼!"

그는 눈을 동그랗게 뜨고 이렇게 소리를 질러버렸다. 그는 이렇게 반응함으로써, 부국장이 손가락 끝으로 그 전보를 꼭 움켜쥐고 큰 소리로 읽고 나서 책상 위에 내동댕이치며 역습을 가하도록 자신을 무방비 상태로 몰아넣은 것이었다. 그 사람의 엄지손가락 밑에서 전보가 짓이겨지는 것을 보는 것은 불유쾌한 경험이었다. 자존심이 구겨져도 보통 구겨진 것이 아니었다. 게다가, 히트 반장은 그가 당시에 내뱉은 말로 인해서 상황을 호전시키지도 못했다는 것을 의식했다.

"지금 당장, 한 가지는 말씀드릴 수 있습니다. 그건 우리와 관련 있는 놈들 중 아무도 이 일과 관련이 없다는 것입니다."

그는 능력 있는 형사로서 위상을 지키려고 그렇게 말했다. 그러나 지금 생각해보니까 이 사건에 대해서 가타부타 아무 말도 하지 않고 침묵을 지켰더라면 자신의 명성에 더 이로웠을 것 같았다. 그는 다른 한편으로, 고약한 외부 인사들이 끼어들게 되면, 자신의 명성이 손상될 수 있다는 것을 알고 있었다. 외부 인사들은 다른 직업에서와 마찬가지로 경찰에게도 해로운 존재였다. 그는 부국장이 했던 말의 어조만으로도 불쾌해 죽을 지경이었다.

히트 반장은 아침 식사를 한 이후로 아무것도 먹지 못했다.

그는 즉각 현장 수사에 착수하면서, 공원에 낀 으스스 춥고 건강에 좋지 않은 안개를 들이마셨다. 그런 다음 병원까지 걸어갔다. 그리니치에서의 현장 조사가 마침내 종결되었을 때, 그는 식욕을 잃어버린 상태였다. 그는 의사들과는 다르게, 갈기갈기 찢긴 시체의 남은 부분을 면밀히 조사하는 데 익숙하지 않았다. 그래서 병원의 한 구획에 있는 탁자 위의 방수 시트가 들어올려졌을 때, 눈에 들어온 모습에 큰 충격을 받았다.

또 다른 방수 시트가 탁자 위에 책상보처럼 펼쳐져 있었다. 시트의 귀퉁이가 위로 젖혀져 있었다. 불에 그슬리고 피로 범벅된 옷 조각들, 그 옷 조각들에 반쯤 가려진, 인육을 먹는 잔치에서나 볼 수 있는 것들이 시트 위에서 일종의 봉분을 이루고 있었다. 그런 광경 앞에서 뒷걸음을 치지 않기 위해서는 마음을 모질게 먹어야 했다. 유능한 수사관인 히트 반장은 그 자리에 꼼짝 않고 서 있었다. 그러나 잠시 동안 앞으로 나아가지는 않았다. 경찰복을 입은 형사가 곁눈질을 하면서 무신경하게 얘기했다.

"그 사람에 관한 것은 마지막 한 조각까지 다 모아놓았습니다. 무척 힘든 일이었습니다."

그는 폭발이 있은 다음, 그 자리에 최초로 갔던 경찰관이었다. 그는 다시 한 번 그 사실에 대해서 언급했다. 그는 안개 속에서, 아주 심한 번개 같은 것이 번쩍이는 것을 보았다고 했다. 그는 당시에 킹 윌리엄 가에 있는 여관 앞에서 주인과 얘기를 하고 있었는데, 폭발의 충격으로 온몸이 얼얼할 정도였다고 말했다. 그는 나무들 사이로 천문대를 향하여 뛰어갔다고 했다.

"최대한도로 빠르게 뛰어갔습니다."

그는 이 말을 두 번이나 되풀이했다.

히트 반장은 신중하면서도 충격을 받은 모습으로 탁자에 몸을 기울이면서, 그 경찰관이 얘기를 하도록 내버려두었다. 병원의 청소부와 또 다른 남자가 천의 귀퉁이를 내려놓고 옆으로 비켜섰다. 반장의 눈이 도살장과 포목점에서 쓰레기 더미를 모아놓은 것 같은 그 끔찍한 모습을 낱낱이 살폈다.

그는 여기저기 묻어 있는 작은 돌들과 갈색 나무껍질들과 바늘처럼 미세하게 부서져 있는 나뭇조각들을 바라보며 말했다.

"자네는 삽을 사용했군."

둔감한 경찰관이 대답했다.

"한 곳에서는 별수 없었습니다. 여관 주인을 보내 삽을 가져오게 했습니다. 그 사람은 제가 삽으로 땅을 긁는 소리를 듣고, 나무에 머리를 대고 개처럼 구역질을 하더군요."

탁자 위에 조심스럽게 몸을 숙이고 있던 반장은 무엇인가 역겨운 것이 목구멍으로 치밀어오르는 것을 애써 참았다. 사람의 몸을 그렇게 산산조각 나게 할 정도로 파괴적이라니, 이건 너무 잔인하다는 생각이 들었다. 이성적으로 생각하면 그 충격은 번갯불이 번쩍이는 것처럼 순간적으로 일어난 것이었겠지만, 그래도 너무했다는 생각을 억누를 수가 없었다. 그 사람이 누구였든, 순식간에 죽었음이 틀림없었다. 그러나 한 인간의 몸이 말로 다할 수 없는 고통을 느끼지도 못한 채, 그렇게 산산조각이 난다는 것은 도저히 믿기 어려운 일이었다. 생리학자도 아니고 더군다나 형이상학자도 아닌 히트 반장은 그처럼 시간에 대한 세속적인 생각을 하고 동정심을 느끼며 숙였던 몸을 일으켰다. 그런데 그 동정심은 두려움의 한 형태이기도 했다. 순식간에 죽다니! 그는 자신이 대중 잡지에서 읽었던 모든 것들을 떠올렸다. 깨어나는 순간에 꾸었던 길고 무서운 꿈들에 관한 얘기도 읽은 적이 있었고, 물에 빠진 사람이 물속을 들락날락하며 허우적거리는 마지막 순간에 놀랄 정도로 강렬하게 자신의 모든 과거를 떠올린다는 얘기도 읽은 적이 있었다. 참으로 알 수 없는 게 삶이라는 생각이 들었다. 수많은 세월에 걸친 끔찍한 고통과 정신적인 고뇌가 눈을 두 번 깜짝하는 사이에 담길 수 있다는 생각에 소름이 끼쳤다. 그러는 동안, 반장은 침착한 얼굴로 탁자 위를 들여다보았다. 그가 주의를 기울이는 모습은 마치, 돈을 별로 안 들이고 일요일 저녁 식사를 할 요량으로, 푸줏간에 들러 남은 것들을 살펴보고 있는 가난한 손님의 모습과 꼭 닮아 있었다. 그는 어떤 정보도 흘려듣지 않는, 잘 훈련된 수사관의 몸에 밴 기민함으로, 경찰관이 스스로 만족해하며 앞뒤가 잘 들어맞지 않게 늘어놓는 수다를 세심히 듣고 있었다.

"머리가 금발이었답니다."

경찰관은 침착한 어조로 이렇게 말하고는 잠시 말을 멈췄다.

"어떤 노부인이 저희 경사님한테 금발머리의 남자가 메이즈 힐 역에서 나오는 걸 보았다고 얘기했답니다."

그는 다시 말을 멈췄다. 그리고 다시 천천히 말을 이었다.

"금발의 남자였답니다. 그 여자 말로는 기차가 떠난 후, 두 남자가 역에서 나왔답니다. 그들이 같이 있었는지는 그 여자도 모르겠다고 했습니다. 그 여자는 몸집이 큰 남자는 별로 관심 있게 보지 않았지만, 코펄 통을 한 손에 든 잘생기고 호리호리한 사람은 눈여겨본 것 같습니다."

경찰관은 여기까지 말하고 말을 멈췄다.

"그 여자를 알고 있소?"

반장이 탁자 위에 눈을 고정시키고 영원히 미지의 인물로 남아 있을 것 같은 사람에 대해 곧 조사를 해야겠다는 희미한 생각을 하면서 물었다.

"네. 그 여자는 퇴직한 선술집 주인의 가정부인데, 때때로 그 부근에 있는 성당에 나간다고 합니다."

경찰관은 힘을 주어 이렇게 말하고는 잠시 말을 멈추고 탁자에 곁눈질을 했다. 그러고는 갑자기 말을 이었다.

"여기에 모두 있습니다. 저는 이 사람이 어떤 사람인지 대충 알 것 같습니다. 얼굴은 괜찮게 생기고, 몸매는 충분히 호리호리한 사람이었을 겁니다. 저 발을 좀 보세요. 저는 다리부터 주웠습니다. 시체가 사방으로 흩어져 있어서 어디서부터 시작할지 모를 정도였습니다."

경찰관이 말을 멈췄다. 자기가 생각해도 일을 잘 처리했다는 어린애같이 순박한 미소가 둥근 얼굴에 번졌다.

그는 자신 있게 얘기했다.

"넘어졌을 겁니다. 저도 역시 달려가다가 넘어져서 머리를 처박았으니까요. 나무뿌리가 이곳저곳에 튀어나와 있거든요. 그 사람은 나무뿌리에 걸려 넘어진 겁니다. 그리고 운반하던 것이 가슴에서 폭발한 겁니다."

'미지의 인물'이라! 그는 자꾸 그것에 신경이 쓰였다. 그는 이 문제를 끝까지 추적해보고 싶었다. 직업적인 호기심이 발동한 것이었다. 그는 그 사람의 신원을 파악해 국민들에게 제시함으로써 그가 속한 부서의 수완과 능력을 보여주고 싶었다. 그는 충직한 공무원이었다. 그러나 그 일은 불가능해 보였다. 끔찍하게 잔인한 행위라는 것 외엔 단서가 될 만한 게 아무것도 없었다.

히트 반장은 혐오감을 억제하며, 확신이 있어서가 아니라 양심을 달랠 목적으로, 손을 뻗어 가장 온전한 형태로 남아 있는 헝겊 조각을 집어 들었다. 그것은 커다란 삼각형 모양의 짙은 감색 천이 달린 좁다랗고 긴 벨벳 조각이었다. 그는 그것을 자신의 눈높이로 들어올렸다. 그때 경찰관이 다시 입을 열었다.

"그 사람이 입고 있던 옷의 목깃이 벨벳으로 되어 있었답니다. 그 여자가 벨벳으로 된 목깃을 눈여겨봤다는 게 좀 우습지만, 그 사람이 목깃이 벨벳으로 된 짙은 청색 코트를 입고 있었다고 분명히 얘기했습니다. 이 사람은 그 여자가 보았다는 사람과 동일한 인물이 분명합니다. 틀릴 리가 없습니다. 여기에 완전하게 다 있지 않습니까. 벨벳으로 된 목깃뿐만 아니라 모든 것이 다 말입니다. 저는 제가 수거해야 할 것은 모두 수거해놓았다고 생각합니다. 우표만 한 것까지 빠짐없이 모두 수거해놓았습니다."

이제, 반장은 경찰관이 하는 소리에 더 귀를 기울이지 않았다. 그는 더 밝은 데서 천 조각을 확인해보려고 창문이 있는 곳으로 갔다. 창 쪽으로 향하고 삼각형 천 조각을 골똘히 들여다보던 그의 얼굴에 놀라움이 스쳤다. 그는 무엇인가를 떼어냈다. 그리고 그것을 주머니에 넣은 후 돌아서서 벨벳 목깃을 탁자 위에 던졌다.

"덮으시오."

그가 쳐다보지도 않고 짤막하게 지시를 내렸다. 그리고 경찰관의 인사를 받으며 전리품을 갖고 부리나케 빠져나왔다.

마침, 시내로 가는 기차가 있었다. 그는 그 기차의 삼등칸에 올라타고 깊은 생각에 잠겼다. 그슬린 그 천 조각은 믿을 수 없을 만큼 중요한 단서였다. 그는 그런 식으로 그것을 손에 넣을 수 있었다는 사실에 놀라움을 감출 수 없었다. 마치 운명의 신이 그 실마리를 손에 쥐여준 것 같았다. 사건을 장악하고 싶어 하는 욕구를 가진 보통 사람이 그러하듯, 그는 성공이라는 것이 자신의 노력이 전혀 수반되지 않는 가운데 이뤄진다는 생각을 불신하기 시작했다. 천 조각이 그에게 강제적으로 맡겨진 것처럼 보였기 때문이었다. 성공의 실제적 가치는 그것을 어떻게 보느냐에 적지 않은 것이 달려 있는 법이다. 그러나 운명은 아무것도 바라보지 않는다. 운명에는 분별력이 없다. 그는 그날 아침, 그처럼 완벽하게 몸이 산산조각 난 사람의 신원을 공개적으로 밝히는 것이 바람직하지 않다고 생각했다. 그는 그가 속한 부서가 이 일에 대해 어떤 입장을 취할 것인지 확신할 수가 없었다. 한 부서란 그곳에 속한 사람들에게는 자체만의 생각들과 까다로움까지 갖춘 복잡한 인물이나 다름없다. 그것은 조직원들이 얼마나 충성을 다하느냐에 의존한다. 그리고 신뢰받는 조직원들의 깊은 충성심은 어느 정도, 애정이 담긴 경멸감과 관련이 있는 법이다. 애정이 담긴 경멸감이 그 부서를 쉽게 운영하는 데 효과가 있으니 말이다. 아무리 영웅이라 하더라도, 하인에게는 여느 사람과 다를 바가 없는 법이다. 그렇지 않으면, 영웅들 스스로가 자신의 옷에 솔질을 해야 할 테니 말이다. 똑같은 이치로, 어떤 부서도 거기에서 일하는 사람들을 속속들이 알 만큼 완벽하게 현명하지는 못하다. 한 부서는 거기에 속한 사람들만큼 그렇게 많이 알지는 못한다. 그것은 냉정한 조직이기 때문에 결코 모든 것에 대해서 완벽하게 보고하고 보고받을 수 없는 것이다. 너무 많이 안다는 것은 효율적인 면에서 좋지 않은 법이다. 히트 반장은 깊은 생각에 잠긴 상태에서 기차에서 내렸다. 그의 생각에는 조직에 대한 불충한 마음이 전혀 없었다. 하지만 그렇다고 해서, 그의 생각이 여자나 제도에 완벽하게 열과 성의를 다할 때 자주 생기는 질투 어린 불신과 흡사한 감정으로부터 그렇게 자유로운 것은 아니었다.

그는 이러한 정신 상태에 있었고 육체적으로도 속이 텅 빈 상태였다.

그는 아직도 그가 보았던 것 때문에 구역질이 났다. 그는 바로 이런 상태에서 교수를 만난 것이었다. 보통 사람이라면 누구나가 짜증을 낼 만한 상황에 처해 있던 히트 반장에게 이 만남은 특히 달갑지 않은 것이었다. 그는 교수에 대해 생각하고 있지 않았다. 다른 무정부주의자들에 대해서도 전혀 생각하고 있지 않았다. 사건이 복잡하다 보니, 인간사라는 것이 앞뒤가 맞지 않는 불합리한 것이라는 생각이 들었다. 그것은 추상적인 의미에서 보자면, 그의 비철학적인 기질에 맞지 않은 것이어서 짜증나고, 구체적인 의미에서 보자면, 도저히 참을 수 없이 화가 나는 것이었다. 히트 반장은 경력 초기에 좀더 활동적인 형태의 절도 사건을 담당했었다. 그는 그 분야에서 이름을 떨쳤다. 그래서 다른 부서로 승진을 한 후에도 그 일에 대하여 일말의 애정을 갖고 있었다. 절도라는 것은 완전히 모순된 것만은 아니었다. 그것은 인간의 근면성의 한 형태였다. 그것은 물론 잘못된 것이기는 하지만 근면한 세계에서 행해지는 근면성의 한 행태이긴 마찬가지였다. 그것은 도기 공장이나 탄광, 혹은 들판이나 철공소 같은 데서 행해지는 일과 똑같은 이유에서 행해지는 일이었다. 그것은 노동이었다. 다른 노동과 실질적으로 다른 게 있다면 위험을 감수해야 한다는 것이었다. 그것은 관절 경직, 납 중독, 탄광의 폭발성 메탄가스, 미세 먼지 등과 같은 위험이 아니라 '7년간의 중노동 형'이라는 말에서 알 수 있듯이, 한번 붙잡히면 오랜 기간을 담장 안에서 썩어야 하는 위험을 안고 있었다. 물론, 히트 반장은 도덕적인 면에 있어서는 차이가 있다는 것을 잘 알고 있었다. 그 점에 있어서는 그에게 쫓기는 도둑들도 마찬가지였다. 그들은 체념을 하고, 히트 반장에게 익숙한 엄격하고 도덕적인 제재에 순응했다. 히트 반장은 그들이 불완전한 교육 때문에 길을 잘못 든 동료 시민들이라고 생각했다. 그러나 그는 그러한 차이점에도 불구하고, 강도의 정신 상태를 잘 이해할 수 있었다. 그가 그렇게 할 수 있었던 것은 강도의 마음 상태나 본능은 경찰의 마음 상태나 본능과 똑같은 속성의 것이기 때문이었다. 양쪽 모두, 같은 규칙을 인정하며, 상대방이 동원하는 수법과 그들 각자의 일이 습관적으로 어떻게 돌아가는지를 경험적으로 알고 있다. 그들은 서로를 이해하고 있으며, 그것은 양쪽 모두에게 유리한 점으로 작용한다. 그래서 그들의 관계에는 일종의 예의가 형성되어 있다. 한쪽은 유익하고 다른 쪽은 유독하다고 분류되지만, 결국 똑같은 기계에서 나온 생산품이나 다름없다. 그들은 서로 다른 방식이긴 하지만 본질적으로는 똑같이 진지하게, 그 기계를 당연시한다. 히트 반장의 정신 상태로는 반란이라는 개념 자체를 이해할 수 없었다. 그러나 도둑들은 반란을 일으키는 자들이 아니었다. 그는 경력 초기에 단단한 체력, 냉정하고 완고한 태도, 용맹성, 공평함 때문에 맡고 있던 분야에서 두각을 나타내면서, 존경과 추종을 한 몸에 받았다. 그는 자신이 존경과 부러움의 대상이라는 것을 온몸으로 느끼고 다녔다. 그런데 그는 지금, 교수라는 별명을 가진 무정부주의자로부터 여섯 발자국 떨어진 곳에 옴짝달싹 못하고 붙잡혀 있는 것이었다. 그러고 보면, 도둑들을 다루던 시절이 그리워졌다. 도둑들의 세계란 무정부주의자들의 세계와 달리, 병적인 이상을 갖고 있지 않은 정상적이고도 일상적인 세계였다. 그들에게는 더군다나 증오와 절망의 감정이 없었고, 관계 당국을 존중하며 자기들 나름으로 정상적으로 일을 하는 인간들이었다.

    히트 반장은 이처럼 사회 제도에 있어서 정상적인 것들에 대하여 경의를 표했다. 그의 생각엔 도둑질을 한다는 개념은 소유물에 대한 개념과 마찬가지로 정상적인 것으로 보였다. 이러한 것에 생각이 미치자 히트 반장은 자신이 가던 걸음을 멈추고 말을 했다는 사실에, 그리고 정거장에서 본부까지 가는 지름길을 택했던 자신에게 몹시 화가 났다. 그래서 그는 크고 위엄 있는 목소리로 다시 말했다. 그의 목소리는 가라앉긴 했지만 위협적이었다.

"얘기해두겠는데, 당신한테 용무가 있는 게 아냐."

그는 이렇게 앞에서 했던 말을 되풀이했다.

무정부주의자는 꿈쩍도 하지 않았다. 속으로 코웃음을 치는 바람에 이와 잇몸이 드러나고 몸이 들썩거렸다. 그러나 아무런 소리도 입 밖으로 새어나오진 않았다. 그러자 히트 반장은 할 필요가 없는 말을 덧붙였다.

"아직은 아니야. 당신한테 용무가 있으면, 나는 당신을 어디서 찾을지 알고 있어."

이 말은 완벽하게 옳은 말이었다. 그것은 경찰의 한 사람으로서 자신이 특별히 관리하는 사람들 중 하나에게 할 수 있음직한 적절하고도 관례적인 말이었다. 그러나 돌아온 대답은 적절하지도 않았고 관례적이지도 않았다. 그것은 괘씸한 것이었다. 그 앞에 서 있는, 발육이 덜 되고 병약하게 생긴 작자가 마침내 입을 열었다.

"그때는 신문에 당신의 사망 기사가 실리게 되겠지. 그렇게 되면 당신도 자신에게 어떤 일이 생길 것인지 잘 알고 있을 거야. 신문에 어떠한 글이 실리게 되리라는 것도 쉽게 상상할 수 있겠지. 당신 친구들이 당신 몸과 내 몸을 분류하려고 최대한도로 노력하겠지만, 당신은 나와 함께 묻히는 신세를 면치 못할 거야."

히트 반장은 그러한 말을 하는 상대의 정신 상태가 경멸스러웠다. 그러나 그 말 속에 들어 있는 잔혹성은 그에게 영향을 미치지 않을 수 없었다. 그 소리를 단순한 헛소리라고 생각하기에 그는 상대를 너무나 잘 간파하고 있었으며, 정확한 정보도 너무 많이 갖고 있었다. 등을 벽에 댄 자세로, 약하지만 자신만만한 목소리로 말을 하고 있는, 검고 빈약하고 작은 그 남자의 모습 때문에, 좁은 골목길의 어둠이 사악한 색깔을 띠고 있었다. 강력하고 활기에 찬 반장에게는, 근근이 살아가기에도 적합하지 못하게 생긴 그 남자의 형편없는 겉모습은 불길한 것이었다. 그는 자신이 그렇게 궁상맞게 생긴 인간이라면 아무리 빨리 죽어도 괘념치 않을 것 같았다. 삶에 대한 그의 집착은 아주 대단한 것이어서, 상대에 대한 역겨움 때문에 이마에 땀이 약간 솟을 정도였다. 보이지는 않지만 왼쪽과 오른쪽으로 나 있는 두 개의 거리에서 둔한 바퀴 소리와 도시의 소음이 들려왔다. 그 소리는 지저분한 골목길을 굽이굽이 돌아 아주 친근하고 매력적이고 달콤하게 그의 귀에 들려왔다. 그러나 히트 반장도 남자였다. 그런 말을 듣고 그냥 넘길 수만은 없었다.

그는 엄숙할 정도로 조용하게, 경멸이 담기지 않은 목소리로 말했다.

"아이들이라면 그런 말을 듣고 겁을 먹겠지. 하지만 나는 당신을 잡고 말 거야."

"물론 그렇겠지. 그러나 지금 같은 기회는 또 없을 거야. 내 말 한번 믿어보시지. 정말로 확신이 있는 남자에게는 지금이 자기를 희생할 수 있는 절호의 기회거든. 이처럼 좋은 기회는 다시 오기 어려울 거야. 지금 우리 곁에는 고양이 한 마리도 없잖아. 이 저주받은 낡은 집들이 당신이 서 있는 자리에 벽돌을 한 무더기 쌓아주겠지. 당신이 월급을 받는 대가로 보호해주는 생명과 재산을 거의 희생시키지 않고, 나를 잡을 기회는 영영 다시 오지 않을 거야."

히트 반장은 단호한 어조로 말했다.

"당신이 지금 누구한테 얘기를 하는지 모르는 모양이군. 내가 지금 당신한테 손을 댄다면, 내가 당신보다 나을 게 하나도 없지."

"아, 그 게임 말이군!"

"당신은 우리 편이 결국 이기고 만다는 걸 알아두는 게 좋겠어. 하지만 사람들로 하여금 당신들 중 몇몇은 미친개들을 죽이듯 보이는 대로 쏘아 죽여야 한다는 걸 믿게 만들 필요가 있을지도 모르지. 그렇게 되면 게임이 되겠네. 그러나 나는 당신들이 뭘 원하는지 도대체 모르겠어. 당신들 스스로도 모르는 것 같아. 그렇게 해서 얻는 게 아무것도 없을 거야."

"그러는 사이에 뭔가를 얻는 건 당신이지. 당신은 그걸 너무 쉽게 얻고 있어. 당신의 월급에 대해선 말하지 않겠어. 그러나 당신은 우리의 목표가 무엇인지 모름으로써 이름을 날리지 않았던가?"

"그렇다면 당신들이 원하는 게 뭐야?"

히트 반장은 자신이 시간을 허비하고 있다는 것을 깨달은 사람처럼 경멸스러운 표정을 지으며 급하게 말했다.

완벽한 무정부주의자는 얇고 핏기 없는 입술을 벌리지도 않고 미소를 짓는 것으로 대답을 대신했다. 그러자 유명한 히트 반장은 일종의 우월감을 느끼며, 손가락을 들어올려 상대에게 경고를 했다.

"그게 무엇이든 포기하라고."

그는 경고조로 말했다. 그러나 그것은 소문난 강도에게 훈계를 할 때와는 다른 불친절한 어조였다.

"포기하라고. 당신들은 우리 편의 수가 당신들이 상대하기에는 너무 많다는 것을 알게 될 거야."

그 안에 들어 있는 빈정대는 기백이 확신을 잃어버린 것처럼, 교수의 입술에 묻어 있던 미소가 흔들렸다.

히트 반장이 말을 계속했다.

"내 말 못 믿겠어? 그건 당신 주변을 둘러보기만 해도 충분히 알 수 있지. 우리는 당신들에게 너무 많단 말이야. 여하튼 당신들은 일을 잘못하고 있어. 항상 난리법석만 떤단 말이야. 생각해봐. 도둑들이 당신들같이 행동하면 굶어 죽기 십상이지."

그 남자의 등 뒤에 정복할 수 없는 다수가 있다는 암시에, 교수의 가슴속에서는 음산한 분노가 끓어올랐다. 그는 종잡을 수 없고 조롱하는 듯한 미소를 더는 짓지 않았다. 도저히 침범할 수 없는 거대한 군중이 완강하게 버티고 있다는 생각은 그의 사악한 고독을 따라다니는 두려움이었다. 그는 한동안 입술을 파르르 떨더니 질식할 듯한 목소리로 가까스로 말했다.

"나는 당신이 당신 일을 하는 것보다, 내 일을 더 잘하고 있으니 걱정 마."

"오늘은 거기까지만 하지."

히트 반장이 서둘러 말을 가로막았다. 그러자 이번에는 교수가 바로, 웃음을 터뜨렸다. 그는 계속 웃으면서 움직였다. 그러나 그가 오랫동안 웃은 것은 아니었다. 좁은 골목길에서 큰 도로로 나온 그의 모습은 다름 아닌, 슬픈 얼굴을 하고 궁상맞게 생긴 왜소한 남자의 모습이었다. 그는 무기력한 방랑자처럼, 비가 오든 해가 뜨든, 하늘과 땅이 어떻게 되든 상관없이, 사악한 초연함을 유지하며 걷고 있었다. 반면에, 히트 반장은 상대방을 잠시 바라본 후, 모진 날씨를 무시한다는 점에서는 마찬가지였지만, 자신에게는 지상에서 부여받은 사명이 있으며, 그 사명을 도덕적인 지원하에 수행하고 있다는 것을 의식하고 있는 사람처럼 활기차게 골목길을 나섰다. 이 거대한 도시에 사는 모든 사람들, 나라의 국민들, 심지어 이 지구 위에서 아등바등 살고 있는 수많은 사람들이 그의 편이었다. 심지어 도둑들이나 거지들까지 그의 편이었다. 그랬다. 도둑들도 그가 현재

하고 있는 일에 있어서는 그의 편이 틀림없었다. 그는 자신이 하고 있는 일이 만인의 지지를 받고 있다는 것을 의식하자, 용기를 갖고 당면한 문제를 해결해야겠다는 생각이 들었다.

히트 반장이 당면한 일은 직속 상사인 부국장을 어떻게 처리하느냐 하는 문제였다. 이것은 충직한 하급자들이 늘 겪기 마련인 문제였다. 무정부주의는 그 문제를 복잡한 것으로 만들었지만, 그 이상은 아니었다. 사실대로 얘기하자면, 히트 반장은 무정부주의에 대해서 거의 생각하지 않았다. 그는 그것에 특별한 중요성을 부여하지 않았다. 그는 결코 그것을 심각하게 받아들일 수가 없었다. 그것은 무질서한 행위와 같은 특성을 갖고 있었다. 술을 먹은 사람의 무질서는 술 때문에 기분이 좋아져 그 기분에 맞춰 맘껏 즐기고 싶은, 달리 말하면 이해할 수 있는 무질서인 데 반해, 무정부주의자들의 무질서는 그러한 구실도 없는 무질서였다. 무정부주의자들은 범죄자들 중에서도 어떻게 분류할 수도 없는 범죄자들이었다. 히트 반장은 활보하던 걸음을 멈추지 않은 상태에서 교수를 떠올리며 이 사이로 나직하게 말을 내뱉었다.

"미친 자식."

도둑을 잡는 것은 전혀 다른 일이었다. 거기에는, 완벽하게 이해할 수 있는 규칙하에서 가장 뛰어난 사람이 이기게 돼 있는 공개적인 스포츠와 같은 진지함이 있었다. 무정부주의자들을 다루는 데에는 아무런 규칙도 없었다. 바로 그 점이 반장에게는 질색이었다. 그것은 말도 안 되는 것이었다. 그런데 말도 안 되는 바로 그것이 대중의 마음을 자극했고 고위층 사람들에게 영향력을 행사했으며 국제적인 관계에 영향을 미쳤다. 걸음을 옮기는 히트 반장의 얼굴에는 딱딱하고 잔인한 경멸감이 어려 있었다. 그는 그가 관리하는 무정부주의자들을 생각하기 시작했다. 그중의 아무도 그가 알았던 강도들이 갖고 있는 용기의 반만이라도 갖고 있는 자가 없었다. 아니, 반이 아니라 십 분의 일이라도 갖고 있는 자가 없었다.

반장은 본부에 도착하는 즉시, 부국장실로 들어갔다. 부국장은 청동과 수정으로 된 큰 더블 잉크스탠드를 숭배하는 것처럼 펜을 손에 쥔 채, 종이로 뒤덮인 큰 테이블 위에 고개를 숙이고 있었다. 뱀같이 생긴 통화 연결관의 머리 부분이 부국장이 앉아 있는 팔걸이 나무 의자의 뒤쪽에 묶여 있었는데, 크게 벌어진 아가리가 그의 팔꿈치를 물어뜯을 것처럼 보였다. 그는 자세를 바꾸지 않고, 눈만 들어올렸다. 눈꺼풀은 얼굴보다 더 검고 상당히 크게 쌍꺼풀이 져 있었다. 그는 모든 무정부주의자들에 관한 보고서가 들어왔는데, 아무도 이 사건과 관련이 없다는 게 드러났다고 말했다.

그는 이렇게 말한 후, 눈을 내리깔고 재빨리 두 장의 서류에 서명을 했다. 그런 다음에야 펜을 내려놓고, 명성이 자자한 부하 직원을 향해 탐색하는 듯한 눈길을 던지며 몸을 뒤로 젖혀 앉았다. 반장은 예의에 어긋나지 않게, 그러나 속을 내보이지 않으며, 그 눈길을 맞았다.

부국장이 말했다.

"런던에 있는 무정부주의자들이 이 사건과 아무 관련이 없다는 당신의 처음 말은 맞는 것 같소. 나는 당신의 부하들이 그들을 아주 잘 감시하고 있다는 게 만족스럽소. 그런데 문제는, 만약 우리가 그런 식으로 일반 대중에게 얘기를 하면, 우리가 아무것도 모르고 있다는 것을 실토하는 것이나 다름없는 거란 말이오."

부국장의 말은 신중하면서도 여유가 있었다. 그의 생각은 다른 단어로 넘어가기 전에 단어 하나하나에 머무르는 것 같았다. 마치 단어 하나하나가 잘못된 물길을 가로질러 길을 찾아가는 그의 지성을 위한 징검돌인 것 같았다.

그는 이렇게 덧붙였다.

"당신이 그리니치에서 뭔가 쓸 만한 것을 가져왔다면 몰라도."

반장은 즉시, 그가 조사했던 것을 명확하고 사무적으로 설명하기 시작했다. 그의 상사는 의자를 약간 돌리고 가느다란 다리를 꼬았다. 그리고 한 손으로는 눈을 가리고, 한쪽 팔꿈치로 머리를 괴었다. 그의 듣는 태도에는 어딘지 모나고 애수에 찬 듯한 우아함이 있었다. 그가 머리를 서서히 한쪽으로 기울이자, 희미한 은빛 광선이 새까만 머리 옆에서 춤을 췄다.

히트 반장은 마음속에서 자기가 방금 한 말을 곰곰이 생각하는 듯이 잠시 말을 멈추고 있었지만, 사실은 말을 더 하는 것이 현명한 짓인지 아닌지 그 여부를 속으로 저울질하고 있었다. 부국장이 그 망설임을 짧게 만들어주었다.

부국장은 눈을 감은 상태로 이렇게 물었다.

"그러니까 당신은 두 사람이 관련돼 있다고 믿는단 말이지?"

반장은 그것이 충분히 가능성이 있다고 생각했다. 그는 두 사람이 천문대 벽으로부터 백 야드가 안 되는 곳에서 헤어졌다고 생각했다. 그는 어떻게 해서 다른 한 사람이 남의 눈에 띄지 않고 공원에서 신속하게 빠져나올 수 있었는가를 부국장에게 설명했다. 짙은 안개는 아니었지만 안개 때문에 충분히 그럴 수 있었을 거라는 말이었다. 그 사람은 다른 한 사람을 그곳까지 데리고 간 다음, 그 사람으로 하여금 혼자서 일을 처리하도록 거기에 두고 나온 것 같았다. 그들 두 사람이 메이즈 힐 역에서 나오는 것을 노부인이 목격했다는 얘기도 했다. 반장의 생각으로는 폭발음이 들렸을 때, 다른 한 사람은 실제로 그리니치 공원 역에 있었다. 그래서 동료가 자신의 몸을 그렇게 철저하게 날려버리는 순간, 다음 기차를 탈 준비가 돼 있었다.

"그렇게 철저하게?"

부국장은 그의 손이 드리운 그림자 밑에서, 그 말을 나직하게 되뇌었다.

반장은 몇 개의 강렬한 단어를 사용하여 시체가 어떤 상태였는지를 설명했다. 그러고 나서 냉혹하게 덧붙였다.

"검시관들이 애먹게 생겼더군요."

부국장이 눈을 가렸던 손을 뗐다. 그리고 힘없이 말했다.

"그런데 우리에게는 그들에게 말해줄 게 아무것도 없잖소."

그는 얼굴을 들어 그의 부하인 반장이 취하고 있는 어정쩡한 태도를 한동안 지켜보았다. 그는 쉽게 환상에 젖는 사람이 아니었다. 그는 한 부서가 그것에 속한 부하 직원들의 충성심에 전적으로 의존하고 있다는 것을 알고 있었다. 그는 공직 생활을 열대 지방 식민지에서 시작했다. 그는 거기에서 하던 일을 좋아했다. 그것은 경찰의 임무였다. 그는 불온한 사상을 가진 원주민 비밀 단체를 추적하고 와해시키는 데 수완을 발휘했다. 그런 다음, 긴 휴가를 떠났다. 아니, 정확히 말하면 충동적으로 결혼을 했다고 해야 맞을 것이었다. 세속적인 관점에서 보자면 그것은 괜찮은 결혼이었다. 그런데 그의 아내는 풍문으로만 듣고 식민지 기후에 대해서 좋지 않게 생각하고 있었다. 그녀에게는 영향력 있는 연줄이 있었다. 여하튼 그것은 훌륭한 결혼이었다. 그러나 그는 지금, 자신이 해야 하는 일을 달갑게 생각하지 않았다. 그는 자신이 너무 많은 부하 직원들과 너무 많은 상사들에게 종속되어 있다고 느끼고 있었다. 여론이라고 하는 이상한 감정적인 현상이 마음을 무겁게 짓눌렀고, 여론이라는 것이 갖고 있는 불합리한 특성들이 그를 놀라게 했다. 물론 그는 선악에 대한 여론의 영향력, 특히 악에 대한 영향력을 과장했다. 무지 때문에 그랬다. 봄이 되면, 영국에는 거친 동풍이 불어왔다. 그 바람은 그의 아내에게는 맞는 것이었지만, 그에게는 사람들의 동기나 그들 조직의 효율성에 대한 불신을 심화시키는 것이었다. 특히, 경찰 업무의 하찮음과 무익함이 예민한 간에 무리가 갈 정도로 그를 질리게 만들었다.

그는 일어서서 몸을 쭉 폈다. 그리고 그렇게 호리호리한 사람에게는 놀라울 정도로 무거운 걸음으로 방을 가로질러 창가로 갔다. 빗물이 창유리에 흘러내리고 있었다. 그가 내려다보는 짧은 도로는 마치 거대한 홍수에 휩쓸려 가버린 것처럼 텅 빈 상태로 젖어 있었다. 아침에는 안개로 숨이 막힐 것 같더니 이제는 차가운 비로 흠뻑 젖어 있었다. 아주 힘든 하루였다. 흐릿한 가스램프의 깜빡이는 불빛이 젖은 대기에 용해되어버린 것 같았다. 인간의 고매한 주장이나 권리도 날씨의 무례함이 주는 중압감을 못 이겨, 경멸이나 놀라움, 연민의 가치도 없는 터무니없고 절망적인 허영으로 보였다.

부국장은 얼굴을 유리창에 대고 이렇게 생각했다.

"끔찍해! 끔찍하군! 이런 지가 벌써 열흘이나 되는군. 아니, 열흘이 아니라 2주째야. 2주나 됐어!"

그는 잠시 동안 생각을 완전히 멈췄다. 약 3초 동안, 그의 머리는 완전히 정지되었다. 그런 다음 그는 기계적으로 물었다.

"그러니까 당신은 지금까지 걸어서, 또 다른 남자의 행방을 추적하고 다녔단 말이오?"

그는 필요한 모든 조치가 취해졌다는 것을 의심치 않았다. 물론, 히트 반장은 인간을 추적하는 일에 대해 철저하게 알고 있었다. 그리고 이런 것들은 초보자라고 해도, 당연히 밟아야 하는 수순이었다. 차표를 회수하는 역무원과 두 정거장에서 일하는 짐꾼들에게 물어보면, 두 사람의 인상착의에 대한 추가적인 사항을 알 수 있을 것이고, 수거된 차표를 살펴보면 그들이 그날 아침 어디에서 출발했는지를 즉각 알 수 있을 것이었다. 그것은 기본적인 것이었으며, 그래서 더욱 소홀히 할 수 없는 것이었다. 반장은 노부인이 증언한 바에 입각해, 필요한 모든 조치를 즉시 취했노라고 답변했다. 그는 역 이름도 언급했다.

"바로 그곳이 그들이 출발한 역입니다. 메이즈 힐에서 그들의 차표를 회수한 역무원은 그들과 비슷한 두 사람이 개찰구를 통과한 사실을 기억하고 있었습니다. 그는 그 사람들이 괜찮은 간판장이나 주택 장식사 같았다고 진술했습니다. 몸집이 큰 사람은 밝은 색 깡통을 손에 들고, 삼등칸 뒤쪽에서 나왔다고 합니다. 그리고 그를 따르던 잘생긴 젊은 남자에게 그 깡통을 플랫폼에서 넘겨줬다고 합니다. 이러한 진술은 노부인이 그리니치 관할 형사에게 진술한 내용과 일치합니다."

아직도 창문을 향하여 얼굴을 돌리고 있던 부국장은 그 두 사람이 사건과 관련이 있는지 의심스럽다고 말했다. 이러한 모든 가정은 급히 지나가는 그 남자한테 떠밀려 넘어질 뻔했던 노파의 말에 근거를 두고 있었다. 그런데 그것은 갑작스러운 계시를 받아서 그런 게 아니라면, 믿을 만한 구체적인 증거가 될 수는 없었다.

그는 의미심장한 아이러니가 섞인 어조로 물었다.

"솔직히 말해서, 그 여자가 실제로 무슨 계시라도 받았을 것 같소?"

그는 어둠에 반쯤 묻혀버린 도시의 거대한 형태를 쳐다보는 데 매혹된 것처럼, 아직도 등을 돌리고 밖을 바라보고 있었다. 그는, 가끔씩 신문에 이름이 날 정도로 열성적이고 근면한 경찰 중의 한 사람으로 대중에게 잘 알려진 인물이며, 부서에서 으뜸가는 부하 직원이기도 한 히트 반장의 입에서 "하늘의 뜻이지요"라는 중얼거림이 나직하게 흘러나왔을 때, 몸을 돌리지도 않았다.

히트 반장은 목소리를 약간 높였다.

"밝은 색 깡통의 파편들은 저도 보았습니다. 그것이 결정적인 증거입니다."

"그러니까 이 사람들이 그 작은 시골 역에서 왔단 말이로군."

부국장이 의심스럽다는 듯, 큰 소리로 말하며 생각에 잠겼다. 메이즈 힐 역에서 수거한 표가 석 장 있었는데, 그중 두 장의 기차표가 그 시골 역에서 팔린 것이었다는 대답이 그에게 돌아왔다. 그날, 세번째로 내린 사람은 역무원들이 잘 아는, 그레이브젠드에서 온 행상이었다고 했다. 반장은 그 정보를 약간 짓궂은 유머를 섞어, 최종적인 결론을 내리는 듯한 어조로 말했다. 그것은 충성스러운 부하들이 자신들의 충성심과 그들이 열성적으로 하는 일의 가치를 상사에게 부각하기 위해 쓰는 수법이었다. 아직도 부국장은 바다처럼 광막한 어둠으로부터 몸을 돌리지 않고 있었다.

그는 분명히 유리창을 향하여 말했다.

"그곳으로부터 두 명의 낯선 무정부주의자들이 왔다 이거지? 그것 참 이상한 일이로군."

"그렇습니다. 하지만 미케일리스가 그 부근에 있는 시골집에 머물지 않고 있다면 더욱 이상한 일일 겁니다."

부국장은 그 이름이 불쑥 튀어나오자, 이 짜증나는 사건에 예기치 않게 빠져들면서, 클럽에 가서 카드놀이를 하려던 희미한 생각을 무뚝뚝하게 떨쳐버렸다. 카드놀이는 세상에서 제일 위로가 되는 습관이었다. 카드놀이를 할 때는, 부하 직원의 도움을 받을 필요 없이 자신의 기량을 맘껏 발휘할 수 있었다. 그는 저녁 식사를 하러 집으로 가기 전에 클럽에 들러 다섯 시에서 일곱 시까지 카드놀이를 했다. 그는 카드놀이를 하는 두 시간 동안은, 그것들이 어떤 성격의 것이든, 자신의 삶에서 못마땅한 것들을 깡그리 잊었다. 카드놀이는 그에게, 도덕적인 불만의 고통을 완화해주는 좋은 약이나 다름없었다. 울적한 유머를 즐기는 유명한 잡지 편집자, 악의를 띤 작은 눈을 한 말 없는 늙은 변호사, 신경질적인 갈색 손과 아주 호전적이고 단순한 사고의 소유자인 대령, 이런 사람들이 그의 파트너였다. 그들은 그가 클럽에서 알고 지내는 사람들일 뿐이었다. 그는 카드놀이를 하는 탁자를 제외하면 다른 어느 곳에서도 그들을 만나지 않았다. 그러나 그들은 모두, 카드놀이가 삶의 비밀스러운 불행을 치료해주는 약이라도 되는 것처럼, 고통을 당하며 살아가는 자들이 서로 동병상련하듯, 게임에 임하는 것 같았다. 수많은 도시의 지붕 너머로 태양이 지면, 그들은 확실하고 심오한 우정과 흡사하게, 감미롭고 기분 좋고 조급한 마음으로 게임을 시작하는 것이었다. 그런데 지금은 즐거운 그 느낌이 육체적인 충격과 흡사한 무엇인가와 함께, 그에게서 빠져나가고 없었다. 그리고 그것은 사회를 수호하는 직무에 대한 특별한 종류의 관심으로 대체되었다. 자신의 손에 들려 있는 무기를 갑작스럽게 불신한다고나 할까, 여하튼 그 관심은 부적당한 것이었다.

6

인도주의적 희망의 사도 가출옥수 미케일리스의 후원자인 귀부인은 부국장 부인의 연줄 중에서도 가장 영향력 있고 유명한 사람 중 하나였다. 귀부인은 부국장의 부인을 애니라고 부르며, 그녀를 별로 똑똑하지도 못하고 세상 경험도 전혀 없는 애송이로 취급했다. 그러나 그녀는 부국장한테는 친절하게 대했다. 그의 부인과 연줄이 닿아 있는 영향력 있는 사람들이 결코 다 그런 것은 아니었다. 오래전 젊었을 때 화려한 결혼을 했던 그녀는, 상당한 기간 동안 중요한 사건들과 고위층 남자들을 가깝게 접하며 살았다. 그녀 자신이 지체 높은 귀부인이었다. 이제, 나이가 지긋해진 그녀는 경멸적인 태도로 시대에 반응하는, 일종의 예외적인 기질을 갖게 되었다. 마치, 그 시대 상황이 열등한 인간들이나 준수하는 천박한 관습이라도 되는 듯, 그녀는 순응하기를 거부했다. 또한 그녀는 그저 옆으로 젖혀두는 것이 더 쉬울 법한 다수의 다른 관습들도 순전히 기질적인 입장에서 인정하지 않았다. 왜냐하면 그 관습들이 그녀를 싫증나게 하거나, 경멸과 동정심을 가로막기 때문이었다. 그녀에게는 남을 칭찬한다는 게 낯선 개념이었다. 그것은 그녀의 지체 높은 남편이 속으로 안타까워했던 것 중의 하나였다. 그녀가 칭찬할 줄 모르는 것은 우선, 모든 것이 항상 평범함에 감염되어 있기 때문이었고 둘째, 칭찬을 한다는 것은 상대방보다 자신이 열등하다는 것을 인정하는 것이기 때문이었다. 둘 다 그녀의 성격상 생각할 수 없는 것들이었다. 그녀는 무서운 줄 모르고 자신의 생각을 쉽게 얘기했다. 그렇게 할 수 있었던 것은 그녀가 자신의 사회적인 지위에 입각해서 모든 것을 판단했기 때문이었다. 또한 그녀는 행동에 있어서도 제한을 받지 않았다. 그녀의 재치가 진정한 인류애에서 나오는 것인 만큼, 온 힘을 다해 모든 것을 밀어붙였다. 누구나 마음속으로 그녀가 우월하다는 것을 인정하고, 나이의 고하를 막론하고 그녀를 끝없이 찬미했다. 어떤 사람은 그녀를 대단한 여성이라고 선언할 정도였다. 그러는 동안, 그녀는 일종의 고귀한 단순성이 가미된 판단력과 호기심을 발휘하고, 자신에게 주어진 위대하고 거의 역사적이며 사회적인 신분과 명성을 십분 활용하여 지위, 재치, 무례, 행운, 불 등 보통 사람의 차원을 뛰어넘는 모든 것을 합법적으로든 비합법적으로든, 자신의 집 안에 끌어들여 노년을 즐기고 있었다. 그렇다고 그것이 보통 여자들처럼 잡담을 즐기기 위한 방편은 아니었다. 왕족들, 예술가들, 과학자들, 젊은 정치가들, 온갖 연령층과 상황의 협잡꾼들이 그 집을 찾았다. 수면 위에 떠서 깐닥거리며 해류가 어떻게 흐르는지 그 방향을 알려주는 코르크 부표처럼, 그들은 상황이 어떠한가를 가장 정확히 보여준다. 그들은 그녀의 덕성 함양을 위해서 그 집에서 환영받고, 경청되고, 간파되고, 이해되고, 평가되었다. 그녀의 말을 빌리자면, 그녀는 세계가 어떻게 되어가는지 지켜보고 싶었다. 그녀의 정신은 상당히 실제적인 것이었다. 따라서 그녀가 사람이나 사물에 대해서 내리는 판단이 비록 특별한 편견에 기초한 것이기는 했지만, 전적으로 잘못되거나 잘못된 방향으로 가는 경우는 거의 없었다. 그녀의 거실은 부국장이 직업적이거나 공식적인 자리가 아닌 곳에서 가출옥수를 만날 수 있는 유일한 장소였다. 부국장은 어느 날 오후에 미케일리스를 그곳으로 데리고 온 사람이 누구였는지 잘 기억하지 못했다. 그는 좋은 가문 출신에 보통과는 다른 동정심을 지닌 어떤 의원이 그랬을 거라고 생각하고 있었다. 그것은 만화에서 두고두고 우려먹는 농담이 되었다. 당대의 유명 인사들과 단순히 악명 높은 사람들은 천하지 않은 호기심을 지닌 노부인에게로 자유롭게 모였다. 많은 사람들이 여섯 개의 커다란 창문에서 쏟아져 들어오는 불빛을 받으며 앉거나 서서 웅성거리고 있는 커다란 응접실의 한쪽 구석에, 소파와 팔걸이의자들을 구비해 아늑한 곳으로 꾸며놓고 금박 테가 달린 연푸른 실크 칸막이를 친 공간에서 반쯤은 사적으로 손님을 맞으니, 그곳에서 누구를 만나게 될지는 짐작도 못 할 일이었다.

    미케일리스에 대한 사람들의 감정은 급변했다. 그것은 수년 전에 경찰차에서 죄수들을 탈출시키려고 했던 다소간에 미친 범법 행위에 공모했다는 죄목으로 그에게 내려진 종신형이라는 가혹한 처벌에 대해 사람들이 환호했던 것과 같은 감정이었다. 범인들은 원래 말들을 사살하고 호송원들을 제압하기로 돼 있었다. 그런데 그 과정에서 불행하게도, 경찰관 하나가 총에 맞아 숨지는 일이 발생했다. 그 경찰관은 부인과 세 자녀를 유족으로 남기고 죽었다. 임무를 수행하다 죽은 경찰관에 대한 동정이 물밀듯 쏟아지면서, 범인들에 대한 광기 어린 분노의 열기가 터져나왔다. 세 명의 주모자들은 교수형을 당했다. 미케일리스는 당시, 야간 학교에 다니던 젊고 호리호리한 열쇠장이였다. 그는 누가 죽었는지 어쨌는지 도무지 분간을 못하고 있었다. 그의 임무는 다른 사람들과 함께 뒤에서 문을 열어쩟히는 일이었다. 그가 체포되었을 당시, 한쪽 주머니에는 한 다발의 열쇠 뭉치가, 다른 쪽 주머니에는 무거운 끌이 들어 있었으며, 손에는 뭉툭한 지렛대가 들려 있었다. 그 모습은 더도 덜도 아닌 영락없는 강도였다. 그러나 어떠한 강도도 그렇게 무거운 형벌을 받지는 않았을 것이었다. 그는 경찰관의 죽음에 마음이 비참해졌다. 그에게는 그 음모가 실패로 끝난 것도 비참하긴 마찬가지였다. 그는 이러한 감정을 배심원들에게 전혀 숨기지 않고 얘기했다. 자신의 속마음을 그렇게 숨기지 않고 얘기했던 것은 사람들로 가득 차 있는 법정의 분위기로 보아 참으로 부적절한 것이었다. 그래서 재판관은 형을 선고하면서 젊은 죄수의 타락과 비정함을 개탄해 마지않았다.

그렇게 해서 형을 받은 것이 그가 근거 없는 유명세를 타게 된 이유였다. 또한 그가 석방된다는 사실도 수감 생활이 갖는 이러한 감정적 측면을 자신들의 목적이나 다른 모호한 목적을 위해서 이용하고자 하는 사람들 때문에 유명해지게 되었다. 순진하고 단순한 그는 사람들이 하는 내로 내버려뒀다. 개인적으로 볼 때, 그에게 일어난 어떤 일도 그에게는 중요하지 않았다. 그는 종교적인 명상을 하다가 자아를 떨쳐낸 성인 같았다. 그가 가진 관념은 확신과는 성격이 다른 것이었다. 그의 관념은 이성이 접근할 수 없는 형태의 관념이었다. 그러한 관념은 앞뒤가 모순되고 모호하기 그지없지만, 당당한 인도주의적 입장을 취하고 있었다. 그는 천진난만하고 평화로운 미소를 지으며 솔직해 보이는 푸른 눈을 내리깔고, 그러한 자신의 신념을 완고하지만 부드럽게, 설교하기보다는 고백하듯 얘기했다. 그가 눈을 내리깐 이유는 사람들의 얼굴을 쳐다보게 되면 자신이 고독 속에서 개발한 영감이 흩어져버리기 때문이었다. 갤리선 노예가 끌고 다니던 탄약통처럼, 죽는 날까지 끌고 다녀야 하는 그로테스크하고 치유

불가능한 그의 비대한 몸은 애처로워 보였다. 부국장은 사도 가출옥수가 칸막이 안의 팔걸이의자에 자리를 잡고 있는 모습을 바라보았다. 미케일리스는 귀부인이 앉아 있는 소파의 머리맡에, 아이의 것에 지나지 않을 정도의 자의식과 아이와 같은 진실성의 매력을 갖고, 조용하고 부드러운 목소리로 얘기를 하며 앉아 있었다. 그는 미래에 대한 확신이 있었기 때문에, 다른 사람을 의심스럽게 바라볼 이유가 없었다. 그는 잘 알려진 감옥의 네 벽에서 미래로 통하는 비밀스러운 통로를 터득한 것이었다. 그는 호기심 많은 부인에게 세계가 어떻게 되어갈 것인가에 대한 자신의 생각을 구체적으로 전달할 수는 없었지만, 적개심이 결부되지 않은 믿음과 낙천적인 생각을 통해서 특별한 노력을 들이지 않고도 노부인에게 깊은 인상을 남길 수 있었다.

사회적으로 양극단에 있는, 마음이 편한 사람들에게는 생각이 단순하다는 공통점이 있다. 위대한 귀부인은 그녀 나름으로 단순한 사람이었다. 그의 생각이나 믿음 자체로는 그녀를 놀라게 할 것이 아무것도 없었다. 왜냐하면 그녀는 자신의 높은 위치에서 그것들을 평가했기 때문이다. 그녀는 동정심을 갖고 있어서, 그런 유형의 사람들에게 쉽게 접근할 수 있었다. 그녀는 착취하는 자본가가 아니었다. 그녀는 경제적인 조건의 유희를 넘어선 입장에 있었다. 그리고 더 명백한 형태의 비참한 인간 상황에 대해 동정할 수 있는 능력을 갖고 있었다. 그녀는 그런 것들에 대해 전혀 알지 못하는 사람이어서, 잔인성의 개념을 이해하기 위해서는 자신의 생각을 정신적 고통의 개념으로 번역해야 했다. 부국장은 그들 두 사람 사이에 오가는 대화를 아주 생생하게 기억하고 있었다. 그때, 그는 아무 말도 하지 않고 듣고만 있었다. 그들 사이에 오간 대화는 먼 혹성에 사는 사람들 사이에 오가는 도덕적인 대화만큼이나 어느 면에서는 재미있기도 했고,

결국은 아무런 소용도 없는 것이라는 점에서는 측은하기 까지 한 것이었다. 여하튼, 그로테스크한 인도주의적 정열의 화신인 듯한 미케일리스는 호소력을 갖고 있었다. 그는 적어도 상상력에 호소하는 힘이 있었다. 마침내 미케일리스가 일어섰다. 그는 귀부인이 내민 손을 전혀 당황하지 않고 상냥하게, 크고 살찐 손바닥으로 잠시 잡고 있다가, 짧은 트위드 옷 때문에 부푼 것 같은 널찍하고 네모난 등을 돌려, 반은 사적인 공간이나 마찬가지인 그곳을 벗어났다. 그는 자비로운 표정을 띠고 주위를 쳐다보며 다른 방문객들이 몰려 있는 곳을 통과해, 멀리 있는 문을 향하여 어기적어기적 걸어갔다. 그가 지나갈 때, 웅성웅성하던 말소리가 멎었다. 그는 우연히 눈이 마주친 키가 크고 예쁜 소녀를 향하여 순진한 웃음을 지어 보였다. 그러고는 자신을 따라오고 있는 사람들의 눈초리를 의식하지 않고 그곳을 가로질러 밖으로 나갔다. 그렇게 해서 미케일리스는 화려하게 데뷔했다. 아무도 비아냥거리지 않는 상태에서, 그야말로 성공적으로 데뷔한 것이었다. 사람들은 무겁든 가볍든, 잠시 중단했던 대화를 다시 시작했다. 창문 가까이에서 두 여자와 얘기를 나누고 있던, 팔다리가 길고 체격이 좋으며 활동적인 외모의 40대 남자만이 예기치 않게 속마음을 큰 소리로 토로했을 뿐이었다.

"18년씩이나 감옥에 있었다니 불쌍한 친구로군요! 정말 끔찍한 일이네요."

귀부인은 부국장을 멍하니 바라보며 혼자 서 있었다. 나이가 들었지만 여전히 아름다운 그녀의 얼굴이 생각에 잠겨 굳어 있는 것 같았다. 마치, 마음속의 인상들을 다시 정리하고 있는 듯했다. 회색 콧수염을 기르고, 몸집이 좋고 건강하며, 얼굴에 희미한 미소를 머금은 남자들이 다가와서 칸막이 주위를 둘러쌌다. 품위 있고 결단력 있어 보이는 두 명의 여자들도 다가왔다. 그리고 고풍스러운 분위기를 살리려고 넓고 검은 리본에 금테 안경을 달아 늘어뜨리고, 볼은 푹 들어가고 면도를 말끔히 한 사람도 다가왔다. 공손하지만 뭔가를 유보하는 것 같은 침묵이 얼마간 흘렀다. 그때였다. 귀부인이 화가 났다기보다는 이의를 제기하는 듯한, 격분한 목소리로 소리쳤다.

"저 사람이 공식적으로 혁명주의자란 말이지요? 말도 안 되는 소리예요."

그녀는 힐난하는 눈초리로 부국장을 쳐다보았다. 그러자 부국장이 용서를 구하듯 말했다.

"아마 위험한 사람은 아니겠지요."

귀부인은 단호한 어조로 말했다.

"위험하지 않다고요! 그래요. 결코 위험하지는 않지요. 저 사람은 그저 믿음을 갖고 있는 사람에 지나지 않아요. 성인에게나 있음직한 기질을 갖고 있어요. 그런데 그런 사람을 20년이나 가둬놨어요. 그런 멍텅구리 짓을 하다니 생각만 해도 몸서리가 나는군요. 그와 관계된 모든 사람들이 죽거나 어디론가 가버리고 나니까, 이제야 그를 석방했어요. 부모님은 돌아가셨고, 결혼하려고 했던 여자는 감옥에 있을 때 죽었답니다. 게다가 감옥 생활을 하면서 손으로 하는 직업에 필요한 기술마저 잃어버렸답니다. 그 사람은 이러한 모든 얘기를 정말로 참을성 있게 나한테 해주었어요. 그 사람은 감옥에 있는 동안, 많은 것들을 생각할 수 있는 충분한 시간을 가질 수 있었다고 말하더군요. 얼마나 기막힌 보상입니까! 혁명주의자들이 그런 사람들이라면, 우리는 모두 그들 앞에 무릎을 꿇어야 해요."

그녀가 약간 짓궂은 목소리로 말을 계속하는 동안, 사람들은 예의를 차리며 그녀를 향해 얼굴을 돌리고 상투적인 미소를 지었다.

"저 불쌍한 사람은 자기 몸도 감당할 수 없는 처지에 있어요. 누군가 저 사람을 돌봐줘야 해요."

"그 사람은 치료를 받는 게 좋을 것 같습니다."

조금 떨어진 곳에 있는 활동적인 외모의 남자가 군인 같은 목소리로, 아주 진지하게 충고를 했다. 그는 나이에 비해 건강이 좋아 보였다. 입고 있는 기다란 프록코트의 옷감마저 살아 있는 조직처럼 탄력 있어 보였다. 그는 감정이 섞인 말을 몇 마디 덧붙였다.

"그 사람은 실제로 절름발이더군요."

다른 사람들은 그 말 한번 잘했다는 듯 이구동성으로 급하게, 동정적인 말들을 했다.

"정말 놀라운 일이로군요."

"끔찍한 일이네요."

"너무 끔찍해서 차마 쳐다볼 수가 없더군요."

널찍한 리본에 안경을 달고 있는 홀쭉한 남자가 점잔을 빼며 말했다.

"그로테스크하더군요."

그의 곁에 있는 사람들은 그 말이 맞다는 듯 맞장구를 쳤다. 그리고 서로를 향해 미소를 지었다.

부국장은 그때도 그랬지만, 그 이후에도 아무런 말을 하지 않았다. 그의 위치가 위치인 만큼 가출옥 사도에 대해 개인적인 의견을 피력할 수가 없었다. 그러나 사실 그는 미케일리스가 약간 머리가 돌았을 뿐, 파리 한 마리도 의도적으로 죽일 수 없을 정도로 인도주의적인 감상주의자라는 데 아내의 친구이자 후원자인 귀부인과 의견을 같이했다. 그래서 이 짜증 나는 폭탄 사건과 관련하여 미케일리스의 이름이 갑자기 튀어나왔을 때, 그는 가출옥 사도에게 문제가 생겼다는 것을 깨달았다. 그는 노부인이 드

비밀요원 133

러내놓고 미케일리스를 감싸고돈다는 것을 즉시 떠올렸다. 그녀는 미케일리스의 자유를 방해하는 것이면 어떤 것이든 용납하지 않으려 할 것이 분명했다. 그것은 깊고 침착하고 확신이 선 열정이었다. 그녀는 그를 해가 없는 존재라고 느꼈을 뿐만 아니라 실제로 그렇게 말하기도 하였다. 그것은 그녀의 절대주의적인 마음과 섞여 논의의 여지가 없는 일종의 증거가 되어버린 것이었다. 그녀는 마치 솔직한 어린아이 같은 눈에 토실토실한 천사처럼 미소를 짓는 그 남자의 기괴함에 완전히 매료당한 것 같았다. 그녀는 미래에 대한 그의 이론을 거의 믿을 정도까지 되었다. 왜냐하면 그것이 그녀가 갖고 있는 편견들과 모순되는 것이 아니기 때문이었다. 그녀는 이 사회에 새로 등장한 금권 정치의 요소를 싫어했다. 그리고 인간 발전의 수단으로서 산업주의라는 것이 그녀에게는 그것이 갖고 있는 기계적이고 감정이 없는 속성 때문에 특히 혐오스러운 것이었다. 순진하기 짝이 없는 미케일리스가 품고 있는 인도주의적인 희망은 완전한 파괴를 지향하는 것이 아니라 그 제도가 갖고 있는 경제적인 측면의 완전한 파괴를 지향하는 것이었다. 그녀는 그러한 생각이 도덕적으로 무슨 해를 끼칠 수 있는 것인지, 실제로 알 수가 없었다. 그것은 그녀가 싫어하고 불신하는 벼락부자들을 몽땅 없애게 될 것이었다. 그러한 벼락부자들이 무슨 일을 어떻게 해서가 아니라 그 세계의 무식한 속성 때문이었다. 바로 그러한 속성으로 말미암아, 세계에 대한 그들의 인식은 조야했으며 그들의 마음은 무미건조했다. 모든 자본이 없어지면 그들도 사라지게 될 것이었다. 그러나 그 파괴가 미케일리스가 예견하는 대로 세계적인 규모의 것이 된다 해도 사회적인 가치들은 손상을 입지 않을 것이었다. 마지막 돈이 사라진다 해도 사람들의 지위에는 영향이 없을 것이었다. 예를 들어서, 그녀는 그러한 상황이 어떤 식으로 자신의 지위에 영향을 미칠 수 있을 것인가를 상상할 수가 없었다. 그녀는 무관심의 어두운 그늘을 벗어난 노부인답게, 자신이 발견한 것들을 부국장에게 두려움 없이 담담하게 얘기했었다. 그는 그런 종류의 얘기를 아무 말 없이 받아들이는 것을 규칙으로 삼고 있었다. 사람에게 무례하게 굴지 않는 것이 그의 기질이었고, 직업상의 특징이기도 했다. 그는 미케일리스를 사도처럼 따르는 노부인에게 일종의 애정을 느끼고 있었다. 어느 정도까지는 그녀의 지위와 성격 때문에 그랬지만, 무엇보다도 그녀에 대한 고마움에서 생긴 복합적인 감정 때문에도 그랬다. 그는 그녀의 집에 가면 그녀가 자신을 정말로 좋아해준다고 느꼈다. 그녀는 친절의 화신 같았다. 또한 그녀는 경험이 많은 여자답게 실질적인 면에서도 현명했다. 그녀는 그를 애니의 남편으로 관대하게 대해줌으로써 그의 결혼 생활을 보다 쉬운 것으로 만들었다. 모든 종류의 이기심과 질투심에 젖어 있는 그의 아내에 대한 그녀의 영향력은 대단한 것이었다. 불행한 것은 그녀의 친절함과 현명함이 비논리적인 성질의 것이며 여성적이고 다루기 힘든 성질의 것이라는 사실이었다. 그녀는 나이가 들면 불안정하고 성가신 노파가 돼버리는 여자들과 달리 나이가 들었어도 완벽한 여성으로 남아 있었다. 그는 그녀가 여성적인 것을 완벽하게 구현하고 있는 여성이라고 생각했다. 그는 그것이 진실이든 거짓이든 어떤 감정에 휘말려 얘기를 하는 모든 종류의 남자들, 즉 설교자, 선각자, 예언가, 개혁가 같은 남자들을 위해 부드럽고 성실하고 맹렬한 보디가드가 되어주는 이상적인 여인상을 그녀에게서 보았다.

그러한 식으로 아내의 유명하고 훌륭한 친구와 자신의 관계를 평가하는 부국장은 문득, 앞으로 가출옥수인 미케일리스에게 어떤 일이 생길지 생각해보다가 깜짝 놀랐다. 그는 이번 사건과 관련되어 있다는 쥐꼬리만 한 의심만 받아도, 감옥으로 돌아가 적어도 남은 형기를 채워야 할 판이었다. 그것은 그를 죽이는 것이나 마찬가지였다. 그는 결코 살아서 나오지 못할 것이었다. 부국장은 이렇게 자신의 공적인 지위에 어울리지도 않고, 그의 인간성에 이로울 것도 없는 생각을 하고 있었다.

'그 사람이 잡히면 그녀는 나를 결코 용서하지 않을 게 뻔한데……'

그는 이렇게 생각해보면서, 어느 정도의 자기비판을 하지 않을 수 없었다. 자신이 좋아하지 않는 일을 하는 사람은 누구나 자신에 관해 그럴듯한 환상을 간직할 수가 없는 법이다. 자신이 하고 있는 일을 싫어하고, 또한 그 일이 매력 없어 보이는 것은 결국 자신의 개성의 문제로까지 이어지기 마련이다. 우리가 완전한 자기기만의 위안을 맛볼 수 있는 것은 우리에게 주어진 행위들이 우연히도 우리의 기질과 딱 맞아떨어질 때뿐이다. 부국장은 고국에 돌아와서 하는 일을 좋아하지 않았다. 지구 저편에서 그가 했던 일들은 비정규 전투라는 그럴듯한 명분도 있었고, 적어도 그 일들을 하면서 야외 스포츠에서 맛볼 수 있는 모험과 흥분을 느낄 수 있었다. 그의 진짜 재능은 주로 관리적인 성격의 것이었는데, 그것이 그의 모험적인 성향과 결합되었다. 4백만 명이 모여 사는 번화한 곳에 위치한 사무실 책상에 묶여 있는 그는 자신을 아이러니컬한 운명의 희생자라고 생각했다. 그것은 기질적으로 민감한 부분의 단점들은 그만두고라도 식민지 기후에 유달리 민감하게 반응하는 여자와 결혼하게 만든 그의 운명을 일컫는 말이었다. 그는 자신의 불안한 마음을 냉소적으로 생각했지만, 그렇다고 마음속에서 부적절한 생각을 몰아내지는 않았다. 그의 마음속에서는 자기 보호 본능이 강하게 작용하고 있었다. 그는 오히려 마음속으로 욕까지 하며 그것을 더 정확하게 되풀이하고 있었다.

'염병할! 저 악마 같은 히트 자식이 제멋대로 일을 처리하면 그 친구는 피둥피둥한 살에 질식되어 감옥에서 죽고 말 것이 분명해. 그렇게 되

면 그녀는 나를 결코 용서하지 않을 거야.'

그의 검고 좁은 모습이 꿈쩍도 하지 않고 있었다. 짧게 깎인 뒷머리가 은빛으로 반짝였고 그 아래의 흰 목깃이 고즈넉했다. 침묵이 상당히 오래 계속되자 히트 반장은 헛기침을 했다. 헛기침 소리는 효과가 있었다. 아직도 움직이지 않은 채 등을 돌리고 앉아 있던 상관은 열성적이고 지적인 부하를 향해 마침내 입을 열었다.

"그러니까 당신은 미케일리스가 이 사건과 관련이 있다는 거로군?"

히트 반장은 그 점에 대해서 확신은 있었지만 대답만은 신중히 하기로 마음먹었다.

"부국장님, 저희에게는 수사에 착수할 충분한 증거가 있습니다. 그와 같은 인간은 놓아둘 필요가 없습니다."

"결정적인 증거가 필요하오."

부국장이 나직하게 말했다.

히트 반장은 완고하게 등을 돌리고 있는 상관의 김고 좁은 등을 향해 눈썹을 추켜올렸다. 그리고 자기만족감에 취해 말했다.

"충분한 증거를 확보하는 덴 전혀 어려움이 없을 것입니다. 그 점에 있어서는 저를 믿으셔도 좋습니다."

마지막 말은 덧붙일 필요가 없는 말이긴 했지만 그의 심정을 대변하는 말이기도 했다. 그는 일반 시민들이 이 사건에 대해서 열을 내고 덤벼들면 미케일리스를 냉큼 던져줄 셈이었다. 아직 시민들이 열을 낼지 어떨지 예견한다는 것은 불가능했다. 물론 그것은 궁극적으로 신문에 달려 있었다. 그러나 히트 반장은 직업상 감옥에 죄수를 조달해주는 자이며 법률적인 감각을 지닌 사람으로서 법을 어기는 자는 모두 투옥돼야 한다고 믿는 사람이었다. 그런데 그는 너무 확신에 가득 차 방법상의 실수를 범하고 말았다. 그는 약간 우쭐한 웃음을 웃으면서 자신이 한 말을 반복하고 만 것이었다.

"그 점에 있어서는 저를 믿으십시오."

이것은 냉정과 침착함을 강요당해온 부국장에게는 도가 지나쳐도 한참 지나친 것이었다. 그는 지난 18개월 동안 강요당한 냉정함과 침착함 속에 제도와 부하에 대한 짜증을 숨겨온 사람이었다. 매일매일 계속되는 생활은 동그란 구멍에 네모난 나무못을 억지로 쑤셔 박는 격이었다. 모가 덜 난 사람이었다면 한두 번 어깨를 으쓱거린 다음, 확립된 지 오래인 부드럽고 오래된 구멍에 기꺼이 자신을 맞췄을 것이었다. 가장 화나는 것은 신뢰에 너무 많은 것을 의존해야 한다는 것이었다. 그는 히트 반장의 웃음소리를 듣고, 전기 쇼크를 맞아 창유리에서 빙그르르 도는 사람처럼 빠르게 몸을 돌렸다. 그는 히트 반장의 얼굴에서 그 경우에 합당한 콧수염 밑에 숨어 있는 자기만족감뿐만 아니라, 자신의 등에 고정되어 있었음이 틀림없으며 지금은 순간적으로 자신의 눈길을 받아 금세 깜짝 놀란 표정으로 바뀌어버린, 어떻게 하나 두고 보자는 듯한 눈길을 잡아냈다.

부국장은 정말로 직위에 맞는 자격을 갖춘 사람이었다. 갑자기 그는 미심쩍다는 생각이 들었다. (경찰이 그 자신에 의해 조직된 준[準]군사적인 조직이 아닌 바에야) 경찰이 일을 처리하는 방식에 대한 의구심이 생기는 것도 어쩌면 당연한 것이라고 할 수 있었다. 그 의구심이 단순한 지겨움 때문에 잠들어 있었다면, 그것은 아주 옅은 잠에 불과했다. 히트 반장의 열성과 능력에 대한 그의 평가는 적당한 정도에 불과해, 도덕적인 면에서 그를 신뢰하는 것으로까지 이어지지는 않았다.

'이 친구, 무슨 꿍꿍이속이 있군.'

그는 이렇게 마음속으로 소리쳤다. 그러자 화가 났다. 그는 큰 걸음으로 책상에 가서 털썩 주저앉았다.

'나는 서류 더미에 갇혀 내 손으로 모든 실을 잡고 있도록 돼 있다. 하지만 나는 내 손에 들어온 것만을 잡고 있을 뿐이다. 그런데 저자들은 자기들 마음대로 실의 다른 쪽 끝을 묶어버릴 수 있다.'

그는 이치에 맞지 않게 화를 내면서 이런 생각에 잠겼다.

그는 머리를 들고 부하를 향하여 정력적인 돈키호테처럼 생긴, 길고 야윈 얼굴을 돌렸다.

"당신, 소매 속에 갖고 있는 게 도대체 뭐요?"

히트가 그를 노려봤다. 히트는 둥근 눈에 아무런 움직임도 없이, 눈 한번 깜빡거리지 않고 상대를 노려봤다. 그것은 그가 범인들이 적당히 주의를 받은 후 죄가 없다는 말투로, 혹은 순진함을 과장한 말투로, 혹은 시무룩하게 체념을 한 말투로 진술을 할 때, 그들을 노려보는 눈길과 흡사한 것이었다. 그러나 그처럼 직업적이고 냉혹한 시선 뒤에는 놀라움이 숨어 있었다. 지금까지 그 누구도 그처럼 경멸감과 초조감이 섞인 어조로 그 부서의 오른팔 격인 히트 반장에게 말한 적이 없었기 때문이었다. 그는 자신도 모르게 전혀 예기치 않았던 상황에 처해버린 사람처럼 꾸물대며 말을 시작했다.

"제가 미케일리스에 대하여 갖고 있는 증거가 무엇이냐는 말씀이신가요?"

부국장은 히트 반장을 넌지시 바라보았다. 반장의 머리는 둥글었고 북유럽 해적들의 것과 같은 콧수염의 끝은 두터운 턱 선 아래로 늘어져 있었으며 크고 창백한 얼굴은 결단력이 있어 보였지만 살이 너무 많다는 게 흠이었다. 눈가에는 교활한 주름이 져 있었다. 부국장은 없어서는 안 되는, 신망이 높은 부하를 의미심장한 눈초리로 살펴보다가 문득 뭔가 확신이 생겼다. 마치 영감이 떠오른 것 같았다. 그는 신중한 어조로 말했다.
"나한테는 당신이 이 방에 들어왔을 때만 해도, 당신이 미케일리스를 염두에 두고 있지 않았다고 생각할 이유가 있소. 전반적으로, 당신이 미케일리스를 염두에 두지 않고 있었단 말이오. 아니, 전반적이 아니라 어쩌면 전혀 그러지 않았을지도 모르지."
"그렇게 생각하실 이유가 있다고요?"
히트 반장은 상대가 그렇게 생각했다는 게 놀랍다는 듯한 어조로 물었다. 그것은 어느 정도까지는 진심에서 우러난 것이었다. 그는 이번 사건에서, 미묘하고 당혹스러운 측면을 발견했다. 그런데 그것은 그것을 발견한 사람에게 불성실을 강요하는 속성의 것이었다. 그것은 인간사에 있어서 이따금, 기술과 신중함과 사리분별이라는 명목하에 나타나는 그런 종류의 불성실함이었다. 그는 그 순간, 곡예사가 줄타기를 하고 있는데, 안 보이는 자리에서 자기 일을 하던 음악당의 매니저가 느닷없이 자리에서 빠져나와 로프를 흔들기 시작할 때, 곡예사가 느낌직한 기분을 느꼈다. 당장 목이 부러질지도 모른다는 두려움과 그런 배반 행위에 의해서 생긴 도덕적인 불안감과 분노가 그를 혼란에 빠지게 했다. 게다가 자신의 기술에 대한 걱정도 한몫을 했다. 왜냐하면 인간이란 자신을 자신의 개성보다도 더 실체적인 어떤 것과 동일시하고, 자만심을 어딘가에서 입증해야만 하는 존재이기 때문이었다. 그 자만심이 사회적인 위치에 있든, 아니면 해야만 하는 일의 질에 있든, 혹은 운이 좋게도 자신이 즐길 수 있는 게으름에서 생기는 우월성에 있든, 그건 아무래도 상관없었다.
부국장이 말을 이었다.
"그렇소. 내겐 그럴 만한 이유가 있소. 내 말은 당신이 미케일리스를 전혀 생각하지 않았다는 말은 아니오. 하지만 히트 반장, 당신은 자신이 언급한 것이 중요하다고 말하고 있는데, 그게 꼭 솔직한 것만은 아닌 것 같소. 당신이 정말로 그게 이 사건을 밝히는 길이라고 생각했다면, 왜 당신이 직접 나서든가 아니면 당신 부하 중의 한 사람을 그 마을에 보내 즉각 수사에 착수하지 않았던 것이오?"

"제가 제 임무를 소홀히 했다고 생각하시는 겁니까?"

히트 반장은 단순히 반사적으로 그렇게 반문했다. 예기치 않은 상황에서 균형을 잡으려다 보니, 그 점을 붙들고 늘어진 것이었다. 그러다 보니 오히려 자신이 질책을 당하는 꼴이 되고 말았다. 부국장이 얼굴을 약간 찡그리며 그런 질문은 적절치 못한 것이라고 말해버렸기 때문이다.

부국장은 차가운 어조로 말을 계속했다.

"그러나 당신이 기왕에 그 말을 했으니, 내가 한 말이 그런 의미가 아니라는 걸 말해주리다."

부국장은 말을 잠시 멈추고, 움푹 들어간 눈으로 '그리고 너도 그걸 알고 있어' 하는 투로 상대방을 노려보았다. 그는 특수범죄 수시부의 책임자인 만큼, 자신이 직접 나서서 죄인들의 가슴속에 숨겨진 비밀을 밝혀낼 수가 없었다. 그래서 그는 부하들의 구린 점을 찾아내는 데 특별한 재능을 행사하는 경향이 있었다. 그러한 본능적인 감각이 단점이라고 할 수는 없었다. 그것은 자연스러운 것이었다. 그는 타고난 형사였다. 그것은 무의식적으로 그가 현재의 직업을 택하게 한 요인이라고 할 수 있었다. 만약 그것이 그의 삶에서 단 한 번 실패를 경험하게 했다면, 그것은 어쩌면 예외적인 결혼에서 그랬을 것이다. 그것 또한 자연스러운 것이기는 했다. 그것은 밖으로 나돌아다닐 수 없는 상황이기 때문에 사무실 안으로 들어온 사람을 향해 발휘될 수밖에 없었다. 사람은 결코 그 태생을 벗어날 수 없는 법이었다.

특수범죄 수사부를 책임지고 있는 부국장은 책상 위에 팔꿈치를 괴고 가느다란 다리를 꼰 채, 빈약하게 생긴 손바닥으로 뺨을 문질렀다. 그는 이번 사건에 더욱 흥미가 끌리는 걸 느꼈다. 그의 부하인 반장은 완벽한 호적수는 아니었지만 여하튼, 그의 손이 닿을 수 있는 범위 내에서는 가장 쓸 만한 사람이었다. 기존의 유명세를 불신하는 것은 탐색자로서 부국장의 능력과 완전히 부합되는 것이었다. 그는 문득, 먼 식민지에서 만났던 늙고 뚱뚱하고 부자였던 원주민 추장을 생각했다. 식민지 통치자들은 전통적으로, 백인들이 세워놓은 법과 질서의 굳건한 친구로서 그 추장을 신뢰하고 그에게 협력을 요청하곤 했다. 하지만 회의적인 측면에서 보자면, 그 추장은 자신의 이익만을 추구했을 뿐 다른 사람의 친구는 아니었다. 그는 엄밀히 얘기해서 배신자는 아니었지만, 충성을 하는 데 있어서 위험한 비밀들을 많이 갖고 있는 사람이었다. 그것은 자신의 이익과 편의와 안전을 우선적으로 고려한 데서 비롯된 것이었다. 그는 고지식한 이중성이란 측면에서 순진하다고 할 수도 있었지만, 여하간 위험한 사람이었다. 그는 약간의 정보를 갖고 있었다. 그도 몸집이 큰 사람이었다. 그리고 (피부색이 다르긴 했지만) 히트 반장의 모습은 그로 하여금 그의 상관을 떠올리게 했다. 정확하게 말하자면 눈매 때문도 아니었고, 그렇다고 입술 때문도 아니었다. 그것은 기묘한 것이었다. 그러나 앨프리드 윌리스는 말레이 제도에 관한 책에서 아루 섬 사람들을 묘사하면서, 검은 피부에 벌거벗은 늙은 원주민에게서 고향의 친한 친구와 비슷한 점을 찾아냈다고 기술하지 않았던가?

부국장은 현재의 직책을 맡은 이후 처음으로, 자신이 받는 급료에 맞는 진짜 일을 하려고 하는 것처럼 느꼈다. 그것은 즐거운 느낌이었다.

'저 친구를 낡은 장갑 뒤집듯 뒤집어버려야겠어.'

그는 히트 반장을 향해 사려 깊은 눈길을 던지며 속으로 이렇게 생각했다.

그는 다시 말을 하기 시작했다.

"아니오. 나는 그렇게 생각하지 않았소. 당신이 당신의 직무를 잘 알고 있다는 것은 틀림없는 사실이오. 그건 틀림없소. 그것이 바로 내가 왜……"

그는 갑자기, 이 부분에서 말을 멈추고 어조를 바꿨다.

"당신이 미케일리스를 잡아들일 수 있는 결정적인 증거가 뭐요? 미케일리스가 현재 거주하고 있는 마을에서 3마일 이내에 있는 기차역에서 문제가 되는 두 사람이 내렸다는 사실 외에 다른 결정적인 증거가 있소?"

"그것만으로도 그런 종류의 인간에게는 혐의를 씌우기에 충분한 것입니다."

반장이 다시 침착해지며 말했다. 부국장의 머리가 그건 그렇다는 듯 약간 움직였다. 그것이 화도 나 있고, 놀라기도 한 유명한 부하의 마음을 달래주었다. 히트 반장은 친절한 사람이었고 훌륭한 남편이었으며 애정이 깊은 아버지였다. 그는 공적으로든 그의 부서에서든, 전적인 신뢰를 받으며 사람들에게 상냥하게 대할 수가 있었다. 그것이 그로 하여금, 바로 이 사무실을 거쳐 간 부국장들에게 친절하게 대할 수 있도록 해주었다. 그가 이 부서에 있는 동안 세 명의 부국장이 이곳에 왔다. 처음 부임했던 부국장은 군인 기질에 무뚝뚝하고 불그스름한 얼굴을 하고 눈썹이 하얗고 성질이 급한 사람이었다. 반장은 그를 적당히 요리할 수 있었다. 결국 그는 정년이 되어 부국장직을 그만두었다. 두번째로 부임한 부국장은 자신의 자리와 다른 사람의 자리를 분명히 구분할 줄 아는 완벽한 신사였다. 그는 승진을 해서 해외에서 일을 하기 위해 부국장직을 그만두고 영국을 떠났다. 그때, 그는 히트 반장이 한 일 덕분에 훈장까지 받았다. 그와 함께 일을 했다는 것은 히트 반장에게는 자부심과 기쁨이었다. 그런데 세번째 부국장은 처음부터 다크호스였다. 그는 18개월이 지난 지금까지 다크호스로 남아 있었다. 히트 반장은 그가 이상야릇하긴 하지만 해롭지는 않은 인간이라고 생각했다. 히트 반장은 외적으로는 의무감 이상은 아닌 경의를 표시하며, 내적으로는 인내심을 갖고 상대방이 하는 말을 듣고 있었다. 그러나 그것은 의무감에서일 뿐, 그 외에는 아무것도 아니었다. 그것은 상관의 말을 참고 들어주는 것에 불과했다.

"미케일리스가 런던에서 시골로 떠나기 전에 우리 경찰에 보고를 했소?"

"그렇습니다. 보고했었습니다."

"그자가 거기에서 뭘 하고 있소?"

부국장은 그 점에 대해서는 완벽하게 보고를 받고 있었다. 미케일리스가 기거하는 집은 이끼가 낀 기와로 지붕이 되어 있었고, 방이 네 개나 되었다. 그는 위층 방에 있는 벌레 먹은 참나무 탁자 앞의 낡은 목재 팔걸이의자에 고통스러울 정도로 꼭 끼어 앉아, 비스듬하고 떨리는 손으로 밤낮 『죄수의 자서전』을 집필하고 있었다. 그것은 인간 역사에 관한 계시록과 같은 책이 될 것이었다. 네 개의 방이 있는 시골집에 갇혀 고독을 씹으며 생활하는 것이 그의 영감에 도움을 주었다. 그는 마치 감옥에 갇힌 것 같았다. 차이가 있다면 실제 감옥에서와 같이 규정에 따라 정기적인 운동을 하지 않아도 된다는 점이었다. 그는 해가 떴는지 졌는지 알 수도 없었다. 집필을 하는 데 몰두하느라 이마에 땀이 송골송골 맺혔다. 그는 그 일에 재미를 붙여 계속 글을 썼다. 그것은 내적인 삶을 외부로 표출하는 행위였고 영혼을 바깥 세계로 내보이는 행위였다. 그의 악의 없는 허영심은

500파운드를 주겠다는 출판사의 제의를 받고 한껏 부풀어 있었다. 그것은 오래전부터 예정되어 있던 신성한 일인 것 같았다.

이때, 부국장이 능청스럽게 말했다.

"물론, 정확하게 보고를 받는 게 가장 바람직한 일이겠지."

히트 반장은 부국장의 용의주도함에 새삼 짜증이 나는 것을 느꼈다. 그는, 해당 지역의 경찰이 처음부터 미케일리스가 도착한다는 것에 대해서 통보를 받았으며, 몇 시간 내에 그에 관한 상세한 정보를 알 수 있다고 대답했다. 파출소장한테 전보 한 통만 치면……

그는 이렇게 천천히 말하면서 자기 말이 가져올 효과를 가늠하는 것처럼 보였다. 상대방의 미간이 약간 찌푸려진 것이 효과라면 효과였다. 그러나 그에게 다른 질문이 이내 날아들었다.

"전보를 벌써 쳤단 말이오?"

"아닙니다."

그는 놀란 것처럼 대답했다.

부국장은 꼬고 있던 다리를 갑자기 풀었다. 갑작스러운 그 동작이 그가 심드렁하게 던지는 암시와 묘한 대조를 이루었다.

"예를 들면, 당신은 미케일리스가 그 폭탄을 준비하는 과정에 개입됐다고 생각하는 거요?"

반장은 곰곰이 생각하는 듯한 태도를 취하며 말했다.

"그렇게 말씀드릴 수는 없습니다. 현재로서는 어느 것도 말씀드릴 필요가 없는 것 같습니다. 그자는 위험하다고 분류되는 사람들과 관계를 유지하고 있습니다. 그자는 가출옥을 한 지 반년도 되지 않아서, 공산당 위원회의 대표로 임명되었습니다. 제 생각엔 그들이 그자를 치하하는 뜻으로 그렇게 한 것 같습니다."

이렇게 말하고 난 후, 반장은 웃었다. 조금은 화도 나고 조금은 경멸스러워서 웃은 것이었다. 그런데 그 웃음은 그와 같이 사려 깊은 사람에겐 어울리지 않을 뿐만 아니라 불법적이기까지 한 웃음이었다. 반장은 2년 전, 미케일리스가 석방되었을 때, 감정에 치우친 기자들이 난리법석을 떨었던 일을 아직도 마음속에 간직하고 있었다. 쥐꼬리만 한 의심만으로도 그러한 인간을 체포하는 것은 완벽하게 합법적인 것이었다. 그렇게 하는 건 합법적이기도 했고 편리하기도 했다. 전임 상관들 같았으면 그 점을 즉각 알아챘을 것이었다. 그런데 이 사람은 이렇다 저렇다 말도 하지 않고 꿈속에 빠진 사람처럼 그저 앉아 있을 뿐이었다. 합법적이고 편리하다는 점 말고도, 미케일리스를 체포하는 것은 히트 반장의 마음을 다소 초조하게 하는 사소하고 개인적인 문제를 해결하는 것이기도 했다. 그 어려움은 그의 명성과 안위, 그리고 심지어 임무를 원활하게 하는 것과 관련이 있었다. 만약에 미케일리스가 틀림없이 이번 사건에 대해서 뭔가를 알고 있다면, 아는 게 그렇게 많지는 않을 것이란 점은 확실했다. 반장은 미케일리스가 자신이 생각하는 작자들보다 이번 사건에 대해서 아는 바가 훨씬 적다는 것을 확신하고 있었다. 그러나 다른 작자들을 체포한다는 것은 이번 사건이 복잡하다는 점을 제외하더라도 게임의 규칙상, 상책이 아니었다. 게임의 규칙은 미케일리스처럼 죄수였던 사람을 보호하기 위한 것이 아니었다. 합법적인 편리함을 활용하지 않는다는 것은 우둔하기 짝이 없는 짓이었다. 그렇게 되면, 미케일리스의 출옥을 두고 감정적으로 편승해 지지고 볶고 난리를 쳤던 기자들이 이번에는 감정적으로 분개하여 난리를 칠 것이 확실했다.

 히트 반장은 이렇게 앞으로 벌어질 상황을 자신감에 차서 전망하면서, 마음속으로 개인적인 승리감 같은 것을 느꼈다. 평범한 가장인 그의 가슴 깊은 곳에는 이러저러한 사건 때문에, 교수의 필사적인 잔인성과 맞닥뜨려야 하는 상황에 대한 무의식적이지만 강력한 혐오감이 자리를 잡고 있었다. 이러한 혐오감은 오늘, 골목길에서 교수와 마주쳤던 일 때문에 한층 심해졌다. 그는 교수와의 대화에서, 경찰이 범죄자와 얘기할 때 비공식적이지만 일상적으로 느끼는 우월감을 전혀 느낄 수가 없었다. 경찰이란 이러한 우월감을 통하여 권력에 대한 허영심을 만족시키며, 일반 시민들 위에 군림하려는 조야한 욕구를 충족시키는 법이다.

히트는 완벽한 그 무정부주의자를 평범한 시민의 범주에 넣지 않았다. 그는 불가능한 존재였다. 말하자면 저 혼자 내버려둬야 하는 미친개였다. 그렇다고 반장이 그를 두려워한다는 말은 아니었다. 그와는 반대로 언젠가 그자를 잡아들이겠다고 생각하고 있었다. 다만 아직 때가 안 됐을 뿐이었다. 그는 때가 되면 게임의 규칙에 따라 적절하고 효율적인 방법으로 그자를 잡아들이려 했다. 지금은 그럴 때가 아니었다. 개인적이고 공적인 여러 가지 이유에서 아직 때가 무르익지 않았을 뿐이었다. 이것이 히트 반장의 감정 상태였다. 그는 어디로 갈지도 모르는 모호하고 성가신 길을 택하지 않고 미케일리스라는 편리한 샛길을 택하고자 했다. 그는 그 제안을 조심스럽게 거듭 숙고하고 있는 것처럼, 자기가 한 말을 되풀이했다.

"폭탄이라고요? 아닙니다. 꼭 그렇다고는 말씀드리지 않겠습니다. 어쩌면 그것은 밝혀지지 않을지도 모릅니다. 그러나 그자가 이번 사건에 어떠한 식으로든 관련되어 있다는 것은 틀림없습니다. 그것은 별 어려움 없이 밝혀낼 수 있습니다."

그의 얼굴은 단수가 높은 도둑들에게 꽤 잘 알려져 있는, 그래서 그들을 벌벌 떨게 만드는 심각하고 고압적인 무관심의 표정을 띠고 있었다. 히트 반장은 한 사람의 인간이긴 했지만 미소를 짓는 동물은 아니었다. 그러나 그는 부국장이 자신의 말에 수동적으로 반응하는 것에 내심 흡족해하고 있었다. 부국장이 부드럽게 말을 받았다.

"그래서 당신은 정말로 그 방향으로 수사가 진행되어야 한다고 생각하고 있소?"

"그렇습니다."

"전적으로 확신한단 말이오?"

"그렇습니다. 그것이 우리가 택해야 하는 옳은 방향입니다."

부국장은 갑자기 뒤로 젖혀진 머리 밑에서 손을 뺐다. 그의 늘어진 태도를 생각하면 갑작스러운 그 동작은 그의 온몸이 주저앉는 것처럼 보이게 했다. 그러나 그것이 아니었다. 그는 큰 책상을 손으로 쿵 치며 아주 민첩하게 똑바로 앉았다.

"내가 알고 싶은 것은 무엇 때문에 지금까지 그것을 생각하지 않았느냐 하는 거요."

"그것을 생각하지 않았다고요?"

히트 반장은 천천히 부국장이 한 말을 되풀이했다.

"그렇소. 당신이 이 방에 호출될 때까지 말이오. 당신도 알잖소."

반장은 옷과 피부 사이에 있는 공기가 불쾌하게 달아오르고 있는 듯한 느낌을 받았다. 그것은 지금까지 단 한 번도 느껴본 적도 없고, 믿을 수도 없는 느낌이었다.

그는 말을 최대한도로 질질 끌면서 자신이 생각에 생각을 거듭하고 있다는 것을 과장하며 이렇게 말했다.

"물론 미케일리스를 건드리지 말아야 하는, 제가 모르는 이유가 있다면, 제가 지방 경찰서에 그를 수사하라는 지시를 내리지 않은 것이 어쩌면 잘한 일인지도 모르겠군요."

바짝 긴장해 있던 부국장은 반장의 질질 끄는 말을 애써 참고 있는 것 같았다. 그의 답변은 그만큼 즉각적이었다.

"당신이 모르는 이유라고? 이보시오, 반장. 당신, 나한테 술수를 부리는 것 같은데, 당신이 지금 당신의 위치를 알고나 하는 소리요? 당신도 그렇게 말한다는 것이 극히 부적절하며 공정하지 않다는 것을 알고 있을 거요. 당신, 나더러 이 사건을 수수께끼 풀듯 혼자 풀어가라고 하는 것 같은데 그래서는 안 된단 말이오. 정말로 나, 오늘 경악했소."

그는 잠시 멈추고 나서 부드럽게 덧붙였다.

"우리 사이의 대화가 전적으로 비공식적이라는 것을 당신에게 일깨워 줄 필요는 없을 줄 아오."

그런데 이 마지막 말이 반장을 달랠 수는 없었다. 배반당한 줄타기 광대가 느끼는 분노감이 마음속에서 끓어올랐다. 부국장이 지금까지 했던 말들이 자신의 목을 부러뜨리고자 한 것이 아니라 어떤 오만함에서 비롯된 것이라는 사실을 알았을 때, 반장은 자신의 능력과 신뢰에 금이 간 것 같은 느낌을 받았다. 흥, 누가 겁날 줄 알고! 부국장이야 왔다 가면 그만이지만 능력 있는 반장 자리는 하루살이의 것이 아니란 말이야. 그는 목이 부러지는 것을 두려워하지 않았다. 그가 하는 일이 누군가에 의해 훼손됐다는 것만으로도 그가 열을 내며 분노하는 것을 설명하는 데 족했다. 히트 반장은 속으로 위협적이고 예언적인 생각을 하고 있었다.

'이 인간아. 네가 네 자리에 대해서 잘 모르는 것 같은데 머지않아 그 자리를 끝장내주마.'

그는 둥글고 습관적으로 두리번거리는 눈으로 부국장의 얼굴을 바라보며 이렇게 생각했다.

그 생각에 대해 도발적인 답변이라도 하듯, 부국장의 입술에 호의적인 미소가 희미하게 스쳐 지나갔다. 그가 반장이 타고 있는 줄을 다시 한 번 흔드는 동안, 그의 태도는 침착하고 사무적이었다.

"반장, 이제 당신이 그 자리에서 발견한 것이 무엇이었는지 얘기해 봅시다."

히트 반장은 속으로 이렇게 생각했다.

'멍청한 인간이긴 하지만 직업적인 근성은 있군.'

그러나 다른 생각이 꼬리를 이었다. 상관이란 족속은 해고가 되었을 때도 문을 박차고 나가면서 하급자의 정강이뼈를 걷어찰 시간은 있는 법이다. 반장은 눈빛으로 사람을 죽이는 바실리스크와 같은 눈빛을 누그러뜨리지 않은 채, 냉담하게 말을 받았다.

"그렇지 않아도 제가 조사한 그 부분에 대해 말씀드리려던 참이었습니다."

"좋소. 그렇다면 거기서 무엇을 가져왔소?"

반장은 이제 로프에서 뛰어내려야겠다고 마음먹었다. 그는 별수 없이 솔직하게 털어놓을 수밖에 없었다. 그는 그렇게 땅에 안착한 셈이었다.

그는 서두르지 않고, 그슬린 짙은 청색 천 조각을 호주머니에서 끄집어내며 말했다.

"주소를 가지고 왔습니다. 이것은 몸이 만신창이가 된 그자가 입고 있던 코트에서 나온 것입니다. 물론 그 코트는 그의 것이 아닐 수도 있습니다. 훔친 것일 수도 있으니까요. 그러나 이걸 보시면 알겠지만 그것도 가능한 얘기는 아닙니다."

반장은 탁자에 가까이 다가서며 청색 천 조각을 조심스럽게 폈다. 그것은 그가 영안실에 있던 혐오스러운 시체 더미에서 떼어낸 것이었다. 그가 그렇게 했던 것은 재단사의 이름이 목깃 아래에서 발견되는 경우가 종종 있었기 때문이었다. 그러나 그것은 대부분, 별로 쓸모가 없는 것이기 일쑤였다. 그래도 혹시나 싶었다. 그는 쓸모가 있을 만한 것을 발견하리라고는 기대하지 않았었다. 더군다나 목깃도 아니고 그 아래 부분에 정성스럽게 바느질이 된 네모진 무명천에 주소가 적혀 있으리라고는 상상도 못했었다.

반장은 그의 매끈한 손을 천에서 거둬들였다.

"저는 아무도 모르게 이걸 떼어내 가져왔습니다. 그게 최선이라고 생각했습니다. 필요할 경우, 언제라도 그걸 제시할 수 있으니까요."

부국장은 의자에서 약간 일어서며 테이블 한쪽으로 천 조각을 끌어당겼다. 그는 아무 말 없이 그것을 바라보고 앉아 있었다. 일반적인 담배 종이보다 약간 큰 무명천에는 잉크로 브렛 스트리트 32번지라고만 씌어 있었다. 그는 정말로 깜짝 놀랐다.

그는 히트 반장을 바라보며 말했다.

"그 사람이 이렇게 주소를 옷에 붙인 채, 그 일을 했다는 게 이해가 가지 않는구려. 기상천외한 일이오."

그러자 반장이 거들었다.

"꼭 그렇지만도 않습니다. 저는 언젠가 호텔의 흡연실에서 한 노신사를 만난 적이 있었는데, 그 사람은 불의의 사고를 당하거나 갑작스럽게 아플 경우를 대비해서 이름과 주소를 옷이란 옷마다 꿰매놓고 다닌다고 하더군요. 그는 여든네 살이라고 했는데 그렇게 보이지는 않았지만, 신문에 난 사람들처럼 갑자기 기억상실증에 걸리는 것이 두렵다고 말하더군요."

브렛 스트리트 32번지에 무엇이 있는지 알고 싶어 하는 부국장의 질문에 옛 기억을 더듬던 반장의 말이 툭 잘렸다. 자신이 타고 있던 로프에서 공정치 못한 술수에 의해 땅으로 내려와야 했던 반장은 아무것도 숨기지 않는 방식을 택하기로 했다. 너무 많은 것을 알면 이로울 것이 없다는 것이 그의 믿음이었기 때문에 그는 자신이 속한 부서에 대한 충성심에서 사리분별을 따져 알릴 건 알리고 감출 것은 감춰온 터였다. 그런데 부국장이 이번 사건을 서투르게 처리하고자 한다면, 아무도 그를 말릴 수는 없었다. 반장은 자신이 현재 상황에서, 민첩성을 발휘할 하등의 이유를 발견할 수 없었다. 그래서 그는 정확하게 답변하기로 마음먹었다.

"가게가 있습니다."

부국장은 푸른 천 조각을 내려다보면서 반장이 더 자세한 정보를 말해주기를 기다리고 있었다. 그러나 반장에게서 더는 아무 말이 없자, 부국장은 참을성 있게 여러 가지 질문을 하면서 필요한 정보를 캐냈다. 이렇게 해서 그는 그 가게가 뭘 하는 곳이며, 그 가게 주인은 어떻게 생겼으며, 이름이 무엇인가 하는 것까지 자세히 알 수 있었다. 부국장은 잠시 뜸을 들이다가 눈을 들었다. 그는 반장의 얼굴에 무엇인가가 아른거린다는 사실을 눈치 챘다. 그들은 침묵 속에서 서로를 응시했다.

반장이 그 침묵을 깼다.

"물론 저희 부서엔 그 사람에 대한 기록이 없습니다."

"나의 선임자들 중 당신이 지금 내게 말한 것을 알았던 사람이 있소?"

부국장은 팔꿈치를 책상에 대고 맞잡은 손을 눈앞으로 들어올리며 물었다. 마치 기도를 하려고 하는 듯한 모습이었다. 다만 눈에 경건한 빛이 전혀 없었다는 것이 차이라면 차이였다.

"없습니다. 전혀 없습니다. 그럴 이유가 어디 있었겠습니까? 그런 종류의 인간은 밖으로 드러내어 좋을 게 하나도 없습니다. 그가 누구인지를 제가 알고 활용하는 것으로 족했습니다."

"그런데 당신은 당신만이 그자를 알고 있다는 것이 당신의 공적인 위치에 부합된다고 생각하오?"

"물론입니다. 잘 부합된다고 생각합니다. 감히 한 말씀 드리자면, 그것이 현재의 저를 있게 한 것입니다. 저는 제가 할 일이 무엇인지를 알고 있는 사람으로 통합니다. 그것은 저의 개인적인 일입니다. 프랑스 경찰에 근무하는 제 친구 중의 하나가 저에게 그자가 대사관 스파이라는 것을 귀띔해주었습니다. 저는 개인적인 친분으로 개인적인 정보를 얻어 개인적으로 활용한 것입니다."

부국장에게는 반장의 아래턱 윤곽이 그의 정신 상태를 반영하고 있는 것처럼 보였다. 마치 그의 직업적인 명성이 그 부분에 달린 것 같았다.

"알겠소."

부국장은 반장의 말을 차분하게 받았다. 그리고 맞잡은 손에 볼을 갖다 대며 물었다.

"좋소. 그렇다면 당신 말대로 개인적으로 얘기해봅시다. 당신은 얼마 동안이나 그 대사관 스파이와 개인적인 접촉을 해온 거요?"

이 질문에 대한 반장의 개인적인 대답은 너무 개인적인 것이어서 밖으로 할 수 있는 말은 아니었다. 그는 속으로 이렇게 생각했다.

'당신이 여기 있는 당신 자리에 대해서 생각하기 훨씬 전부터 그랬다.'

그러나 그의 공식적인 답변은 훨씬 더 명확한 것이었다.

"제가 그 사람을 처음 본 것은 7년이 약간 넘었습니다. 국왕과 총리대신이 이곳을 방문하고 있을 때였습니다. 그때 저는 그분들을 위한 모든 준비를 총괄하고 있었습니다. 스토트 바르텐하임 남작이 대사로 있을 때였습니다. 그는 아주 소심한 노신사였습니다. 어느 날 저녁, 그러니까 길드홀 연회가 있기 사흘 전, 그분이 나를 잠깐 보자고 전갈을 보내왔더군요. 그때, 저는 아래층에 있었지요. 국왕과 총리대신을 오페라에 데리고 갈 차들이 문 앞에 대기하고 있을 때였습니다. 저는 즉시 위층으로 올라갔습니다. 남작은 불쌍할 정도로 고민에 빠져 손을 맞잡고 침실을 거닐고 있었습니다. 그는 저에게 영국 경찰과 저의 능력을 대단히 신뢰하고 있다고 말했습니다. 그런데 그는 그때 막 파리에서 온 사람이 있는데 그 사람이 갖고 있는 정보가 신뢰할 만한 것이라고 얘기했습니다. 그는 제가 그 사람이 무슨 말을 하는지 들어보기를 바랐습니다. 즉시, 그는 옆에 있는 탈의실로 저를 데려갔습니다. 저는 거기에서 두툼한 코트를 입고 한 손에 지팡이와 모자를 들고 의자에 홀로 앉아 있는 몸집이 큰 사내를 보았습니다. 남작이 그 사람에게 프랑스어로 '친구, 말해보게'라고 얘기했습니다. 그 방은 불이 침침했습니다. 저는 아마 오 분 정도, 그 사람과 얘기를 했던 것 같습니다. 그가 전해준 정보는 저를 놀라게 하기에 충분했습니다. 그때 남작은 한쪽으로 저를 데리고 가서 그 사람에 대한 칭찬을 초조하게 늘어놓았습니다. 그런데 다시 돌아와 보니 그 사람은 유령처럼 사라지고 없었습니다. 일어나서 아래층으로 슬그머니 사라진 것 같았습니다. 그 사람을 뒤쫓아 갈 시간적 여유가 없었습니다. 저는 대사를 부리나케 뒤쫓아가 국왕 일행이 오페라 관을 향하여 안전하게 출발하는 것을 지켜봐야 했기 때문입니다. 그러나 저는 그날 밤, 제가 거기에서 입수한 정보에 입각해서 행동을 했습니다. 그것이 정확한 것이든 아니든, 그 정보는 충분히 심각한 것이었습니다. 여하튼 그 정보가 국왕 일행이 런던을 방문했을 때 발생했을지도 모를 불상사를 방지했던 것 같습니다.

그런데 제가 반장으로 승진을 한 후 한 달쯤 지났을 때였습니다. 저는 우연히 길을 가다가 스트랜드에 있는 보석 가게에서 황급히 나오고 있는 그 남자를 보았습니다. 어디선가 본 사람 같다는 생각이 들었습니다. 저는 그 사람의 뒤를 쫓기 시작했습니다. 마침 저는 채링크로스 쪽으로 가던 중이었습니다. 저는 길 건너에 있던 우리 형사 중 하나를 손짓으로 불러, 그 사람을 지목하며 이틀간 동태를 감시하여 보고하라고 지시했습니다. 그런데 다음 날 오후였습니다. 그 사람이 그날 오전 열한 시 삼십 분에 그가 묵고 있던 하숙집 주인 딸과 결혼을 하고 마게이트로 일주일간 신혼여행을 떠났다는 보고가 들어왔습니다. 그 형사는 몇 개의 가방을 차에 싣는 걸 목격했다고 했습니다. 그 가방들에는 모두, 오래된 파리의 꼬리표가 붙어 있었다고 했습니다. 여하튼 저는 그 친구를 제 머리에서 지울 수 없었습니다. 그래서 저는 업무차 파리에 가게 되었을 때, 파리 경찰에 있는 제 친구에게 그 사람에 관해 물어보았습니다. 그랬더니 제 친구가 이렇게 말하는 것이었습니다. '자네가 하는 말을 들어보니까 공산당 혁명위원회 소속 스파이를 말하는 것 같군. 그 친구 말로는 자기가 영국 출신이라고 하더군. 우리는 그 사람이 런던에 있는 외국 대사관 중 하나에서 스파이 활동을 한 지가 꽤 오래됐다는 정보를 갖고 있어.' 저는 이 말을 듣자 정신이 번쩍 들었습니다. 비로 그 사람이 스토트 바르텐하임의 탈의실에 앉아 있다가 쥐도 새도 모르게 사라진 사람이었던 것입니다. 그 후로 제 친구는 저를 위해 그 사람에 대한 기록을 샅샅이 뒤져 찾아냈습니다. 저는 그때, 여하튼 알 것은 다 알고 보자는 심정이었습니다. 하지만 지금, 그 사람에 관한 자질구레한 것들을 듣고 싶지는 않으시겠지요?"

부국장은 기대고 있던 고개를 흔들었다. 그리고 지치고 움푹 들어간 눈을 서서히 감았다가 생기를 금세 되찾은 듯, 재빨리 눈을 뜨면서 말했다.

"지금 당장 중요한 것은 당신과 그 쓸 만한 친구 사이의 관계가 어떻게 진행돼왔느냐 하는 것이오."

반장이 쓰디쓴 어조로 말을 받았다.

"공적인 것은 아무것도 없습니다. 어느 날 저녁, 저는 그 가게에 들어가서 제가 누구인지 밝히고 우리가 전에 만난 적이 있다는 사실을 그에게 일깨워줬습니다. 그는 눈썹 하나 까딱하지 않았습니다. 그는 자신이 결혼을 해서 정착해 살고 있으며 자신이 원하는 것은 사업을 하는 데 간섭을 받지 않는 것일 뿐이라고 말했습니다. 그래서 저는 그가 도발적인 일을 하지 않는 한, 경찰도 그를 가만 내버려두겠다고 약속했습니다. 그런 약속은 그에게 상당한 의미가 있는 것이었습니다. 왜냐하면 우리가 세관에 한마디만 해도 그 사람은 파리나 브뤼셀에서 받는 자신의 소포들을 도버에서 검사당해야 할 처지였고, 그렇게 되면 그것들을 압수당하는 것은 물론이고, 궁극적으로는 고발까지 당해야 했을 테니까요."

부국장이 낮은 목소리로 끼어들었다.

"그것 참 위험한 장사로군. 그런데 그 사람은 왜 그런 일을 했던 거요?"

반장은 경멸스럽다는 듯 눈썹을 냉정하게 치켜떴다.

"그런 것들을 취급하는 대륙 사람들과 줄이 닿고 싶어서겠죠. 그들은 그가 안면을 익혀야 하는 사람들이었습니다. 그들처럼 이 친구도 게을러 빠진 개 같은 인간입니다."

"당신은 그 친구를 보호해주는 대가로 뭘 받았소?"

반장은 벌룩이 하는 일의 가치에 대해서 시시콜콜 얘기하고 싶지 않았다.

"그는 저 외의 사람에게는 별 쓸모가 없을 것입니다. 그런 사람을 써먹기 위해서는 사전에 상당히 많이 알고 있어야 하거든요. 저는 그 사람이 던지는 힌트만으로도 모든 것을 이해할 수 있습니다. 그래서 제가 힌트를 원하면 그 친구는 대개 그것을 주지요."

반장은 여기까지 얘기하고 갑자기 심각한 생각에 빠져들었다. 부국장은 히트 반장의 명성이 어쩌면 대부분 벌록이라는 스파이한테서 받은 정보에 기초하고 있을지 모른다는 생각이 얼핏 들자 웃음이 나오려고 했지만 애써 참았다.
"더 일반적인 것을 말씀드리면, 채링크로스와 빅토리아에 근무하는 특수범죄 수사부 형사들에게는 그 친구가 누구를 만나는지, 동태를 파악하라는 명령이 하달되어 있습니다. 그는 자주, 새로 도착하는 사람들을 만나고 그 후로도 그들과 접선을 합니다. 그런 임무를 수행하라는 명령을 받은 것 같습니다. 그래서 제가 급히 누군가의 주소를 원할 때는, 언제든지 그 사람한테서 그 주소를 알아낼 수 있습니다. 물론 저는 우리 사이의 관계가 어떻게 돼야 하는지 잘 알고 있습니다. 제가 지난 2년 동안 그 사람과 직접 얘기를 나눈 건 세 번도 안 됩니다. 제가 간단하게 편지를 써서 서명 없이 보내면, 그는 똑같은 방식으로 제 개인 주소로 답장을 보냅니다."
부국장은 이따금씩 보일락 말락 머리를 끄덕였다. 반장은 벌록이 국제 혁명회의 지도자급 인사들한테 절대적인 신뢰를 받고 있지는 않지만 대체로 신뢰를 받고 있는 것만은 틀림없다는 자신의 생각을 덧붙였다.
"뭔가 이상한 낌새가 있으면, 저는 언제라도 그 사람한테서 쓸 만한 정보를 얻어낼 수 있습니다."
이때 부국장은 의미심장한 말을 했다.
"그런데 그 사람이 이번에는 그렇게 하질 못했군그래."
"저도 전혀 낌새를 채지 못했습니다. 제가 그 사람한테 아무것도 묻지 않았기 때문에 그 사람도 그럴 수가 없었던 것이지요. 그 사람은 우리편 사람들 중의 하나가 아닙니다. 우리가 주는 봉급을 받고 일하는 사람은 아니라는 말이죠."
이렇게 히트 반장이 말을 받자 부국장이 나직하게 말했다.

"아니지. 그자는 외국 정부의 스파이지. 우리를 그자한테 공공연하게 드러낼 수도 없고 말이야."

반장은 여기에서 자신의 입장을 분명히 했다.

"저는 제 식으로 제 일을 해야 합니다. 제가 하는 일은 제가 책임지겠습니다. 결과는 제 몫입니다. 모든 사람들이 알아봤자 득이 될 게 없는 것들이 있다는 점만 알아주십시오."

"하지만 당신 말은 당신이 속한 부서의 책임자에게까지 그걸 비밀로 해야 된다는 말처럼 들리는군. 그건 좀 지나친 생각이 아닐까? 여하튼 그자는 그 가게를 운영해서 먹고살고 있단 말이오?"

"누구 말씀이시죠? 아, 벌록 말입니까? 아, 그렇습니다. 그는 가게를 운영해서 먹고삽니다. 제 생각엔 그 사람의 장모도 같이 살고 있습니다."

"그 집을 감시하고 있소?"

"아, 아닙니다. 그렇게 하면 안 됩니다. 그러나 거기에 오는 사람들의 동태는 파악하고 있습니다. 제 생각에 그 사람은 이번 사건에 대해서 아무것도 모르고 있는 것 같습니다."

그러자 부국장은 책상 위에 있는 천 조각을 향해 고개를 끄덕거리며 물었다.

"그렇다면 당신은 이것을 어떻게 설명할 수 있겠소?"

"저도 그걸 모르겠습니다. 도저히 설명할 길이 없습니다. 제가 알고 있는 바로는 설명할 길이 없습니다."

반장은 명성이 바위처럼 확고해져 있는 사람답게 솔직하게 그 사실을 시인했다. 그리고 한마디 덧붙였다.

"여하튼 현재로서는 설명할 길이 없습니다. 제 생각엔 이번 사건과 가장 깊숙하게 관련이 있는 사람은 미케일리스로 밝혀질 것입니다."

"정말 그렇게 생각하오?"

"그렇습니다. 왜냐하면 그 외의 다른 사람들은 모두, 알리바이가 성립되니까요."

"공원에서 탈출했다고 생각되는 사람은 어떻게 된 거요?"

"제 생각에 그 작자는 지금쯤 멀리 있을 것입니다."

부국장은 반장을 노려보다가 다른 행동을 해야겠다고 마음먹은 것처럼 갑자기 벌떡 일어섰다. 실제로 그는 그 순간, 매혹적인 유혹에 굴복하고 만 것이었다. 그는 내일 아침 일찍, 다시 그 사건에 대해서 논의하자고 반장에게 얘기한 후, 그에게 나가도 좋다고 말했다. 그는 알 수 없는 얼굴을 하고 반장이 사라지는 소리에 귀를 기울였다. 그리고 자로 잰 듯한 걸음으로 사무실을 나섰다.

부국장이 하고자 하는 일이 무엇이었든, 그것이 책상에서 해야 될 일이 아닌 것만은 분명했다. 책상에 파묻혀 현실과 동떨어진 삶을 살아야 하는 것을 참을 수 없어 하던 그였다. 부국장의 느닷없는 민첩성을 그렇게밖에는 설명할 도리가 없었다. 그는 혼자 있게 되자 충동적으로 모자를 찾아 머리에 썼다. 그리고 다시 자리에 앉아 생각을 정리했다. 그러나 그의 마음이 이미 정해져 있었기 때문에 그런 상태로 오래 있지는 않았다. 반장이 그다지 멀리 가기도 전에 부국장도 건물을 떠났다.

7

 부국장은 질펀질퍽한 참호처럼 생긴 짧고 좁은 길을 지난 다음, 아주 넓은 도로를 가로질러 커다란 공공건물 안으로 들어섰다. 그리고 고위층 인사의 (무보수로 일하는) 젊은 비서에게 말을 건넸다.

 머리를 대칭으로 빗고, 크고 말쑥한 학생 같은 인상을 풍기는 매끈한 얼굴의 그 젊은 남자는 부국장이 하는 말을 의심스러운 눈초리로 들으면서 숨죽인 목소리로 말했다.

 "그분이 면담을 허락하실 것 같으냐고요? 저는 모르겠습니다. 그분은 상임 차관과 말씀을 나누시려고 한 시간 전에 의사당에서 건너오셨습니다. 지금은 의사당으로 돌아가실 준비를 하고 계십니다. 그분은 차관을 직접 불러서 말씀을 하실 수도 있었지만, 운동 삼아 몸소 건너오신 것입니다. 의회가 열리는 동안, 그분이 할 수 있는 운동은 이게 전부랍니다. 전 아무 불만도 없습니다. 저도 이 산보를 즐기는 편이니까요. 그분은 제 팔에 기대고 아무 말씀도 하지 않으셨어요. 그분은 몹시 피곤하세요. 그리고 지금은 별로 기분이 좋은 상태가 아니세요."

"그리니치 사건 때문에 그러시겠지."

"그렇고말고요. 당신네 사람들에게 감정이 좋지 않으세요. 하지만 당신이 그렇게 계속 우기신다면, 제가 가서 의중을 타진해보고 오겠습니다."

"그렇게 해주게나. 자넨 착한 젊은이로군."

무보수로 일하는 비서는 부국장의 배짱에 감탄했다. 그는 얼굴에 순진한 표정을 지으며 문을 열고, 특권을 누리는 착한 아이라도 되는 듯 안으로 들어갔다. 그리고 이내, 부국장을 향해 고개를 끄덕이며 다시 나타났다. 부국장은 열린 문을 통해 큼직한 방으로 들어서서 고위층 인사 앞으로 갔다.

그는 키와 몸집이 엄청나게 큰 사람이었다. 기다랗고 하얀 얼굴 밑으로는 턱이 두 개였다. 그래서 그의 얼굴은 숱이 적은 회색 구레나룻 가장자리와 어우러져 달걀 모양을 이루고 있었다. 고위층 인사의 몸은 자꾸 불어나는 듯한 인상을 주었다. 재단사의 입장에서 보면 부적당한 몸집이었다. 단추가 채워진 검은 코트의 중앙에 겹쳐진 옷자락을 보면, 그가 온 힘을 다해 간신히 그 옷을 여민 듯한 인상을 주었다. 두꺼운 목 위에 얹힌 머리에 붙은 눈은, 큰 얼굴에서 우뚝하게 솟은 공격적인 매부리코 양쪽에 거만하게 늘어진 살찐 눈꺼풀 밑으로 상대를 노려봤다. 긴 탁자의 끝에 놓여 있는 반짝이는 실크 모자와 낡은 장갑도 엄청나게 부푸는 것만 같았다.

그는 크고 헐거운 부츠를 신고 벽난로 앞 깔개에 서서 아무런 인사말도 하지 않았다.

그는 깊고 아주 부드러운 목소리로 물었다.

"나는 이 사건이 또 다른 다이너마이트 전쟁을 예고하는 것인지 알고 싶소. 세부적인 얘기는 하지 마시오. 나는 지금, 시간이 없소."

몸집이 크고 투박한 고위층 인사 앞에 서 있는 부국장의 모습은 참나무한테 말을 걸고 있는 갈대처럼 왜소하고 연약해 보였다. 실제로, 고위층 인사의 가문은 이 나라에서 가장 오래된 참나무보다 몇백 년이나 앞선 역사를 자랑하는 가문이었다.

"아닙니다. 절대로 그건 아니라고 확실히 말씀드릴 수 있습니다."

높은 사람은 부국장이 이렇게 말하자, 도로 쪽으로 난 창문을 향해 경멸스럽다는 듯 손을 저으며 말했다.

"흥. 당신의 확신이란 국무장관을 바보로 만드는 데 있는 것 같군. 당신이 이 방에서, 그런 일이 절대 일어날 가능성이 없다고 나한테 말한 지, 한 달도 채 못 됐소."

부국장은 침착하게 창문 쪽을 향하여 눈길을 던졌다.

"저는 에설레드 경께 그렇게 자신 있게 말씀을 드릴 기회가 없었습니다."

그의 거만하게 내리깐 눈길이 이제 부국장의 얼굴로 쏟아졌다.

그는 깊고 부드러운 목소리로 상대방의 말이 맞다는 걸 시인했다.

"그건 맞는 말이오. 내가 히트를 불렀었지. 당신은 아직도 그 일에 있어선 초보자에 불과하잖소. 그런데 당신은 어떻게 적응해가고 있소?"

"날마다 뭔가를 알아가고 있다고 생각합니다."

"물론이지, 물론이고말고. 잘하기를 바라오."

"감사합니다, 에설레드 경. 저는 오늘 뭔가를 배웠습니다. 불과 한 시간 전에도 그랬습니다. 이번 사건은 아무리 깊이 생각해도, 일반적인 무정부주의자들이 저지르는 짓과는 다른 점이 많습니다. 제가 각하를 뵈러 온 것은 바로 그 이유 때문입니다."

고위층 인사는 큼지막한 손등을 엉덩이에 대고 팔을 옆으로 벌리며 말했다.

"좋아요. 계속하시오. 세부적인 것은 생략해주시오. 제발 그것은 생략해주시오."

"걱정하지 않으셔도 됩니다, 에설레드 경."

부국장은 침착하고 자신감 있게 얘기하기 시작했다. 그가 얘기를 하는 동안, 고위층 인사의 등 뒤에 있는 시계— 벽난로 앞 장식과 똑같이 검은 대리석에 쓰인 큼직한 숫자 판이 무겁게 반짝이는 물건 — 의 바늘이, 유령처럼 슬그머니 재깍거리며, 7분에 해당하는 공간을 슬며시 옮겨갔다. 그는 삽화적인 방식으로 설명하는 것에 신경을 썼다. 그것은 사소한 것 하나하나가, 즉 세부적인 사항 하나하나가 빈틈없이 들어맞는 삽화적인 방식의 설명이었다. 그의 설명이 서로 연결이 되지 않는다는 것을 암시하는 낮은 목소리도 없었고, 움직임도 없었다. 그 설명을 듣고 있는 고위층 인사는 십자군의 갑옷을 벗고 몸에 맞지 않는 프록코트를 입은 그의 왕족 선조 중 한 사람의 동상처럼 보였다. 부국장은 한 시간 정도 자유롭게 얘기해도 좋을 것 같은 기분이었다. 그러나 그는 침착을 유지했다. 그래서 앞서 얘기한 7분 내에 갑작스럽게 결론을 내리기로 했다. 그는 에설레드 경이 놀랄 정도로 빠르고 박력 있게, 자신이 처음에 했던 말을 되풀이했다.

"보통은 심각하지 않지만, 이런 종류의 사건은 속내를 들여다보면 유별난 데가 있습니다. 그래서 특별히 취급할 필요가 있다고 판단됩니다."

에설레드 경의 어조가 신념으로 가득 차며 깊어졌다.

"나도 그 생각에 동의하오. 외국 대사와 관련되어 있으니 말이오!"

상대방은 가냘픈 몸으로 똑바로 서서 보일 듯 말 듯한 미소를 지으며 단언했다.

"아! 대사 말씀입니까? 일을 그렇게까지 몰고 가면 제가 미련한 사람이지요. 만약 제 추측이 맞다면 그건 절대로 불필요한 일입니다. 대사든 짐을 나르는 사람이든, 그건 단지 세부적인 것일 뿐입니다."

에설레드 경은 커다란 입을 동굴처럼 쫙 벌렸다. 그의 매부리코가 그 속을 들여다보고 싶어 안달하는 것처럼 보였다. 가라앉고 구르는 듯한 목소리가 마치, 멀리 떨어진 기관(器官)으로부터 흘러나오는 것 같았다. 경멸스럽고도 화가 나서 못 견디겠다는 듯한 목소리였다.

"안 돼! 도대체 이 사람들은 말도 안 된다니까. 남의 나라에서나 써먹는 수법을 수입해서 도대체 어쩌겠다는 거야? 터키인이라도 이보다는 품위가 있을 거야."

"엄밀한 의미에서 말씀드리자면, 우리가 아직은 그것에 대해서 아무것도 아는 바가 없다는 사실을 에설레드 경께서는 잊고 계신 것 같습니다."

"없지! 하지만 당신은 그걸 어떻게 설명할 수 있겠소? 간단하게 얘기해보시오."

"유치할 정도로 뻔뻔스러운 짓이지요."

커다란 몸집의 고위층 인사의 몸이 좀더 부풀어오르는 것 같았다. 거만하게 내리깐 눈길이 부국장의 발밑에 있는 카펫에 짓이기듯 내리꽂혔다.

"말썽꾸러기 어린애 같은 짓을 더 참을 수는 없어. 그자들은 이 사건에 대해서 야단 좀 맞아야겠어. 우리는 그럴 수 있는 위치에 있어야 하오. 당신의 전반적인 생각은 어떻소? 간단하게 얘기해보시오. 세부적인 것은 언급할 필요 없소."

"물론 세부적인 것은 말씀드리지 않겠습니다. 제가 원칙적으로 말씀드리고 싶은 건, 위험을 억제하기 위해 스파이를 이용하지만, 스파이가 오히려 위험을 증대시킨다는 사실입니다. 따라서 스파이를 묵인해주면 안 됩니다. 스파이가 정보를 조작할 것은 뻔한 사실입니다. 직업적인 스파이

들이란 정치적이고 혁명적인 행위의 영역 내에서 부분적으로 폭력에 의존하며 사실 자체를 조작하는 데 능수능란한 자들입니다. 그들은 한편으로는 경쟁이라는 이중적인 악을 퍼뜨리고, 다른 한편으로는 공포와 성급한 법률 제정과 무분별한 증오를 부추깁니다. 하지만 우리가 사는 세계가 불완전한……"

큼지막한 팔꿈치를 양옆으로 내밀고, 벽난로 앞 깔개 위에 아무런 움직임이 없이 서 있던 고위층 인사가 낮고 굵은 목소리로 급히 말했다.

"제발 알기 쉽게 얘기하시오."

"알았습니다, 에설레드 경. 불완전한 세계입니다. 그래서 저는 이 사건의 성격이 어떤 것인지 감지하고 비밀리에 일을 처리해야겠다는 생각에, 외람된 일인 줄 알면서도 찾아온 것입니다."

고위층 인사는 이중으로 겹쳐 주름이 진 자신의 턱을 만족스러운 듯 내려다보며 그 말에 맞장구를 쳤다.

"그건 맞는 말이오. 당신네들 부서에 때때로 국무장관이 신뢰할 만하다고 생각하는 사람이 있다니 반갑구려."

부국장은 즐거운 미소를 지었다.

"제 솔직한 심정을 말씀드리면, 히트를 다른 사람으로 대체하는 것이 좋겠습니다."

고위층 인사가 적의를 띠고 소리쳤다.

"뭐? 히트를? 당신, 돌았소?"

"아닙니다. 에설레드 경, 제가 드린 말씀을 곡해하지 마십시오."

"그렇다면 무슨 말이오? 그 사람이 너무 영리해서 탈이란 말이오?"

"아닙니다. 적어도 일반적으로는 그렇지 않습니다. 제 추측의 근거는 모두 그에게서 나온 것입니다. 제가 혼자서 찾아낸 유일한 것은 그가 그 남자를 개인적으로 이용해왔다는 것입니다. 누가 그를 비난할 수 있겠습니까? 그는 노련한 경찰관이니까요. 그는 갖고 일할 도구가 있어야 한다는 얘기까지 했었습니다. 저는 그 말을 들으며, 그것이 도구라면 히트 반장의 개인적인 소유물로 남아 있을 게 아니라 특수범죄 수사부에 넘겨져야 하는 게 아닐까 하는 생각을 했습니다. 저는 저희 부서가 스파이를 억제하는 일까지 도맡아서 해야 한다고 생각합니다. 그러나 히트 반장은 이 부서에 근무하는 노련한 사람입니다. 반장이 지금 제가 하는 말을 들으면, 부서의 도덕성을 왜곡하고 효율성을 문제 삼고 있다고 절 비난할 겁니다. 그는 저희 부서가 혁명주의자들의 범죄적인 집단까지 보호해야 한다고 생각할 것입니다. 부서라는 것이 그에게는 바로 그런 의미니까요."

"알겠소. 그렇지만 당신의 말뜻이 뭐요?"

"우선 제가 말씀드리고자 하는 것은, 재산에 손상을 입히거나 사람들의 생명을 살상하는 것과 같은 폭력 행위가 무정부주의자가 한 일이 아니고 무엇인가 다른, 공인된 악당 근성을 지닌 어떤 자들이 한 일이라고 결론짓는 것은 어쭙잖은 위안이 될 뿐이라는 사실입니다. 제 생각에 이것은 우리가 일반적으로 생각하는 것보다 훨씬 더 빈번하게 발생합니다. 그다음으로 말씀드리고 싶은 것은 외국 대사관에서 급료를 받고 일하는 이러한 인간들의 존재가 어떤 면에서 보면 우리의 감독 활동의 효율성을 망친다는 점입니다. 그런 종류의 스파이는 가장 저돌적인 음모자들보다 더 저돌적일 수가 있습니다. 직업이 직업인 만큼 자제한다는 것을 모르기 때문입니다. 그런 자는 절대적인 부정에 필요한 정도의 믿음도 없는 자이며, 불법이라는 말에 암시된 바와 같은 정도의 법 개념도 없는 자입니다. 셋째로 말씀드리고 싶은 것은, 우리가 비난을 받아가며 은닉해주고 있는 이러한 스파이들이 혁명주의자들 속에 있다는 사실이 아무런 확실성도 보장해주지 못한다는 것입니다. 히트 반장한테서 이런 일이 절대 없으리라는 말을 얼마 전에 들었다고 말씀하셨는데, 물론 그것이 전혀 근거가 없는 얘기는 아니었습니다. 하지만 이런 에피소드가 일어나고 말았습니다. 제가 이번 사건을 에피소드라고 하는 이유는 에피소드와 같은 속성을 지니고 있기 때문입니다. 달리 말씀드리면 이런 사건은 아무리 황당무계하게 보여도, 일반적인 음모의 일부가 아니라는 것입니다. 히트 반장이 사건의 특이함 때문에 당황하는 것을 보면, 제 눈에는 이 사건의 성격이 잘 드러나는 것 같습니다. 물론, 구체적인 세부 사항은 빼고 말씀드리는 것입니다."

고위층 인사는 벽난로 앞 깔개 위에 서서, 부국장이 하는 말을 아주 주의 깊게 들으며 말했다.

"좋소. 최대한으로 간략하게 얘기하시오."

부국장은 진지하고 상대방을 공경하는 태도를 취함으로써 자신도 간략하게 하려고 애쓰고 있다는 것을 암시했다.

"이번 사건을 보면 특이히게 바보스럽고도 취약한 성격이 엿보입니다. 배후를 파헤쳐 개인적인 괴짜 광신 행위 말고 뭔가 다른 것을 찾아낼 수도 있을 것 같습니다. 이 사건은 틀림없이 계획된 것이기 때문입니다. 누군가가 범인을 그 장소로 데리고 가, 범인이 거기에서 혼자 행동하도록 버려두고 급히 떠난 것 같습니다. 누군가가 이번 사건을 일으킬 목적으로 범인을 외국에서 데려온 것으로 추정됩니다. 또한 범인은 범행할 장소를 물어서 찾아갈 만큼 영어에 능숙하지 않았던 것으로 추정됩니다. 범인이 귀머거리였다는 황당한 이론적 근거를 댄다면 몰라도, 그렇게 결론지을 수밖에 없을 것 같습니다. 제 생각으로는…… 아니, 이건 근거 없는 생각이지요. 범인은 분명히 사고로 죽은 것 같습니다. 그렇다고 특별한 사고는 아니었습니다. 하지만 특별한 점이 없는 건 아닙니다. 아주 우연히,

범인의 옷에서 주소가 발견되었습니다. 정말 믿을 수 없는 사실입니다. 너무너무 믿을 수가 없어서 그것을 어떻게 설명하느냐에 따라서 이번 사건의 핵심에 도달할 수도 있을 것 같습니다. 그래서 제 생각을 말씀드리면, 이번 사건을 히트 반장에게 맡길 것이 아니라 제가 직접 그 주소를 찾아가서 문제를 해결하면 어떨까 하는 것입니다. 그곳은 브렛 스트리트에 있는 가게인데, 한 스파이의 거처입니다. 그자는 세인트제임스 궁전에서 강대국의 대사를 역임한 바 있던 고 스토트 바르텐하임 남작이 무척 신뢰했던 스파이입니다."

부국장은 여기에서 잠시 말을 멈춘 다음, 이렇게 덧붙였다.

"그런 작자들은 완벽한 흑사병 같은 존재입니다."

고위층 인사는 아래로 내려뜨려진 눈길로 상대방의 얼굴을 바라보기 위해서 고개를 서서히 뒤로 젖혔다. 그 모습이 그를 무척 거만하게 보이게 했다.

"왜, 히트에게 그 사건을 맡기면 안 된단 말이오?"

"부서에서 오래 근무한 사람이기 때문입니다. 한곳에 오래 근무한 형사들은 그들 나름대로의 도덕 체계를 갖고 있기 마련입니다. 제가 독자적으로 수사를 개시하면 그에게는 그것이 직무를 남용하는 월권 행위로 보일 것입니다. 그는 수사 과정에서 조금이라도 혐의점이 발견되면, 최대한도로 많은 수의 무정부주의자들에게 죄를 덮어씌우는 게 자신의 임무라고 생각하고 있습니다. 그는 제가 그자들에게 죄가 없다고 하면 그들을 두둔한다고 주장할 것입니다. 저는 지금, 구체적인 사항을 열거하지 않고 모호하기 짝이 없는 이 사건에 대해서 최대한도로 간결하게 말씀드리려고 노력하는 중입니다."

에설레드 경이 고개를 거만하게 치켜든 채 나직하게 물었다.

"그가 그렇게 할 거란 말이지?"

"송구스럽지만 그렇습니다. 각하와 제가 생각할 수 없을 정도의 분노와 혐오감을 내보이며 그렇게 할 것입니다. 물론, 그는 아주 훌륭한 부하입니다. 그의 충성심에 지나친 부담을 줘서는 안 될 것입니다. 그렇게 하는 것은 언제나 잘못입니다. 게다가 저는 히트 반장에게 허락되는 것 이상으로 자유롭게 이 일을 처리하고 싶습니다. 저는 이 벌록이라는 인간을 봐줄 맘은 조금도 없습니다. 제 생각에 그자는 이번 사건의 자초지종이 어쨌든, 자신이 관련되어 있다는 것을 우리가 이렇게 빨리 알아냈다는 사실을 알게 되면 기절초풍할 것입니다. 그를 놀라게 하는 것은 그다지 어려운 일이 아닐 것입니다. 그러나 우리가 진정으로 원하는 것은 그의 배후에 있습니다. 저는 국무장관께서 제가 적합하다고 생각하는 신변 보장을 그에게 해주셨으면 합니다."

에설레드 경이 벽난로 앞 깔개 위에 서서 말했다.

"물론 그렇게 해주겠소. 될 수 있는 한, 많은 걸 찾아내도록 하시오. 어디, 당신의 방식대로 해보시오."

"저는 바로 오늘 저녁부터, 지체 없이 수사에 착수하겠습니다."

에설레드 경은 상의 뒷자락 속에 있던 손으로 고개를 받쳐 뒤로 기울인 다음, 그를 찬찬히 바라보았다.

"오늘 밤 늦게까지 의회가 열릴 예정이니, 그때까지 우리가 집에 가지 않고 있다면, 당신이 찾아낸 것을 가지고 의사당으로 오시오. 투들스에게 당신이 오는지 살펴보라고 일러놓겠소. 당신을 바로 내 방으로 안내해줄 것이오."

젊어 보이는 비서의 많은 가족과 친척 들은 그의 미래가 준엄하고 고귀한 것이 되었으면 하는 희망을 품고 있었다. 그런데 그가 한가한 시간에 와서 봉사를 하는 그곳에서는 그를 투들스라는 별명으로 불렀다.[5] 에설레드 경은 매일 (주로 아침 식사 때마다) 부인과 딸들이 입이 닳도록 얘기하는 바람에 마지못해 그 친구를 쓰겠다고 허락한 것이었다.

부국장은 깜짝 놀라고 또 몹시 만족스러웠다.

"국무장관께서 그러실 시간만 내주신다면 틀림없이 제가 발견한 것을 의사당으로 가져와 보고드리겠습니다."

고위층 인사가 말을 가로막았다.

"시간은 없지만, 그래도 당신을 만나겠소. 지금은 시간이 없소. 그런데 당신이 직접 가는 거요?"

"그렇습니다, 에설레드 경. 그게 최선이라고 생각합니다."

고위층 인사는 고개를 너무 뒤로 젖히고 있었기 때문에 부국장을 쳐다보기 위해서는 눈을 거의 감아야 했다.

"흠. 하! 그런데 어떻게 할 작정이오? 변장이라도 할 작정이오?"

"변장할 것까지는 없습니다! 물론 옷은 바꿔 입어야겠지요."

"물론."

고위층 인사는 "물론"이라는 말을 무심코 반복했다. 그는 큰 머리를 서서히 돌려서 어깨 너머로, 미약하지만 교활하게 재깍거리는 단단하고 육중한 시계를 곁눈질로 거만하게 바라보았다. 금박이 된 바늘은 그의 뒤에서 슬그머니, 벌써 이십오 분 정도를 옮겨간 상태였다. 부국장은 시간이 그렇게 된 걸 알고 약간 조바심을 냈다. 그러나 고위층 인사의 얼굴은 침착하고 태연했다.

"좋소."

---

[5] 비서의 별명인 Toodles는 Toodle-oo와 비슷한 말로, 자동차의 경적 소리를 모방한 의성어로 보이며, 작별 인사(Good-bye, So long)를 할 때 쓰는 말이다. (역주)

그는 이렇게 말하고 나서 관청의 시계를 의도적으로 경멸하는 것처럼 잠시 말을 멈췄다.

"그런데 이런 식으로 수사를 해야 되겠다고 생각하게 된 직접적인 동기는 뭐요?"

"늘 생각하고 있었습니다."

"아, 그래! 생각이라! 물론 그렇겠지. 그러나 직접적인 동기가 뭐냔 말이오?"

"무슨 말씀을 드려야 할지 모르겠습니다. 새로 부임한 사람의 입장에서 느끼는 낡은 방식에 대한 반감이라고나 할까요? 직접 나서서 무엇인가를 알아보고 싶은 욕구도 있고요. 그리고 약간은 조급한 마음도 가미됐겠지요. 전에 하던 일이지만, 직무가 달라서요. 그게 저의 민감한 부분을 건드리고 있었습니다."

"잘해보시오."

고위층 인사는 친절하게도 부드럽게 손을 내밀었다. 그러나 그의 손은 칭송받는 농부의 손처럼 크고 힘이 있었다. 부국장은 악수를 하고 물러나 왔다.

부국장이 나오자 탁자 위에 걸터앉아 있던 투들스는 평소의 쾌활함을 다소 억누르고 그를 향하여 다가왔다.

그리고 무게를 잡으며 말했다.

"어떠세요? 만족스러우신가요?"

"대단히 만족스럽네. 정말 고맙네."

이렇게 말하는 부국장의 긴 얼굴은 언제라도 웃음을 터뜨릴 준비가 되어 있는 것처럼 보이는 상대방의 진지한 표정과 대조적으로 무표정해 보였다.

"괜찮습니다. 그러나 당신은 그분이 요즘, 그분이 발의하신 수산업의 국유화 법안에 대한 비난 때문에 얼마나 신경이 날카로워져 있는지 상상도 못 하실 겁니다. 그 사람들은 그것을 사회 혁명의 시작이라고 얘기한답니다. 물론 그것이 혁명적인 조치이기는 합니다. 그러나 이 사람들은 도무지 예의범절을 모른다니까요. 인신공격을 다 하고 말입니다."

부국장이 한마디 거들었다.

"나도 신문에서 읽었소."

"밉살스럽지 않던가요? 게다가 당신은 그분이 날마다 얼마나 많은 일들을 처리하셔야 하는지 짐작도 못 할 겁니다. 그 일을 모두, 혼자서 하신다니까요. 수산업에 관해선 다른 사람을 신뢰할 수가 없으신 것 같습니다."

이때 부국장이 불쑥 말했다.

"그러나 그분은 나의 아주 하찮은 일에 귀한 시간을 삼십 분이나 할애해 주셨네."

"하찮은 일이라고요? 그래요? 그 말씀 한번 잘하셨습니다. 그렇다면 왜 그런 일을 갖고 찾아오셨는지 유감이로군요. 이 법안 때문에 싸우시느라 그분은 파김치가 되어 있으세요. 저는 그분이 걸어가실 때 제 팔에 기대시는 것을 보면 단박에 그걸 알 수 있습니다. 게다가 이런 상황에서 그분이 거리에서 안전하시겠습니까? 멀린스가 오늘 오후에 추종자들을 대동하고 여기로 몰려왔습니다. 가로등 기둥마다 경찰이 붙어 있습니다. 그리고 이곳과 의회 뜰 사이에서 만나는 두 사람 중 하나는 틀림없이 경찰입니다. 그것 때문에 그분은 곧 신경이 예민해지실 것입니다. 외국에서 온 악당들이 설마, 그분에게 무엇인가를 던질 것 같지는 않지요? 만약 그렇게 되면 국가적인 재앙이 될 것입니다. 이 나라는 그분이 없으면 안 되니까요."

부국장이 진지하게 말했다.

"자네도 없으면 안 되네. 그분은 자네 팔에 기대고 걸으시잖는가. 그렇게 되면 자네도 같이 죽게 될 테니 말일세."

"그렇게 되면 젊은 사람이 쉽게 역사에 남는 결과가 되겠지요. 그것이 사소한 사건으로 기록될 만큼, 많은 장관들이 암살당한 것은 아니니까요. 그러나 지금 당장 우려할……"

"자네가 역사에 남길 원하면, 그걸 위해 뭔가를 해야 할 거야. 현재로서는 자네나 그분이나, 과로에 의해서가 아니라면 위험에 처할 일은 전혀 없네."

투들스는 이 말을 신호로 하여 심각한 얼굴 표정을 풀고 싱글벙글 웃으며 말했다.

"저는 수산업 법안을 갖고 아무리 오래 일한다고 해도 죽지는 않을 겁니다. 늦게까지 일하는 데 익숙해 있으니까요."

그는 이렇게 얘기하며 순진하게 촐싹댔다. 그러나 그는 자신의 말을 순간적으로 뉘우치며, 장갑을 끼듯, 정치가처럼 침울한 분위기를 연출하며 근엄하게 말했다.

"아무리 일이 많아도, 대단한 지성을 갖춘 분이시니까 모두 감당하실 수 있을 겁니다. 그러나 제가 걱정하는 건 그분의 신경이 너무 과민해지지 않으실까 하는 겁니다. 욕 잘하고 난폭한 치즈맨을 선두로 하는 보수주의자들이 매일 밤, 그분을 모욕하고 있으니까요."

이때, 부국장이 나직하게 말했다.

"그분이 혁명적인 일을 시작하겠다는 주장을 굽히지 않으시니까 그런 거지!"

"시간이 됐습니다. 이러한 일을 할 수 있을 만큼 충분히 위대한 사람은 그분 외에는 없습니다."

혁명주의자 투들스는 부국장이 침착하고 사색하는 듯한 눈길로 쳐다보는 가운데, 화난 목소리로 거세게 이의를 제기했다. 그때, 복도 어딘가에 있는 벨이 멀리서 다급하게 울렸다. 그 소리에 그 젊은이는 민첩하게 귀를 쫑긋 세웠다.

"저 소리는 그분이 의사당으로 가실 준비가 되었다는 신호입니다."

그는 이렇게 속삭이듯 말하고는 모자를 움켜쥐고 사라졌다.

부국장은 젊은이보다는 다소 굼뜬 동작으로, 다른 문을 통하여 밖으로 나섰다. 그러고는 다시 넓은 대로를 건너고 좁은 길을 따라 걷다가 자신이 근무하는 건물 안으로 부리나케 들어섰다. 그는 사무실 문에 도착할 때까지 빨리 걸었다. 사무실 문이 완전히 닫히기 전에, 그는 자신의 책상을 바라보았다. 그는 잠시 그렇게 서 있다가 걸어 들어가, 마룻바닥 위에 서서 주위를 빙 둘러본 다음, 의자에 앉아 벨을 누르고 기다렸다.

"히트 반장은 벌써 나갔나?"

"네. 반 시간 전에 나가셨습니다."

그는 고개를 끄덕였다.

"그럼 됐어."

그는 자리에 앉은 채로 모자를 이마 위로 젖히고 생각에 잠겼다. 유일한 물증을 감쪽같이 가져오다니, 지독하게 뻔뻔스러운 히트다운 행동이라는 생각이 들었다. 그러나 그는 적대감을 갖고 그런 생각을 하는 게 아니었다. 여기에 오래 근무했고 가치를 인정받는 사람이니까 그럴 자유도 있는 것이겠지 싶었다. 그리고 주소가 박힌 코트의 조각은 아무렇게나 내버려둘 물건이 아니었다. 그는 히트 반장이 뭔가 의혹을 품고 있다는 생각을 마음속에서 떨쳐내며, 쪽지를 써서 아내에게 보냈다. 그날 저녁 식사를 같이 하기로 돼 있던 미케일리스의 후견인인 귀부인에게, 갑자기 일이 생겨 갈 수 없게 되어 미안하다고 전해달라는 내용의 쪽지였다.

그는 세면대, 나무못걸이, 선반 등이 있는, 커튼이 쳐진 골방으로 들어가 짧은 재킷을 걸치고 둥근 모자를 써보았다. 그러자 그의 엄숙한 갈색 얼굴이 또렷하게 드러나 보였다. 그는 골방에서 나와 방의 환한 불빛 속으로 들어섰다. 어떤 일에 열광적으로 몰두하고 있는 거무튀튀한 사람에게 나타나는 움푹 들어간 눈과 아주 의도적인 몸가짐이 그의 모습을 냉정하고 사색적인 돈키호테의 환영처럼 보이게 했다. 그는 매일매일 근무하는 곳을 눈에 잘 띄지 않는 그림자처럼 재빨리 나섰다. 그는 거리로 나갔다. 그것은 마치, 물이 빠져버린 끈적끈적한 수족관에 발을 들여놓는 것 같았다. 어둡고 우울한 습기가 그를 감쌌다. 집들의 담벼락은 축축했고 질펀거리는 도로의 진흙은 형광 물체처럼 빛났다. 그가 채링크로스 역 옆에 있는 좁은 길을 벗어나 스트랜드 스트리트로 나오자, 그곳의 수호신이 그를 동화시켜버린 것 같았다. 그는 저녁이 되면 어두운 구석에서 퍼덕거리는 이상야릇하게 생긴 낯선 고기들 중 히니처럼 보였다.

그는 포장도로의 가장자리에 있는 대기소까지 가서 기다렸다. 훈련된 눈은 빛과 그림자가 이리저리 얽혀 혼란스러운 거리 속에서도 이륜마차가 느릿느릿 접근해 오고 있는 것을 감지했다. 그는 아무런 신호도 보내지 않았다. 그러나 보도의 연석을 따라 자박자박 구르는 마차가 그의 발치까지 다가오자, 그는 날쌔게 몸을 움직여 마차에 올라타고, 의자에 앉아 앞만 보고 있는 마부가 승객이 탔다는 것을 미처 알아채기도 전에, 간이문을 통해 마부에게 행선지를 댔다.

먼 거리는 아니었다. 마차는 특별히 어디랄 것도 없이, 포목점들이 기다랗게 늘어서 있는 곳 앞에 있는 두 가로등 기둥 사이에서 멈춰달라는 신호를 받고 갑자기 멈췄다. 가게들은 벌써 골함석을 덮고 닫을 준비를 하고 있었다. 승객은 간이문을 통해 동전을 건넨 다음, 슬그머니 사라져 버렸다. 마부는 귀신에 홀린 듯한 느낌을 받았다. 그러나 동전을 만져보고 그것의 크기가 마음에 들었다. 그는 교육을 별로 받지 않은 사람이었기 때문에, 호주머니 속에 있는 동전이 죽은 나뭇잎으로 금세 변할지 모른다는 두려움 같은 건 마음속에 없었다. 그는 직업이 직업이어서 마차삯에 연연하느라, 손님들의 행동에는 별로 관심이 없었다. 말을 획 돌려 돌아가는 그의 모습은 그의 이런 철학을 웅변으로 말해주고 있었다.

그사이, 부국장은 벌써, 코너에 있는 작은 이탈리아 레스토랑에 들어가 웨이터에게 음식을 주문하고 있었다. 길고 협소한 그 레스토랑은 여기저기 붙은 거울들과 하얀 식탁보로 배고픈 사람들을 유혹하는 그런 종류의 레스토랑이었다. 볼품은 없었지만 제 나름의 분위기가 있는 레스토랑이었다. 그 레스토랑은 배고픔을 못 이겨 어쩔 수 없이 먹을 수밖에 없는 가련한 인간들을 조롱이라도 하듯 국적도 없는 요리를 하는 것 같은 분위기를 풍기고 있었다. 이러한 부도덕한 분위기 속에서 부국장은 자신이 할 일을 곰곰이 생각하면서 자신의 정체성을 더더욱 잃어가고 있는 것 같았다. 그는 외롭다는 생각이 들었다. 그리고 사악한 자유를 느꼈다. 그것은 다소 유쾌하다고 할 수 있는 느낌이었다. 그는 카운터로 가서 음식값을 계산하고 거스름돈을 기다리면서 유리창을 쳐다보고 거기에 비친 자신의 낯선 모습에 흠칫 놀랐다. 그는 음침하고 탐색하는 듯한 눈길로 자신의 모습을 바라보았다. 그런 다음, 갑자기 재킷의 목깃을 추켜올렸다. 그렇게 하고 나니, 마음에 들었다. 그는 검은 수염 끝을 약간 위로 추켜올렸다. 그는 이렇게 자신의 차림새를 약간 고친 다음, 거울에 비친 모습을 보고 흡족해했다. 그리고 이렇게 생각했다.

'이만하면 됐어. 옷이 좀 젖고 흙탕물이 좀 튀긴 했지만……'

그는 팔꿈치 가까이에 있는 웨이터의 존재와 테이블 가장자리에 쌓여 있는 몇 개의 은화를 의식했다. 웨이터는 한쪽 눈으로는 은화를 쳐다보면서, 다른 쪽 눈으로는 멀리 떨어진 테이블로 가는, 아주 젊지는 않지만 키가 늘씬한 여자의 기다란 등을 바라보고 있었다. 그녀는 자주 오는 손님 같았다.

부국장은 레스토랑을 나서면서, 그곳에 출입하는 손님들이 국적이 없는 요리를 먹다 보니 그들의 국가적인 특성이나 개인적인 특성을 잃어버린 게 아닐까 하는 생각을 했다. 이탈리아 레스토랑이라는 것이 이제는 순전히 영국적인 레스토랑이 되어버린 상황에서, 그렇게 된다는 건 이상한 일이었다. 그러나 이 사람들은 특징이 없는 매너를 보여주며, 그들 앞에 놓인 요리처럼 국적이 없었다. 그들의 개성도 특징이 없긴 마찬가지였다. 그것은 직업적으로든, 사회적으로든, 종족적으로든 마찬가지였다. 이탈리아 레스토랑이 그들을 위해 우연히 만들어진 것이 아니라면, 그들은 이탈리아 레스토랑을 위해 만들어진 사람들 같았다. 그러나 이탈리아 레스토랑이 그들을 위해 만들어졌다는 가정은 생각할 수 없는 것이었다. 이 사람들을 이곳 외의 다른 곳에 갖다 놓고 생각한다는 것은 불가능한 일이기 때문이었다. 다른 곳에서는 이렇게 정체 모를 사람들을 만날 수가 없었다. 그들이 낮에는 무슨 일을 하며 밤에는 어디서 자는지, 정확하게 안다는 것은 불가능한 일이었다. 그리고 여기에서는 부국장 자신도 정처 없는 인간이 되어버렸다. 누군가가 그의 직업이 무엇인지 추측해본다는 것 자체가 불가능했다. 그의 마음속에서조차 자신이 잠을 자는 것에 대해 의구심이 일었다. 물론 그것은 집에 관한 문제가 아니라, 그가 일을 끝내고 거기로 언제 돌아갈 수 있느냐에 관한 문제였다. 그는 유리문이 어딘지 미진하게 쿵— 하는 소리를 내며 등 뒤에서 닫히는 소리를 들었을 때, 자신이 혼자 있다는 사실에 기분이 좋아졌다. 곧, 그는 램프가 군데군데 켜 있고, 숯검정과 물방울로 된 칠흑 같은 런던의 축축한 밤에 싸여 압박당하고 침투되고 질식당한, 번들거리는 흙과 축축한 회반죽으로 된 집들이 밀집돼 있는 곳으로 발을 들여놓았다.

　브렛 스트리트는 그리 멀지 않았다. 그곳은 지금은 밤이라 떠나고 없지만, 낮에는 상인들이 장사를 하는 어둡고 업종을 알 수 없는 종류의 상가들이 둘러싸고 있는, 삼각형 모양의 공간 옆쪽에서 갈라져 나온 좁은 도로였다. 구석에 있는 과일 가게만이 온갖 불빛과 색깔을 교차시키며 격렬하게 번쩍이고 있었다. 그 너머로는 온통 칠흑 같은 어둠이었다. 그 방향으로 지나가는 몇몇 사람들은 오렌지와 레몬이 불빛을 받으며 수북하게 쌓여 있는 곳을 한걸음에 지나쳐 사라졌다. 발자국이 울리는 소리도 나지 않았다. 발자국 소리는 다시는 들리지 않을 것이었다. 모험을 좋아하는 특수범죄 수사부 책임자 부국장은 멀리서 관심이 있는 눈길로 이들이 사라지는 모습을 지켜보았다. 그는 사무실의 책상과 잉크병에서 수천 마일 떨어진 정글에서 홀로 잠복근무를 하고 있는 것처럼 마음이 홀가분했다. 상당히 중요한 일 앞에서 이렇게 기쁨을 느끼고 생각이 분산되는 것은 우리가 사는 이 세상이 결국엔 그렇게 심각한 것이 아니라는 것을 증명해주는 것 같았다. 왜냐하면 부국장은 기질적으로 경박한 성향의 사람이 아니었으니까 말이다.

　순찰 중인 경찰관이 거무칙칙하게 움직이는 모습이 반짝이는 오렌지와 레몬을 배경으로 드러나더니, 서두르지 않고 브렛 스트리트로 들어서는 모습이 보였다. 부국장은 마치 범죄자가 된 것처럼 숨어서 그 경찰관이 돌아오기를 기다렸다. 그러나 그 경찰관은 영원히 사라지고 만 것 같았다. 그는 결코 다시 돌아오지 않았다. 브렛 스트리트의 다른 끝을 통해서 가버린 게 틀림없었다.

　부국장은 이렇게 결론을 내리고 이번엔 자신이 그 길로 들어섰다. 창문에 희미하게 불이 밝혀진 마부들의 식당 유리창 앞에 커다란 마차가 서 있었다. 마부는 안에 들어가 뭔가를 먹으며 한잔하고 있었고, 말들도 머리를 아래로 내리고 목에 걸린 망태에서 뭔가를 계속 먹고 있었다. 조금 더 가자, 도로의 맞은편에서 수상쩍은 빛이 새어나왔다. 그것은 종이들이 이곳저곳에 걸려 있고 마분지 상자와 책같이 생긴 것들이 몽땅 쌓여 있는 벌록의 가게에서 나오는 빛이었다. 부국장은 길 건너에서 그것을 관찰하며 서 있었다. 틀림없었다. 정체를 알 수 없는 것들이 드리운 그림자들로 막힌 창문 옆의 열린 문틈으로, 좁고 선명한 가스 불빛이 새어나오고 있었다.

　부국장의 등 뒤에 있는 마차와 말들은 하나의 커다란 덩어리가 되어, 살아 있는 물체처럼 보였다. 느닷없이 쇠편자가 박힌 발로 땅을 구르고, 격렬하게 짤랑거리는 소리를 내고, 기친 숨을 몰아쉬며 거리의 반을 가로막고 있는, 등이 사각인 검은 괴물이라고나 할까. 장사가 잘되는 큰 술집이 흥청거리면서 기분 나쁘게 내뿜는 빛이 넓은 길 건너에서 브렛 스트리트를 마주 보고 있었다. 벌록이 단란한 가정 생활을 하는 소박한 집 주위에 모여든 그림자들과 대조되는, 타는 듯한 불빛들의 장벽이 브렛 스트리트의 어둠을 한결 더 음침하고, 음울하고, 불길하게 만들고 있는 것 같았다.

8

 벌록 부인의 어머니는, (불운했던 남편이 옛날에 알고 지냈던) 여러 명의 주류업 관련 여관업자들이 처음에는 냉랭하게 대했음에도 그들을 끈덕지게 설득한 결과, 어떤 돈 많은 여관업자가 그 방면의 가난한 과부들을 위해 설립해놓은 양로원에 들어갈 수 있는 허락을 받아냈다.
 불안한 마음에서 그렇게 하기로 마음먹은 노부인은 비밀스러우면서도 결단력 있게 그 일을 추진했다.
 "어머니가 이번 주엔 거의 하루도 빠짐없이 마차 삯으로 은화 반 크라운과 5실링이나 쓰시니 어찌 된 일인지 모르겠어요."
 그녀의 딸 위니가 벌록 씨에게 아무 말도 하지 않고 넘어갈 수가 없어 이렇게 얘기했던 시점은 바로 그녀가 그런 일을 하고 다닐 때였다. 그렇다고 위니가 그 말을 불평조로 한 것은 아니었다. 위니는 어머니가 병약하다는 것을 이해하고 있었다. 그녀는 다만, 어머니가 교통비를 갑자기 많이 쓴다는 사실에 약간 놀랐을 뿐이었다. 나름대로 충분히 위엄이 있는 벌록 씨는 그 말이 사색을 방해하기라도 한 듯 뭔가 툴툴거리며 가타부타 대꾸를 하지 않았다. 그는 자주, 그리고 깊고 오래, 사색에 잠겼다. 그것은 5실링보다 더 중요한 무게를 지닌 사색인 것 같았다. 그것은 더 중요할 뿐만 아니라, 철학적인 평온 상태와 결부된 모든 면에서 생각해보더라도 비교할 수 없을 만큼 어려운 사색인 듯했다.

자신이 하고자 하는 일을 비밀리에 민첩하게 성취한 노부인은 이제, 그 실상을 벌록 부인에게 털어놓았다.

그녀의 마음은 의기양양했고 가슴은 떨렸다. 그녀는 과묵하고 속을 내보이지 않는 딸의 성격을 두려워하고 존중했기 때문에 마음을 졸였다. 그녀의 딸은 뭔가가 못마땅하면 이런저런 형태의 침묵으로 일관하는 사람이었다. 그러나 그녀는 세 겹의 턱, 부풀 대로 부푼 몸, 무력한 다리 때문에 생긴 존경할 만한 외관상의 평온함이 그러한 염려 때문에 깨지지 않도록 애를 썼다.

벌록 부인은 어머니가 전혀 예상치 않았던 얘기를 하자, 평소답지 않게 하던 일을 멈췄다. 그녀는 가게 뒤에 있는 응접실 가구의 먼지를 떨어내는 중이었다. 그녀는 어머니를 향해 고개를 돌렸다. 그리고 너무 놀라고 화가 나서 소리쳤다.

"도대체 왜, 그렇게 하려고 하세요?"

충격이 대단하긴 대단한 모양이었다. 그녀는 그녀의 강점이자 인생에서의 보호 장치인, 사실을 그저 그러려니 하고 묵묵히 받아들이는 평소의 모습과 전혀 다르게 반응했다.

"여기에서도 충분히 편안하지 않으신가요?"

그녀는 어머니에게 이렇게 얘기한 다음, 평소처럼 먼지를 떨던 일로 돌아갔다. 그 사이, 노부인은 더러운 흰 모자와 윤기 없는 검은 가발 밑에서, 두려움 때문에 할 말을 잊은 채 우두커니 있었다.

위니는 의자의 먼지를 떨어내는 일을 마치고, 벌록 씨가 모자를 쓰고 코트를 입은 채로 앉아서 휴식 취하기를 좋아하는 말총 소파 뒤에 있는 마호가니 탁자를 먼지떨이로 털었다. 그녀는 자신이 하는 일에 열중했다. 그러나 이내, 그녀의 입에서 다른 질문이 터져나왔다.

"어머니, 도대체 어떻게 그 일을 하셨어요?"

자세한 내막을 캐묻지 않는 것을 원칙으로 하는 벌록 부인이었지만, 그러한 호기심은 이해할 만한 것이었다. 그녀의 질문은 방법상의 문제에 국한된 질문이었다. 노부인은 아주 진지하게 얘기를 할 수 있는 소재가 나왔다 싶어, 딸의 질문을 속으로 반겼다.

그녀는 이 사람 저 사람의 이름을 끝없이 들먹이며 딸의 질문에 답변했다. 그녀는 이따금, 사람들의 얼굴이 변한 것을 보며 세월의 무상함을 느꼈다는 얘기까지 곁들였다. 그녀가 거론한 사람들은 대부분 주류 허가를 받은 여관 주인들, 즉 "불쌍한 네 아버지의 친구들"이었다. 그녀는 대규모 주류업자이자 준남작이며 의원이고, 동시에 양로원 협회 회장인 사람한테 큰 신세를 졌노라며 특별히 감사를 표시했다. 그녀가 그렇게 따뜻하게 얘기한 것은 그 사람의 개인 비서와 면담을 할 수 있었기 때문이었다.

"정말 예의 바른 신사더구나. 검정색 양복을 입고 있었는데, 목소리는 얼마나 부드럽고 슬프던지! 그러나 너무 호리호리하고 조용한 사람이었다. 애야, 그 사람은 마치 그림자 같더구나."

위니는 얘기가 끝날 때까지 먼지를 계속 떨고 있었다. 그런 다음, 평소처럼 아무 말 없이 거실을 나서서 두 계단 아래에 있는 부엌으로 내려갔다.

벌록 부인의 어머니는 딸이 그 일에 온순하게 반응하는 걸 보고 기쁨의 눈물을 흘린 다음, 기민한 눈길로 가구가 있는 쪽을 쳐다봤다. 그 가구는 그녀의 것이기 때문이었다. 그녀는 때때로 그것이 자신의 것이 아니었으면 싶었다. 의연하게 처신하는 게 좋을 수밖에 없지만, 몇 개의 테이블이나 의자, 청동 침대 등을 처분하면 엄청난 후유증이 생길 것 같은 상황도 있는 법이었다. 그녀는 가구 중 일부를 가져가야 했다. 그녀가 그토록 끈덕지게 애원한 결과, 그녀를 받아들이겠다고 한 그 자선 단체는 그곳에 외롭게 수용될 사람들에게 널빤지 몇 장과 싸구려 종이를 바른 방 외에는 아무것도 주지 않았다. 위니는 가장 가치가 없고 가장 닳아빠진 물건들을 고르는 어머니의 세심한 마음을 몰랐다. 위니는 사물의 내면을 눈여겨보지 않는 것을 자신의 철학으로 삼고 살아가는 여자였기 때문이다. 그녀는 어머니가 자신에게 가장 알맞은 가구를 가져갈 것이라고 생각했다. 그리고 벌록 씨에 관해 말할 것 같으면, 그는 중국의 만리장성 같은 골똘한 사색에 잠겨 있었기 때문에 허망한 노력이나 헷갈리는 겉모습과 같은 세상사와 철저히 격리되어 있었다.

일단 자신이 갖고 갈 것을 선택했으니, 이제는 나머지 가구를 어떻게 처리하느냐가 문제였다. 그녀는 물론 그것들을 브렛 스트리트에 놓고 갈 작정이었다. 그러나 그녀에겐 두 자녀가 있었다. 위니는 벌록 씨라는 훌륭한 남편과 분별 있는 결혼을 했기 때문에 별로 부족한 게 없었다. 그런데 스티비는 가진 게 아무것도 없었고, 약간 특이한 경우였다. 그가 처해 있는 특이한 상황이 나머지 가구들을 어떻게 적법하게 처분하고 누구를 더 주거나 덜 주거나 하는 문제에 앞서 고려되어야 했다. 스티비가 가구를 갖는다는 것은 어떤 점에서 보든 별것이 아니었다. 하지만 그녀는 그 불쌍한 아들이 그녀가 남기고 가는 가구들을 가져야 한다고 생각했다. 그런데 바로 그것이 문제였다. 그에게 가구를 준다는 것은 어떻게 보면 누나나 매형한테 완전히 의존하고 있는 그의 상황을 흩뜨려놓는 것이었다. 그녀는 그러한 일종의 끈을 자신이 약화시키게 될까 봐 두려웠다. 게다가 벌록 씨는 자신이 앉아 있는 의자가 처남의 것이면, 앉을 때마다 처남의 신세를 지는 것이라고 생각하고 참을 수 없어 할지 몰랐다. 그녀는 여관 주인을 오래 했던 경험을 통해, 인간의 기이한 본질에 대해서 우울하지만 체념적인 생각을 갖고 있었다. 야, 그 알량한 것들을 갖고 이 집에서 꺼져 버려! 만약에 벌록이 스티비한테 이렇게 얘기해버리면 어떻게 될 것인가? 반면에 아무리 신경을 써서 가구를 배분한다고 해도, 위니는 자기 나름대로 속상해할지도 몰랐다. 아니다. 스티비는 앞으로도 아무것도 가진 것 없이 제 누이와 매형한테 매인 몸이어야 한다. 그래서 그녀는 브렛 스트리트를 떠날 때 딸에게 이렇게 말했다.

"내가 죽을 때까지 기다릴 필요 없잖니? 얘야, 내가 여기에 두고 가는 것은 이제부터 모두 네 것이다."

위니는 모자를 쓰고 어머니의 등 뒤에서 아무 말 없이, 노파의 외투 깃을 만지작거리고 있었다. 그녀는 무감각한 얼굴로 핸드백과 우산을 집어 들었다. 이제 마차 삯으로 3실링 6펜스를 지출할 시간이 되었다. 벌록 부인의 어머니로서는 생애에 마지막이 될지도 모르는 여정이었다. 그들은 가게 문을 나섰다.

그들을 기다리고 있는 마차는, 만약 그런 속담이 실제로 있다면, '진실은 풍자만화보다 더 잔인하다'는 속담의 본보기를 보여주는 듯한 마차였다. 여윈 말이 끄는 마차가 불구인 마부를 마부석에 태우고 뒤뚱뒤뚱 굴러왔다. 마부의 특이한 모습은 보는 사람을 당황스럽게 만들었다. 벌록 부인의 어머니는 그 남자의 코트 왼쪽 소매에서 불거져 나온 갈고리 손을 보자, 자신이 최근에 보여주었던 대담한 용기를 갑자기 잃어버리고 맥이 풀려버리는 것 같았다. 그녀는 실제로 자신을 신뢰할 수가 없었다.

"위니, 네 생각은 어떠냐?"

그녀는 머뭇거렸다. 큼지막한 얼굴의 마부가 격렬하게 하는 말은 그의 목구멍에서 쥐어짜여 나오는 것 같았다. 그는 마부석에서 몸을 수그린 자세로, 알 수 없는 화를 내며 낮은 소리로 말했다.

"도대체 문제가 뭡니까? 사람을 이렇게 취급해도 되는 겁니까?"

세수를 하지 않은 그의 큰 얼굴이 진흙창인 거리를 배경으로 붉게 타는 것 같았다. 그는 필사적으로 대들었다.

"설마 그들이 면허를 내줬겠습니까? 만약……"

경찰관이 다가와 마부를 친절한 눈길로 쳐다보았다. 그것이 마부를 수그러들게 했다. 그런 다음 경찰관은 특별한 생각도 없이, 두 여인에게 이렇게 얘기했다.

"이 사람은 20년간 마차를 몬 사람입니다. 나는 이 사람이 한 번이라도 사고를 냈다는 얘기를 들은 적이 없습니다."

"사고라고요?"

마부는 사고라니, 말도 안 된다는 듯 씩씩거렸다.

경찰관이 그 문제를 해결해줬다. 거기에 모여 구경을 하고 있던, 대부분이 미성년인 일곱 명의 구경꾼들도 흩어졌다. 위니는 어머니를 따라 마차 안으로 들어갔다. 스티비는 마부석에 올라탔다. 멍하니 벌어진 입술과 괴로운 듯한 눈이 그가 지금 일어나고 있는 일들을 어떻게 받아들이고 있는지 말해주고 있었다. 좁은 길을 따라서 마차가 느릿느릿 기어갔다. 마차 안에 탄 사람들은 집들이 서서히 흔들리며 다가왔다가 멀어지는 것을 보고 그래도 마차가 굴러가긴 굴러간다고 생각했다. 유리창이 마차 뒤로 와르르 무너져내릴 것처럼 덜커덩거리고 쨍그랑거렸다. 여윈 말의 앙상한 등에 채워진 마구가 말의 넓적다리 쪽을 아주 느슨하게 때리고 있었다. 말은 한없는 인내심을 가지고 발굽으로 점잖을 빼며 춤을 추고 있는

비밀요원 **185**

것만 같았다. 조금 더 지나서 화이트홀의 널따란 광장에 다다르니 이제는 마차의 움직임이 느껴지지 않았다. 마차는 기다란 재무부 건물 앞에서 움직이지 않고 끝없이 덜커덩거리고 쨍그랑거리기만 하는 것 같았다. 시간마저 정지해버린 듯했다.

위니가 마침내 말했다.

"그다지 좋은 말은 아니네요."

미동도 하지 않던 그녀의 눈이 마차의 그늘 속에서 빛났다. 마부석에 앉아 있던 스티비는 멍하니 벌어진 입을 다물었다가 간절하게 애원하는 소리를 냈다.

"그러지 마세요."

갈고리 손 둘레에 감긴 채찍을 높이 쳐든 마부는 그 말에 전혀 신경 쓰지 않았다. 어쩌면 그는 스티비의 말을 듣지 못했는지도 몰랐다. 스티비의 가슴팍이 부풀어올랐다.

"때리지 마세요."

마부는 붓고 부석부석하고 불그죽죽한 흰 털북숭이 얼굴을 서서히 돌렸다. 약간 충혈된 그의 눈은 물기로 번득거렸다. 그의 큼직한 입술은 보랏빛을 띠고 다물려 있었다. 그는 채찍을 든 더러운 손등으로 엄청나게 큰 턱에 솟아 있는 다박나룻 수염을 쓱— 문질렀다.

스티비가 격렬하게 더듬거렸다.

"그러시면 안 돼요. 아파요."

"때리면 안 된다고?"

마부가 생각에 잠긴 듯 속삭이는 소리로 반문했다. 그리고 곧 채찍으로 말을 갈겼다. 그가 채찍을 갈긴 것은 잔인하거나 사악해서가 아니라 마차 삯을 벌어야 했기 때문이었다. 뾰족탑이 달린 성 스티븐 교회의 벽들이 꼼짝도 하지 않고 침묵 속에서, 마차가 딸랑거리는 모습을 얼마 동안 지켜보고 있었다. 어쨌거나 마차가 굴러가기는 굴러가는 모양이었다. 그런데 마차가 다리 위에 이르렀을 때 소동이 일어났다. 스티비가 갑자기 마부석에서 뛰어내린 것이었다. 도로에서 사람들이 고함을 치며 앞으로 내달렸다. 마부는 너무 화가 나고 놀라서 욕을 하며 마차를 멈췄다. 위니는 마차의 창문을 내리고 유령처럼 핼쑥한 고개를 내밀었다. 안쪽에 타고 있던 그녀의 어머니가 안절부절못하면서 소리쳤다.

"저 애 다치지 않았나요? 다치지 않았나요?"

스티비는 다치지도 않았고, 굴러 떨어지지도 않았다. 그러나 스티비는 늘 그랬듯이 너무 흥분하여 조리 있게 말을 하지 못했다. 그는 창 쪽에서 겨우 더듬거리며 말했다.

"너무 무거워. 너무 무거워."

위니가 스티비의 어깨를 잡으려고 손을 내밀었다.

"스티비! 빨리 올라타. 다시는 그러지 마."

"아냐. 아냐. 걸을 거야. 걸어야 돼."

걸어야 된다는 일념 때문에 그가 하는 말은 뒤죽박죽이 되어 알아들을 수가 없었다. 그의 변덕을 막을 도리가 없었다. 스티비는 숨을 헐떡이지 않으면서도 비루먹은 말과 쉽게 보조를 맞출 수가 있을 것이었다. 그러나 그의 누나가 그것을 허락하지 않았다.

"뭐? 원 세상에! 마차를 따라 달려온다고?"

마차의 안쪽 깊숙이 앉아 있던 그녀의 어머니는 너무 놀라고 무기력해져 딸을 향해 애원했다.

"위니야, 그렇게 하면 안 돼. 저 애는 길을 잃을 거야. 그렇게 못 하도록 해라."

"안 되고말고요. 너, 그렇게 되면 어떻게 될지 아니? 스티비, 내가 분명히 얘기하겠는데, 매형이 네가 이처럼 말도 안 되는 행동을 했다는 얘기를 들으면 안 좋아하실 거다. 틀림없이 매형은 좋은 기분이 아닐 거야."

매형인 벌록 씨가 슬퍼하고 불행해할 거라는 위니의 말은 여느 때처럼 스티비를 금세 유순하게 만들었다. 그는 더 저항하지 않고 절망스러운 얼굴을 한 채 마부석에 다시 올라탔다.

마부는 스티비를 향해 크고 화난 얼굴을 매섭게 돌리고 말했다.

"젊은 친구, 바보 같은 장난 다시는 하지 마!"

그는 이렇게 엄격하지만 들릴락 말락 한 목소리로 훈계를 한 다음, 엄숙한 생각에 젖어 계속 마차를 몰았다. 스티비가 한 행위가 그의 마음엔 다소 아리송하게 생각되었다. 마부석에 앉아 험한 날씨를 대하다 보니 활기는 떨어져 있었지만, 그의 이해력은 험한 날씨와는 상관없이 아직 멀쩡했다. 그는 젊은 놈이 술에 취해 그랬을지 모른다는 생각을 물리쳤다.

마차 안에서 어깨와 어깨를 맞대고 덜컹거리고 쨍그랑거리는 힘든 여정을 견뎌내고 있던 두 여인의 침묵은 스티비의 소란 때문에 깨지고 말았다. 위니가 목소리를 높였다.

"어머니는 하시고 싶은 대로 하셨어요. 어머니가 나중에 불행해지면, 그건 순전히 어머니 책임이에요. 물론 그렇게 되지는 않겠지만 말이에요. 그런데 저희 집에서 사는 게 그렇게 불편하셨던 건가요? 어머니가 자선단체에 의탁했다는 소리를 들으면 사람들이 우리를 어떻게 생각하겠어요?"

노인은 주위가 너무 시끄러워, 큰 소리로 얘기했다.

"얘야, 넌 세상에서 가장 좋은 딸이었다. 그리고 네 남편 말인데……"

벌록 씨가 얼마나 훌륭한 사람인가를 얘기하려다가 말문이 막힌 노인은 눈물이 글썽이는 눈으로 마차의 천장을 바라보았다. 그런 다음 마차가 어디쯤 가고 있는지 확인하려는 것처럼 창밖으로 고개를 돌렸다. 마차는 움직이는 듯 마는 듯 연석에 바짝 붙은 채 나아가고 있었다. 어둠이, 지저분한 초저녁 어둠이, 사악하고 시끄럽고 희망이 없고 요란한 런던 남부의 어둠이, 그녀의 마지막 마차 여행길에 드리워지고 있었다. 앞면이 낮은 가게들에 밝혀진 가스 불빛을 받아, 검은 자주색 보닛 아래에 있는 그녀의 널찍한 볼이 오렌지색으로 빛났다.

벌록 부인의 어머니 얼굴은 나이 때문에도 그렇지만 처음에는 아내로서, 그다음엔 과부로서 어려움과 걱정 속에서 시련을 겪으며 살아온 탓에 누리끼리해 보였다. 그녀는 얼굴을 붉히면 오렌지색이 되었다. 신중해서도 그렇지만 숱한 역경을 거치고 나이를 먹으면서 경직돼버린 이 노인이 얼굴을 붉힌다는 것은 좀처럼 기대할 수 없는 일이었다. 그런데 노인은 이번에 딸 앞에서 얼굴을 붉히고 말았다. 노인은 바퀴가 네 개 달린 마차에 몸을 싣고, 그보다 더 협소한 무덤에 묻히기 전에 실습을 하는 장소로 고안이 됐음직한 작고 변변치 못한 양로원으로 가면서, 양심의 가책과 수치심 때문에 붉어진 얼굴을 자기 자식에게 보이지 않아야 했다.

사람들이 무슨 말을 할 것인가? 그녀는 위니가 염두에 두고 있는 사람들, 즉 죽은 남편의 친구들과 다른 사람들이 어떻게 생각할 것인지 잘 알고 있었다. 그녀는 양로원에 들어가기 위해 이 사람들에게 갖은 애원을 다했다. 전에는 자신이 이렇게 거지 행세를 잘 할 수 있으리라는 걸 몰랐다. 그러나 그녀는 양로원에 들어가겠다는 신청서를 내는 자신의 행위를 통해 사람들이 어떤 추측을 하게 될지 잘 알았다. 남자들의 속성이라는 것이 공격적이고 단도직입적이면서도 미묘한 사안 앞에서는 움츠러드는 경향이 있는지라, 그녀가 어떠한 상황에 처해 있는지에 대해서 깊숙이 캐

묻지는 않았다. 그녀는 이번 일을 추진하면서 입을 꼭 다물고 결코 입을 열지 않을 것이라는 의지를 보여줌으로써 남자들이 하는 질문을 원천적으로 봉쇄했다. 그리고 흔히 그러하듯이 남자들도 그녀가 어떠한 상황에 처해 있는가에 대한 호기심을 갑자기 잃어버렸다. 그녀는 여자들을 상대할 필요가 없다는 것이 얼마나 다행인지 몰랐다. 여자들이란 남자들보다 더 무정할 뿐만 아니라 시시콜콜한 것까지 다 알려고 할 게 분명했다. 그런 여자들은 딸과 사위가 얼마나 잘못했기에 노인네가 양로원에 들어갈 생각을 하겠느냐는 등 별별 소리를 다 할 게 분명했다. 궁지에 몰린 여자들이 그렇듯이, 그녀도 울음을 터뜨리고 펑펑 운 적이 있었다. 그러나 그건 단 한 번뿐이었다. 그녀의 울음은 대규모의 주류업자이자 의원이자 자선회 회장의 비서 앞에서 터져나왔다. 그 비서는 자선 단체 회장의 직무를 대행하고 있어서, 자선 단체에 들어오고자 하는 노인의 실제 상황에 대해 질문을 하지 않을 수 없었다. 호리호리하고 예의 바른 그 신사는 깜짝 놀란 표정으로 그녀를 살펴본 뒤 너무 괴로워하지 말라고 그녀를 달랬다. 양로원의 규정엔 '자식이 없는 과부'여야 한다는 조항이 없었다. 따라서 그녀가 자격이 안 되는 것은 아니었다. 그러나 그렇다고 해도 한 사람을 양로원에 받아들이는 데 있어서 위원회는 신중을 기해야 했다. 그녀가 자식들에게 짐이 되기 싫어하는 마음은 누구라도 알 수 있었다. 그는 그녀에게 대충 그런 식으로 얘기했지만, 실망스럽게도 벌록 부인의 어머니는 더욱더 비통하게 울었다.

어둡고 먼지 낀 가발을 쓰고 더러운 하얀 면 레이스로 장식한 낡은 실크 드레스를 입은 덩치 큰 여자의 눈물은 진정한 고통에서 나오는 눈물이었다. 그녀가 운 것은 두 자식들에 대한 아낌없는 사랑 때문이었다. 흔히 딸은 아들 때문에 희생당해야 했다. 이 경우에 있어서 그녀는 위니를 희생시키고 있었다. 어떻게 보면 그녀는 진실을 억누름으로써 딸에게 억울함을 뒤집어씌우고 있는 셈이었다. 물론 위니는 독립해 살고 있기 때문에 서로 마주칠 일 없는 사람들이 하는 말에 대해서 신경을 쓸 필요는 없었다. 반면에 불쌍한 스티비는 주저함이 없는 어머니의 영웅적 행위 외에는 자기 것이라고 부를 만한 것이 이 세상에 아무것도 없었다.

위니가 결혼함으로써 생긴 안정감은 시간이 지나면서 엷어져갔다. 세상에서 오래가는 것은 아무것도 없는 법이었다. 벌록 부인의 어머니는 뒤쪽에 있는 방에 틀어박혀 과부가 된 여자가 세상을 살아가는 게 그간 얼마나 힘들었는지 회고해봤다. 그러나 그녀는 비통한 마음으로 회고를 한 게 아니었다. 그녀가 체념에 체념을 축적하는 걸 보면 위엄마저 느껴질 정도였다. 그녀는 이 세상에 있는 모든 것은 결국엔 부패하고 닳아버리기 마련이고, 호의를 가진 사람에게는 친절을 쉽게 베풀 수 있도록 배려해줘야 하며, 또한 그녀의 딸 위니는 스티비에게 세상에 더할 나위 없는 누나이고 남편에게는 아주 당당한 아내라고 생각했다. 세상의 모든 것이 부패하고 닳기 마련이라는 그녀의 생각에도 예외는 있었다. 그녀는 위니가 동생인 스티비에게 보이는 헌신적인 사랑만은 부패하거나 닳지 않을 것이라고 생각했다. 그건 그녀로서도 어쩔 수 없는 일이었다. 그렇지 않다면 그건 틀림없이, 너무나 끔찍한 일일 것이었다. 그러나 딸의 결혼 생활을 이모저모 고려할 때 그 외의 환상을 갖는다는 것은 어림없는 일이었다. 그녀는 냉정하고 이성적으로, 벌록 씨의 친절한 마음씨에 압박을 덜 가하면 덜 가할수록 그의 친절이 오래갈 것이라고 생각했다. 훌륭한 사위가 자기 딸을 사랑하는 것은 틀림없지만 그런 남자도 부인의 가족을 가능하면 떠맡고 싶지 않아 할 것이라는 생각이 들었다. 벌록 씨의 친절함이 불쌍한 스티비에게만 향하도록 하는 것이 더 좋을 것이라는 생각이 들었다. 노인은 헌신하는 의미에서, 그리고 아주 정책적인 의미에서, 자식들을 떠나기로 마음먹었다.

　벌록 부인의 어머니는 그녀 나름으로 섬세한 데가 있었다. 그녀는 자신이 떠나면 스티비의 입지가 강화될 것이라고 생각했다. 그것이 그녀의 정책이 갖고 있는 미덕이었다. 조금 이상하긴 하지만 착하고 말을 잘 듣는 불쌍한 아이에게는 충분한 입지가 없었다. 스티비는 벨그라비아의 집 가구가 떠넘겨진 것처럼, 전적으로 어머니의 소유물이기라도 되듯 그녀와 함께 떠넘겨진 것이었다. 내가 죽으면 스티비는 어떻게 되지? 벌록 부인의 어머니는 그런대로 상상력이 풍부했다. 그녀는 그 생각이 떠오르자 무서워졌다. 자신이 죽으면 그 불쌍한 아이에게 어떤 일이 생길지 전혀 모르게 된다는 것 또한 끔찍하긴 마찬가지였다. 그러나 이렇게 멀리 떠남으로써 그녀는 그를 누이에게 떠넘기는 셈이 되고, 그렇게 되면 스티비는 누이한테 직접적으로 의존하는 결과가 되는 것이었다. 이것이 그녀가 자신을 희생하고 영웅적으로 행동함으로써 얻은 것이었다. 그녀는 포기함으로써 실제로는 아들이 영원히 삶 속으로 정착할 수 있도록 근거지를 마련해준 것이었다. 다른 사람들이 그런 일을 당하면 물질적으로 희생을 하려고 들겠지만, 아무것도 가진 게 없는 그녀는 그런 식으로 희생을 했다. 그것이 유일한 방법이었다. 게다가 그녀는 앞으로 어떻게 되어갈지 지켜볼 수 있을 것이었다. 결과가 좋든 나쁘든 그녀는 아들의 불확실한 미래에 대해서 염려하지 않고 죽음을 맞을 수 있을 것이었다. 그러나 그것은 어렵고도 어려운 일이었다. 잔인할 만큼 어려운 일이었다.

　마차가 덜거덕덜거덕 소리를 내며 앞으로 나아갔다. 덜커덩거리는 소리가 유별나게 요란했다. 어울리지 않을 정도로 격렬하고 장엄한 덜커덩 소리는 마차가 앞으로 나아가고 있다는 느낌을 아예 없애버렸다. 그것은 중세에서 사용되던 형틀, 혹은 기능이 좋지 않은 간을 치료하는 새로운 의학 기구처럼 고정된 기구가 흔들리는 것과 같은 효과를 냈다. 그건 너무너무 괴로운 것이었다. 벌록 부인의 어머니의 목소리는 고통에 겨워 울부짖는 목소리처럼 들렸다.

"애야, 틈이 나면 나를 보러 자주 올 거지. 그렇지 않니?"

"그럼요."

위니가 앞을 똑바로 응시하며 짤막하게 대답했다.

마차가 가스 불이 환하게 밝혀져 있고 고기 굽는 냄새가 나는, 기름에 절고 김이 자욱하게 나는 가게 앞을 덜거덕거리며 지나갔다.

노인이 목소리를 높여 다시 울부짖는 듯한 소리로 말했다.

"그리고 애야, 난 저 불쌍한 애를 일요일마다 봐야 한다. 저 애도 엄마와 함께 하루를 보내는 것이 싫지는 않겠지……"

위니가 활기 없는 목소리로 소리를 질렀다.

"싫다니, 무슨 말씀이세요? 그렇지 않을 거예요. 저 불쌍한 애는 어머니가 보고 싶을 거예요. 어머니는 잔인해요. 그것을 생각하셨다면 이러시지 않았을 거예요."

내가 생각을 안 해봤다고? 노인은 삼키면 목에서 바로 튀어나와버릴 것 같은 당구공 같은 물건을 삼킨 것처럼 숨이 콱 막혀왔다. 위니는 잠시 아무 말도 하지 않고 마차의 앞을 향해 입을 삐죽거리며 앉아 있었다. 그리고 평소답지 않게 소리를 쳤다.

"우선 저 애 문제부터 해결해야겠어요. 저렇게 안절부절못하니……"

"애야, 어떻게 해서든, 저 애가 네 남편에게 걱정을 끼치지 않도록 해라."

이렇게 해서 그들은 앞으로 벌어질 상황에 대해서 얘기하기 시작했다.

마차가 덜거덕거렸다. 스티비가 혼자서 그 먼 길을 올 수 있을까? 벌록 부인의 어머니는 그게 걱정된다고 말했다. 위니는 스티비의 멍한 상태가 요즘 들어서는 전보다 훨씬 덜하다고 얘기했다. 그들은 이 점에 관해서는 의견이 일치했다. 그건 부정할 수가 없었다. 훨씬 덜할 뿐만 아니라 전혀 멍한 상태가 아니라고 해도 과장이 아닐 듯싶었다. 그 얘기가 나오자 그들은 덜거덕거리는 마차 속에서 비교적 즐거운 마음으로 소리를 높여 얘기했다. 그러나 이내 어머니로서의 걱정이 다시 고개를 들었다. 승합 마차를 두 번이나 타야 한다는 게 또 다른 문제였다. 게다가 두 마차 역 사이의 거리가 짧긴 하지만 걸어야 하는 거리였다. 그건 스티비에게 너무 어려운 일이 아닐까? 노인은 너무나 슬프고 너무나 겁에 질린 나머지 제 정신이 아니었다.

위니는 앞을 바라보고 있었다.

"어머니, 이러지 마세요. 어머니는 그 애를 보게 될 테니까요."

"아니다, 애야. 그러지 않으려고 노력하마."

그녀는 줄줄 흐르는 눈물을 닦았다.

"같이 오기에는 네가 바쁘잖니. 그 애가 길을 잃고 헤매다가 누군가가 매섭게 말이라도 붙이면, 그 애는 이름도 주소도 다 잊어먹고 며칠 동안 길을 잃고 헤매게 될 게다."

이름과 주소가 무엇이고 어디인지 알아내는 동안만이라도, 스티비가 구빈원에 갇혀 있게 된다고 상상하자, 그녀는 가슴이 찢어지는 것 같았다. 그녀는 자부심이 강한 여자였다. 위니의 눈이 굳어지며 뭔가 골똘하게 생각하는 표정을 띠었다.

"제가 매주 그 애를 어머니한테 데리고 올 수는 없겠죠. 하지만 어머니, 걱정하지 마세요. 그 애가 길을 잃는다고 해도 오래가지 않아 찾을 수 있도록 할게요."

 이상하게 쿵— 하는 소리가 났다. 덜커덩거리는 유리 앞으로 벽돌 기둥이 아른거렸다. 격렬하게 덜커덩거리던 소리가 갑자기 멈추자 두 여인은 얼떨떨해졌다. 무슨 일이 일어난 것일까? 그들은 쥐 죽은 듯 아무 말 없이, 두려움에 젖어 앉아 있었다. 그때, 문이 열리고 거칠고 뒤틀린 낮은 목소리가 들렸다.

 "다 왔습니다."

 칙칙한 노란색 창문이 달린, 박공이 있는 조그만 집들이, 빛과 그림자가 어우러진 큰 도로와 격리되어 듬성듬성 심어진 관목과 넓은 잔디밭으로 된 어두운 광장을 둘러싸고 있었다. 집들은 거리에서 나는 둔한 소리를 받아 울리고 있었다. 마차는 이렇게 작은 집들 중 하나 앞에 뚝 멈춰 섰다. 그 집의 아래층 계단 창문에는 불이 밝혀져 있지 않았다. 벌록 부인의 어머니가 열쇠를 손에 들고 뒤쪽으로 먼저 내렸다. 위니는 마부에게 삯을 주기 위해 서성거렸다. 스티비는 작은 보따리들을 안으로 운반하는 것을 도와준 후, 밖으로 나와 양로원의 가스램프 불 밑에 서 있었다. 마부는 건네받은 은화를 바라보았다. 그의 더럽고 큰 손바닥에 놓인 그 동전은 보잘것없는 돈이었다. 살아갈 날도 얼마 남지 않은 사람이 한껏 용기를 내, 땀 흘려 번 돈으로서는 너무나 보잘것없는 돈이었다.

 사실 그가 받은 삯은 괜찮은 편이었다. 4실링이나 되었다. 그는 그 돈이 우울한 삶의 문제를 예기치 않게 대변해주는 것처럼 꼼짝 않고 그 돈을 바라보았다. 그리고 호주머니 밑으로 빠져버릴 것이 걱정되어 호주머니 속을 한참 비비적거린 후, 어정쩡하고 쭈그린 자세로 그 돈을 집어넣었다. 호리호리한 스티비는 어깨를 약간 올리고 따뜻한 코트의 양쪽 호주머니에 손을 깊숙이 찌르고 입을 삐쭉거리며 길 가장자리에 서 있었다.

마부가 무슨 생각이 난 듯 말했다.

"아, 여기 있군, 젊은 친구. 자네, 이 말을 다시 보면 알아보겠지?"

스티비는 바싹 여위어 몸의 뒷부분이 비정상적으로 부푼 것 같은 말을 응시하고 있었다. 뻣뻣한 작은 꼬리는 너무 궁상맞게 생겨 놀림감이 되기에 알맞은 것 같았다. 그리고 낡은 말가죽으로 덮인 널빤지처럼, 가늘고 판판한 목은 큼직한 머리뼈의 무게에 눌려 땅으로 처진 것 같았다. 귀는 양쪽에 아무렇게나 달려 있었다. 말은 섬뜩한 모습을 하고 대기의 후덥지근한 정적 속에서, 갈비뼈와 등뼈 위로 김을 뿜어올렸다.

마부는 남루하고 기름때에 전 소매 밖으로 나온 갈고리 손으로 스티비의 가슴을 살짝 쳤다.

"이것 봐, 젊은 친구. 자네라면 새벽 두 시까지 이 말 뒤에 앉아 있고 싶겠나?"

스티비는 눈꺼풀 가장자리가 붉어 무섭게 보이는 마부의 작은 눈을 멍하니 들여다보았다.

마부가 끈덕지게 달라붙으며 속삭였다.

"이 말은 아직 절름발이는 아냐. 아픈 데도 없고. 어때? 자네가 한번 해볼 거야?"

그의 뒤틀리고 들릴락 말락 하는 목소리 탓에, 그가 하는 말에는 격렬한 비밀의 분위기가 배어 있었다. 스티비의 멍한 눈이 서서히 두려움으로 물들었다.

"이봐! 새벽 세 시, 네 시까지 일해야 한다고! 춥고 배고픈 상태에서! 마차 삯을 벌려고 말이야! 주정뱅이들은 또 어떻고!"

열을 내고 있는 그의 자주색 볼에 난 하얀 털이 곤두섰다. 그는 순진한 시칠리아의 양치기들에게 올림포스 산의 신들에 대해 얘기를 하는 베르길리우스의 실레노스처럼, 딸기 주스가 묻어 더러워진 얼굴로 자신의 가정사와 살아가기 힘든 세상살이에 대해 스티비에게 얘기했다.
　그는 일종의 뻐기는 듯한 분노가 섞인 낮은 목소리로 말했다.
　"난 밤 마차꾼이야. 그게 나라는 사람이야. 나는 밖으로 나와 닥치는 대로 돈을 받고 일해야 한다고. 마누라와 네 아이들을 먹여 살려야 하니까."
　그렇게 거창하게 아버지로서의 임무에 대해서 얘기하는 그의 말이 세상을 벙어리로 만들어버린 것 같았다. 만물이 고요했다. 그사이, 묵시적인 비참함의 상징인 것 같은 늙은 말의 옆구리는 자애로운 가스램프의 불빛 속에서 모락모락 김을 토해내고 있었다.
　마부가 투덜거렸다. 그리고 종잡을 수 없는 말을 덧붙였다.
　"쉬운 세상은 아니야."
　스티비의 얼굴이 얼마 동안 씰룩거렸다. 그리고 마침내 그의 감정이, 늘 그런 것처럼, 짤막한 말이 되어 나왔다.
　"나빠! 나빠!"
　그의 눈길은 말의 옆구리에 고정돼 있었다. 그것은 마치 거기에서 눈을 돌리면 온 세상의 나쁜 것을 다 볼 것 같아 두렵기라도 한 듯한 모습이었다. 홀쭉한 몸, 붉은 입술, 그리고 창백하고 깨끗한 안색은 뺨에 보송보송 나 있는 금색 털에도 불구하고 그를 섬세한 소년같이 보이게 했다. 그는 아이가 두려움을 탈 때 그렇듯이 입을 삐쭉 내밀었다. 땅딸막하고 펑퍼짐한 마부는 맑은 부식액이 들어가 따끔거리는 것처럼 보이는 작고 무서운 눈초리로 그를 쳐다봤다.
　그는 들릴락 말락 하는 소리로 씨근거리며 말했다.
　"말도 힘들지만 나처럼 불쌍한 사람들은 더 힘든 거야."
　"불쌍해! 불쌍해!"

스티비는 그의 손을 호주머니에 더 깊숙이 밀어넣으며 발작적인 동정심이 발동해 말을 더듬었다. 그는 아무것도 말할 수 없었다. 온갖 고통과 비참함에 대한 동정심과, 말과 마부 모두를 행복하게 하고 싶다는 욕망은 그로 하여금 그들을 침대로 데리고 가 재우고 싶은 마음이 들게 할 정도에 이르렀다. 물론 그는 그것이 불가능하다는 것을 알았다. 그는 미치지 않았기 때문이다. 그것은 상징적인 욕구였다. 동시에 지혜의 모태인 경험에서 우러나온 아주 분명한 것이었다. 그가 어렸을 때, 그의 누나 위니는, 말할 수 없이 비참하고 겁에 질려 컴컴한 구석에 웅크리고 있던 그를 침대로 데려가곤 했다. 그때, 그 침대는 정말이지 모든 걸 위로해주는 평화로운 천국이었다. 스티비는 자신의 이름이나 주소와 같이 단순한 것들은 잊을지언정 그때 느꼈던 감정만큼은 꼭 간직하고 있었다. 연민의 침대 속으로 들어간다는 것은 최고의 약이었다. 다만 모든 경우에 다 그럴 수는 없다는 것이 흠이라면 흠이었다. 스티비는 마부를 바라보며 이 점을 분명히 인식했다. 그는 미치지 않았던 것이다.

마부는 스티비가 앞에 없는 것처럼 행동하며, 한가롭게 떠날 준비를 했다. 그는 마부석으로 올라갈 듯하다가 마지막 순간에 알 수 없는 이유로, 어쩌면 오르락내리락하는 것에 대한 혐오감에서인지 올라가지 않았다. 대신, 그는 꼼짝 않고 서 있는 말한테 다가갔다. 그리고 몸을 숙여 고삐를 잡고 오른팔로, 온 힘을 다해 말의 크고 지친 머리를 자신의 어깨 높이까지 들어올렸다.

그리고 그는 은밀하게 속삭였다.

"가자!"

그는 절뚝거리며 마차를 몰고 갔다. 마차의 출발에는 어딘지 엄숙한 분위기가 배어 있었다. 서서히 구르는 바퀴 밑에서는 자갈이 비명을 질렀고, 비쩍 마른 말의 허벅지는 고행을 하는 사람처럼 느릿느릿 움직이며, 희미하게 빛을 발하는 조그만 양로원 건물들의 창문들과 뾰족한 지붕들이 흐릿한 그림자들을 드리우고 있는 공터 쪽을 향하고 있었다. 마차가 구를 때마다, 자갈들이 서서히 내뱉는 탄식 소리가 들렸다. 양로원 입구에 있는 가스램프 사이로, 서서히 움직이던 마차가 잠시 불빛을 받아 다시 보였다. 땅딸막하고 펑퍼짐한 마부는 주먹으로 말머리를 높이 쳐들고 붙잡은 상태에서 바쁘게 절뚝거리고 있었고, 비쩍 마른 말은 뻣뻣하고 쓸쓸한 자세로 걸음을 옮기고 있었다. 그리고 그 뒤에서 바퀴에 얹힌 검고 낮은 상자가 어기적어기적 우스운 모습으로 따라가고 있었다. 그들은 왼쪽으로 방향을 틀었다. 그 문에서 50야드도 안 되는 거리 아래쪽에 술집이 있었다.

스티비는 그의 손을 호주머니에 깊숙이 찌르고 양로원의 램프 기둥 옆에 홀로 서서 멍한 얼굴을 찌푸리며 어딘가를 노려보고 있었다. 그는 자신의 호주머니 속에 든 무력하고 연약한 손을 불끈 쥐고 있었다. 어떤 일이 고통에 대한 그의 병적인 두려움에 직접적으로든 간접적으로든 영향을 미치면, 스티비는 포악해졌다. 굉장한 분노가 그의 연약한 가슴을 터질 것처럼 부풀게 만들었고 솔직해 보이는 그의 눈을 사팔뜨기 눈으로 만들었다. 스티비는 자신이 무력하다는 것을 안다는 점에서 매우 현명하긴 했지만, 감정을 억제할 정도로 현명하지는 못했다. 그의 동정심에는 메달의 양면처럼 분리될 수 없는 두 가지 측면이 있었다. 무절제한 동정심에서 생긴 고통이 한쪽이라면, 그것에 수반된 순수하지만 무자비한 분노가 다른 쪽이었다. 이러한 두 가지 측면은 외적으로는 똑같이, 무익한 육체적 흥분 상태로 표출되었다. 그렇게 되면 그의 누나 위니는 두 가지 면이 무엇인지 알아보지도 않고 그를 다독거리기만 했다. 벌록 부인은 원인이 무엇인지 알려고 하지 않았다. 그녀는 그렇게 하면서 덧없는 인생을 허비하고 싶지 않았다. 이것은 외관을 유지하면서 신중함이라는 장점까지 갖고 있는 일종의 절약 정신이라고 할 수 있다. 너무 많이 알지 않는 것이 좋을 수도 있으니까 말이다. 그리고 그런 생각은 체질적인 게으름과 아주 잘 어울리는 법이니까 말이다.

벌록 부인의 어머니가 자식들과 영원히 작별한 것이 이 세상과 작별한 것과 다를 바 없다고 말할 수 있을 그날 저녁, 위니 벌록은 동생의 정신 상태가 어떤지 알려고 하지 않았다. 저 가엾은 애가 흥분해 있구나! 그녀는 이런 정도로만 생각했을 뿐이다. 그녀는 문 입구에서 다시 한 번, 어머니에게 스티비가 어머니를 찾아왔다가 길을 잃어버릴 경우를 생각해서 철저히 대비를 하겠다고 다짐한 후, 동생의 팔을 끌고 나왔다. 스티비는 아무런 불평도 하지 않았다. 그러나 그녀는 어렸을 때부터 형성된 헌신적인 누나의 직감으로, 동생이 대단히 흥분해 있다는 것을 느꼈다. 그녀는 그의 팔에 의지하는 것처럼 보일 만큼 그의 팔을 꼭 잡으며 그 상황에 적합한 말을 생각해냈다.

"스티비, 건널목에서는 네가 누나를 잘 보살펴야 해. 우선 버스를 타도록 하자. 착하지, 내 동생."

남자로서 누나를 보호해야 한다는 말이 주는 매력은 스티비를 금세 유순하게 만들었다. 그 말은 그를 우쭐하게 만들었다. 그는 머리를 들고 가슴을 활짝 폈다.

"걱정 마, 위니 누나. 긴장할 것 없어. 버스를 타는 문제도 걱정하지 마."

그는 아이의 소심함과 어른의 결단력이 가미된 무뚝뚝하고 분명치 않은 목소리로 더듬거리며 말했다. 그는 자신의 팔을 잡은 누나를 데리고 겁 없이 앞으로 나아갔다. 그러나 그의 아랫입술은 아래로 늘어져 있었다.

그럼에도 불구하고, 미칠 듯이 휘황하게 쏟아지는 가스 불빛에 빈약한 모습이 노출된 더럽고 넓은 도로 위에서, 두 사람은 무심코 지나치는 사람들도 알아볼 수 있을 만큼 너무나 닮아 보였다.

가스 불빛이 너무 밝아 사악하게 보일 정도인, 구석에 있는 술집 앞에 그 마차가 서 있었다. 마차에는 아무도 타고 있지 않았다. 그것은 이제 회복할 수 없을 정도로 썩어 문드러져 하수구에 처박힌 것 같은 모습이었다. 벌록 부인은 그 마차를 알아봤다. 마차는 너무나 처량해 보였다. 그것은 마치 죽음의 마차인 것처럼 그로테스크하게, 비참함의 극치를 이루고 있었다. 벌록 부인은 자신이 말 뒤에 앉아 있지 않음에도 불구하고 말에 대한 동정심이 발동해 나직하게 외쳤다.

"불쌍한 짐승이구나!"

스티비가 갑자기 주춤하며 누나를 잡아당겼다. 그리고 소리를 질렀다.

"불쌍해! 불쌍해! 마부도 불쌍해. 마부가 나한테 얘기해줬어."

그는 허약하고 외로운 말을 보자, 가슴이 막혔다. 그는 그 자리에 완강하게 버티고 서서, 서로 관련이 있는 인간과 말에 대한 동정심을 표현하려 애썼다. 그러나 그것은 아주 어려운 일이었다.

"불쌍한 짐승! 불쌍한 사람들!"

그는 이 말을 반복할 뿐이었다. 그것은 충분히 강력한 말 같지는 않았다.

"수치야!"

그는 화가 나서 이 말을 끝으로 말을 멈췄다. 스티비는 말의 명수가 아니었다. 어쩌면 바로 그 이유 때문에 그의 생각은 명료하지도 않고 명확하지도 않았다. 그러나 그의 감정은 더 완전하고 더 깊었다. 그 작은 말 한마디가 다른 존재의 고통을 먹고 살 수밖에 없는 비참한 상황에 대한 그의 두려움과 분노를 압축하고 있었다. 예를 들자면, 불쌍한 마부는 집에 있는 불쌍한 아이들을 핑계로 불쌍한 말을 두들겨 패며 먹고사는 것이었다. 스티비는 맞는다는 것이 어떤 것인지 알았다. 그는 경험을 통해 그걸 알고 있었다. 나쁜 세상이었다. 나빠! 나빠!

그의 유일한 누나이자 후견인이자 보호자인 벌록 부인은 그렇게 깊이까지는 그의 속을 알 재간이 없었다. 게다가 그녀는 마부의 명연설을 듣지 못했다. 그래서 그녀는 "수치야!"라는 말의 내적인 의미에 대해서는 아무것도 알지 못했다.

그녀가 침착하게 말했다.

"스티비, 가자. 저건 너도 어쩔 수 없는 것이란다."

유순한 스티비는 그녀를 따라왔다. 그러나 그는 도무지 알아들을 수 없는 말을 중얼거리며, 자부심도 잃어버리고 미적미적 따라왔다. 단어의 반만을 우물거리다 보니, 그렇지 않으면 뜻이 통했을 말들이 도무지 의미가 통하지 않았다. 마치 자신이 느끼는 것들에 합당한 생각을 떠올리기 위해 기억할 수 있는 모든 단어들을 동원해 이리저리 짜 맞춰보려고 하는 것 같았다. 마침내 그는 원하던 것을 찾은 모양이었다. 그는 즉시, 그것을 표현하기 위해 머뭇거렸다.

"불쌍한 사람들에게는 나쁜 세상이야!"

그는 자신의 생각을 이렇게 표현한 순간, 자신이 이미 그 결과를 알고 있었다는 사실을 의식했다. 이러한 상황이 그의 확신을 공고히 해주었다. 그러나 그것으로 인해 그의 분노는 더욱 커졌다. 그는 그것 때문에 누군가가 처벌을 받아야 한다고 생각했다. 그것도 아주 가혹한 처벌을 받아야 한다고 생각했다. 회의적이 아니라 도덕적인 그는 자신의 정의로운 감정에 휘말리고 있었다.

"짐승 같은!"

이렇게 그는 간결하게 덧붙였다.

벌록 부인은 그가 아주 흥분해 있다는 것을 분명히 알았다.

"누구도 그건 어쩔 수 없단다. 자, 가자. 이게 네가 나를 보살피는 거니?"

스티비는 순종적으로 걸음걸이를 바꾸었다. 그는 착한 남동생의 역할을 하는 데 자부심을 느꼈다. 완전하고자 하는 그의 도덕성은 그걸 요구했다. 그러나 그는 착한 누나가 해준 말 때문에 고통스러웠다. 아무도 그걸 어쩔 수 없다니! 그러나 그는 우울하게 걸어가다가 이내 얼굴이 밝아졌다. 우주의 신비 때문에 마음이 혼란해진 다른 사람들처럼, 그도 그 순간 지상의 조직을 신뢰하는 마음이 생겼다.

그는 자신 있게 자신의 생각을 얘기했다.

"경찰이 있잖아."

"경찰은 그런 일을 하려고 있는 게 아니야."

벌록 부인이 길을 서두르며 아무렇게나 대답했다.

스티비는 눈에 띄게 언짢은 얼굴을 했다. 그의 생각이 격렬해질수록 아래턱이 더 늘어졌다. 그는 아무래도 안 되겠는지 생각을 쥐어짜내려던 노력을 포기했다.

그는 체념하면서도 놀라운 듯 중얼거렸다.

"그게 아니라고? 그게 아니라고?"

그는 런던 경찰을 이상적으로 생각하고 있었다. 그에게 런던 경찰이란 악을 억제하는 일종의 자선 단체였다. 특히, 자선에 대한 생각은 푸른색 제복을 입은 사람들이 갖고 있는 힘에 대한 그의 느낌과 아주 밀접하게 연관된 것이었다. 그는 진심으로 모든 경찰관들을 좋아했다. 그래서 지금 고통스러웠다. 경찰들이 그렇게 겉과 속이 다르다니, 화가 났다. 스티비는 솔직했고 환한 대낮처럼 숨기는 게 없는 사람이기 때문이었다. 그렇다면 그들이 겉으로는 그러지 않은 척하는 이유는 무엇일까? 표면적인 가치만을 신뢰하는 그의 누나와는 다르게, 스티비는 사건의 본질을 파고들고 싶었다. 그는 도전적인 질문을 함으로써 그 문제를 파고들었다.

"위니 누나, 그렇다면 경찰은 무엇 때문에 있는 거야? 그들은 무엇 때문에 있는 거냐고! 얘기해줘."

위니는 논쟁을 싫어했다. 그러나 어머니가 없다는 것 때문에 스티비가 너무 의기소침해질까 봐 그 점에 대해 얘기를 조금 해주지 않을 수 없었다. 그녀는 아이러니와는 거리가 먼 사람이었다. 그러나 그녀가 한 대답은 공산당 중앙위원회의 대표이며 무정부주의자들의 개인적인 친구이며 사회 혁명의 신봉자인 벌록 씨의 아내로서 어쩌면 부자연스럽지는 않은 대답이었다.

"스티비, 너 경찰이 왜 있는지 모른단 말이니? 경찰은 아무것도 가지지 못한 사람들이 뭔가를 가진 사람들한테서 어떤 것을 빼앗지 못하도록 하기 위해 있는 것이란다."

그녀는 훔친다는 말을 사용하는 것을 자제했다. 스티비가 그 말을 들으면 안절부절못할 것이기 때문이었다. 스티비는 민감하고 정직했다. 그는 간단한 원칙이 머릿속에 들어 있어서, 옳지 않은 것에 대한 암시만으로도 벌벌 떨었다. 그는 언제나, 사람들이 하는 말을 듣고 쉽게 영향을 받았다. 그는 지금, 누나가 하는 말에 깜짝 놀랐다. 그의 머리가 재빨리 돌아갔다.

그가 걱정스럽게 물었다.

"뭐야? 배가 고파도 안 된단 말이야? 그래서는 안 된다는 거야?"

둘은 잠시 걸음을 멈췄다.

벌록 부인은 자기 집 방향으로 가는 색깔의 버스가 오는지 보려고 길 저쪽을 바라보며, 부의 분배 문제에 대해 전혀 개의치 않는 사람답게 침착한 목소리로 이렇게 말했다.

"그래, 그렇더라도 안 된단다. 안 되고말고. 하지만 이런 얘기를 해야 무슨 소용이 있니? 네가 배고픈 적은 없잖니?"

그녀는 곁에 있는 동생을 재빨리 바라보았다. 젊은 남자의 티가 나는 동생이었다. 그녀의 눈에 비친 동생은 순하고 매력적이고 사랑스러운 젊은 남자였다. 다만 문제가 있다면 조금 별난 구석이 있다는 것뿐이었다. 그녀는 동생을 그 외에는 달리 어떻게 생각할 수가 없었다. 그녀에게 있어서 동생은 무미건조한 삶에 열정을 불어넣어주는 존재였다. 분노, 용기, 연민, 자기희생의 열정 말이다. '내가 살아 있는 한, 너는 결코 배고프지 않을 거야!' 그녀는 이 말을 덧붙이지 않았다. 그녀가 그 목적을 위해 효과적인 길을 택했으니만큼 그렇게 말해도 상관없을지 몰랐다. 벌록 씨는 아주 착한 남편이었다. 게다가 그녀는 어떤 사람이라도 스티비를 좋아할 수밖에 없다고 생각했다.

그녀가 갑자기 소리쳤다.

"서둘러라, 스티비. 저 녹색 버스를 세워!"

스티비는 누나가 자신의 팔을 잡고 자신에게 의지하고 있다는 데 자부심을 느끼고 몸을 떨며, 다른 쪽 팔을 머리 위로 들어올려서 버스를 세우는 데 성공했다.

그로부터 한 시간 후, 벌록 씨는 카운터 뒤에서 읽고 있던, 아니면 그냥 쳐다보고만 있던 신문에서 눈을 떼고, 벨이 쨍그랑거리는 문으로 그의 아내 위니가 들어와 다시 가게를 가로질러 위층으로 올라가는 모습을 지켜보았다. 그 뒤를 처남 스티비가 따라갔다. 벌록 씨는 아내를 바라보는 것이 좋았다. 그것은 그 나름의 표현 방식이었다. 처남의 존재는 눈에 들어오지도 않았다. 그것은 그가 최근 들어 자신과 외부 세계 사이에 베일처럼 드리워놓고 있는 사색 때문이었다. 그는 아내가 유령이라도 되는 것처럼, 아무 말 없이 그녀에게 눈을 고정시켰다. 그는 집에서 얘기할 때면 허스키하고 잔잔한 목소리로 얘기했다. 그러나 지금은 그 목소리를 전혀 들을 수가 없었다. 아내가 저녁을 먹으라고 "아돌프!" 하고 불러서 같이 식사를 하는 동안에도, 그는 아무 말도 하지 않았다. 그는 모자를 벗지도 않고 뒤쪽으로 젖히기만 한 채, 먹겠다는 생각도 없이 그저 음식을 입에 넣기 위해 무심코 식탁에 앉을 뿐이었다. 금방이라도 어디론가 떠날 것 같은 자세로 난롯가에서 식사를 하는 그의 습관은 바깥 생활에 전념해서가 아니라 외국 카페들을 들락거리면서 생긴 습관이었다. 깨진 벨 소리가 두 번 울렸다. 그때마다 그는 말없이 일어나서 가게로 갔다가 조용히 돌아왔다. 남편이 자리를 비운 사이, 벌록 부인은 옆자리가 비어 있다는 사실에 가슴이 아팠다. 그녀는 어머니가 너무 그리워 주인이 없는 자리를 굳은 표정으로 바라보았다. 그동안 스티비도 똑같은 이유에서, 식탁 밑의 마루가 너무 뜨거워 못 견디겠다는 듯 이리저리 발을 움직였다. 벌록 씨가 다시 돌아와 침묵의 화신인 것처럼 자리에 앉자, 벌록 부인의 눈길이 미세하게 변화했다. 그리고 스티비도 안절부절못하던 발을 매형에 대한 경외감에서 더는 움직이지 않았다. 그는 매형을 경외감과 동정심이 섞인 눈길로 바라보았다. 그의 눈에는 매형이 슬퍼하는 것으로 비쳤다. 누나 위니가 그에게 버스 안에서, 매형이 슬퍼하고 있으니까 귀찮게 해서는 안 된다고 말해줬던 것이다. 아버지가 화를 냈던 기억과 성미가 급한 투숙객들에 관한 기억과 매형이 굉장한 슬픔에 젖어 있다는 생각이 어우러지며 스티비를 자제하도록 만들었다. 이러한 생각들이 불쑥불쑥 그를 찾아오곤 했는데, 이해하기가 늘 쉬운 것만은 아니었다. 그중에서 매형에 관한 문제는 가장 효과적인 영향력을 행사했다. 매형인 벌록 씨는 '착하기' 때문이었다. 그의 어머니와 누나는 그 윤리적인 사실을 확고부동한 것으로 만들어놓았다. 그들은 추상적인 도덕과 전혀 관련이 없는 이유들을 갖고, 벌록 씨의 등 뒤에 그것을 확립하고, 세우고, 신성한 것으로 만들었다. 그런데 벌록 씨는 그 사실을 알지 못했다. 그래서 그가 스티비에게 착한 존재로 보인다는 생각을 조금도 못한 것은 너무나 당연했다. 여하튼 그는 스티비에게 그런 존재였다. 그는 스티비의 입장에서 볼 때 그런 자격을 갖춘 유일한 사람이었다. 다른 손님들은 아주 잠깐 머무를 뿐만 아니라 너무 먼 존재여서, 어쩌면 그들의 구두를 제외하고는 어떤 구체적이고 명확한 인상도 스티비에게 심어줄 수 없었다. 그리고 아버지가 그를 혼낼 때, 어머니와 누이가 그것에 관해 속수무책이었던 사실은 그로 하여금 그들을 착하다는 것과 연결시킬 명분을 없애버렸다. 그것은 너무나 잔인한 것이었다. 스티비가 그들을 믿지 않았을 수도 있었다. 그런데 벌록 씨에 관한 한, 그 어떤 것도 스티비의 믿음을 가로막는 것이 없었다. 벌록 씨는 누가 뭐래도 분명히, 그러나 신비스럽게 '착한' 사람임이 분명했다. 그래서 그에게는 착한 사람의 슬픔이 경이롭기까지 했다.

스티비는 매형에게 경외감이 섞인 동정의 눈초리를 보냈다. 벌록 씨는 슬픔에 젖어 있었다. 위니의 동생은 지금까지, 매형의 신비스러운 선함을 그렇게 가까이 느껴본 적이 없었다. 그것은 이해할 수 있는 슬픔이었다. 스티비 자신도 슬펐다. 아주 슬펐다. 똑같은 종류의 슬픔이었다. 이처럼 불행한 상태에 관심이 쏠리자, 스티비는 발을 질질 끌었다. 그의 수족은 습관적으로, 그의 감정 상태에 좌우되곤 했다.

"애야, 발 좀 가만히 두렴."

벌록 부인이 위엄 있게, 그러나 부드럽게 말했다. 그리고 본능적인 기지를 발휘하여 남편에게 무관심한 목소리로 물었다.

"오늘 저녁 어디 나가세요?"

벌록 씨는 나간다는 생각만 해도 혐오스러운 것 같았다. 그는 언짢은 얼굴을 하고 고개를 저었다. 그리고 접시에 놓인 치즈 조각을 한참 동안이나 바라보았다. 그리고 눈을 아래로 깔고 묵묵히 앉아 있다가 일어서서 나갔다. 그가 나갈 때, 가게 문이 쨍그랑거렸다. 그가 이렇게 뜬금없이 행동한 것은 상대방을 불쾌하게 만들기 위해서가 아니라 억누를 수 없는 불안감 때문이었다. 나가봤자 좋을 게 하나도 없었다. 그는 런던 시내의 어디를 가도 원하는 것을 찾을 수가 없었다. 하지만 그는 여하튼 밖으로 나갔다. 그는 우울한 생각을 하며 어두운 길을 따라 걷다가 다시 밝은 길로 들어섰다가 다시 그것을 반복했다. 그리고 뻔지르르한 두 개의 술집을 들어갔다 나왔다 하며 내키지는 않지만 거기서 밤을 새울까도 생각해봤다. 그리고 마지막으로, 위험에 처해 있는 자기 집으로 돌아왔다. 그리고 탈진해서 카운터 뒤에 앉았다. 우울한 생각들이, 배가 고파 으르렁거리는 검은 사냥개 떼처럼 그의 주위를 뱅글뱅글 돌았다. 그는 문을 잠그고 가스 불을 끈 다음, 우울한 생각에 잠긴 채 위층으로 올라갔다. 잠을 자기 위해 침대로 가는 그를 우울한 생각들이 끔찍한 모습으로 뒤따라왔다. 아내는 그보다 한참 앞서 잠자리에 들어 있었다. 아내가 풍만한 몸매를 희미하게 이불 위로 드러내고 베개를 베고 한 손으로 뺨을 받친 자세로, 졸음이 쏟아지는 듯 태평스럽게 누워 있는 모습이 그의 마음을 산란하게 만들었다. 그녀의 큰 눈이 번쩍 뜨였다. 눈같이 하얀 속옷과 대조가 되는, 생기가 없는 검은 눈이었다. 그녀는 움직이지 않았다.

그녀의 마음은 기복이 없었다. 세상일이란 너무 깊이 들여다볼 가치가 없다는 그녀의 생각에는 변함이 없었다. 그녀는 그 점에 입각해서 행동하며 살아가고 있었다. 그러나 벌록 씨가 아무 말도 하지 않는다는 것이 며칠 동안 그녀의 마음을 무겁게 짓누르고 있었다. 사실, 그녀는 그것에 신경이 쓰였다. 그녀는 꼼짝하지 않고 누운 상태에서 잔잔하게 말했다.

"이렇게 양말만 신고 다니다간 감기 들겠어요."

아내다운 염려와 여자다운 세심함이 담긴 말을 듣고, 벌록 씨는 자기도 모르는 사이에 번뜩 정신이 들었다. 그는 구두를 아래층에 벗어놓고 슬리퍼를 신는 걸 잊고 있었다. 우리에 갇힌 곰처럼 소리 없이 맨발로 침실을 돌아보고 있었던 것이다. 그는 아내가 말하는 소리에 걸음을 멈추고 몽유병 환자처럼 멍한 눈길로 그녀를 바라보았다. 벌록 부인의 몸이 시트 밑에서 꼼지락거렸다. 그러나 하얀 베개에 파묻힌 검은 머리와 뺨을 받치고 있는 손과 깜빡이지도 않는 크고 검은 눈은 전혀 움직이지 않았다. 그녀는 남편의 멍한 눈길을 받으며 계단 맞은편에 있는 어머니의 텅 빈 방을 떠올렸다. 고통스러운 고독감이 가슴에 밀려왔다. 그녀는 어머니와 떨어져 산 적이 없었다. 그들은 서로를 의지하며 살아왔다. 그녀는 정말 그랬다고 생각했다. 이제 어머니가 영원히, 정말 영원히 가버렸다는 생각이 밀려왔다. 벌록 부인은 환상을 품지 않았다. 그러나 스티비가 남아 있었다.

이런 생각을 하면서 그녀가 말했다.

"어머니는 당신 뜻대로 하셨어요. 그럴 필요가 전혀 없었는데도 말이에요. 당신이 설마 어머니한테 질렸다고 생각하지는 않으셨겠죠. 이렇게 우리를 떠나시다니, 정말 너무하셨어요."

벌록 씨는 책을 많이 읽은 사람은 아니었다. 그가 써먹을 수 있는 암시적인 문구들은 그래서 제한된 것이었다. 그러나 장모가 그의 집을 떠난 것은 쥐들이 침몰 위기에 있는 배를 떠나는 것에 비유할 수 있을 것 같았다. 하마터면 그는 그렇게 얘기할 뻔했다. 그는 의심이 많아지고 비참해져 있었다. 그 늙은이가 그렇게 기막힌 코를 가졌단 말인가? 그렇게 의심하는 것은 사리에 맞지 않음이 분명했다. 그래서 벌록 씨는 입을 열지 않았다. 그렇다고 아예 다물어버린 것도 아니었다.

그는 힘에 겨운 듯이 중얼거렸다.

"어쩌면 잘된 일인지도 모르지."

그는 옷을 벗기 시작했다. 벌록 부인은 몽롱한 눈길을 고정시킨 채, 아주 조용히, 완벽하게 조용히 있었다. 그녀의 심장마저 순간적으로 정지한 것 같았다. 그날 밤, 그녀는 평소의 그녀가 아니었다. 벌록 씨가 한 말에 담긴 여러 가지 암시적 의미들, 주로 불쾌한 의미들이 엄청난 무게로 다가왔다. 어째서 그게 '잘된 일'이란 말인가? 그 이유가 뭔가? 하지만 그녀는 자신의 마음이 무익한 상상에 탐닉하는 걸 용납하지 않았다. 그녀는 늘 그래왔듯이 세상일에 대해서 너무 깊이 알 필요가 없다는 신념을 재확인했다. 그녀는 나름으로 현실적이고 섬세한 여인이었다. 그녀는 지체 없이 스티비에 관해서 말했다. 그녀에게는 동생을 보호해야겠다는 일념뿐이었다.

"어머니가 안 계신다는 것에 익숙해질 때까지, 저 애는 아침부터 저녁까지 안달할 텐데, 며칠 동안 어떻게 달래야 할지 잘 모르겠어요. 그래도 저 앤 참 착한 애예요. 저는 저 애 없이는 못 살아요."

벌록 씨는 광대하고 절망적인 사막의 고독 속에서 다른 것은 아무것도 상관하지 않고 생각에만 열중한 사람처럼 옷을 벗고 있었다. 벌록 씨의 마음에 비친 세상은 그렇게 황량한 곳이었다. 안이나 밖이나 모든 것이 너무 조용해서, 외롭게 재깍거리는 층계참의 시계 소리가 서로 벗이라도 삼자는 듯 슬그머니 방으로 흘러들어왔다.

벌록 씨는 침대로 들어가 부인 옆에 엎드려 아무 말 없이 있었다. 그의 두툼한 팔이 바닥으로 내려놓은 무기나 버려진 연장처럼 이불 밖으로 아무렇게나 나와 있었다. 그 순간, 그는 아내에게 모든 것을 탁 털어놓고 싶은 생각이 들었다. 그 순간이 그렇게 하기에 딱 좋은 때 같았다. 그는 곁눈으로 하얀 시트에 감싸인 그녀의 풍만한 어깨와 뒤통수를 바라보았다. 그녀는 머리를 세 겹으로 땋아 아랫부분을 검은 띠로 질끈 묶고 있었다. 그는 참기로 했다. 벌록 씨는 누구라도 자신의 주요한 소유물에 대해 지닐 만한 배려로, 결혼한 아내라면 당연히 받아야 하는 정도만큼 그녀를 사랑했다. 잠자리에 들기 위해 땋은 머리와 풍만한 어깨에 낯익은 성스러움이 깃들어 있었다. 그것은 가정적인 평화라는 성스러움이었다. 그녀는 미완성인 채 가로누워 있는 조상처럼 육중하고 형체가 없는 상태로 조용히 누워 있었다. 텅 빈 방을 바라보던 그녀의 큰 눈이 그의 머릿속에 떠올랐다. 그녀는 살아 있는 존재들이 그러한 것처럼 불가사의한 여자였다. 고 스토트 바르텐하임 남작이 급파했던 그 유명한 스파이 △조차도 그녀의 불가사의한 속마음을 뚫고 들어갈 수 없었다. 그는 쉽게 위협을 받았다. 그리고 게을렀다. 그는 사랑과 소심함과 게으름 때문에, 그녀의 불가사의한 속내를 건드리는 것을 자제했다. 언제든 시간은 충분히 있을 것이었다. 그는 몇 분 동안, 졸린 듯한 방의 침묵 속에서 조용히 고통을 참고 있었다. 그러고 나서 이렇게 말하며 침묵을 깼다.

"내일 대륙에 가야겠소."

아내는 이미 잠들었는지도 몰랐다. 그로서는 알 수 없었다. 그러나 벌록 부인은 사실, 그가 하는 말을 다 들었다. 그녀는 눈을 아주 크게 뜨고 있었다. 그녀는 많이 알려고 해봤자 소용없다는 자신의 심중을 굳히며 아주 조용히 있었다. 벌록 씨가 대륙에 가는 것은 그렇게 드문 일이 아니었다. 그는 파리와 브뤼셀에 가서 물건을 새로 구입했다. 그는 종종, 물건을 직접 구입하기 위해 대륙으로 건너갔다. 적당히 선별된 아마추어 단골들과의 관계가 브렛 스트리트의 가게 주변에 형성되었다. 이러한 은밀한 관계는 기질적인 특성과 필요가 묘하게 일치한 것이어서, 평생 동안 스파이 활동을 해온 벌록 씨가 벌여놓은 어느 사업에나 딱 어울리는 것이었다.

그는 잠시 동안 기다렸다가 덧붙였다.

"한 주일이나 두 주일쯤 가 있을 것 같아. 내가 없는 동안 닐 부인더러 도와달라고 해."

닐 부인은 브렛 스트리트에 사는 파출부였다. 난봉꾼 목수와 결혼해서 돈은 없는 데다 거둬야 할 아이들까지 많아 생활이 궁핍하기 짝이 없는 여자였다. 그녀는 겨드랑이까지 올라가는 앞치마를 입고 비누 거품 냄새와 럼주 냄새가 뒤섞인 숨을 내뿜으며, 붉은색이 도는 팔뚝으로 양철통을 떨거덕거리고 뭔가를 박박 문지르면서 가난에서 생긴 고뇌를 밖으로 발산하는 여자였다.

깊이 생각하는 바가 있는 벌록 부인은 철저하게 무관심을 가장하며 말했다.

"그 아주머니를 하루 종일 여기에 둘 필요는 없어요. 스티비하고 둘이서도 잘해낼 수 있을 거예요."

층계참에 있는 외로운 시계가 열다섯 번을 똑딱거리더니, 영원의 나락 속으로 사라졌는지 잠잠해졌다.

그녀가 물었다.

"불을 끌까요?"

"그렇게 해."

벌록이 쉰 듯한 목소리로 아내의 말에 대답했다.

9

벌록 씨는 떠난 지 열흘째 되는 날 대륙에서 돌아왔다. 외국 여행을 해서 심기일전했다는 기색도 없었고, 집에 돌아와서 기쁘다는 기색도 없었다. 그는 쨍그랑거리는 벨 소리와 함께 안으로 들어왔다. 침울하고 불안하고 녹초가 된 듯한 모습이었다. 그는 손에는 가방을 들고 머리는 숙인 상태로 카운터 뒤로 곧장 걸어 들어가서 의자에 털썩 주저앉았다. 마치, 도버에서 거기까지 줄곧 걸어온 사람 같았다. 이른 아침이었다. 앞 창문에 진열되어 있는 여러 가지 물건들에 묻은 먼지를 떨어내던 스티비는 매형에 대한 존경심과 경외감으로 입을 벌리며 그를 향해 돌아섰다.

"여기 있다!"

벌록 씨는 마루 위의 글래드스턴 여행 가방을 살짝 차며 말했다. 그러자 스티비는 몸을 날려 그것을 덥석 잡더니 의기양양하게 들고 갔다. 그 동작이 얼마나 민첩했던지 벌록 씨가 놀랄 정도였다.

가게의 벨 소리가 나자, 앞치마를 두르고 그을음을 묻혀가며 거실의 난로를 흑연으로 닦아내던 닐 부인이 문틈으로 내다보고는 굽히고 있던 무룷을 펴고 부엌에 있는 벌록 부인에게 달려가서 말했다.

"주인어른이 오셨어요."

위니는 가게의 안쪽 문까지만 나왔다.

"식사 좀 하셔야지요."

그녀가 멀리서 말했다.

벌록 씨는 그게 말도 안 되는 소리라도 되는 것처럼 손을 약간 저었다. 그러나 그는 일단 거실에 들어서자, 식탁 위에 차려놓은 음식을 거절하지 않았다. 그는 모자를 뒤로 밀치고 두꺼운 코트 자락을 의자 양쪽에 삼각형 모양으로 젖히고 밖에서 식사를 하듯 음식을 먹었다. 그의 아내 위니는 갈색 유포(油布)로 된 식탁보가 깔린 식탁 저쪽에서, 페넬로페가 방랑에서 돌아온 오디세우스에게 그러했을 것처럼 기교를 부려, 아내로서 해야 할 이런저런 얘기들을 고른 어조로 남편에게 전했다. 그렇다고 벌록 부인이 남편이 없는 동안에 베를 짰다는 말을 한 건 아니었다. 그녀는 2층에 있는 방 모두를 완전하게 청소했고, 몇몇 물건들을 팔았으며 미케일리스 씨가 여러 번 찾아왔었다고 그에게 얘기했다. 그녀는 미케일리스 씨가 마지막으로 찾아왔을 때, 런던과 채텀, 도버를 잇는 철로의 어딘가에 있는 시골집에서 살기 위해 떠난다고 얘기했었다고 그에게 말했다. 그녀는 칼 윤트가 '앙칼진 가정부'의 부축을 받으며 왔다 갔다는 얘기도 했다. 그는 그녀에게 '혐오스러운 늙은이'였다. 그런데 그녀는 자신이 카운터 뒤에서 무표정한 얼굴 표정과 먼 곳을 쳐다보는 눈길을 하고 무뚝뚝하게 대했던 오시폰 동지에 대해서는 아무 말도 하지 않았다. 그녀는 그 건장한 무정부주의자를 머릿속에 떠올리기만 해도 머뭇거려지며 얼굴이 조금 붉어지는 것 같았다. 그녀는 얘기가 집안일로 옮겨가자 즉시, 스티비를 끌어들이며 그 애가 걸레질을 많이 했다는 얘기를 했다.

"어머니가 이런 상태로 우리를 두고 떠나셨기 때문이라니까요."

벌록 씨는 결코 "염병하네!" 혹은 "스티비 그 자식일랑 죽여버려!"와 같은 상스러운 욕을 내뱉지는 않았다. 그가 속으로 무슨 생각을 하는지 알 수 없는 벌록 부인은 이런 자제(自制)의 관대함을 알아차리지 못했다.

그녀는 하던 얘기를 계속했다.

"그렇다고 스티비가 일을 못한다는 게 아니에요. 저 애는 아주 쓸모가 있다고요. 당신은 저 애가 하는 일이 시원찮겠지만 말이에요."

벌록 씨는 섬세하고 창백한 얼굴을 하고 붉은 입을 멍하니 벌리고 그의 오른편에 앉아 있는 스티비를 졸린 듯한 눈길로 흘깃 쳐다봤다. 그건 못마땅한 눈길은 아니었다. 거기에는 아무런 의도도 없었다. 만일 벌록 씨가 순간적으로 아내의 동생이 형편없이 쓸모없는 인간이라고 생각했다면, 그것은 힘과 지속성이 결여된 스쳐 지나가는 생각이었을 뿐이었다. 벌록 씨는 몸을 뒤로 젖히며 모자를 벗었다. 그의 뻗은 손이 모자를 내려놓기도 전에 스티비가 모자를 움켜쥐고 공손하게 부엌으로 가져갔다. 벌록 씨는 다시 한 번 놀랐다.

이때, 벌록 부인이 아주 차분한 어조로 말했다.

"아돌프, 당신은 저 애하고 무슨 일이든 할 수 있을 거예요. 당신이 시키면, 저 애는 불속에라도 뛰어들 거예요. 저 애는……"

이렇게 말하고 그녀는 말을 멈추고 부엌 문 쪽으로 귀를 기울였다.

거기에서는 닐 부인이 바닥을 문지르고 있었다. 스티비가 나타나자 그녀는 구슬픈 신음 소리를 냈다. 그렇게 하면 스티비가 위니에게서 이따금씩 받은 용돈을 그녀의 아이들을 위해서 써달라며 쉽게 넘겨주기 때문이었다. 그녀는 쓰레기통과 더러운 물속에 사는 양서류처럼, 젖은 마루 위에 엎어진 자세를 하고 이런 경우에 그녀가 흔히 쓰는 말을 했다.

"너는 신사처럼 아무것도 하지 않고 살아서 참 좋겠구나."

그리고 그녀는 애처로울 정도로 거짓말을 보태 가난에 대해 끝없이 궁상을 떨었다. 거기에는 싸구려 럼주와 비누 거품 냄새까지 곁들여졌다. 그녀는 계속해서 코를 실룩거리며 수다를 떨면서 바닥을 북북 문질렀다. 그녀는 진심으로 그랬다. 그녀의 흐릿하고 몽롱한 눈에서 흐르는 눈물이 얇고 붉은 코 양쪽으로 흘러내렸다. 그녀가 그렇게 하는 것은 그날 아침, 모종의 자극제가 필요하다는 걸 느꼈기 때문이었다.

거실에 있는 벌록 부인은 이런 일이 일어나고 있다는 걸 알고 있었다.

"닐 부인이 또 자기 아이들에 관한 끔찍한 얘기를 하고 있군요. 아이들이 그렇게 작지도 않을 텐데 그래요. 아이들 몇은 지금쯤 스스로 무슨 일을 할 만한 나이가 됐을 텐데도 꼭 저런 식으로 얘기한다니까요. 그런 얘기는 스티비를 화나게 하고요."

이 말을 확인해주기라도 하듯 식탁을 주먹으로 쾅 치는 소리가 들렸다. 그런 얘기를 들으면, 스티비는 화를 냈다. 호주머니에 돈이 없다는 사실에 화가 나는 것이었다. 그는 닐 부인의 '작은 새끼들'의 고통을 덜어줄 수 없게 되자, 누군가가 그것 때문에 고통을 당해야 한다고 느끼는 것이었다. 벌록 부인은 그 여자의 "쓸데없는 짓거리를 못 하게 해야겠다"며 자리에서 일어나 부엌으로 갔다. 그리고 그녀는 단호하지만 부드럽게 일을 처리했다. 그녀는 닐 부인이 돈을 받는 즉시, 지저분하고 곰팡내 나는 술집에 가서 독한 술을 마시리라는 것을 잘 알았다. 그곳은 그녀 인생의 돌로로사[6]에 있는 피치 못할 정거장이었다. 벌록 부인이 이러한 닐 부인의 습관에 대해 얘기하자, 그것은 의외로 심오하게 들렸다. 사물의 속을 들

---

6 예수가 십자가에 못 박힌 골고다 언덕으로 열네 계단이 있었다고 함. 그런데 닐 부인의 길에는 한 계단, 즉 하나의 술집만이 있을 뿐임. (역주)

여다보지 않으려고 하는 그녀의 입에서 그런 말이 나왔기 때문이었다. '하기야 그녀더러 어떻게 살란 말인가? 내가 닐 부인이라고 해도 달리 행동하지는 않을 거야.' 그녀는 이렇게 생각했다.

그날 오후, 거실의 난로 앞에서 오랫동안 꾸벅꾸벅 졸던 벌록 씨는 산책하러 나가겠다고 말했다. 그때, 위니는 가게 일을 보다가 이렇게 말했다.

"아돌프, 저 애를 데리고 나가면 어때요?"

벌록 씨는 또 한 번 놀랐다. 놀란 게 벌써 세번째였다. 그는 얼이 빠진 모습으로 아내를 바라보았다. 그녀는 침착한 어조로 말을 계속했다. 그녀는 스티비가 부엌에서 걸레질만 하고 있으면 너무 신경이 쓰이고 불안해서 그런다고 고백했다. 침착한 위니의 입에서 그런 말이 나오다니, 과장된 말 같았다. 그러나 정말로 스티비는 불행한 집짐승처럼 걸레질만 했다. 그러다가 그는 어두운 층계참에 가서 커다란 시계 밑에 무릎을 웅크리고 앉아 머리를 두 손으로 감싸고 있곤 했다. 어두컴컴한 곳에서 눈을 번득이고 있는 그의 핏기 없는 모습을 보면 그녀는 마음이 뒤숭숭했다. 그가 거기에 있다는 생각만 해도 마음이 편치 않았다.

벌록 씨는 뜻밖의 생각에 깜짝 놀랐지만 이내 익숙해졌다. 그는 남자가 그러하듯, 그러니까 아량을 베풀듯이, 아내를 좋아했다. 그러나 뭔가가 마음에 크게 걸렸다. 그는 그 말을 이렇게 했다.

"저 애는 나를 놓치고 길을 잃을지 몰라."

벌록 부인은 자신 있게 머리를 저었다.

"안 그럴 거예요. 당신은 저 애를 몰라요. 저 애는 당신을 숭배한다고요. 그러나 만약 당신이 저 애를 잃어버리면……"

벌록 씨는 순간 멈칫했다. 그러나 멈칫한 것은 정말 순간이었을 뿐이다.

"그렇게 되면 그냥 가세요. 그리고 산보를 끝내고 오세요. 저 애는 괜찮을 테니까요. 저 애는 오래되지 않아 여기에 안전하게 나타날 거니까요."

이렇게 낙관적으로 말하는 위니의 말에 벌록 씨는 다시 한 번 놀랐다. 놀란 게 벌써 네번째였다.

"그래?"

벌록 씨는 의심스러운 듯 투덜거렸다. 하기야 처남이 겉보기와는 다르게 백치가 아닐 수도 있었다. 아내가 그 점에 대해서는 가장 잘 알고 있을 것이라는 생각이 들었다. 그는 무거운 눈길을 돌리며 허스키한 목소리로 말했다.

"그래, 그렇다면 따라오라고 해."

그는 이렇게 말하고 암담하게 죄어오는 근심 걱정 속으로 빠져들었다. 근심 걱정은 말을 소유한 사람도 뒤따르지만, 말을 소유할 정도로 부유하지 않은 벌록과 같은 사람들도 뒤따르기 마련이었다.

가게 문 근처에 있던 위니의 눈에는 벌록 씨가 산보를 나가는데 뒤따라갈 이 운명적인 수행원의 모습이 보이지 않았다. 그는 벌써 나가 있었던 것이다. 그녀는 지저분한 거리를 따라 내려가는 두 사람의 모습을 바라보았다. 한쪽은 키가 크고 뚱뚱했고, 다른 쪽은 목이 가늘고 몸집도 가냘프고 키도 작았다. 크고 반쯤 투명한 귀밑으로 꼿꼿이 세운 어깨가 약간 들려 있었다. 그들이 입고 있는 코트는 똑같은 천으로 만들어진 것이었으며, 그들이 쓰고 있는 모자도 똑같이 검고 둥글게 생긴 것이었다. 벌록 부인은 이렇게 겉모습이 비슷하다는 것에 고무되어 흘러가는 생각에 자신을 맡겼다.

"부자간이라고 해도 되겠네."

그녀는 이렇게 혼잣말을 했다. 그녀는 벌록 씨가 불쌍한 스티비에게는 아버지와 다름없다고 생각했다. 그녀는 그것이 자신이 한 일이라는 것을 알았다. 그녀는 몇 년 전에 그렇게 하기로 마음먹고 그것을 실행에 옮겼던 것이 얼마나 잘한 일이었는지를 자랑스럽게 떠올렸다. 그렇게 하는 데는 상당한 노력이 필요했고 눈물까지 흘려야 했었다.

그녀는 벌록 씨가 스티비에게 친절하게 대하는 것처럼 보였기 때문에 더욱 자기가 한 일이 잘한 일이었다고 생각했다. 이제 벌록 씨는 산책을 나갈 때면 으레 그 애를 큰 소리로 불렀다. 그것은 방식은 물론 다르지만 그 본질에 있어서, 사람이 자기 집 개를 데리고 나가고 싶을 때 그 개를 부르는 것과 별로 다를 바 없었다. 벌록 씨는 집에 있을 때면 호기심에 찬 눈길로 스티비를 쳐다보는 일이 잦아졌다. 그의 태도도 달라졌다. 말이 없다는 점에서는 아직도 마찬가지였지만, 이제 그는 전처럼 멍한 상태는 아니었다. 벌록 부인은 그가 때때로 신경이 과민하다고 생각했다. 여하간 그것은 발전이라고 할 만했다. 스티비는 이제 시계 밑에서 걸레질을 하지는 않았다. 그 대신, 위협적인 어조로 구석에서 무엇인가를 혼자 중얼댔다.

"스티비, 너 무슨 말을 하고 있는 거니?"

이렇게 물으면 그는 입을 벌리고 누이를 흘겨보기만 했다. 그는 그럴 만한 이유도 없는데 느닷없이 주먹을 움켜쥐곤 했다. 그리고 혼자 있을 때는 동그라미를 그리라고 부엌의 식탁 위에 놓아준 텅 빈 종이와 펜을 들고 벽을 노려보았다. 이것은 변화이긴 했지만 발전은 아니었다. 벌록 부인은 스티비가 이렇게 흥분한 상태에서 이상한 짓을 하는 걸 보고, 남편과 그의 친구들이 나누는 대화에서 필요 이상의 것을 듣고 있지나 않은지 두려워하기 시작했다. 물론 벌록 씨는 산책을 하면서 여러 사람들과 만나고 얘기도 했다. 어쩔 수 없었을 것이었다. 산책이라는 것은 그의 바깥 생활의 중요한 일부분이었다. 벌록 부인은 그것에 대해서 자세히 알려고 하지 않았다. 벌록 부인은 그것이 민감한 문제라고 느꼈지만, 불가사의할 정도로 침착하게 그 문제를 처리했다. 그것은 가게에 오는 손님들도 깊은 인상을 받고 놀라고, 집에 찾아오는 다른 손님들도 의아한 생각을 하며 거리를 지키게 만드는 불가사의한 침착함이었다. 그건 안 될 일이었다! 그녀는 남편에게, 스티비가 들어서 좋을 게 하나도 없는 것들을 듣고 있지나 않은지 두렵다고 말했다. 그런 얘기들은 그 애를 흥분시킬 뿐이다. 그 애로서는 어쩔 수 없는 일이다. 다른 사람도 어쩔 수 없는 건 마찬가지다. 이런 식의 얘기였다.

그 얘기를 한 건 가게 안에서였다. 벌록 씨는 아무런 토도 달지 않고, 아무런 응수도 하지 않았다. 그러나 그럼에도 불구하고 응수를 한 거나 마찬가지였다. 그는 아내에게 스티비를 데리고 나가라고 한 것은 다른 사람이 아니라 그녀였음을 상기시키고 싶은 욕구를 애써 참았다. 그 순간에 공정한 관찰자가 보았다면, 벌록 씨는 보통 사람 이상의 아량을 지닌 사람으로 보였을 것이다. 그는 선반에서 작은 마분지 상자를 끌어내려 물건이 제대로 담겨 있는지 들여다보고 카운터 위에 살며시 내려놓았다. 그렇게 한 다음에야 그는 침묵을 깼다. 그리고 그는 스티비가 당분간 시골에 가 있으면 그 애한테 괜찮을 것 같은데, 그녀가 동생 없이는 살 수 없는 상황이어서 이러지도 저러지도 못 하겠다는 얘기를 했다.

"제가 그 애 없이는 살 수 없다고요?"

벌록 부인은 그의 말을 천천히 반복했다.

"설령 그것이 그 애를 위한 것이라고 해도, 제가 그 애 없이는 못 산다고요? 무슨 생각을 그렇게 하세요? 물론 살 수 있어요. 하지만 그 애가 갈 만한 곳이라곤 아무 곳도 없어요."

벌록 씨는 몇몇 갈색 종이와 실타래를 상자에서 꺼내면서, 미케일리스가 시골에 있는 작은 오두막집에서 살고 있다는 얘기를 했다. 그는 미케일리스가 책을 집필하고 있고, 또 어차피 찾아오는 사람도 없고 할 얘기도 없으니, 스티비에게 방 하나를 내주는 걸 꺼려하지 않을 것이라고 얘기했다.

벌록 부인은 자신이 미케일리스를 좋아한다고 말했다. 그러나 '추잡한 늙은이' 칼 윤트는 질색이라고 했다. 다만 오시폰에 대해서는 아무 말도 하지 않았다. 미케일리스도 스티비라면 아주 좋아할 것이었다. 미케일리스는 스티비에게 언제나 친절하고 자상했다. 그는 그 애를 좋아하는 것 같았다. 여하간 그 애는 착한 아이였다.

그녀는 잠시 말을 멈춘 다음 확신에 차서 이렇게 덧붙였다.

"당신도 요즘엔 그 애를 아주 좋아하게 된 것 같아요."

소포로 부치기 위해 마분지 상자를 묶고 있던 벌록 씨는 너무 당기는 바람에 끈이 툭 끊어지자 낮은 목소리로 자신을 향해 욕을 했다. 그런 다음 그는 평상시와 같이 허스키한 목소리로, 스티비를 시골로 데리고 가서 미케일리스한테 안전하게 맡기고 오겠다고 말했다.

그는 바로 그다음 날, 이 계획을 실행에 옮겼다. 스티비는 아무런 반대도 하지 않았다. 알 수 없는 일이지만, 오히려 그렇게 하고 싶어 하는 눈치였다. 그는 특히 누나가 그를 바라보고 있지 않을 때는, 뭔가를 묻듯이 솔직한 눈길을 하고 벌록 씨의 무거운 얼굴을 쳐다봤다. 그는 마치 처음으로 성냥을 갖고 불을 댕기라는 허락을 받은 어린애처럼 자부심에 차 있었고 긴장하고 있었으며 뭔가에 집중하고 있었다. 그러나 벌록 부인은 동생이 온순해졌다는 데 만족하여 시골에 가서 지나치게 옷을 더럽히지 말라는 말만 했다. 그 말을 듣자 스티비는 그의 후견인이자 보호자인 누나를, 생애 처음으로, 어린애의 완벽한 신뢰감이 담기지 않은 것처럼 보이는 눈길로 바라봤다. 그 눈길에는 거만한 표정마저 깃들어 있었다. 그러자 벌록 부인이 웃으면서 말했다.

"저런! 화를 낼 것까지는 없잖아. 스티비, 너는 틈만 있으면 옷을 더럽히잖아."

벌록 씨는 벌써, 거리 아래쪽으로 상당히 내려간 상태였다.

이렇게 어머니의 자기희생과 시골집으로 내려간 동생 덕택에, 벌록 부인은 가게뿐만 아니라 집 안에서도 혼자 있는 시간이 더 많아졌다. 벌록 씨는 산책을 하러 나가야 했다. 그녀는 그리니치 공원에서 폭발 사건이 있었던 그날은 더 오랜 시간 동안 집에 혼자 있었다. 벌록 씨는 그날 아침 아주 일찍 집을 나갔다가 어스름이 질 무렵에야 돌아왔다. 그녀는 혼자 있는 것을 마다하지 않았다. 그녀는 나가고 싶은 마음이 없었다. 날씨마저 너무 나빴다. 가게 안이 거리보다 더 아늑했다. 그녀는 카운터 뒤에 앉아 뜨개질을 하며 앉아 있었다. 벌록 씨가 벨을 거칠게 쨍그랑거리며 들어왔어도 그녀는 뜨개질감에서 눈을 떼지 않았다. 그녀는 이미 밖에서 나는 발자국 소리로 남편이 오고 있다는 걸 알고 있었다.

그녀는 눈을 들지 않았다. 그러나 모자를 푹 눌러쓴 남편이 아무 말 없이 거실문 쪽으로 가자 조용한 목소리로 말했다.

"지독한 날씨네요. 혹시 스티비가 있는 곳에 다녀오셨나요?"

"아냐! 안 다녀왔어."

벌록 씨는 낮은 목소리로 이렇게 말하고, 유약이 칠해진 거실 문을 갑자기 쾅 닫으며 안으로 들어갔다.

벌록 부인은 뜨개질감을 무릎 위에 놓고 멍하니 있다가 그것을 카운터 밑에 넣고 불을 켜기 위해 일어섰다. 그러고 나서 그녀는 부엌으로 가기 위해 거실로 들어갔다. 벌록 씨가 곧 차를 마시려고 할 것이었다. 자신의 매력에 대해 확신을 갖고 있는 위니는 결혼 생활을 하면서 남편에게서 말씨나 매너에서의 예의범절을 기대하지 않았다. 그런 건 잘해봤자 쓸모 없고 케케묵은 것이고, 어쩌면 엄격하게 지켜지는 것도 아니고, 그녀와 같은 계층의 사람들에게는 언제나 낯선 것이고, 요즘은 상류 사회에서마저 없어지고 만 것이었다. 그녀는 그에게서 공손함을 기대하지 않았다. 그러나 그는 좋은 남편이었고, 그녀는 그의 권리들을 존중했다.

벌록 부인은 보통 때 같았으면, 자신의 매력이 갖는 호소력에 대해 확신을 갖고 있는 여자로서 침착하게 거실을 통과하여 부엌으로 가 부엌 일을 했을 것이었다. 그러나 아주 미세하지만 빠르게 뭔가가 덜덜 떨리는 소리가 귀에 들렸다. 기괴하고도 이해할 수 없는 그 소리가 벌록 부인의 관심을 사로잡았다. 그게 무슨 소리인지 분명해지자, 그녀는 놀라기도 하고 걱정스럽기도 하여 발길을 멈췄다. 그녀는 손에 들고 있던 성냥을 켜서, 거실의 탁자 위에 있는 두 개의 램프 중 하나에 불을 붙였다. 약간의 결함이 있는 그 램프에서는 처음에는 깜짝 놀란 것 같은 소리가 나더니, 고양이처럼 편안하게 갸르릉거리는 소리가 고르게 나기 시작했다.

벌록 씨는 평상시와는 다르게 코트를 벗어 던져놓았다. 그것은 소파 위에 놓여 있었다. 또한 내던진 게 틀림없는 모자는 뒤집힌 채 소파 가장 자리에 놓여 있었다. 그는 의자를 난로 앞에 끌어다 놓고 앉아 있었다. 그는 난로의 울 안쪽에 두 발을 들여놓고 손으로 머리를 감싸고 빨갛게 단 쇠살대 위에 몸을 굽히고 있었다. 그의 이가 통제할 수 없을 만큼 심하게 떨리고 있었다. 거대한 등 전체가 덜덜 떨릴 정도였다. 벌록 부인은 화들짝 놀랐다.

"옷이 젖었네요."

"많이는 아냐."

벌록 씨는 덜덜 떠는 와중에 가까스로 중얼거렸다. 그는 이가 덜덜 떨리는 것을 애써 참았다.

그녀는 정말로 불안했다.

"제 손으로 당신 몸을 받쳐줘야겠어요."

"아니, 그럴 필요 없어."

벌록 씨가 숨을 들이쉬며 허스키한 목소리로 말했다. 그는 아침 일곱 시와 오후 다섯 시 사이에 지독한 감기에 걸린 게 틀림없었다. 벌록 부인은 그의 굽은 등을 바라보았다.

"오늘 어디에 다녀오셨어요?"

"아무 데도 안 다녀왔어."

벌록 씨가 낮고 막힌 콧소리로 대답했다. 그의 태도는 기분이 나빠 인상을 찌푸리고 있거나 심한 두통을 앓고 있다는 걸 암시했다. 그의 답변이 충분하지도 못하고 솔직하지도 못하다는 게, 죽은 듯한 방의 침묵 속에서 고통스럽게 드러났다. 그는 미안하다는 듯 숨을 들이쉬고 이렇게 덧붙였다.

"은행에 다녀왔어."

벌록 부인이 침착하게, 아무렇지도 않은 듯 물었다.

"그랬군요! 그런데 왜요?"

벌록 씨가 난로의 쇠살대 위로 얼굴을 굽히고 중얼거리다가 마지못해 말했다.

"돈을 인출하려고!"

"무슨 말씀이세요? 전부 다요?"

"그래, 전부 다."

벌록 부인은 빈약한 식탁보를 조심스럽게 펴고, 식탁 서랍에서 두 개의 나이프와 포크를 꺼냈다. 그리고 찬찬히 하던 일을 갑자기 멈췄다.

"왜 그랬어요?"

"곧 필요할 것 같아서."

벌록 씨는 이렇게 말하며 애매하게 숨을 들이쉬었다. 그는 고의적인 기밀 누설의 막바지에 다다르고 있었다.

"무슨 말인지 모르겠군요."

그의 부인은 완벽하게 무관심한 어조였지만, 식탁과 찬장 사이에 꼼짝 않고 선 자세로 말했다.

"당신은 나를 믿을 수 있잖아."

벌록 씨는 거슬리는 느낌을 받으며 쇠살대 쪽을 향해 이렇게 말했다. 벌록 부인은 식기장을 향해 서서히 몸을 돌리며 의도적으로 말했다.

"아, 그럼요. 믿죠."

그리고 그녀는 하던 일을 계속했다. 그녀는 침묵과 평화가 깃들어 있는 집 안의 식탁과 찬장 사이를 조용히 오가면서 두 개의 접시를 놓고, 빵과 버터를 가져다 놓았다. 그녀는 잼을 꺼내면서 현실적으로 이렇게 생각했다. '하루 종일 나가 있었으니 배가 고프겠지.' 그녀는 다시 한 번, 찬 쇠고기를 가지러 찬장에 갔다. 그녀는 그것을 가르릉거리는 램프 밑에 놓고, 난롯불 앞에 꼼짝하지 않고 웅크리고 있는 남편을 흘깃 바라보고, 두 계단을 내려가서 부엌으로 갔다. 그리고 고기를 자르는 데 쓰는 나이프와 포크를 들고 돌아오면서 이렇게 말했다.

"제가 당신을 믿지 않았다면 당신과 결혼하지 않았을 거예요."

벽난로 위의 장식 선반 밑에서 몸을 굽히고 두 손으로 머리를 감싸고 있는 벌록 씨는 잠이 든 것처럼 보였다. 위니는 차를 만들고, 나직한 목소리로 남편을 불렀다.

"아돌프."

벌록 씨가 금세 일어나서 약간 비틀거리다가 식탁에 앉았다. 그의 부인은 고기를 자르는 데 쓰는 나이프의 날카로운 날을 들여다본 후, 그것을 접시 위에 놓으며, 찬 쇠고기가 거기에 있다는 걸 그가 알도록 암시했다. 그런데 턱을 가슴에 대고 있던 그는 그 암시에 전혀 반응을 하지 않았다.

벌록 부인이 단호하게 말했다.

"감기에 걸렸어도 식사는 하셔야 해요."

그는 고개를 들고 머리를 저었다. 눈은 충혈돼 있었고 얼굴은 붉었다. 그의 손가락이 머리를 가지런하지 못하게 헝클어버렸다. 그는 전체적으로 보면, 보기 흉한 모습이었다. 거기에는 불안과 짜증, 방탕 뒤에 따라오는 우울한 분위기마저 배어 있었다. 하지만 벌록 씨는 방탕한 사람은 아니었다. 그는 행동에 있어서 점잖은 사람이었다. 그는 감기에 걸려 열이 나는 사람 같은 안색을 하고 있었다. 그는 차를 석 잔이나 마셨지만 음식은 전혀 입에 대지 않았다. 그는 부인이 자꾸 먹으라고 하자 진저리를 쳤다. 벌록 부인이 마침내 이렇게 말했다.

"발이 젖지 않았나요? 슬리퍼를 신으세요. 오늘 저녁에 또 밖으로 나가시는 건 아니겠죠?"

그는 시무룩하게 투덜대면서 몸짓으로 자신의 발은 젖은 게 아니며, 설사 그렇다 해도 상관없다는 표시를 했다. 슬리퍼를 신으라는 말은 생각해볼 가치도 없다는 듯 무시했다. 그러나 저녁에 밖으로 나간다는 생각은 예기치 않은 방향으로 나아갔다. 벌록 씨가 생각하고 있던 건 저녁에 밖으로 나가는 게 아니었다. 그의 생각은 더 거대한 차원의 것이었다. 시무룩하고 불완전한 말로 얘기한 걸로 미뤄보면, 그는 이민을 생각하고 있음이 분명했다. 그가 프랑스를 염두에 두고 있는지, 아니면 캘리포니아를 염두에 두고 있는지 아주 분명하지는 않았다.

그러한 일은 전혀 예상할 수도 없었고, 가능성도 없었고, 생각할 수도 없었다는 사실이 이처럼 애매모호한 선언의 효과를 반감시켜버렸다. 벌록 부인은 남편이 세상에 종말이 다가왔다며 자신을 위협한 것처럼 평온하게 말했다.

"세상에!"

벌록 씨는 몸이 아프고 모든 것에 싫증이 났노라고 말했다. 그가 다음 말을 덧붙이려고 하니까 그녀가 말허리를 잘랐다.

"독감에 걸리셨군요."

벌록 씨가 육체적으로나 정신적으로 정상적인 상태가 아니라는 건 분명했다. 그는 침울하기도 하고 우유부단하기도 한 상태에서, 잠시 동안 말이 없었다. 그런 다음, 그는 자신이 그래야 하는 이유에 대해서 몇 가지 불길한 얘기를 중얼거렸다.

위니는 남편 앞에 팔짱을 끼고 자분하게 앉아 있었다.

"그래야 한다면 그래야겠죠. 제가 알고 싶은 건 누가 당신을 그렇게 만드냐는 거예요. 당신은 노예가 아니에요. 이 나라에서는 어떤 사람도 노예일 필요가 없어요. 당신 자신을 노예로 만들지 마세요."

그녀는 잠시 말을 멈췄다. 그리고 완강하고 끈덕진 솔직함이 배어나오는 어조로 말을 이었다.

"장사도 그런대로 잘되는 편이고, 당신한테는 편안한 집도 있잖아요."

그녀는 찬장 구석에서부터 벽난로의 불까지 거실 주변을 돌아보았다. 거실은 이상스럽게도 침침한 창문과 좁은 거리 쪽으로 수상쩍게 열려 있는 가게 문과 미심쩍은 물건들이 진열된 가게 뒤편에 아늑하게 가려져 있었지만, 이 집은 가정이 갖춰야 할 격식과 편안한 분위기에 관한 모든 면에 있어서는 훌륭한 집이었다. 지금 그 방에는 동생 스티비가 없었다. 그녀는 그가 그리웠다. 그는 지금쯤 미케일리스 씨의 보호를 받으며 켄트 지방의 축축한 시골 휴양지에서 재미있게 지내고 있을 것이었다. 그녀는 그에 대한 보호 본능을 느꼈다. 그 애가 사무치게 그리웠다. 이 집은 그 애의 집이기도 했다. 지붕도 그렇고, 찬장도 그렇고, 불이 지펴진 벽난로의 쇠살대도 그랬다. 벌록 부인은 이런 생각을 하며 의자에서 몸을 일으켜 식탁의 다른 쪽 끝으로 걸어가서 가슴에서 우러나오는 어조로 말했다.

"당신, 나한테 싫증난 건 아니겠죠?"

벌록 씨는 아무런 소리도 내지 않았다. 위니는 뒤쪽에서 그의 어깨에 몸을 기대고 그의 이마에 입술을 댔다. 그런 채로 그녀는 한참 동안 있었다. 밖에서는 희미한 소리도 들리지 않았다. 보도 위에서 나는 발소리는 가게의 흐릿함 속에서 사라져버렸다. 다만 식탁 위의 가스램프만이 고른 소리를 내며 타고 있었다. 거실은 수심에 잠긴 침묵에 감싸여 있었다.

부인이 예기치 않은 입맞춤을 하는 동안, 벌록 씨는 두 손으로 의자의 양쪽 가장자리를 움켜쥐고 엄숙한 부동자세를 취했다. 입맞춤이 끝나자, 그는 의자를 놓고 일어서서 난로 앞으로 갔다. 그는 이제 방에 등을 돌리지 않았다. 그는 얼굴이 부어 있었고, 약을 먹은 것 같았다. 그는 부인의 움직임을 눈으로 따라다녔다.

벌록 부인은 차분한 모습으로 식탁을 치웠다. 그녀는 분별 있고 가정적인 어조로 자신의 생각을 얘기했다. 깊이 생각할 필요도 없었다. 그녀는 모든 면에서 깊이 생각하려고 하지 않았다. 그녀의 유일한 관심은 스티비의 행복이었다. 그녀는 스티비를 무모하게 외국으로 데리고 가서는 안 될 일이라고 생각했다. 그게 전부였다. 그처럼 극히 중요한 문제를 에둘러 장황하게 이야기하다 보니, 그녀의 목소리가 격렬해졌다. 그녀는 퉁

명스러운 동작으로 앞치마를 두르고 접시를 닦을 준비를 했다. 그리고 대꾸도 없는 자신의 말소리에 흥분한 것처럼, 톡 쏘듯이 얘기했다.

"외국으로 가시려면 저 없이 당신 혼자 가요."

"내가 그러지 않을 거라는 건 당신도 잘 알잖아."

벌록 씨가 쉰 목소리로 말했다. 집에서는 좀처럼 울리지 않던 그의 목소리가 알 수 없는 감정으로 떨리고 있었다.

벌록 부인은 벌써 자신이 한 말을 뉘우치고 있었다. 말을 하고 보니 의도했던 것보다 더 매정하게 들렸던 것이다. 또한 그런 얘기까지 굳이 할 필요는 없었다. 사실, 그녀의 말은 그런 의미가 전혀 아니었다. 심사가 불편하다 보니 그 말이 불쑥 나와버린 것이었다. 하지만 그녀는 그 말을 하지 않은 거나 마찬가지로 그것을 만회할 방법을 알고 있었다.

그녀는 어깨 너머로 고개를 돌려, 난로 앞에 무거운 표정으로 앉아 있는 남편을 바라보았다. 반은 교활한 듯하고 반은 잔인한 듯한 눈길이었다. 위니는 벨그라비아 맨션에 살 때만 해도 그런 눈길로 사람을 쳐다볼 수 없었을 것이다. 체면 때문에도 그러지 못했을 것이고, 몰라서도 그러지 못했을 것이다. 하지만 그 남자는 이제 그녀의 남편이 되어 있었고, 그녀는 전처럼 무지하지도 않았다. 그녀는 가면같이 무표정하고 심각한 얼굴을 하고 그에게서 눈을 떼지 않았다. 그리고 장난스럽게 이렇게 말했다.

"그렇게 못 하시겠지요. 제가 너무 보고 싶을 테니까요."

"바로 그거야."

그는 더 큰 소리로 말하면서 팔을 벌리고 그녀를 향해 한 걸음을 옮겼다. 그의 표정 속에는 어딘지 거칠고 미심쩍은 데가 있었다. 그래서 그가 부인을 껴안으려고 하는 것인지, 아니면 목을 조르려고 하는 것인지 불분명했다. 그러나 가게 벨이 쨍그랑거리는 소리에 벌록 부인의 관심이 다른 곳으로 옮아가버렸다.

"아돌프, 가게에 누가 왔나 봐요. 당신이 가보세요."

그는 걸음을 멈추고 서서히 팔을 내렸다.

벌록 부인이 다시 말했다.

"당신이 가보세요. 저는 앞치마를 입고 있으니까요."

벌록 씨는 무표정한 눈과 얼굴을 하고, 얼굴이 붉게 칠해진 자동인형처럼 그녀의 말에 기계적으로 따랐다. 그는 자동인형과 아주 흡사했다. 그는 자동인형이 자신의 내부에 있는 기계적인 것에 대해 의식을 하고 있는 것 같은 괴이한 표정을 지었다.

그는 거실 문을 닫았다. 벌록 부인은 기운차게 움직이며 접시를 부엌으로 날랐다. 그녀는 컵과 다른 것들을 씻다가 문득, 하던 일을 멈추고 귀를 기울였다. 그녀의 귀에는 아무 소리도 들리지 않았다. 손님이 가게에 오랫동안 머무는 모양이었다. 손님이 물건을 사려는 게 분명했다. 그렇지 않다면 벌록 씨는 그 손님을 안으로 데리고 들어왔을 것이었다. 그녀는 앞치마 끈을 풀고 그걸 벗어 의자 위에 던진 다음, 천천히 거실로 돌아왔다.

바로 그 순간에 벌록 씨가 가게에서 들어왔다.

가게로 나갔을 때의 그의 얼굴은 붉었었다. 그런데 그의 얼굴은 지금, 백지장처럼 하얗게 질려 있었다. 열이 나고 약을 먹은 듯한 표정이 그의 얼굴에서 온데간데없이 사라지고, 어느새 당황하고 쫓기는 듯한 표정이 되어 있었다. 그는 소파로 곧장 걸어가더니 그 위에 놓인 코트를 내려다보며 서 있었다. 마치 거기에 손을 대는 것을 두려워하는 것 같았다.

"무슨 일이세요?"

벌록 부인이 가라앉은 목소리로 물었다. 가게 문이 열려 있었다. 그녀는 손님이 아직 가지 않았다는 걸 알 수 있었다.

벌록 씨가 말했다.

"오늘 저녁에도 나갔다 와야 할 것 같아."

하지만 그는 코트를 집어 들 생각은 하지 않았다.

위니는 아무 말 없이 가게 쪽으로 가서 등 뒤로 문을 닫고 카운터 뒤로 갔다. 그녀는 의자 위에 편안한 자세로 앉을 때까지, 손님을 노골적으로 쳐다보지는 않았다. 그러나 그녀는 그때쯤, 그 손님이 키가 크고 호리호리하며, 위쪽으로 꼬인 콧수염을 하고 있다는 걸 알았다. 사실, 그 손님은 바로 그때 콧수염을 약간 비튼 상태였다. 세운 목깃 위로 그의 길고 마른 얼굴이 나와 있었다. 그는 옷이 약간 젖어 있었다. 약간 들어간 관자놀이 밑으로 광대뼈가 튀어나온 검은 안색의 남자였다. 전혀 보지 못했던 사람이었다. 그렇다고 손님도 아니었다.

벌록 부인은 차분하게 그를 바라보았다.

그녀는 잠시 후에 이렇게 물었다.

"대륙에서 오신 분인가요?"

키가 크고 호리호리한 그 남자는 벌록 부인을 바라보는 둥 마는 둥 하며 대답 대신, 희미하고도 특이한 미소를 지을 뿐이었다.

벌록 부인은 무심한 눈길을 그에게 고정시켰다.

"영어는 알아들으세요?"

"아, 그럼요. 영어는 알아듣습니다."

그런데 그의 억양에는 외국인 같은 분위기가 없었다. 다만 그는 힘을 들여서 더디게 발음을 하는 것 같았다. 벌록 부인은 경험을 통해서, 외국인들이 내국인들보다 영어를 더 잘한다는 결론을 내리고 있었다. 그녀는 거실 문 쪽에 눈을 고정시키며 말했다.

"영국에 영원히 정착하실 생각은 아니시겠죠?"

낯선 남자는 다시 한 번 말없이 미소를 지어 보였다. 그의 입술은 친절해 보였고, 그의 눈은 뭔가를 조사하는 듯했다. 그는 머리를 약간 슬프게 젓는 것 같았다.

"남편이 당신을 잘 보살펴드릴 겁니다. 며칠 동안, 구이글랴니 씨한테 가셔서 그곳에 묵으시는 게 좋겠군요. 그곳은 콘티넨털 호텔이라고 불리는 곳이지요. 개인이 운영하는데, 아주 조용한 곳입니다. 남편이 당신을 그쪽으로 안내해드릴 겁니다."

"좋은 생각입니다."

호리호리하고 까무잡잡한 그 남자가 이렇게 말을 받았다. 그의 눈길이 갑자기 딱딱해졌다.

"남편과는 전부터 아는 사이신가요? 혹시 프랑스에서 만나셨나요?"

"그에 대해서 들은 적이 있습니다."

방문객은 서서히 힘을 들여가며 말했다. 그런데 그 어조에는 무뚝뚝함이 배어 있었다.

잠시 말이 끊겼다. 그런 다음, 그는 힘들이지 않고 다시 물었다.

"혹시 당신 남편이 밖으로 나가 날 기다리고 있는 건 아니겠죠?"

"밖이라뇨? 그럴 수는 없어요. 다른 문은 없으니까요."

벌록 부인은 깜짝 놀라며 그가 한 말을 되풀이했다.

벌록 부인은 무표정하게 잠시 앉아 있다가, 문 안을 들여다보기 위해 자리에서 일어났다. 그리고 갑자기 문을 열더니 거실 쪽으로 사라졌다.

벌록 씨는 외투를 입은 것 외에 더는 아무것도 하지 않고 있었다. 그러나 그녀는 왜 그가 마치 현기증이 나거나 아픈 사람처럼 식탁 위에 팔을 괴고 몸을 숙이고 있는지 이해할 수 없었다.

"아돌프."

그녀가 약간 큰 소리로 부르자, 그는 몸을 일으켰다.

그녀는 재빨리 물었다.

"저 남자를 알아요?"

"들은 적이 있어."

벌록 씨는 거친 눈길을 문 쪽에 던지며 불안하게 속삭였다.

벌록 부인의 곱지만 무심한 눈길이 갑자기 혐오감으로 번뜩였다.

"그 짐승 같은 늙은이 칼 윤트의 친구 중 한 사람이로군요."

"아냐! 아냐!"

벌록 씨가 모자를 바삐 찾으며 말했다. 그는 소파 밑에서 모자를 찾았지만, 모자가 어디에 쓰는 것인지 모르는 사람처럼 손에 들고만 있었다.

벌록 부인이 마침내 말했다.

"여하간 그 사람이 당신을 기다리고 있어요. 아돌프, 혹시 저 사람이 요즘 당신을 귀찮게 한 대사관 사람은 아니겠죠?"

벌록 씨가 놀라움과 두려움이 섞인 어조로 말했다.

"대사관 사람이라고? 누가 당신에게 대사관 사람에 대해 얘기했지?"

"당신이 그랬잖아요."

"내가? 내가 당신에게 대사관에 대해서 얘기했다고?"

벌록 씨는 굉장히 두렵고 혼란스러운 것처럼 보였다. 그의 부인이 자초지종을 설명했다.

"아돌프, 당신이 최근에 잠을 자다가 꿈결에 했던 말이에요."

"내가 무슨 말을 했지? 당신은 뭘 알고 있지?"

"별것 아니에요. 대부분 말도 안 되는 소리예요. 하지만 당신이 뭔가로 인해 걱정을 하고 있다는 건 짐작할 수 있었어요."

벌록 씨는 모자를 썼다. 그의 얼굴이 붉어지며 노여움으로 가득 찼다.

"말도 안 되는 소리였지! 대사관 놈들! 그놈들 대갈통을 하나하나 잘라버릴 거야. 하지만 지켜볼 테면 지켜보라지. 나도 할 말이 있으니까."

그는 식탁과 소파 사이를 왔다 갔다 하며 화를 냈다. 그의 열린 코트 자락이 모서리에 걸렸다. 그러더니 노여움에 불타던 얼굴이 갑자기 백지장처럼 하얗게 질리며 코가 덜덜 떨렸다. 벌록 부인은 남편의 그러한 모습을 감기 탓으로 돌렸다.

"저 사람이 누구든 빨리 처리하고 집으로 오세요. 당신은 하루나 이틀쯤 간호를 받아야 할 것 같아요."

벌록 씨는 냉정을 되찾더니 창백한 얼굴에 결심 어린 표정을 하고 문을 열었다. 그때 부인이 속삭이는 어조로 그를 불렀다.

"아돌프! 아돌프!"

그가 깜짝 놀라 되돌아왔다.

"은행에서 찾은 돈은 어떻게 했어요? 호주머니에 넣고 있나요? 놓고 가는 게 좋지 않겠어요?"

벌록 씨는 아내가 내민 손바닥을 멍청하게 바라보다가 이마를 찰싹 때렸다.

"돈이라고? 맞아! 나는 당신이 무슨 말을 하는지 몰랐어."

그는 안주머니에서 새 돼지가죽 지갑을 꺼냈다. 벌록 부인은 아무 말 없이 그걸 받아들고, 벌록 씨와 손님이 밖으로 나가면서 벨이 쨍그랑거리는 소리가 잠잠해질 때까지 꼼짝 않고 서 있었다. 그녀는 그때에야 지갑을 들여다보고 지폐를 꺼내 액수가 얼마나 되는지 확인했다. 그런 다음 그녀는 생각에 잠긴 모습으로 방 안을 둘러보았다. 집 안에 깃든 고요와 적막감에 어딘지 믿지 못할 구석이 있는 듯했다. 그녀가 결혼 생활을 하는 이곳이 마치, 숲의 한가운데에 있기나 한 것처럼 외롭고 안전하지 못한 것처럼 보였다. 만약 강도가 든다면 견고하고 육중한 가구들 중 어느 것도 안전하지 못할 것 같았다. 그것은 고상한 능력과 놀라운 통찰력이 더해진 이상적인 생각이었다. 서랍은 생각할 여지도 없었다. 도둑이 들어오면 맨 처음 뒤질 곳이 서랍이었다. 벌록 부인은 서둘러, 후크 두 개를 딴 다음 치마의 코르셋 속에 지갑을 숨겼다. 이렇게 남편의 돈을 처리한 그녀는 누군가가 들어오는 벨 소리가 나자 오히려 안도감이 들었다. 그녀는 으레 가게에 찾아오는 손님이겠거니 생각하고, 태연하고 무표정한 얼굴을 하고 카운터로 갔다.

한 남자가 가게의 중앙에 서서 가게 안을 빠르고 차갑게 훑어보고 있었다. 그의 눈이 벽을 더듬고 천장을 쳐다보고 바닥을 내려다보았다. 한 순간에 일어난 일이었다. 길고 멋진 콧수염 끝이 턱 선 밑으로 내려와 있었다. 그는 오랫동안 알고는 있었지만 그리 가깝지는 않은 사람에게 짓는 미소를 지어 보였다. 벌록 부인은 이 사람을 언젠가 본 적이 있다고 생각했다. 손님은 아니었다. 그녀는 '손님을 쳐다보는 눈길'을 부드럽게 하여 단순한 무관심으로 바꾸고 카운터 너머로 그를 쳐다봤다.

그는 친숙한 모습으로, 그러나 지나치지 않게, 접근해 왔다. 그리고 편한 어조로 물었다.

"벌록 부인, 남편은 집에 있나요?"

"아닙니다. 나갔습니다."

"유감이군요. 몇 가지 개인적인 정보를 얻으려고 들렀는데."

그건 정확히 사실이었다. 히트 반장은 집으로 가서 슬리퍼로 갈아 신을 생각까지 했었다. 그 사건에서 자신이 소외당했다는 생각이 들었다. 생각해보니 화가 났다. 일이 돌아가는 게 도대체 마음에 들지 않았다. 그래서 그는 집 밖에 나가서 기분 전환을 해야겠다고 생각했다. 늘 그렇듯이, 벌록 씨를 찾지 못할 아무런 이유도 없었다. 그가 밖에 나와서 습관적으로 차를 타는 것은 개인적인 시민으로서였다. 그가 흔히 찾아가는 곳은 벌록 씨의 집이었다. 히트 반장은 자신의 사적인 특성을 너무 일관성 있게 존중하는 사람이어서, 브렛 스트리트 인근에서 순찰을 하는 경찰들과 마주치는 걸 피하려고 극도로 신경을 썼다. 그렇게 신경을 쓰는 것은 애매모호한 부국장 같은 사람보다는 그의 위치에 있는 사람에게 훨씬 더 필요한 일이었다. 히트는 시민의 자격으로, 그러나 범죄자들에게는 살금살금 도망가는 것으로 낙인찍힐 수 있는 방식으로 그 거리에 들어섰다. 그리니치에서 습득한 천 조각이 호주머니에 있었다. 그렇다고 그것을 개인의 자격으로 내밀겠다는 생각은 추호도 없었다. 반대로, 그는 벌록 씨가 자발적으로 무슨 말을 할 것인지 알고 싶었다. 그는 벌록 씨의 말에서 미케일리스가 관련돼 있다는 걸 확인했으면 싶었다. 그것은 주로 직업상의 발로였다. 그러나 거기에도 도덕적인 가치 개념이 없는 건 아니었다. 히트 반장은 정의의 심부름꾼이었다. 그는 벌록 씨가 집에 없다는 걸 알고 실망했다.

"오래 걸리지 않는다면 잠깐 기다리겠습니다."

벌록 부인은 이렇다 저렇다 아무 말도 하지 않았다.

그는 자신이 한 말을 반복했다.

"제가 얻고자 하는 정보는 사적인 것입니다. 무슨 말인지 아시겠습니까? 남편이 어디에 갔는지 생각나는 바가 없나요?"

벌록 부인은 고개를 저었다.

"모르겠어요."

그녀는 몸을 돌려 카운터 뒤의 선반 위에 있는 몇몇 상자들을 정돈했다. 히트 반장은 사려 깊은 표정으로 그녀를 잠시 바라보았다.

"내가 누군지 아시겠습니까?"

벌록 부인이 어깨 너머로 바라보았다. 히트 반장은 그녀가 침착하다는 데 놀랐다.

그가 날카롭게 말했다.

"이보시오! 당신도 내가 경찰이라는 건 알잖소."

"저는 그런 덴 별로 신경 쓰지 않아요."

벌록 부인은 이렇게 말하고, 다시 돌아서서 상자를 정돈했다.

"내 이름은 히트요. 특별 수사부의 히트 반장이란 말이오."

벌록 부인은 작은 마분지 상자를 제자리에 맞춰놓고 손을 내려뜨린 채 몸을 돌려 무거운 눈으로 다시 그를 바라보았다. 잠시, 침묵이 흘렀다.

"남편이 십오 분 전에 나갔단 말이지요! 언제 돌아온다고 말하지 않던가요?"

"혼자 나간 게 아닙니다."

벌록 부인은 무심코 이렇게 말했다.

"친구하고 나갔나요?"

벌록 부인은 뒷머리를 만지작거렸다. 머리는 완벽하게 빗겨져 있었다.

"이곳에 온 낯선 사람하고 같이 나갔어요."

"그렇군요. 그 사람은 어떤 사람이었습니까? 괜찮으시다면 말씀해주시겠어요?"

벌록 부인은 개의치 않고 얘기를 해줬다. 그런데 히트 반장은 얼굴이 길쭉하고 콧수염이 위로 꼬이고 얼굴색이 검은 호리호리한 남자가 찾아왔었다는 얘기를 듣고, 당황하는 듯한 표정을 지으며 소리쳤다.

"그럴 줄 알았어! 어김없이 찾아왔었군."

그는 직속 상사가 그렇게 비공식적으로 은밀하게 일을 처리하는 것에 대해 강렬한 혐오감을 느꼈다. 그러나 그는 비현실적인 사람이 아니었다. 이제, 그는 벌록 씨가 돌아오는 걸 기다리고 싶은 생각이 아예 없어졌다. 그들이 무슨 이유 때문에 나갔는지 알 길은 없었다. 하지만 그는 그들이 같이 돌아올 가능성이 많다고 생각했다. 그는 사건 수사가 제대로 진행되는 게 아니라 뭔가에 방해를 받고 있다고 느꼈다.

"당신 남편이 돌아올 때까지 기다릴 시간이 없군요."

벌록 부인은 이 말을 무표정하게 받아들였다. 그녀의 초연한 모습은 히트 반장에게 깊은 인상을 주었다. 바로 이 순간, 호기심이 생겼다. 히트 반장은 가장 사적인 시민의 한 사람으로서 감정에 동요되었다.

그는 그녀를 골똘히 바라보며 말했다.

"당신이 마음만 먹으면, 지금 무슨 일이 일어나고 있는지 나한테 얘기해줄 수 있을 것 같군요."

벌록 부인은 곱지만 느린 눈으로 그의 눈길을 받으며 말했다.

"일어나고 있다고요? 무슨 일이 일어나고 있다는 거죠?"

"내가 당신 남편에게 얘기하러 온 그 사건 말이오."

그날도 벌록 부인은 늘 그런 것처럼 조간신문을 대강 훑어보았다. 그러나 그녀는 집 밖에 나간 적이 없었다. 신문배달부들은 브렛 스트리트로 온 적이 없었다. 신문을 팔 구역이 아니었던 것이다. 사람이 많은 큰 도로를 따라 신문배달부들이 신문을 사라고 외치는 소리는 더러운 콘크리트 담장 사이로 사라져버려 가게까지는 들리지 않았다. 남편은 석간신문을 집으로 가져오지 않았다. 여하간 그녀는 신문을 보지 못한 상태였다. 벌록 부인은 무슨 사건이든, 아는 바가 전혀 없었다. 그녀는 조용한 목소리에 진정으로 놀랍다는 기색을 띠며 그렇게 말했다.

히트 반장은 그녀가 그렇게 아무것도 모르고 있다는 걸 한순간도 믿지 않았다. 그는 사실을 있는 그대로 무뚝뚝하게 얘기했다.

벌록 부인이 눈길을 돌렸다.

"우스운 얘기군요."

그녀는 천천히 이렇게 얘기했다. 그리고 잠시 멈췄다가 말을 이었다.

"우리는 학대받는 노예가 아니잖아요."

수사반장은 상대를 지켜보며 기다렸다. 그러나 그 이상 아무 말도 나오지 않았다.

"당신 남편이 집에 돌아왔을 때 아무 얘기도 하지 않던가요?"

벌록 부인은 대답 대신, 왼쪽에서 오른쪽으로 얼굴을 돌리며 남편이 아무 말도 하지 않았다는 표시를 했다. 맥이 빠지고 당황스러운 침묵이 가게 안에 흘렀다. 히트 반장은 참을 수 없을 정도로 자극을 받은 것 같은 느낌이 들었다.

그는 아무렇지도 않은 듯한 목소리로 얘기했다.

"또 다른 사소한 얘기이긴 하지만, 당신 남편하고 하고 싶은 얘기가 있어요. 우리 생각에는 도난당한 게 분명한 코트가 우리 손에 입수됐어요."

벌록 부인은 그날 저녁, 도둑에 대해서 걱정했던 것이 생각나, 치마 밑자락에 살짝 손을 대봤다. 그리고 차분하게 말했다.

"우리는 코트를 잃어버린 적이 없습니다."

시민 히트가 말했다.

"그것 참 우스운 일이군요. 이 가게에는 불변색 잉크가 많군요."

그는 작은 병을 집어 들고 가게 중앙에 있는 가스램프에 비춰보았다.

그는 잉크병을 다시 내려놓으며 말했다.

"자주색 아닌가요? 아까 얘기한 것처럼 이상한 일이로군요. 그 외투 안에는 당신네 주소가 잉크로 적힌 레테르가 붙어 있었으니 말이오."

벌록 부인은 낮게 소리를 지르며 카운터 위로 몸을 굽혔다.

"그렇다면 그건 제 동생의 것입니다."

"당신의 동생은 어디 있죠? 지금 만나볼 수 있나요?"

수사반장이 활기차게 물었다. 벌록 부인은 카운터 위로 약간 더 몸을 굽혔다.

"아니, 여기에 없습니다. 제가 직접 그 레테르를 썼습니다."

"지금 당신의 동생은 어디 있나요?"

"시골에서 친구와 같이 살고 있습니다."

"코트가 시골에서 왔다는 말이로군요. 그 친구의 이름이 뭡니까?"

"미케일리스입니다."

벌록 부인은 존경심이 묻어나는 낮은 목소리로 말했다.

수사반장은 속으로 쾌재를 불렀다. 그의 눈에서 불꽃이 튀는 것 같았다.

"바로 그렇군요. 잘됐어요. 그런데 당신의 동생은 어떻게 생겼나요? 건장하고 얼굴이 조금 검은 사람인가요?"

벌록 부인이 강렬한 어조로 소리쳤다.

"아, 아닙니다. 그렇게 생긴 사람이라면 도둑일 것입니다. 스티비는 호리호리하고 곱게 생긴 애입니다."

"좋습니다."

수사반장이 만족한 듯한 목소리로 말했다. 벌록 부인이 놀라움과 궁금증이 교차하는 표정으로 그를 바라보는 동안, 그는 정보를 캐내고 싶어했다. 코트 안에 주소가 적힌 레테르를 왜 붙여놓은 걸까? 자세히 들어보니, 그가 그날 아침에 구역질을 하며 조사했던 토막 난 시체의 주인공이 안절부절못하고 멍하고 특이한 성격의 젊은이이며, 지금 자신에게 얘기를 하고 있는 여자가 그 젊은이를 갓난애였을 때부터 돌봤다는 말이었다.

"쉽게 흥분을 잘하는 성격이었나요?"

"아, 예. 그래요. 그런데 그 애가 어떻게 해서 코트를 잃어버리게 되었는지……"

히트 반장은 구입한 지 삼십 분도 안 되는 핑크색 신문을 갑자기 꺼냈다. 그는 경마에 관심이 있었다. 직업상 동료 시민들을 의심의 눈초리로 바라보는 태도를 취할 수밖에 없는 히트 반장은 인간의 마음속에 심어져 있는, 뭔가를 믿고 싶어 하는 충동을 그날 저녁 신문에 난 경마에 관련된 예측 기사를 신뢰하는 것으로 해소했다. 그는 호외로 발간된 신문을 카운터 위에 내려놓고, 호주머니에 다시 손을 집어넣어, 어지러운 넝마 가게에서 수집된 것처럼 보이는 물건들 사이에서, 운명이 그의 수중에 넣어준 바로 그 천 조각을 끄집어냈다. 그는 그것을 벌록 부인에게 내밀었다.

"이걸 알아보시겠죠?"

그녀는 기계적으로 그것을 두 손으로 받았다. 그걸 바라보는 그녀의 눈이 점점 더 커지는 것 같았다.

"네."

그녀는 낮은 목소리로 대답하며 고개를 들고 뒤로 약간 비틀거렸다.

"이걸 이렇게 찢어낸 이유가 뭐죠?"

수사반장은 카운터 너머로 손을 뻗어 그녀의 손에서 천 조각을 낚아챘다. 그녀는 심각한 표정을 띠며 의자에 앉았다. 그는 이제, 신원이 완벽하게 확인됐다고 생각했다. 바로 그 순간, 그는 사건의 놀라운 진상을 엿보았다. 그건 벌록이 문제의 '다른 남자'라는 사실이었다.

"벌록 부인, 당신은 당신이 알고 있는 것 이상으로 이 폭발 사건에 대해서 알고 있는 것 같군요."

벌록 부인은 어안이 벙벙해져 꼼짝 않고 앉아 있었다. 무슨 연관이 있는 걸까? 그녀는 온몸이 굳어 벨 소리가 났을 때도 고개를 돌릴 수가 없었다. 히트 반장은 그 소리가 나자 구두 뒤축을 빙글 돌려 문 쪽을 향했다. 벌록 씨가 문을 닫았다. 두 남자는 잠시 서로를 쳐다보았다.

벌록 씨는 부인을 쳐다보지도 않고 그가 혼자 돌아왔다는 사실에 안도하는 반장을 향해 걸어갔다.

벌록 씨가 무거운 어조로 말했다.

"당신이 여기에 오다니! 누굴 잡으러 다니는 겁니까?"

히트 반장이 나직하게 말했다.

"아무도 아니오. 나는 당신과 한두 마디 얘기를 하고 싶어 왔을 뿐이오."

아직도 얼굴이 창백한 벌록 씨는 단호한 표정을 지었다. 그는 아직도 부인을 쳐다보지 않고 있었다.

"그렇다면 들어오시오."

그는 반장을 거실로 안내했다.

문이 채 닫히기도 전에 벌록 부인은 의자에서 벌떡 일어나 문을 열어 젖히려고 하는 것처럼 문 쪽으로 달려갔다. 그러나 그녀는 그렇게 하지 않고 무릎을 꿇고 열쇠 구멍에 귀를 갖다 댔다. 두 남자는 안으로 들어가자마자 멈춰 선 것 같았다. 반장의 목소리가 또렷하게 들렸다. 그러나 그녀는 반장의 손가락이 남편의 가슴에 닿는 것은 볼 수 없었다.

"벌록, 당신이 다른 사람이지. 두 명이 공원에 들어가는 걸 본 사람들이 있소."

벌록 씨의 목소리가 들렸다.

"자, 날 잡아가시오. 못 잡아갈 이유가 뭐요? 당신한테는 그럴 권리가 있소."

"아냐, 그건 아냐! 나는 당신이 누구한테 실토를 했는지 너무 잘 알고 있단 말이오. 그 사람이 알아서 사소한 일은 처리해줄 거요. 그러나 당신, 착각하지 마. 당신이라는 걸 알아낸 사람은 바로 나니까 말이야."

그런 다음, 그녀의 귀에는 중얼거리는 소리만이 들렸다. 수사반장이 벌록 씨에게 스티비의 옷에서 나온 천 조각을 보여주고 있음이 틀림없었다. 스티비의 누이이자 보호자이자 후견인인 벌록 부인은 남편이 조금 더 큰 소리로 말하는 걸 들었다.

"나는 아내가 그런 걸 붙여놓았다는 사실을 몰랐소."

다시 한 번, 벌록 부인의 귀에 중얼거리는 소리만이 들렸다. 말에 담긴 암시보다는 뭔가 비밀스럽게 중얼거리는 소리가 차라리 나았다. 덜 악몽 같았다. 문의 저쪽에 있는 수사반장이 목소리를 높였다.

"당신, 미쳤군."

벌록 씨가 화가 난 음울한 어조로 말했다.

"한 달 이상 미쳐 있었소. 하지만 지금은 그렇지 않소. 이제 모든 게 끝났소. 내 머릿속에 있는 모든 비밀이 드러나고 말 거요. 결과야 죽이 되든 밥이 되든 내가 알 바 아니고."

침묵이 흘렀다. 그런 다음 히트가 시민의 자격으로 중얼거렸다.

"뭐가 드러난단 말이오?"

"모든 게 말이오."

벌록 씨가 소리를 쳤다. 그런 다음 그의 목소리가 아주 낮아졌다.

잠시 후에 목소리가 다시 높아졌다.

"당신은 지금까지 몇 년 동안 나와 알고 지냈던 사람이오. 당신에겐 내가 유용하기도 했을 것이오. 당신도 알다시피 나는 단도직입적인 사람이오. 그렇소, 단도직입적인 사람이란 말이오."

벌록 씨가 오랫동안 자신을 알고 지냈다는 사실에 호소를 하자, 수사반장은 지독히 혐오스러웠다.

그의 목소리에 경고의 의미가 실렸다.

"당신한테 약속한 것을 너무 믿지 마시오. 내가 당신이라면 도망가겠소. 우리가 당신을 쫓지는 않을 테니까."

벌록 씨가 약간 웃는 소리가 들렸다.

"음, 그렇겠죠. 당신은 다른 사람들이 당신을 대신하여 나를 제거해 주길 바라겠죠. 그렇지 않습니까? 그러나 그건 안 될 말이오. 나를 지금 떼어낼 생각은 하지 마시오. 나는 그런 사람들에게 너무나 오랫동안 확실했던 사람이었소. 이제는 모든 것이 밝혀질 때가 됐소."

히트 반장은 무관심한 목소리로 그 말에 동의했다.

"그렇다면 마음대로 하구려. 하지만 당신이 그곳에서 어떻게 빠져나왔는지 말해보시오."

벌록 부인의 귀에 남편의 목소리가 들렸다.

"폭발음이 들렸을 때 나는 체스터필드 산책로 쪽으로 가고 있었소. 그 소리를 듣고 나는 달리기 시작했소. 안개가 짙게 끼어 있었소. 조지 스트리트를 다 지났을 때까지 아무도 만나지 못했소. 내가 그때까지 누구를 만났다고는 생각하지 마시오."

히트 반장은 놀랍다는 듯 말을 받았다.

"그렇게 쉬웠단 말이군! 당신은 폭발음을 듣고 놀랐겠군?"

"그렇소, 그게 너무 일찍 터졌거든."

벌록 씨가 음울하고 허스키한 목소리로 고백했다.

벌록 부인은 귀를 열쇠 구멍에 밀착시켰다. 입술이 창백했다. 손은 얼음장처럼 차가웠다. 두 눈은 두 개의 검은 구멍 같았다. 창백한 얼굴이 화염에 휩싸인 것 같았다.

문 안쪽에서 들리던 목소리가 아주 낮아졌다. 그녀는 그들이 하는 말을 드문드문 들었다. 때로는 남편의 목소리가 들렸고, 때로는 반장의 부드러운 목소리가 들렸다.

수사반장이 말하는 소리가 들렸다.

"우리는 그 친구가 나무 밑동에 걸려 넘어졌다고 믿고 있소."

낮고 허스키한 목소리가 얼마간 계속 들렸다. 그런 다음, 무슨 질문에 답변을 하기라도 하듯 수사반장이 힘을 주어 말했다.

"물론이오. 산산조각이 났소. 수족과 자갈, 옷과 뼈 등이 뒤범벅돼 있었소. 산산조각이 난 시체를 삽으로 긁어모아야 했다니까."

벌록 부인은 웅크린 자세에서 갑자기 일어났다. 그리고 귀를 막고, 카운터와 벽 선반 사이를 오가며 비틀거렸다. 그녀의 광기 어린 눈에 수사반장이 내려놓은 신문의 스포츠 면이 들어왔다. 그녀는 카운터에 몸을 부딪히며 신문을 움켜쥐고 의자에 앉았다. 그리고 신문을 펼치려고 하다가 경마에 관한 장밋빛 예측 기사가 난 면을 찢어 바닥에 던졌다. 문 저쪽에서는 히트 반장이 비밀요원인 벌록 씨에게 얘기를 하고 있었다.

"그래서 당신은 자신을 방어하기 위해 모든 걸 송두리째 고백하겠다는 거요?"

"그렇소. 모든 얘기를 다 할 거요."

"당신이 생각하는 것만큼 사람들이 당신 말을 믿어줄 것 같지는 않소."

수사반장은 생각에 잠겼다. 이 사건을 그대로 놔두면 많은 것들이 드러나게 돼 있었다. 그렇게 되면, 능력 있는 사람이 제대로 활용하면 개인과 사회를 위해 가치 있게 쓰일 정보망이 허비될 것이었다. 쓸데없이 간섭을 해서 그렇게 된 것이었다. 그렇게 되면 미케일리스는 아무런 해도 입지 않을 것이었다. 교수의 일도 밖으로 드러날 것이었다. 모든 지휘 체계도 와해될 것이었다. 신문에는 끝없이 기사가 실릴 것이었다. 머저리 기자들이 쓴 기사를 머저리 독자들이 읽게 될 것이었다. 그는 마음속으로, 그의 마지막 질문에 대한 답변으로 벌록 씨가 내뱉은 말에 동의하고 있었다.

"믿지 않을지도 모르죠. 그러나 많은 것들이 뒤집어지게 될 거요. 난 확실한 사람이었소. 그리고 이 문제도 확실히 해두겠소."

수사반장이 냉소적으로 말했다.

"당신이 그렇게 하도록 그들이 내버려둔다면 그렇게 되겠지. 그들은 당신을 재판에 회부하기도 전에 틀림없이 당신에게 설교를 하게 될 거요. 결국 당신은 당신도 놀라게 될 형을 받게 될 테고 말이오. 나 같으면, 당신한테 접근해 온 그 남자를 지나치게 신뢰하지는 않겠소."

벌록 씨는 얼굴을 찡그리며 그 말을 들었다.

"내가 당신에게 해주고 싶은 충고는 가능할 때 빠져나가라는 거요. 나는 아무 지시도 받은 바 없소. 당신이 벌써 빠져나갔다고 생각하는 사람들도 있소."

히트 반장은 '사람들'이라는 말에 특이하게 강세를 주었다.

"그렇군요!"

벌록 씨의 마음이 움직였다. 그리니치에서 돌아온 이후, 대부분의 시간을 구석진 작은 술집에 앉아 보냈지만, 지금까지 이렇게 좋은 소식을 기대할 수는 없었다.

수사반장이 그를 향해 고개를 끄덕이며 말했다.

"당신에 대한 생각이 그렇다는 말이오. 사라지시오. 빠져나가란 말이오."

"어디로 갈 수 있단 말이오?"

벌록 씨가 으르렁거렸다. 그는 머리를 들고, 거실의 닫힌 문을 응시하며 중얼거렸다.

"당신이 오늘 밤 나를 데리고 어디론가 가줬으면 좋겠소. 조용히 따라가리다."

"아마도."

수사반장은 그의 눈길이 가는 방향을 따라가며 비꼬듯 말했다.

벌록 씨의 이마가 약간 촉촉해졌다. 그는 전혀 움직이지 않고 있는 수사반장 앞에서 허스키한 목소리를 은밀하게 낮추며 말했다.

"그 애는 좀 모자라고 무책임한 애였소. 어느 법정에 가도 그렇게 결론이 났을 거요. 정신병원으로 보내질 만한 애였소. 그것이 그 애한테 생길 수 있는 최악의 상황이었소. 만약……"

수사반장은 문의 손잡이에 손을 대고 벌록 씨의 얼굴에 대고 속삭였다.

"그 친구는 모자랐을지 모르지만, 당신은 미쳤던 게 틀림없어. 이런 행동을 하게 된 이유가 뭐요?"

벌록 씨는 블라디미르 씨를 생각하며 되는대로 말을 뱉었다.

"북국 돼지 때문이오. 그자가 당신에게는 신사로 보일지는 모르겠지만."

그는 이렇게 말하며 씩씩거렸다.

골똘하게 상대를 쳐다보던 수사반장은 알겠다는 듯 잠시 머리를 끄덕이고 문을 열었다. 카운터 뒤에 있던 벌록 부인은 문이 열리는 소리를 들었겠지만 문을 거칠게 열고 벨 소리를 내면서 그가 밖으로 나가는 모습을 쳐다보지 않았다. 그녀는 카운터 뒤의 의자에 앉아 있었다. 그녀는 굳은 자세로 의자에 앉아 있었다. 그녀의 발치에는 두 장의 더러운 핑크색 신문 쪼가리가 펼쳐져 있었다. 그녀는 사력을 다해 손바닥으로 얼굴을 누르고 있었다. 손가락 끝이 이마를 압박하고 있었다. 그것은 마치 그녀의 얼굴이 가면이라도 되는 것처럼, 거칠게 찢어버리기라도 할 듯한 모습이었다. 완벽할 정도로 움직임이 없는 그녀의 자세는 고함을 지르고, 머리를 벽에 부딪치면서 외부로 표출하는 것보다도 분노와 절망감의 교차와 비극적인 격앙 상태의 잠재적인 폭력성을 실감나게 표현해주고 있었다. 활보하는 자세로 바삐 가게를 가로지르던 히트 반장은 그녀를 흘깃 쳐다봤을 뿐이었다. 철사에 매달린 깨진 벨 소리가 멈췄을 때도, 벌록 부인의 주위에 있는 아무것도 움직이지 않았다. 그녀의 태도에는 마법의 힘이 있는 것 같았다. T자형 받침대에 얹혀 있는 나비 모양의 가스 불조차도 아무런 흔들림 없이 타고 있었다. 빛의 광채를 집어삼킬 것 같은 우중충한 갈색 페인트가 칠해진 소나무 선반에는 수상한 물건들이 진열돼 있었다. 벌록 부인의 왼손에 끼워진 결혼반지가 화려한 자태를 뽐내며 반짝거렸다.

10

　웨스트민스터 방향의 소호 지역에서 마차를 타고 빠른 속도로 질주해 가던 부국장은 결코 해가 지지 않는 제국의 한복판에서 내렸다. 건장한 몸집의 몇몇 경찰이 그에게 인사를 했다. 그들은 존엄한 그곳을 자신들이 지키고 있다는 사실을 특별히 마음에 새기고 있는 것 같지는 않았다. 그는 결코 고상하지만은 않은 정문을 통해서 의회House(이곳은 수백만 명의 사람들의 마음속에 가장 훌륭한 집이었다) 안으로 들어가다가, 흥분을 잘하고 혁명적인 성향의 투들스를 만났다.
　부국장이 그렇게 일찍 나타나자, 말쑥한 차림의 그 젊은 남자는 속으로 깜짝 놀랐다. 그가 자정이나 돼야 돌아올 거라는 소리를 들었기 때문이었다. 그는 부국장이 그렇게 일찍 나타난 걸로 미루어, 뭔가 잘못돼가고 있다고 생각했다. 성격이 쾌활한 젊은이들이 남에게 동정심을 쉽게 표시하듯, 그는 자신이 '보스'라고 부르는 사람과 부국장에게 안쓰러움을 느꼈다. 부국장의 얼굴은 전보다 더 불길하게 딱딱하고 길어 보였다. '참으로 이상하고도 이국적으로 생긴 사람이란 말이야.' 그는 약간 떨어진 곳에서 친절하고 쾌활한 미소를 지으며 속으로 이렇게 생각했다. 그들의 거리가 곧 가까워지자, 그는 뭔가가 잘못되어 거북해 있을 상대방의 마음을 달래주려고 얘기를 하기 시작했다. 그날 밤에 있었던 그 습격은 흐지부지되고 말 것처럼 보인다. '저 짐승 같은 치즈맨'의 무식한 보좌관이 뻔뻔스럽게 조작한 통계를 갖고 몇몇 의원들을 곤란하게 만들고 있다. 그 보좌관이 의원들로 하여금 휴회를 선포하도록 유도해줬으면 좋겠다. 그러나 그 보좌관은 저 게걸스러운 치즈맨이 여유 있게 식사를 할 수 있도록 시간을 벌고 있는 것이나 아닌지 모르겠다. 여하튼, 보스는 아무리 설득해도 집에 가려고 하지 않는다. 대충 이런 내용의 얘기였다.

"제 생각에 그분은 당신을 곧 만나려고 하실 겁니다. 지금은 바다 물고기들에 대해 생각하시며 방에 혼자 계십니다."

투들스는 이렇게 경쾌하게 결론을 지으며 "따라오시죠" 하고 말했다.

무보수로 일하는 개인 비서인 그는 기질적으로 상냥한 성격임에도 불구하고 사람들이 흔히 범하는 잘못을 범하기도 하는 사람이었다. 그는 일을 엉망으로 만들어버린 사람처럼 보이는 부국장의 마음을 괴롭게 하고 싶지 않았다. 하지만 그의 호기심은 단순한 동정심만으로 억제하기에는 너무 강했다. 그는 부국장과 같이 걸어가면서 어깨 너머로 가볍게 묻지 않을 수 없었다.

"그 얼간이는 어떻게 됐죠?"

"잡았지."

부국장은 간략하게 대답했다. 그렇다고 상대방에게 불쾌감을 주기 위해서 그렇게 대답한 건 결코 아니었다.

"잘됐군요. 당신은 높으신 분들이 사소한 일에 실망하는 걸 대단히 싫어한다는 사실을 잘 모르실 겁니다."

이렇게 심오한 발언을 한 다음, 경험이 많은 투들스는 생각에 잠긴 것처럼 보였다. 여하튼 그는 2초 동안이나 아무 말도 하지 않았다. 그리고 이렇게 말했다.

"좋습니다. 하지만 그 문제가 정말로 당신이 말씀하신 것처럼 그렇게 사소한 일인가요?"

부국장이 대답 대신, 질문을 던졌다.

"자네는 얼간이를 어떻게 다뤄야 하는지 알고 있나?"

"가끔 정어리 상자에 넣어버릴 필요가 있죠. 스페인 해안에 통조림 공장들이 있으니까요."

투들스는 이렇게 말하며 껄껄 웃었다. 그는 다른 일에 대해서는 아무것도 몰라도, 고기 잡는 일에서만큼은 박식했다.

부국장은 정치 견습생의 말허리를 잘랐다.

"그렇지, 그렇지. 하지만 때로는 고래를 잡기 위해 정어리를 던져놓을 수도 있는 법일세."

투들스가 숨을 죽이며 소리쳤다.

"고래라고요? 아이쿠! 그렇다면 고래를 잡으려고 하시는 건가요?"

"꼭 그런 건 아닐세. 내가 잡으려는 건 돔발상어야. 자네는 돔발상어가 뭔지 아마 모를 거야."

"알아요. 서가에 책들이 너무 많아 몸이 묻힐 정도라니까요. 낯짝은 반반하고 콧수염까지 달린 몰골에 험상궂고 악독하게 생긴 고기죠."

부국장이 토를 달았다.

"정확하군. 그런데 내가 잡으려고 하는 것은 말끔하게 면도까지 하고 있다네. 자네도 본 적이 있을 거야. 머리가 좋은 고기지."

투들스는 믿을 수 없다는 듯 말했다.

"제가 봤다고요? 제가 어디서 봤다는 건지 알 수 없군요."

"익스플로러 클럽에서 봤을 거야."

부국장이 차분하게 말했다. 회원만 출입이 가능한 그 클럽 이름이 언급되자, 투들스는 겁을 먹은 것처럼 보였다. 그는 갑자기 걸음을 멈췄다.

그는 "말도 안 되는 소리"라며 그 말을 일축했지만, 목소리는 질려 있었다.

"무슨 말씀이시죠? 회원인가요?"

부국장이 이 사이로 중얼거렸다.

"명예 회원이지."

"맙소사!"

투들스는 너무나 놀란 것 같았다. 부국장은 희미한 미소를 지었다.

"우리 둘만 아는 걸로 해두세."

"제가 지금까지 살아오면서 들었던 얘기 중 가장 지독한 얘기군요."

투들스가 힘없이 말했다. 너무 놀라서 그의 왕성한 혈기가 눈 깜짝할 사이에 사라져버린 것 같았다.

부국장은 웃음기가 걷힌 눈길로 그를 쳐다보았다. 그들이 고위층 인사의 사무실 문에 다다를 때까지, 투들스는 도무지 믿을 수 없다는 듯 완강히 침묵을 지켰다. 그는 부국장이 그렇게 불쾌하고 불안한 일을 발설했다는 사실에 화가 난 것 같았다. 부국장의 말은 회원 선별을 극도로 까다롭게 하는 익스플로러 클럽의 성격과 순수성을 뒤집는 것이었다. 그는 사회에 대한 믿음과 개인적인 감정을 변함없이 지키고 싶어 했다. 그에게 이 세상은 살 만한 곳이었다.

그는 옆으로 비켜서며 말했다.

"노크하지 말고 그냥 들어가세요."

모든 불빛 위로 낮게 드리워져 있는 녹색 실크 차양이 그 방에 짙은 숲 그늘과 같은 분위기를 드리우고 있었다. 거만한 눈은 고위층 인사의 약점이었다. 이 약점은 은밀히 감춰져 있었다. 그래야 할 때가 되면, 그는 의식적으로 그런 눈길을 드러냈다. 그 방에 들어서던 부국장의 눈에 처음에는 큼지막한 머리를 받치고, 큼지막하고 창백한 얼굴의 윗부분을 가리고 있는 큼지막하고 창백한 손만 보였다. 열린 공문서 박스가 책상 위에 놓여 있었다. 그 옆에는 몇 장의 종이와 몇 개의 깃펜이 흩어져 있었다. 널찍한 책상 위에는 그 외에 아무것도 없었다. 예외가 있다면, 기다란 겉옷을 입힌 작은 청동 조상이 놓여 있다는 것이었다. 그 청동 조상은 미동도 하지 않은 채, 이상한 모습으로 모든 걸 지켜보고 있는 것 같았다. 부국장은 상대가 앉으라고 하자 의자에 앉았다. 침침한 불빛 속에서 있으니까, 그의 두드러진 특징과 기다란 얼굴과 검은 머리와 여윈 모습이 전보다 더 이국적으로 보이게 만들었다.

고위층 인사는 놀랍다는 표시도 하지 않고 적극적인 표시도 하지 않았다. 그는 아무런 감정의 표시도 하지 않았다. 그는 위협을 당한 눈길을 하고, 심오하게 명상적인 태도로 앉아 있었다. 그는 그런 자세를 조금도 바꾸지 않았다. 그러나 그의 목소리는 꿈을 꾸는 듯한 소리가 아니었다.

"그래, 당신이 벌써 찾아냈다고 하는 게 뭐요? 예상치 못했던 것을 처음부터 찾아냈단 말이로군."

"에설레드 경, 그걸 예상치 못한 것이라고 할 수는 없습니다. 제가 찾아낸 건 주로 심리적인 상태에 관한 것입니다."

고위층 인사의 몸이 약간 움직였다.

"제발 알아듣기 쉽게 얘기하시오."

"알았습니다, 에설레드 경. 당신도 대부분의 범죄자들이 어느 시점에

선가, 누군가에게 고백을 하고 속을 다 털어놓고 싶은 저항할 수 없는 욕구를 느낀다는 사실은 틀림없이 알고 계실 겁니다. 그런데 그 사람들은 가끔 경찰에게 그런 고백을 합니다. 저는 히트 반장이 그렇게도 감싸고도는 그 벌록이라는 사람이 그러한 심리 상태에 있다는 걸 알아냈습니다. 비유적으로 말씀드리자면, 그 사람은 제 가슴에 자신을 내던졌다고 할 수 있을 것입니다. 그건 그 사람에게 제가 누구이며, '당신이 이 사건의 배후에 있다는 걸 알고 있다'는 말을 속삭이는 것으로 충분했습니다. 우리가 이미 사건에 대해서 알고 있다는 게 그로서는 불가사의하게 보이는 것 같았습니다. 그러나 그는 그걸 냉철하게 받아들였습니다. 그는 그게 불가사의하게 생각됐지만 한순간도 멈칫하지 않았습니다. 그래서 저는 두 가지 질문만을 했습니다. 누가 당신한테 시킨 거냐? 그렇게 한 사람의 신원이 무엇이냐? 이렇게 말이죠. 그는 첫번째 질문에는 힘을 주어 대답했습니다. 두번째 질문에 대답한 걸 보면, 폭탄을 갖고 가던 친구는 그의 처남이었던 것 같습니다. 좀 모자란 젊은이였던 것 같습니다. 참 흥미로운 사건입니다. 지금 모든 걸 다 말씀드리자면 시간이 너무 길어질 것 같습니다."

고위층 인사가 물었다.

"당신이 알아낸 게 뭐요?"

"첫째, 전과 기록이 있는 미케일리스는 이 사건과 전혀 관련이 없다는 것입니다. 사실, 그 젊은이는 오늘 아침 여덟 시까지 미케일리스와 함께 시골에서 잠시 머물고 있었답니다. 미케일리스는 지금 이 순간까지도 이 사건에 대해서 아무것도 모르고 있을 가능성이 더 많습니다."

고위층 인사가 물었다.

"당신, 그걸 장담할 수 있소?"

"에설레드 경, 그건 확실합니다. 벌록이라는 사람이 오늘 아침, 그곳에 가서 산보를 나간다고 속이고 그 젊은이를 데리고 나왔답니다. 그가 그렇게 한 것이 처음이 아니었기 때문에, 미케일리스는 특별히 이상하다는 생각을 전혀 하지 않았던 것 같습니다. 에설레드 경, 벌록이라는 자가 굉장히 화를 내는 걸 보면 아무것도 의심할 여지가 없습니다. 그자는 일이 이런 방향으로 벌어지자 정신이 나갔던 것 같습니다. 에설레드 경이나 저로서는 그 일이 정말로 진지한 의도에서 일어난 행위인지 믿기 어렵지만, 그자에게는 심각했던 게 틀림없습니다."

부국장은 손으로 눈을 가리고 조용히 앉아 있는 고위층 인사에게, 벌록 씨가 블라디미르 씨의 기질과 사건의 처리 방식을 어떻게 인식하고 있는지 간략하게 설명했다. 부국장은 그럴 만한 이유가 있다는 걸 굳이 거부하지 않는 것처럼 보였다. 그러나 고위층 인사는 이렇게 말했다.

"모든 게 참 허황된 얘기처럼 들리는군."

"그러시죠? 잔인한 농담 같다고나 할까요. 하지만 그자는 그걸 심각하게 생각했던 것 같습니다. 그자는 자신이 협박을 당하고 있다고 느낀 것 같습니다. 아시다시피, 그자는 전에는 스토트 바르텐하임과 직접적으로 연줄이 닿아 있었기 때문에, 자신이 하는 일을 필수 불가결한 것이라고 생각하게 됐던 것 같습니다. 그런데 정신이 번쩍 든 거죠. 제 생각에는 그자는 정신이 나갔던 것 같습니다. 그자는 화도 나고 두렵기도 했던 것 같습니다. 그자는 대사관 사람들이 자신을 내칠 뿐만 아니라 어떤 식으로든 그를 넘겨버릴 수도 있다는 생각을 했던 것 같습니다."

고위층 인사가 아직도 큼지막한 손으로 얼굴을 가린 채, 말을 가로막았다.

"그자와 얼마 동안 같이 있었소?"

"40분 정도 같이 있었습니다. 평판이 그리 좋지는 않은 콘티넨털 호텔에 방을 예약하고 거기에서 만났습니다. 그자는 범죄 행위를 하고 난 후에 보이는 반응을 보였습니다. 그자는 비정한 범죄자라고는 할 수 없을 것 같습니다. 처남을 죽게 하려고 했던 건 아닌 것 같습니다. 그는 충격을 받은 게 분명해 보였습니다. 그자는 감성이 아주 예민한 사람인 것 같습니다. 어쩌면 불쌍한 처남을 실제로 좋아했는지도 모를 일입니다. 그자는 그 친구가 그곳에서 빠져나오기를 바랐던 것 같습니다. 만약 일이 그렇게 됐다면 이 사건의 실마리를 찾는다는 건 아예 불가능했을 겁니다. 여하튼, 그자는 최악의 경우, 처남이 체포당하는 것으로 이 사건이 끝날 것이라고 생각했던 것 같습니다."

부국장은 추측으로 하던 말을 멈추고, 잠시 생각에 잠겼다.

"하지만 그랬을 경우, 그자가 자신이 이 사건에 관여돼 있다는 걸 어떻게 숨기려고 했는지는 잘 모르겠습니다."

부국장은 이렇게 말을 계속했다. 그러나 그는 스티비가 벌록 씨에게 얼마나 헌신적이었는지 모르고 있었다. 스티비에게 벌록 씨는 '좋은' 사람이었다. 또한 부국장은 이상할 만큼 침묵으로 일관하는 스티비의 성격에 대해서도 모르고 있었다. 그가 사랑하는 누나가 달래도 보고, 화도 내보고, 다른 방법을 동원해 뒷조사를 해보아도, 전에 계단에서 폭죽을 터뜨렸던 사건에 대해서 몇 년 동안 아무 말도 하지 않았던 것처럼, 그는 어떤 것에 대해서는 완강하게 침묵을 지켰다. 스티비는 충직한 사람이었다.

"그건 정말 모르겠습니다. 그런 일이 일어나리라고는 전혀 생각해보지 않았을 수도 있습니다. 에설레드 경, 이렇게 말씀드리면 터무니없이 들릴지 모르지만, 그자는 모든 문제들을 끝내버리겠다고 생각하고 자살을 감행했는데 자신이 죽지 않았다는 걸 알고 실망하는 충동적인 사람 같았습니다."

부국장은 변명하듯이 이렇게 설명했다. 그러나 터무니없는 말에도 일종의 명료함이 있는 법이었다. 고위층 인사는 기분이 상하지 않았다. 그는 큼지막한 손에 큼지막한 머리를 기대고 있었다. 그의 큼지막한 몸은 녹색 실크 차양이 드리운 그늘에 반쯤 묻혀 있었다. 그의 몸이 경련하듯 움직이면서, 억눌린 듯하지만 강력한 소리가 간헐적으로 밖으로 새어나왔다. 고위층 인사가 웃음을 터뜨렸다.

"그자를 어떻게 처리했소?"

부국장이 기다렸다는 듯 대답했다.

"에설레드 경, 가게에 있는 부인에게 돌아가고 싶어하는 것 같아 보내줬습니다."

"정말 그랬단 말이오? 하지만 그자는 도망칠 거요."

"죄송한 말씀이지만, 저는 그렇게 생각하지 않습니다. 그자가 갈 곳이 어디 있겠습니까? 에설레드 경께서는 그자가 자기 동지들로부터도 위험한 상황에 처해 있다는 걸 아셔야 합니다. 그자는 자신의 자리를 지켜야 합니다. 그곳을 이탈하다가 발각되면 뭐라고 설명할 수 있겠습니까? 하지만 그자의 행동에 장애물이 전혀 없다고 해도, 그자는 아무런 행동도 하지 않을 것입니다. 그에게는 현재, 어떤 결심을 내릴 만한 도덕적 에너지가 없습니다. 그리고 제가 그자를 억류했다면 우리는 이미 그 사건을 어떻게 처리할지에 대해 결정을 내린 것이 됩니다. 그러나 저는 에설레드 경의 의중이 어떠신지 우선 알고 싶었습니다."

고위층 인사가 그 방의 녹색 어둠 속에 그늘지고 위압적인 형태를 드리우며, 무겁게 몸을 일으켰다.

"오늘 저녁에 법무장관을 만나고 나서, 내일 아침에 당신을 부르겠소. 더 하고 싶은 얘기는 없소?"

부국장도 일어섰다. 호리호리하고 나긋나긋한 모습이었다.

"에설레드 경, 세부적인 것에 대해 설명을 드린다면 모르지만 더는 없습니다."

"세부적인 것에 대해서는 얘기하지 마시오."

세부적인 것이 정말로 두렵기라도 한 것처럼, 그의 큼지막하고 흐릿한 몸이 움츠러드는 것 같았다. 그런 다음 그 몸이 앞으로 나오고 확장되고 커지고 무거워지며, 큼지막한 손이 앞으로 쑤—욱 내밀어졌다.

"이 사람한테 부인이 있다고 했지?"

부국장은 내민 손을 공손하게 잡으며 대답했다.

"그렇습니다, 에설레드 경. 성실한 부인이죠. 결혼 생활도 훌륭합니다. 그자는 제게, 대사관에서 면담을 한 후, 가게도 팔고 모든 걸 정리하고 다른 나라로 갈 생각까지 했다고 얘기했습니다. 하지만 그의 부인이 해외로 이주하는 것을 한사코 반대했다고 했습니다. 두 사람의 훌륭한 유대 관계를 그것보다 더 실감 있게 말해줄 수 있는 건 없을 것 같습니다."

부국장은 불쾌감을 느끼며 그 말을 했다. 그의 부인도 외국으로 간다는 얘기는 한사코 들으려고 하지 않았던 것이다.

"예, 성실한 부인입니다. 죽은 사람도 성실한 처남이었고요. 어떤 면에서 보자면, 이건 한 가정에 관련된 일입니다."

부국장은 약간의 웃음기를 머금었다. 그러나 고위층 인사의 생각은 먼 곳에 가 있는 것 같았다. 어쩌면 국내 정책, 즉 이교도 같은 치즈맨에게 십자군 같은 용기로 맞서는 전쟁터에 대해서 생각하고 있는지도 몰랐다. 부국장은 벌써 잊혀진 존재인 것처럼 표시 내지 않고 조용히 물러나왔다.

그에게도 성전(聖戰)에 임하는 듯한 직감이 느껴졌다. 이것이 이런저런 이유로 해서 히트 반장에게는 역겨운 것이었지만, 그에게는 하늘이

내려준 성전의 시발점인 것 같았다. 그는 처음부터 그걸 염두에 두고 있었다. 그는 그 문제를 곰곰이 생각하며 집을 향해 서서히 걸었다. 벌록 씨의 심리 상태를 생각하자, 혐오감과 만족감이 뒤섞였다. 그는 걸어서 집으로 갔다. 그는 거실이 어두운 걸 보고 위층으로 올라갔다. 그리고 옷을 갈아입고 생각에 잠긴 몽유병자와 같은 모습을 하고 침실과 화장실 사이를 왔다 갔다 했다. 그러다가 그는 그런 생각을 떨쳐내고 다시 밖으로 나왔다. 미케일리스의 후원자인 귀부인의 집에 가 있는 아내와 합류하기 위해서였다.

그는 자신이 그곳에 가면 환영받을 것을 알고 있었다. 그는 두 개의 거실 중 작은 쪽으로 들어가면서, 피아노 옆에 있는 몇몇 사람들 속에 아내가 있는 걸 보았다. 유명세를 타기 시작한 젊은 작곡가가 피아노용 의자에 앉아, 뒷모습이 늙어 보이는 살찐 두 남자들과 뒷모습이 젊어 보이는 날씬한 세 여자들에게 얘기를 하고 있었다. 칸막이 뒤에 있는 귀부인은 한 명의 남자와 또 한 명의 여자와 같이 있었다. 그들은 그녀가 앉아 있는 소파 맞은편에 있는 팔걸이의자에 나란히 앉아 있었다. 그녀는 부국장에게 손을 내밀었다.

"오늘 밤, 당신을 여기에서 볼 수 있으리라는 기대는 하지 않았어요. 애니가 그렇게 알려주더군요."

"예, 저도 일이 이렇게 빨리 끝날 줄은 몰랐습니다."

이렇게 말하고 나서 부국장은 낮은 목소리로 덧붙였다.

"미케일리스는 이 일과 아무런 관련이 없다는 걸 말씀드릴 수 있게 돼서 기쁩니다."

전과자의 후견인은 화를 발끈 내면서 이 말을 받아들였다.

"이유가 뭡니까? 당신들은 그 사람을 이 일과 관련시킬 정도로 어리석은 사람들입니까?"

부국장은 공손하게 상대방의 말을 부인했다.

"어리석은 게 아닙니다. 영리해서 그런 거죠."

침묵이 흘렀다. 의자에 앉아 있던 남자가 여자에게 하던 얘기를 멈추고 희미한 미소를 지으며 그를 쳐다보았다.

귀부인이 말했다.

"두 분이 전에 만난 적이 있는지 모르겠군요."

블라디미르 씨와 부국장은 그녀의 소개를 받고 조심스럽게 격식을 차리며 인사를 했다.

블라디미르 씨의 옆에 앉아 있던 부인이 머리를 남자 쪽으로 돌리며 갑자기 말했다.

"이분이 저에게 겁을 주고 있었답니다."

그녀는 부국장이 알고 있는 여자였다.

그는 피곤하지만 침착한 눈길로 그녀를 세심하게 바라본 후 말했다.

"겁을 먹은 표정은 아니시군요."

그는 그 순간, 이 집에 오면 조만간 모든 사람들을 만나게 된다고 속으로 생각했다. 블라디미르 씨의 발그스레한 얼굴에 웃음기가 가득 묻어 있었다. 그는 익살맞은 사람이었다. 그러나 그의 눈은 확신에 찬 사람의 눈처럼 진지한 표정이었다.

그 여자가 자신의 말을 정정했다.

"이분은 적어도 그렇게 하려고 작정하고 있었어요."

부국장은 저항할 수 없는 어떤 생각에 사로잡혀 이렇게 말했다.

"아마 습관이 돼서 그랬겠지요."

그 여자는 달래는 듯하면서도 느린 어조로 말을 계속했다.

"이분은 그리니치 공원의 폭발 사건에 대해 온갖 무서운 얘기를 다 했어요. 그런 사람들을 세계적으로 억제하지 못하면 우리는 모두, 두려움에 질려 벌벌 떨게 될 것 같아요. 저는 이 사건이 그렇게 거창한 사건이라고는 생각조차 하지 않았어요."

블라디미르 씨는 그 말을 듣지 않은 척하며, 소파 쪽으로 몸을 기울이고 가라앉은 목소리로 상냥하게 얘기를 했다. 그러나 그의 귀에는 부국장이 말하는 소리가 또렷하게 들렸다.

"블라디미르 씨는 틀림없이 이 사건의 중요성에 대해서 정확하게 알고 있을 겁니다."

블라디미르 씨는 저 염병할 경찰 놈이 불쑥 끼어들어 무슨 얘기를 하려고 하는지 궁금했다. 그는 독재자의 앞잡이들에게 희생을 당한 사람들의 후손이었기 때문에, 종족적으로, 국가적으로, 그리고 개인적으로 경찰을 두려워했다. 그것은 그의 판단력과 이성과 경험과는 전혀 무관한, 선대로부터 물려받은 약점이었다. 그는 그걸 타고난 것이었다. 그러한 감정은 어떤 사람들이 말도 안 되는 이유 때문에 고양이를 보고 무서워하는 것과 같았다. 그러나 그것이 그가 영국 경찰을 경멸하는 것을 막을 수는 없었다. 그는 귀부인에게 하던 말을 마치고 몸의 방향을 살짝 바꿨다.

"당신 말은 우리에게 이러한 사람들에 대한 경험이 많다는 것이겠지요. 그렇습니다. 우리는 그러한 사람들 때문에 고통을 많이 당하고 있지요. 하지만 당신들은……"

그는 여기에서 잠시 머뭇거리는 미소를 지으며 난처한 표정을 지었다.

"하지만 당신들은 당신들 속에 있는 그들의 존재를 기꺼이 참아주는 것 같습니다."

말끔하게 면도를 한 그의 뺨에 보조개가 생겼다. 그는 더 근엄한 어조로 이렇게 덧붙였다.

"내 입장에서는 그렇게 말할 수도 있습니다. 당신들이 그러하니까요."

블라디미르 씨가 말을 마치자, 부국장은 눈을 내리깔았다. 그리고 대화가 중단되었다. 이와 거의 동시에 블라디미르 씨가 자리에서 일어섰다. 그가 소파에서 등을 돌리자마자, 부국장도 일어섰다.

그러자 미케일리스의 후견인이 말했다.

"당신은 여기에 있다가 애니를 데리고 갈 줄 알았는데."

"오늘 밤 할 일이 좀 남아 있는 것 같아서요."

"관련이 있는 일인가요?"

"아, 예. 그렇다고 할 수 있죠."

"두려운 일이라고 하는데, 도대체 무슨 일인지 설명해주세요."

"무슨 일인지 딱 잘라 말씀드리기가 어렵습니다. 그러나 이건 유명한 사건이 될 수도 있습니다."

부국장은 이렇게 대답하고 황급히 거실을 떠났다.

블라디미르 씨는 커다란 실크 손수건으로 목을 조심스럽게 감싸면서 아직도 홀에 서 있었다. 그의 뒤에는 하인이 코트를 들고 기다리고 있었다. 다른 사람이 문을 열어주기 위해 일어섰다. 차례가 되자, 부국장도 외투를 입는 데 도움을 받았다. 그리고 즉시 밖으로 나왔다. 그는 현관 계단을 내려오다가 어느 방향으로 가야 할지 생각해보는 것처럼 발길을 멈췄다. 블라디미르 씨는 열린 문을 통해서 이 모습을 보고, 홀에서 머뭇거리다가 담배를 꺼내며 불을 달라고 했다. 사람을 조용히 배려하는 표정을 짓고 있던 노인이 제복에서 성냥을 꺼내 줬다. 그러나 성냥불이 꺼졌다. 그러자 하인이 문을 닫았다. 블라디미르 씨는 큼지막한 아바나 담배에 여유 있는 자세로 불을 붙였다. 마침내 그는 집 밖으로 나오면서, '염병할 경찰 놈'이 아직도 도로 위에 서 있는 모습을 혐오스러운 눈으로 바라보았다.

'저자가 설마 나를 기다리는 건 아니겠지.'

블라디미르 씨는 이륜마차가 있는지 보려고 도로의 아래위를 쳐다보며 이렇게 생각했다. 이륜마차는 보이지 않았다. 두 대의 사륜마차가 연석 근처에서 대기하고 있었다. 마차의 램프 불이 고르게 타고 있었고, 말들은 완벽하게 조용히 서 있었다. 마치 돌에 조각을 해놓은 것 같은 모습이었다. 마부는 큰 망토를 걸치고 소리 없이 앉아 있었다. 그가 쥐고 있는 기다란 채찍의 하얀 가죽 끈도 전혀 움직이지 않았다. 블라디미르 씨는 걸음을 옮겼다. '염병할 경찰 놈'이 바로 옆까지 따라왔다. 그는 아무 말도 하지 않았다. 그는 서너 발자국을 걸어갔다. 그러자 화가 머리끝까지 나며 불안해졌다. 이런 식으로 계속 걸어갈 수는 없었.

그는 야만스럽게 으르렁거리는 목소리로 말했다.

"염병할 놈의 날씨로군요."

"좋은 날씨인데 괜히 그러시네."

부국장이 감정 없이 말을 받았다. 그는 잠시 말없이 있다가, 아무렇지도 않은 듯 불쑥 말했다.

"우리는 벌록이라고 하는 사람을 붙잡았소."

블라디미르 씨는 비틀거리지도, 뒷걸음질을 치지도 않고 활달하게 걸음을 옮겼다. 그러나 소리를 지르지 않을 수는 없었다.

"뭐라고요?"

부국장은 그가 한 말을 되풀이하지 않았다. 그리고 똑같은 어조로 말을 이었다.

"당신은 그자를 알고 있잖소."

블라디미르 씨가 걸음을 멈추고 쉰 목소리로 이렇게 얘기했다.

"당신은 무슨 근거로 그런 얘기를 하는 거요?"

"내가 그러는 게 아니오. 벌록이 그렇게 말합디다."

"그런 거짓말을 하다니 개자식이군요."

블라디미르 씨는 어딘지 동양적인 뉘앙스가 담긴 표현을 써가며 그렇게 말했다. 그러나 속으로는 영국 경찰이 믿을 수 없을 정도로 민첩하다는 데 놀라고 있었다. 영국 경찰에 대해서 그렇게 생각한 적이 없었기 때문에 더욱 놀라웠다. 그래서 속이 조금 뒤틀릴 지경이었다. 그는 담배를 내던지고 걸음을 옮겼다.

부국장이 천천히 얘기를 계속했다.

"이 사건에서 가장 마음에 드는 것은 이 사건이 내가 지금까지 해야 된다고 느껴왔던 일을 시작할 수 있는 훌륭한 계기가 됐다는 것이오. 즉, 내가 해야 할 일이란 모든 외국 스파이들과 경찰과 그런 종류의 개자식들을 이 나라 밖으로 몰아내는 것이오. 내 생각에 그자들은 지독한 골칫거리요. 게다가 위험하기까지 하지요. 하지만 우리가 그자들을 하나하나 찾아낸다는 건 쉬운 일이 아니오. 방법이 하나 있긴 한데, 그것은 그런 자들을 고용하는 사람들에게 그런 일이 불쾌한 것이 되도록 만드는 것이오. 일이 참 볼썽사납게 돼가고 있소. 이 나라에 사는 우리들한테는 위험하기까지 한 상황이오."

블라디미르 씨는 다시 한 번 발길을 멈췄다.

"무슨 말입니까?"

"벌록이라는 자를 기소하면 일반 대중에게 그 위험성과 추악함을 보여주게 될 거요."

블라디미르 씨가 가소롭다는 듯 말했다.

"그런 사람이 하는 말을 믿을 사람은 아무도 없을 거요."

부국장이 부드럽게 말했다.

"아주 정확하고 다양하게 세부적인 것을 발설하게 되면, 대다수 국민들에게 확신을 심어줄 거요."

"그래서 당신은 정말로 그렇게 하겠다는 거군요."

"우리는 그자를 잡았소. 우리에게는 선택의 여지가 없소."

블라디미르 씨가 반박했다.

"그렇게 한다면 당신은 혁명주의적인 성향을 지닌 악당들이 거짓말을 하는 것을 부추기는 결과가 될 뿐이오. 그런 스캔들을 일으켜 당신이 얻고자 하는 게 뭐요? 도덕적인 것인가요? 아니면 무엇이오?"

블라디미르 씨가 조바심을 치고 있는 게 분명해 보였다. 부국장은 이런 방법을 통해서, 벌록 씨가 간략하게 했던 말에 어느 정도의 진실성이 있는 게 분명하다는 걸 확인하고, 무관심을 가장해 말했다.

"실질적인 면에서 좋은 점도 있소. 우리에겐 틀림없어 보이는 놈들의 뒤를 쫓는 것만 해도 할 일이 많소. 당신들은 이제 우리가 비효율적이라고 얘기할 수는 없을 것이오. 하지만 우리는 가짜가 어떤 시늉을 하든 가짜한테는 신경을 쓰지 않을 작정이오."

블라디미르 씨의 목소리가 거만해졌다.

"나는 당신의 생각에 동의할 수 없군요. 그건 이기적인 생각이오. 조국에 대한 나의 충성심에는 의심의 여지가 없지만, 나는 우리가 사이좋은 유럽인들이 돼야 한다는 생각을 늘 하고 있었소. 정부나 관료들과는 별개로 말이오."

부국장이 간단하게 "그건 그렇소" 하고 대답한 다음, 친절한 어조로 말을 이었다.

"문제는 당신이 유럽을 다른 각도에서 본다는 데 있소. 여하간, 다른 나라의 정부가 우리 경찰의 비효율성에 대해서 불평할 건 없소. 이번 사건을 보시오. 속임수라는 생각이 들 만큼 추적하기가 유달리 어려운 사건이오. 그러나 우리들은 사건이 일어난 지 열두 시간도 되지 않아, 문자 그대로 산산조각 난 시체의 신원을 파악했고, 그 사건의 주모자를 찾아냈고, 그자를 뒤에서 선동한 자를 어렴풋이 알게 됐소. 우리는 그 이상으로 밀고 갈 수도 있었소. 하지만 그렇게 되면 우리 영토의 한계를 벗어나는 것이라서 그만뒀을 뿐이오."

블라디미르 씨가 재빨리 말했다.

"그러니까 이 교훈적인 범죄가 해외에서 계획된 것이었다는 말이로군요. 그게 해외에서 계획되었다는 게 분명한가요?"

부국장은 대사관이라는 게 해당 국가의 일부분이라는 걸 넌지시 암시하며 대답했다.

"이론적으로는 그렇소. 이론적인 측면에서만 본다면 외국에서 계획된 것이오. 그런데 해외에서 계획된 것이라는 말은 허구적인 의미에서 그렇다는 것뿐이오. 하지만 그건 너무 세부적인 얘기인 것 같소. 내가 당신에게 이 일에 대해서 얘기를 하는 것은 당신네 나라의 정부가 우리 경찰에 대해서 불평을 가장 많이 하기 때문이오. 당신도 보다시피, 우리나라 경찰은 그렇게 형편없는 게 아니오. 나는 특별히 당신에게 우리가 이 사건을 성공적으로 해결했다는 얘기를 해주고 싶었소."

블라디미르 씨는 이 사이로 낮게 말했다.

"아주 고맙군요."

부국장은 히트 반장의 말을 그대로 옮기듯, 이렇게 말했다.

"우리는 이 나라에 있는 무정부주의자들 하나하나를 색출할 수 있소.

지금 필요한 것은 공작원을 없애는 일이오. 모든 것이 안전할 수 있도록 말이오."

블라디미르 씨가 손을 들어 지나가는 이륜마차를 세웠다.

"당신, 여기로 들어가려고 했던 게 아니었던가요?"

부국장은 멋있게 균형이 잡히고 쾌적한 모습의 건물을 바라보며 물었다. 커다란 홀의 불빛이 유리문을 통해서 널찍한 계단 위로 쏟아지고 있었다.

그러나 이륜마차 안으로 들어가 무표정한 눈길로 앉아 있던 블라디미르 씨는 한마디 말도 없이 마차를 타고 가버렸다.

부국장 자신도 기품 있게 보이는 그 건물 안으로 들어가지 않았다. 그곳이 익스플로러 클럽이었다. 그곳의 명예 회원인 블라디미르 씨가 앞으로는 그곳에 자주 모습을 드러내지 않을 것 같다는 생각이 부국장의 뇌리를 스쳤다. 그는 시계를 쳐다봤다. 열 시 삼십 분밖에 되지 않은 시각이었다. 그에게는 아주 알찬 저녁 시간이었다.

11

히트 반장이 떠난 후, 벌록 씨는 거실에서 서성거렸다. 그는 열린 문으로 부인을 이따금 바라보았다. '이제 저 사람도 모든 걸 다 알고 있구나.' 그는 슬픔에 잠긴 그녀에 대한 동정심과 자신에 대한 일말의 만족감을 느끼며 이렇게 속으로 생각했다. 벌록 씨의 마음에는 위대한 면은 없을지라도 부드러운 측면이 없지 않았다. 그는 자신이 직접 그녀에게 그 사실을 밝혀야 한다고 생각했을 때 도무지 정신을 차릴 수 없을 지경이었다. 그런데 히트 반장이 그의 걱정을 덜어준 셈이었다. 잘된 일이었다. 이제 그에게는 그녀의 슬픔에 어떻게 대처하느냐 하는 문제만 남아 있었다.

벌록 씨는 죽음의 문제를 갖고 그녀를 대해야 한다는 생각은 전혀 예상하지 못했다. 아무리 논리적이고 유창하게 설득한다고 해도 죽음의 문제는 쉽게 대처할 수 있는 게 아니었다. 벌록 씨는 그렇게 갑작스럽고 파괴적인 방법으로 스티비를 죽게 할 생각은 전혀 없었다. 정말이지 그렇게 죽게 할 생각은 없었다. 스티비는 살아 있을 때보다 죽었기 때문에 훨씬 더 귀찮은 존재였다. 벌록 씨는 자기가 하는 일이 잘될 것이라고 예상했다. 때때로 사람에게 기묘한 속임수를 쓰게 만드는 스티비의 머리가 아니라, 스티비의 맹목적인 온순함과 맹목적인 헌신에 기대며 그 일을 진행했기 때문이었다. 벌록 씨는 심리학자는 아니었지만, 스티비의 광적인 믿음이 얼마나 깊은 것인지를 헤아리고 있었다. 그는 스티비가 천문대 담에서 빠져나온 후, 그가 지시한 바와 같이 전에 여러 번 보여줬던 길을 따라 밖으로 나와, 공원 밖에서 기다리고 있는 현명하고 선한 매형에게 올 것이라는 희망을 품었었다. 지지리도 바보이긴 했지만 스티비가 폭탄을 두고 밖으로 나오는 덴 십오 분이면 충분했다. 교수도 십오 분 이내에 터지지는 않을 것이라고 장담했다. 그러나 스티비는 혼자 남겨지자, 오 분도 안 돼 넘어져버렸다. 그리고 벌록 씨는 정신적으로 만신창이가 되었다. 그는 다른 것은 다 예상했지만 그 일이 일어날 줄은 예상하지 못했다. 그는 스티비가 제정신이 아닌 상태가 되어 길을 잃고 헤매다가 결국 경찰서나 구빈원으로 갔다가 나중에 발견되는 불상사는 예견했다. 그는 스티비가 체포를 당하는 경우도 예상했다. 그는 그럴 경우에도 두렵지 않았다. 벌록 씨는 스티비의 충성심을 아주 높이 평가하고 있었다. 그는 여러 차례 산보를 같이 하면서, 만약 그런 일이 발생할 경우 아무 말도 하지 말아야 한다는 걸 스티비에게 주입시켜놓은 상태였다. 숲을 거닐면서 제자들을 가르치는 아리스토텔레스학파의 철학자처럼, 벌록 씨는 런던의 거리를 거닐면서, 교묘한 논리를 내세운 대화를 통해 경찰에 대한 스티비의 생각을 바꿔놓은 상태였다. 이 세상의 어떤 철학자도 스티비만큼 경청을 잘하고 스승을 흠모하는 제자를 둔 적이 없었다. 스티비가 어찌나 벌록 씨에게 복종을 잘하고 그를 숭배하던지, 스티비를 좋아하는 마음이 벌록 씨에게 생길 정도였다. 여하한 경우에도, 그는 자신이 이 사건에 관련되어 있다는 것이 이렇게 빨리 드러나리라고는 예상하지 못했다. 그는 부인이 스티비의 코트 안쪽에 주소를 적은 천을 꿰매놓았으리라는 건 상상도 하지 못했다. 모든 걸 다 생각할 수는 없는 노릇이었다. 그러고 보면, 그녀가 스티비가 길을 잃어도 염려할 게 없다고 말했을 때의 의미는 바로 그런 의미였던 것이다. 그녀는 남편에게 스티비가 길을 잃어도 금방 나타날 것이라고 분명히 얘기했다. 그런데 정말로, 스티비는 말 그대로 나타나 있었다.

"음, 음."

벌록 씨는 너무 놀라워 이렇게 중얼거렸다. 그녀가 한 말은 무슨 의미였을까? 스티비에 대해서 너무 걱정하지 말라는 뜻이었을까? 그녀는 좋은 의미로 그렇게 얘기했을 것이다. 다만 그녀는 그러한 예방 조치를 취해놓았다는 사실을 그에게 얘기해줬어야 했다.

벌록 씨는 카운터 뒤로 들어갔다. 그는 그녀를 너무 모질게 혼내지는 말아야겠다고 생각했다. 벌록 씨에게는 모진 감정도 없었다. 사건이 예상치 않게 전개되면서 그는 운명주의자로 돌아섰다.

이제는 어떻게 해도 소용이 없다는 생각이 들었다.

"나는 그 애에게 해를 끼치려고 했던 게 아니었소."

벌록 부인은 남편의 목소리를 듣고 부르르 몸을 떨었다. 그녀는 얼굴에서 손을 떼지 않았다. 스토트 바르텐하임 남작이 신임했던 비밀요원은 무겁고 지속적이고 둔한 눈길로 그녀를 잠시 바라보았다. 찢어진 석간신문이 그녀의 발치에 놓여 있었다. 그녀가 신문을 읽고 많은 걸 알 수는 없었을 것이다. 벌록 씨는 부인에게 얘기를 해야 할 필요성을 느꼈다.

"그 염병할 놈의 히트 자식 때문이야. 그자가 당신의 기분을 망쳐놓았군그래. 여자한테 그런 일을 불쑥 얘기하다니, 그자는 짐승이라니까. 나는 체셔치즈 술집에서 몇 시간 동안이나 쪼그리고 앉아 어떻게 하면 좋을지 생각하고 있었는데 말이야. 당신도 알다시피, 나는 그 애에게 해를 끼칠 생각은 전혀 없었어."

비밀요원 벌록 씨는 진실을 얘기하고 있었다. 폭탄이 너무 일찍 터져버림으로써 가장 극심한 충격을 받은 것은 그의 부부간의 애정이었다.

그는 이렇게 덧붙였다.

"내가 특별히 즐거운 마음으로 술집에 앉아 당신을 생각했다는 말은 아니오."

그는 부인이 다시 한 번 몸을 약간 떠는 것을 바라보았다. 그의 감정에 동요가 일었다. 그녀는 손으로 얼굴을 계속 감싸고 있었다. 그는 그녀를 당분간 혼자 있게 내버려두는 게 낫겠다고 생각했다. 벌록 씨는 이런 생각이 들자, 가스램프가 만족한 고양이처럼 갸르릉거리는 소리를 내며 타고 있는 거실로 다시 돌아왔다. 남편이 저녁 식사를 할 것을 대비해 벌록 부인이 차려놓은 찬 쇠고기와 나이프, 포크와 반 덩이의 빵이 식탁 위에 놓여 있었다. 이런 모습이 처음으로 그의 눈에 들어왔다. 그는 빵과 고기를 잘라내 식사를 하기 시작했다.

그의 식욕은 그가 무정해서 생긴 게 아니었다. 벌록 씨는 그날 아침, 식사를 전혀 하지 않고 급히 집을 나섰다. 그는 에너지가 넘치는 사람이 아니었다. 그는 그 결정을 내리고 조바심을 내고 있었다. 그것이 그의 목을 틀어쥐고 있는 것 같았다. 그는 딱딱한 것이라면 아무것도 삼키지 못했을 것이다. 미케일리스가 살고 있는 오두막에는 감옥과 마찬가지로 먹을 것이 없었다. 가출옥수 미케일리스는 약간의 우유와 곰팡내 나는 빵 부스러기를 먹으며 살고 있었다. 게다가, 그는 벌록 씨가 도착했을 때 이미 간소한 식사를 마치고 위층으로 올라가버린 상태였다. 그는 집필을 하는 데 열중했기 때문에, 벌록 씨가 계단에서 부르는 소리에도 대답하지 못했다.

"여보게, 이 젊은 친구를 하루나 이틀 집으로 데려가려고 하네."

사실을 얘기하자면, 벌록 씨는 대답을 기다리지도 않고 오두막 밖으로 곧장 빠져나왔다. 고분고분한 스티비가 그의 뒤를 따랐다.

벌록은 이제, 모든 행동이 예기치 않게 빠른 속도로 끝나버리고, 그의 운명이 자기 손을 떠난 상태였기 때문에 육체적인 허기를 느꼈다. 그는 고기를 자르고 빵을 잘라, 식탁 옆에 서서 게걸스럽게 먹기 시작했다. 그리고 이따금, 부인을 향해 눈길을 던졌다. 그녀가 전혀 움직이지 않고 있다는 사실이 그가 편안하게 식사하는 걸 방해했다. 그는 다시 가게로 가서, 그녀에게 아주 가깝게 다가갔다. 손으로 얼굴을 가리고 슬퍼하는 모습이 벌록 씨를 불안하게 만들었다. 물론 그는 부인이 상심할 것이라는 건 예상했었다. 하지만 그는 그녀가 마음을 가라앉히기를 바랐다. 그는 자신이 어쩔 수 없다고 받아들인 새로운 상황에 처하게 되자, 그녀의 도움과 헌신이 필요했다.

그는 우울하고 동정적인 어조로 말했다.

"어쩔 수 없잖아. 위니, 우리는 내일을 생각해야 해. 내가 잡혀가고 나면, 당신이 정신을 바짝 차려야 해."

그는 여기에서 말을 멈췄다. 벌록 부인의 가슴이 발작적으로 들썩거렸다. 이것은 벌록 씨에게 고무적인 게 아니었다. 그의 생각에는 이같이 낯선 상황에서, 그것과 가장 깊숙이 관련돼 있는 두 사람에게 필요한 것은 정신적인 장애가 생길 정도의 격렬한 슬픔이 아니라 침착함이나 결단력과 같은 것이었다. 벌록 씨는 인정이 있는 사람이었다. 그는 동생을 향한 부인의 애정을 최대한 배려해줄 마음의 태세를 갖추고 집에 돌아왔다. 하지만 그는 그 애정의 성격이나 범위를 이해하지 못하고 있었다. 그 점은 그럴 수도 있었다. 그가 자신을 버리지 않고 그것을 이해한다는 것은 불가능한 일이기 때문이었다. 그는 깜짝 놀랐다. 그리고 실망감을 느꼈다. 이러한 감정 상태가 그의 다소 거친 목소리에 배어 있었다.

그는 잠시 기다린 후에 말했다.

"날 좀 쳐다봐."

"죽어도 쳐다보지 않을 거예요."

벌록 부인의 얼굴을 밀치고 나오는 듯한, 힘없고 처량하기까지 한 말이었다.

"어, 뭐라고!"

벌록 씨는 이 말이 지닌 외면적이고 문자적인 의미 때문에 깜짝 놀랐을 뿐이었다. 그건 분명히 말도 안 되는 소리였다. 슬픔이 과장되어 나온 소리에 불과했다. 그는 그걸 부부간의 응석으로 받아들였다. 벌록 씨의 마음은 깊이가 부족했다. 그는 개인의 가치는 개인에게 있다는 잘못된 생각을 갖고 있었기 때문에, 벌록 부인의 입장에서 스티비가 어떤 가치를 지니고 있는지 도저히 이해할 수 없었다. 그는 그녀가 그걸 너무 심하게 받아들인다고 생각했다. 이런 게 모두 그 염병할 히트 자식 때문이었다. 그 자식은 무슨 이유 때문에 이렇게 여자의 마음을 혼란스럽게 해놓은 것일까? 하지만 그녀를 위해서라도, 제정신이 아닌 상태가 될 때까지 그녀를 방치해서는 안 될 일이었다.

"이봐! 그렇다고 가게에 이렇게 마냥 앉아 있을 수만은 없잖아."

그는 일부러 엄격한 목소리로 말했다. 그 목소리에는 약간의 짜증이 묻어 있었다. 지금은 밤새 잠을 자지 않고서라도 실질적인 문제에 대해서 얘기를 해야 할 때였다.

"누군가가 어느 순간에 우리 집으로 들이닥칠 거야."

그는 이렇게 말하고 다시 한 번 기다렸다. 아무런 효과도 없었다. 이 순간, 죽으면 모든 것이 끝이라는 생각이 벌록 씨의 머리에 스쳤다. 그는 어조를 바꿔 말했다.

"그만 해. 그렇다고 그 애를 살려낼 수는 없잖아."

그는 부드럽게 말했다. 그는 조급한 마음과 동정심이 나란히 자리를 잡고 있는 자신의 널찍한 가슴으로 그녀를 꼭 껴안아주고 싶었다. 그러나 벌록 부인은 그가 그렇게 직설적으로 얘기했음에도 불구하고, 짧게 몸을 떤 것을 제외하고는 아무런 반응도 하지 않았다. 마음이 움직인 건 벌록 씨였다. 단순한 그는 자신에 관한 얘기를 함으로써 문제를 완화해보려고 했다.

"위니, 제발 정신 좀 차려. 내가 죽었다면 어떻게 됐겠어?"

그는 희미하게나마, 그녀가 그 말을 듣고 소리를 지르기를 바랐다. 그러나 그녀에게선 아무런 반응이 없었다. 그녀는 약간 뒤로 몸을 기대고 완벽할 정도로 정지된 상태가 되었다. 벌록 씨는 화가 나기도 하고 놀라기도 했다. 그의 가슴이 빠르게 뛰기 시작했다. 그는 그녀의 어깨에 손을 대면서 말했다.

"바보 같은 짓 하지 마, 위니."

그녀는 아무런 내색도 하지 않았다. 얼굴이 안 보이는 여자와 얘기를 한다는 건 불가능한 일이었다. 벌록 씨는 부인의 팔목을 잡았다. 그러나 그녀의 손은 몸에 달라붙어 있는 것 같았다. 그가 잡아당기자 그녀의 몸이 통째로 앞으로 쏠리더니 의자에서 굴러 떨어질 뻔했다. 그는 그녀가 그렇게 무기력하게 늘어져 있다는 데 깜짝 놀라, 그녀를 의자에 다시 앉히려 했다. 그때였다. 그녀의 굳은 몸이 갑자기 풀렸다. 그녀는 그의 손을 뿌리치고 가게를 벗어나 거실을 가로질러 부엌으로 달려갔다. 순식간에 일어난 일이었다. 그는 그녀의 얼굴과 눈을 잠깐 보았을 뿐이었다. 그는 그녀가 자신을 쳐다보지 않았다는 걸 알았다.

겉에서 보면 마치, 그 일이 의자를 서로 차지하려다가 생긴 일 같았다. 벌록 씨가 부인이 앉았던 자리에 즉시 앉았기 때문이다. 벌록 씨는 손으로 얼굴을 가리지는 않았다. 그러나 우울한 표정이 얼굴에 드리워 있었다. 감옥에 가는 건 피할 수 없는 일이었다. 그리고 지금으로선 굳이 피하고 싶지도 않았다. 감옥은 무덤만큼이나, 무지막지한 복수로부터 안전한 장소였다. 감옥에 있으면 뭔가를 희망할 여지라도 있었다. 그는 수감 생활을 짧게 하고 조기에 석방되어 외국으로 가고 싶었다. 그는 실패할 경우에 대비해, 벌써 외국으로 피신할 계획을 세워놓고 있었다. 그래, 그건 실패였다. 정확히 그가 두려워했던 바와 같은 실패는 아닐지 몰라도, 실패는 실패였다. 거의 성공할 뻔했었다. 그렇게 됐다면 그것은 자신의 놀라운 능력을 입증해주면서, 자신을 잔인하게 몰아치던 블라디미르 씨의 혼을 빼놓을 수 있었을 것이다. 적어도 벌록 씨에게는 그렇게 보였다. 대사관에서의 그의 명성은 하늘로 치솟을 것이었다. 만약에, 정말로 만약에, 부인이 스티비의 외투 안쪽에 주소를 꿰매놓는 재수 없는 짓을 하지 않았더라면 그랬을 것이다. 벌록 씨는 바보가 아니었다. 그는 자신이 스티비에게 행사하는 놀라운 영향력을 금세 깨달았다. 물론 그는 그것의 기원에 대해서는 정확하게 이해하지 못했다. 그것은 스티비에 대한 걱정으로 노심초사하던 두 여자가 벌록 씨의 엄청난 현명함과 선함을 스티비에게 주입한 결과였다. 결과적으로 보면, 벌록 씨는 정확한 통찰력으로 스티비의 본능적인 충성심과 맹목적인 신중함을 계산에 넣었다. 그런데 예상하지 못한 결과가 나오자, 그는 오싹해졌다. 인정 있는 사람으로서도 그랬고, 다정한 남편으로서도 그랬다. 다른 관점에서 보자면 그건 다소 유리한 조건이었다. 죽음보다 신중할 수 있는 건 아무것도 없기 때문이었다. 놀라기도 하고 당황하기도 한 벌록 씨는 체셔치즈 스트리트에 있는 작은 술집에 앉아, 그렇게 생각하지 않을 수 없었다. 그의 감정이 판단력을 방해하지 않았기 때문이다. 생각해보면 개운치 않긴 해도, 스티비가 그렇게 비명횡사를 한 것은 성공했다는 사실을 확인시켜줄 뿐이었다. 블라디미르 씨가 원했던 것은 벽을 허물어버리는 것이 아니라 심리적인 효과를 일으키는 걸 개발하라는 것이었기 때문이다. 벌록 씨의 입장에서 보면, 그렇게도 걱정과 고민을 거듭하면서 거행한 그 일은 효과가 있었다고 얘기할 수 있을지 몰랐다. 그러나 그는 정말로 예기치 않게도, 브렛 스트리트로 돌아와서 충격을 받았다. 자신의 입지를 보존하기 위해서 악몽을 꾸는 사람처럼 몸부림을 쳤던 벌록 씨는 그 충격을 운명론자처럼 받아들였다. 그렇게 된 건 누구의 잘못도 아니었다. 정말이었다. 너무나 하찮은 게 상황을 그렇게 만들고 만 것이었다. 어둠 속에서 작은 오렌지 껍질을 밟고 넘어져 다리가 부러지는 격이었다.

벌록 씨는 기진맥진한 듯 숨을 들이쉬었다. 그에게는 아내에 대한 노여움이 없었다. 그는 이렇게 생각했다. 그들이 나를 감옥에 가둬놓는 동안, 아내는 가게를 돌봐야 할 것이다. 아내는 무엇보다도 스티비가 보고 싶을 게다. 그건 너무 잔인한 일이다. 아내의 건강과 마음 상태가 몹시 걱정스럽다. 아내는 이 집에 혼자 살면서, 그 외로움을 어떻게 견뎌낼 것인가? 그가 갇혀 있는 동안, 아내가 신경 쇠약에라도 걸리면 안 될 일이다. 그렇게 되면 가게는 어떻게 된단 말인가? 가게는 자산이다. 벌록 씨는 체념을 하면서 비밀요원으로서의 역할은 이제 끝났다고 생각했지만, 그렇다고 자신이 완전히 파멸한다는 생각은 추호도 하지 않았다. 그랬다. 아내에 대한 배려 때문이었다.

고요했다. 부엌에 있는 아내는 보이지도 않았다. 그게 그를 놀라게 했다. 이런 때는 장모라도 있었으면 좋았을 텐데! 하지만 벌록 씨는 그 멍청한 늙은이를 생각하자 화도 나고 절망스럽기도 했다. 아내와 얘기를 해야겠다는 생각이 들었다. 그녀에게 남자란 특별한 상황에 처하게 되면 필사적이 된다는 걸 분명하게 얘기해주고 싶었다. 그러나 그는 당장 그 얘기를 할 정도로 자제력이 없는 건 아니었다. 우선, 오늘 저녁은 장사를 할 때가 아닌 것 같았다. 그는 일어서서 가게 문을 닫고 가스램프를 껐다.

이렇게 정리를 한 다음, 벌록 씨는 거실로 가서 부엌 쪽을 쳐다봤다. 벌록 부인은 가엾은 스티비가 저녁 시간에 앉아 있곤 하던 자리에 앉아 있었다. 스티비는 심심하면 연필과 종이를 들고 그곳에 앉아 혼돈과 영원을 암시하는 수많은 원을 그리곤 했었다. 그녀는 식탁 위에 팔을 포개고, 그 위에 머리를 대고 있었다. 벌록 씨는 그녀의 뒷모습과 머리 모양을 잠시 쳐다보다가 부엌문으로부터 몸을 돌렸다. 이러한 비극적인 일이 생기자, 그렇지 않아도 모든 일에 무관심한 듯한 그녀에게 무슨 말을 한다는 게 너무 어려운 일처럼 느껴졌다. 벌록 부인의 무관심은 철학적이면서도 오만하다고까지 할 수 있는 성격의 것이었다. 그것이 그들의 가정 생활의 근본이었다. 벌록 씨는 이러한 상황에서 어려움을 뼈저리게 느꼈다. 그는 늘 그랬듯, 우리에 갇힌 거대한 짐승처럼 거실에 있는 탁자 주위를 맴돌았다.

호기심이 자기를 드러내는 방식 중의 하나이기 때문에, 고의적으로 무관심한 사람은 언제나 부분적으로는 신비해 보이기 마련이다. 벌록 씨는 부엌문을 지나칠 때마다, 불안한 눈길로 아내 쪽을 쳐다보았다. 그건 그녀가 두려워서가 아니었다. 벌록 씨는 자신이 그 여자에게 사랑을 받고 있다고 생각했다. 그러나 그는 그녀에게 속마음을 털어놓는 데 익숙하지 않았다. 그가 해야 하는 말은 깊은 심리적 차원의 것이었다. 평소에 그렇게 하지도 않았는데, 자신조차 어렴풋하게 느끼는 것에 대해 그녀에게 어떻게 얘기할 수 있단 말인가! 운명이 장난을 치는 것 같다는 말을 어떻게 한단 말인가! 머릿속으로 어떤 생각을 하면 결국에 그것이 자신과는 별개의 힘을 갖고 표면적으로 모습을 드러낸다는 얘기를 어떻게 한단 말인가! 피둥피둥 살이 찌고 입을 잘 놀리고 면도를 말끔히 한 얼굴이 그의 머리를 떠나지 않아 그것을 없애고 싶은 생각밖에 없었다는 말을 어떻게 한단 말인가!

대사관의 일등 서기관을 생각하자, 벌록 씨는 문간에서 발을 멈추고, 화난 얼굴로 부엌을 바라보며 주먹을 움켜쥐었다. 그리고 아내에게 이렇게 말했다.

"당신은 내가 얼마나 짐승 같은 놈을 상대해야 했는지 모르고 있어."

그는 탁자 주변을 다시 한 바퀴 돌기 시작했다. 그리고 다시 부엌문 쪽으로 왔을 때, 걸음을 멈추고 두 계단쯤 되는 곳에서 이글거리는 눈빛으로 말했다.

"그놈은 사람을 사람같이 여기지 않는, 위험천만하고 어리석기 짝이 없는 짐승 같은 놈이었단 말이야! 내가 저희들을 위해 몇 년을 일했는데! 나 같은 사람한테 감히 그러다니! 나는 그자의 손에 놀아나고 있었단 말이야. 당신은 몰랐겠지. 맞는 말이기도 해. 우리가 결혼한 지 7년이 됐지만, 나는 그사이에 어느 순간 칼을 맞을지 모르는 모험을 수없이 감수해야 했어. 당신한테 그런 얘기를 해서 좋을 게 뭐가 있었겠어? 나는 나를 좋아하는 여자를 걱정하게 만드는 사람이 아니야. 당신은 알 필요도 없었어."

벌록 씨는 화를 못 이겨 씩씩거리며, 다시 한 번 거실을 돌았다.

그는 문가에 와서 다시 얘기하기 시작했다.

"악독한 짐승 같은 놈! 농담으로라도, 나를 시궁창으로 내던져 굶어 죽게 만들겠다는 말을 하다니! 그 자식은 그게 괜찮은 농담이라고 생각하는 것 같더군. 나 같은 사람을 두고 말이야! 보라고! 최고위층에 있는 사람들도 오늘날까지 두 다리로 걸어다닐 수 있는 것에 대해 나한테 고마워해야 할 거야! 여보, 그게 당신이 결혼한 남자란 말이야!"

그는 아내가 일어나 앉는 걸 보았다. 벌록 부인의 팔은 여전히 탁자 위에 뻗쳐진 채로 있었다. 벌록 씨는 그가 한 말이 어떤 효과를 거뒀는지를 확인하려는 것처럼, 그녀를 다시 한 번 쳐다봤다.

"지난 11년 동안에 일어난 살인 음모 사건 중에 내가 죽음을 무릅쓰고 개입하지 않은 사건이 단 한 건도 없었어. 나는 수십 명의 혁명주의자들이 전방에서 잡히도록 그들의 염병할 호주머니에 폭탄을 넣어 파견한 적도 있었어. 돌아가신 남작님은 내가 자기 나라에 얼마나 가치 있는 존재인지 알고 계셨지. 그런데 갑자기 이 돼지 같은 새끼가 나타난 거야. 무식하고 건방진 돼지 새끼 같으니라고!"

벌록 씨는 두 개의 계단을 내려와서 부엌으로 들어섰다. 그리고 찬장에서 큰 컵을 꺼내, 아내를 쳐다보지 않은 상태에서 싱크대로 갔다.

"남작님 같았으면, 아침 열한 시에 나를 호출하는 돼먹지 않게 어리석은 짓을 하지는 않으셨을 거야. 내가 그곳에 들어가는 것을 봤다면, 이 도시에 있는 두세 명의 인간들이 조만간 내 머리통을 거리낌없이 부숴버렸을 거라고. 나 같은 사람을 그렇게 드러내다니, 똥멍청이 같은 자식!"

벌록 씨는 싱크대의 수도꼭지를 틀어 세 잔의 물을 연거푸 벌컥벌컥 들이켰다. 분을 삭이기 위해서였다. 블라디미르의 행동이 불붙은 장작처럼 그의 내부 조직을 활활 타게 만든 것 같았다. 그는 배반감을 극복할 수 없었다. 이 사람은 사회가 그 구성원들에게 요구하는 힘든 일을 하려고 하지는 않았지만, 자신에게 부여된 은밀한 일은 끈덕지고 헌신적으로 해온 사람이었다. 벌록 씨에게는 충성심이 있었다. 그는 고용주들에게 충성을 다했고, 사회의 안정이라는 명분에 충성을 다했다. 그리고 그의 애정에도 충성을 다했다. 이것은 그가 싱크대에 컵을 세워놓고 돌아서서 다음과 같이 얘기하는 데서 확인할 수 있었다.

"내가 당신을 생각하지 않았다면, 나를 협박하는 그 개자식의 목을 틀어쥐고 대가리를 난로 속에 처박았을 거야. 면도나 말끔히 하고 혈색이 반반한 그런 자식은 내 상대도……"

벌록 씨는 마지막 말을 굳이 할 필요가 없다고 느꼈다. 자신의 입에서 무슨 말이 나올지 뻔했기 때문이었다. 그는 인생에서 처음으로, 그 무관심한 여자에게 속마음을 털어놓고 있었다. 그 사건이 특이한 데다, 이런 고백을 하는 과정에서 개인적인 감정이 더 중요하게 되어, 벌록 씨는 스티비의 운명에 관해서는 까마득하게 잊고 있었다. 공포와 분노 때문에 말을 더듬던 스티비가 비명횡사를 했다는 생각은 벌록 씨의 마음속에서 잠시 사라진 상태였다. 바로 그러한 이유 때문에, 그는 고개를 들고, 아내가 그를 뚫어져라 응시하는 것을 보고 깜짝 놀랄 수밖에 없었다. 그녀의 눈길은 거친 눈길이 아니었다. 그렇다고 무관심한 눈길도 아니었다. 특이하고도 뭔가 만족스럽지 못한 눈길이었다. 자신의 너머에 있는 어떤 것을 응시하는 듯한 눈길이었다. 그 느낌이 너무 강렬해, 벌록 씨는 자신의 어깨 너머를 바라보기까지 했다. 그런데 그의 뒤에는 아무것도 없었다. 하얗게 칠해진 벽이 있을 뿐이었다. 위니 벌록의 훌륭한 남편은 벽에 쓰인 아무런 글씨도 보지 못했다. 그는 다시 한 번 아내 쪽으로 몸을 돌리며 자기가 했던 말을 반복하여 강조했다.

"그 자식의 목을 틀어쥐었을 거라고. 그건 내가 지금 여기에 있는 것만큼이나 사실이야. 당신을 생각하지 않았다면, 그 자식의 목숨이 끊어지게 만들었을 거라고. 그렇게 되면 그 자식은 경찰을 부를 수도 없었을 거야. 감히 그러지도 못했을 거야. 당신도 그 이유를 알겠지?"

그는 동의를 구하는 듯, 아내를 향해 눈을 깜빡거렸다.

그러자 벌록 부인이 그를 쳐다보지도 않고 무덤덤한 목소리로 말했다.

"모르겠어요. 무슨 얘기를 하는 거죠?"

벌록 씨는 실망이 컸다. 피곤한 탓이기도 했다. 그에게는 길고도 긴 하루였다. 그는 완전히 기진맥진해져 있었다. 한 달 동안 미칠 듯이 노심초사하다가 결국 예기치 않은 파국을 맞은 벌록의 마음은 폭풍우에 휘말린 듯했다. 그는 쉬고 싶었다. 비밀요원으로서의 삶은 이제, 아무도 예상하지 못했던 방식으로 끝나버렸다. 이제, 잠이나 편히 잘 수 있었으면 싶었다. 그러나 그는 아내를 쳐다보면서 그럴 수 있을지 의심스러웠다. 그녀는 그것을 너무 힘들게 받아들이고 있었다. 그는 그녀가 전혀 그녀답지 않다고 생각했다. 그는 힘을 들여 말했다. 동정이 섞인 말이었다.

"여보, 정신을 좀 차려. 이미 벌어진 일을 되돌릴 수는 없잖아."

벌록 부인의 몸이 약간 움찔하는 것 같았다. 그러나 그녀의 창백한 얼굴은 조금도 움직이지 않았다. 벌록 씨는 그녀를 쳐다보지 않은 채, 무겁게 말을 이었다.

"이제, 침대로 가지그래. 실컷 울고 나면 괜찮아질 거야."

이러한 생각은 권할 만한 것은 아니었지만, 사람들은 일반적으로 그렇게 생각했다. 일반적으로 사람들은, 여자의 감정이란 하늘에 떠도는 수증기보다 더 가치가 없는 것이어서, 울면 끝난다고 생각한다. 만약 스티비가 그녀의 자포자기적인 눈길을 받으며 그녀의 팔에 안겨 죽었더라면, 벌록 부인은 비통한 눈물을 하염없이 흘림으로써 위안을 느꼈을지 모른다. 벌록 부인은 다른 사람들과 마찬가지로, 어쩔 수 없는 인간의 운명을 무의식적인 체념으로 받아들일 수 있는 사람이었다. 그녀는 '그런 문제로

골머리를 앓을 필요도 없고' '그런 문제는 깊이 들여다볼 필요도 없다'는 걸 알고 있는 사람이었다. 그러나 벌록 씨에게는 더 큰 재앙의 일부에 불과한 스티비의 죽음이 그녀에게는 그렇게 다가오지 않았다. 그의 죽음은 비참한 것이었다. 그녀는 눈물샘마저 말라붙어 울지도 못했다. 하얗게 달궈진 쇠를 눈앞에 갖다 대기라도 한 듯, 그녀의 눈물샘은 말라버렸다. 그녀의 심장도 얼음덩이처럼 굳어 있었다. 그녀의 몸은 속으로 떨리고 있었다. 그녀의 얼굴은 얼어붙어 움직임이 없는 상태에서 아무것도 씌어 있지 않은 하얀 벽을 향하고 있었다. 그녀의 기질은 철학적인 과묵함을 벗겨내면 모성적이고 격렬한 것이었다. 그녀가 처한 상황의 절박함은 움직임이 없는 그녀의 머릿속에서 여러 가지 생각을 요동치게 만들었다. 이러한 생각들은 표현되기보다는 마음속에서 상상한 것이었다. 벌록 부인은 공적으로나 개인적으로나 정말 말이 없는 여자였다. 그녀는 배반을 당했다는 분노와 절망감 속에서, 처음부터 스티비의 안위만을 생각하며 살아온 자신의 인생을 되짚어보았다. 그녀의 인생은, 사람들의 생각과 느낌에 뚜렷한 자취를 남기는 예외적인 사람들의 그것처럼, 오로지 하나의 목적만을 위한 것이었다. 하지만 벌록 부인의 생각에는 고귀함과 장엄함이 결여되어 있었다. 그녀는 여관의 버려진 다락방에서, 촛불 한 자루만이 휑뎅그렁하게 밝혀져 있는 침대에 아이를 눕히는 자신의 모습을 생각해보았다. 그 여관은 지붕 아래는 어두웠지만, 길거리와 닿아 있는 아래층은 불빛과 세공 유리 때문에 요정의 궁전처럼 엄청나게 반짝거리는 곳이었다. 벌록 부인의 머리에는 그것의 저속한 화려함만이 떠올랐다. 아이의 머리를 빗기고, 자신도 앞치마를 입은 상태에서 아이에게 앞치마를 입히고 끈을 묶어주던 모습도 떠올랐다. 자신도 아직 나이가 어렸고 두렵기는 마찬가지였지만, 자신과는 비교도 안 될 정도로 겁에 질려 있는 아이를 자신이 위로 하던 모습도 떠올랐다. 그녀는 아이가 맞을 때면 맞지 않도록 (때로는 자신의 머리로) 가로막곤 했었다. 그리고 화가 머리끝까지 난 아버지가 방 안으로 들어오지 못하도록 (물론 그렇게 오래 버틸 수는 없었지만) 방문을 필사적으로 붙들고 있기도 했었다. 한번은 아버지를 향해 부지깽이를 던진 적도 있었다. 그러자 소란스러웠던 게 끔찍할 정도로 잠잠해지더니 이내 벼락 치는 소리로 바뀌었다. 자존심이 상한 아버지는 고래고래 소리를 지르며 폭력을 휘둘렀다. 그는 자신이 저주를 받아 "바보 천치 같은 자식 놈에 앙칼진 악마 같은 딸년"까지 두게 됐다면서 소리를 질러댔다. 수년 전의 일이었다.

벌록 부인의 귀에 그 말들이 유령처럼 다시 들렸다. 그리고 벨그라비아의 맨션이 드리우곤 했던 음울한 그림자가 그녀의 어깨 위에 내려앉았다. 그것은 너무나 암울한 기억이었다. 그녀는 수없는 계단을 오르락내리락하며 아침 식사가 담긴 쟁반을 수없이 나르고, 몇 푼 안 되는 돈을 갖고 끝없이 입씨름을 하고, 지하실에서부터 다락방까지 끝없이 닦고 털며 청소를 해야 했다. 그녀가 그런 일을 하는 동안, 그녀의 무력한 어머니는 퉁퉁 부은 발 때문에 비틀거리며 그을음이 묻은 부엌에서 요리를 했다. 그리고 자신은 모르고 있었지만 그들이 그렇게 일을 해야 하는 이유였던 불쌍한 스티비는 식기실에서 손님들의 구두를 닦았다. 벌록 부인의 머릿속에 또 다른 기억이 떠올랐다. 런던의 어느 더운 여름날, 그 젊은이는 제일 좋은 외출복을 입고 검은 머리에 밀짚모자를 쓰고 입에 나무 파이프를 물고 있었다. 정도 많고 쾌활하기도 했던 그 젊은이는 역동적인 삶의 흐름을 따라 같이 여행을 하기에 매혹적인 동반자였다. 다만 그의 배가 너무 작다는 것이 문제였다. 그의 배 안의 노 옆에는 자신의 반려자를 위한 자리는 있었지만, 다른 승객들을 위한 자리는 없었다. 그 사람은 결국 벨그라비아의 맨션 문턱으로부터 표류하여 떠나갈 수밖에 없었다. 위니는 눈물을 흘리며 눈길을 돌렸다. 그는 하숙인이 아니었다. 그런데 벌록 씨는 하숙인이었다. 그는 빈둥빈둥거리다가 밤에는 늦게 들어왔고, 아침에는 이불 속에서 잠이 덜 깬 우스꽝스러운 모습을 했고, 무거운 눈두덩 밑의 눈은 뭔가에 열중해 있는 듯했고, 호주머니에 약간의 돈을 늘 갖고 있었다. 그의 게으른 삶의 나태한 흐름에는 아무런 생기도 없었다. 그것은 은밀한 곳을 통과하여 흐르는 삶이었다. 그러나 그의 범선(帆船)에는 공간이 넉넉한 것 같았다. 그는 과묵하고 담대하게, 다른 승객들의 존재를 당연한 것으로 받아들이는 것 같았다.

벌록 부인은 스티비의 안정된 생활을 위해 7년을 그렇게 살았다. 그것은 그녀의 입장에서는 스티비를 위한 헌신이었다. 안정감은 신뢰감으로 바뀌고, 다시 가정적인 느낌으로 바뀌었다. 그 느낌은 잔잔한 연못처럼 괴어 있고 깊은 것이었다. 그 표면은 건장한 체격의 무정부주의자 오시폰이 가끔씩 지나가며 노골적인 유혹의 눈길을 보내도 거의 움직이지 않았다. 오시폰의 눈길은 어떤 여자든 바보가 아니라면 유혹을 느끼기에 충분한 것이었다.

마지막 말이 부엌에서 크게 난 후로, 불과 몇 초밖에 지나지 않았다. 그런데 벌록 부인은 2주도 채 지나지 않은 일을 이미 상상하고 있었다. 초점을 잃은 그녀의 눈에, 남편과 스티비가 나란히 브렛 스트리트를 걸어가는 모습이 보이는 듯했다. 벌록 부인에게는 그것이 한 인생의 마지막 모습이었다. 그 인생은 우아하지도 않고 매력적이지도 않으며, 아름다움도 없고 품위도 없어 보이지만, 감정의 지속성과 의지의 결연함이라는 측면에서 보면 경탄할 만한 것이었다. 이런 모습이 눈앞에 선하자, 부자연스러운 안도감이 찾아왔다. 그건 거의 완벽한 모습이었다. 그럴 수 있음직했다. 벌록 부인의 입에서 괴로운 중얼거림이 희미하게 새어나왔다.

"부자간일 수도 있었는데……"

그것은 그녀의 삶에서 최고의 환상을 재현한 말이었다. 그녀가 중얼거리는 말이 창백해진 입술에서 사라져버렸다.

벌록 씨는 걸음을 멈추고 근심 어린 얼굴을 치켜들었다.

"당신, 뭐라고 했어?"

그는 질문에 대답이 없자, 재수 없는 걸음을 다시 터벅터벅 걷기 시작했다. 그런 다음 갑자기, 두툼하게 살이 찐 주먹을 움켜쥐며 벌컥 소리를 질렀다.

"그래. 대사관 새끼들 때문이야. 일주일 안으로, 그중 몇 새끼는 땅속으로 기어들어가고 싶어 할걸. 뭐, 뭐라고?"

그는 고개를 아래로 늘어뜨린 채 곁눈질을 했다. 벌록 부인은 하얀 벽을 응시하고 있었다. 텅 빈 벽이었다. 완벽하게 텅 빈 벽이었다. 돌진하여 머리를 처박고 싶을 정도로 텅 빈 벽이었다. 벌록 부인은 꼼짝도 하지 않고 앉아 있었다. 철석같이 신뢰하던 하느님이 신뢰를 저버리고 인간을 배반하여 해가 여름 하늘에서 갑자기 사라지게 된다 해도, 세상의 인구 절반이 깜짝 놀라 자포자기하면서 꼼짝하지 않을 것처럼, 벌록 부인은 꼼짝하지 않고 있었다.

벌록 씨는 늑대처럼 이를 드러내며 얼굴을 찡그린 다음, 다시 말을 하기 시작했다.

"대사관 때문이야. 몽둥이를 갖고 삼십 분만 그곳에 들어갈 수 있었으면 좋겠어. 그 새끼들을 뼈가 으스러질 때까지 패서 죽이고 싶어. 그러나 걱정하지 마. 내가 그 새끼들에게 나 같은 사람을 길바닥에 내팽개칠 경우, 그 결과가 어떻게 되는지를 똑똑히 보여줄 테니까. 나도 할 말이 있다고. 이제는 온 세상 사람들이 내가 그들을 위해 무슨 일을 했는지 알게 될 거야. 난 두렵지 않아. 상관하지도 않아. 모든 게 밝혀질 거야. 염병할 놈의 일 하나하나까지 말이야. 두고 보라지!"

벌록 씨는 이러한 말로 복수에 대한 갈증을 표현했다. 그것은 아주 적절한 형태의 복수였다. 그것은 벌록 씨의 재능에 맞는 형태였다. 또한 그것은 그가 갖고 있는 능력의 범위 내에서 행해질 수 있는 일이라는 장점도 있었다. 정확하게 얘기해서 그의 동료들의 비밀과 불법적인 행동을 밀고하면서 살아왔던 방식을 그대로 적용하면 되는 쉬운 일이었다. 그에게 무정부주의자들이나 외교관들은 모두 같은 존재였다. 벌록 씨는 기질적으로 사람을 차별하지 않는 사람이었다. 그는 자신의 임무를 수행하는 모든 영역을 골고루 경멸하는 사람이었다. 그러나 그는 혁명주의적 프롤레타리아의 일원— 그는 분명히 그 일원이었다— 으로서, 사회적 차별에 대해 적대감을 갖고 있었다.

"이제는 세상의 그 어느 것도 나를 막을 수 없어."

그는 이렇게 덧붙인 다음, 잠시 말을 멈추고, 텅 빈 벽을 뚫어지게 바라보고 있는 아내를 응시했다.

침묵이 부엌에 감도는 시간이 길어졌다. 벌록 씨는 실망감을 느꼈다. 그는 부인이 무슨 말인가 해주기를 바랐다. 하지만 벌록 부인의 입술은 평소처럼 다물어진 채, 얼굴의 다른 부분과 마찬가지로 동상처럼 굳어 있었다. 벌록 씨는 실망스러웠다. 그러나 그는 상황이 상황인 만큼, 그녀에게 무슨 말을 하라고 요구할 수 없다는 걸 알았다. 그녀는 말수가 적은 여자였다. 벌록 씨는 자신에게 몸을 맡긴 여자는 누구나 근본적으로 신뢰하는 습성이 있었다. 따라서 그는 부인을 신뢰했다. 그들의 조화는 완벽했다. 그러나 그것은 분명하지는 않았다. 그것은 벌록 부인의 무관심과 게으로고 비밀스러운 벌록 씨의 성향에 어울리는 암묵적인 조화였다. 그들은 어떤 일의 근원이나 동기가 무엇인지 캐묻는 법이 없었다.

그런데 어떤 점에서 보면 서로에 대한 깊은 신뢰감을 표시하는 이 과묵함은 그들의 친밀함에 애매하고 모호한 요소가 끼어드는 요인이기도 했다. 어떤 부부 관계도 완벽할 수는 없었다. 벌록 씨는 아내가 자신을 이해하고 있다고 생각했다. 그러나 그는 그 순간, 그녀가 무슨 생각을 하는지 얘기해주기를 바랐다. 그러면 위안이 되었을 것이다.

이러한 위안이 그에게 주어지지 않는 여러 가지 이유가 있었다. 실질적인 장애물이 있었던 것이다. 벌록 부인은 그녀의 목소리를 충분히 통제하지 못했다. 그녀는 소리를 지르는 것과 침묵 외에는 다른 방안을 찾을 수 없었다. 그녀는 본능적으로 침묵 쪽을 택했다. 위니 벌록은 기질적으로 말이 없는 사람이었다. 게다가 그녀는 사람을 마비시켜버리는 잔혹한 생각에 사로잡혀 있었다. 그녀의 볼과 입술은 하얗게 질려 있었다. 그녀가 꼼짝도 하지 않고 있는 모습은 놀라울 지경이었다. '저 사람은 그 애를 죽이려고 데리고 나갔던 거야. 저 사람은 그 애를 죽이려고 집에서 데리고 나갔던 거야. 저 사람은 그 애를 죽이려고 나에게서 데리고 나갔던 거야!' 그녀는 벌록 씨를 바라보지 않으면서 이렇게 생각했다.

벌록 부인은 결론이 나지 않는 미칠 듯한 생각 때문에 몹시 괴로웠다. 그 생각은 그녀의 혈관과 뼈와 모근까지 점령하고 있었다. 머릿속으로 그녀는 성서에 나오는 애도의 자세를 취하고 있었다. 손으로 가린 얼굴, 쥐어뜯는 옷, 통곡하며 울부짖는 소리 등이 그녀의 머릿속을 가득 채웠다. 하지만 이는 무섭게 악물리고, 눈물이 맺히지 않은 눈은 분노로 빨개져 있었는데, 그것은 그녀가 유순한 사람이 아니기 때문이었다. 그녀가 동생을 보호했던 것은 격렬하고도 분노하는 성격에서 비롯된 것이었다. 그녀는 전투적으로 그를 사랑해야 했다. 그녀는 그를 위해 전투를 했다. 심지어 자신과의 전투도 마다하지 않았다. 그가 죽자 쓰라린 패배감이 느껴지고 좌절감이 느껴졌다. 게다가 그 죽음은 일반적인 성격의 죽음이 아니었다. 스티비를 그녀에게서 데려간 건 죽음이 아니었다. 그를 데려간 건 벌록 씨였다. 그녀는 그 모습을 지켜보았다. 그녀는 손 하나 까닥하지 않은 채, 그가 그 애를 데리고 나가는 걸 지켜본 것이었다. 그녀는 바보처럼, 바보 천치처럼 그 애가 그렇게 가도록 내버려둔 것이었다. 그리고 이 사람은 그 애를 죽인 후에, 그녀가 있는 집으로 돌아온 것이었다. 이 사람은 부인에게 돌아오는 다른 남자들처럼 그렇게 집으로 돌아온 것이었다.

벌록 부인은 악문 이 사이로 이렇게 벽을 향해 중얼거렸다.

"그것도 모르고 감기에 걸렸다고 생각했었지."

벌록 씨는 자기 마음대로 그 말을 해석하면서, 우울한 어조로 말했다.

"그건 아무것도 아니었어. 나는 정신이 없었어. 당신 때문에 그랬던 거야."

벌록 부인은 고개를 벽으로부터 서서히 돌려 남편을 응시했다. 벌록 씨는 입술에 손가락 끝을 대고 바닥을 내려다보고 있었다.

그는 손을 떼며 이렇게 중얼거렸다.

"어쩔 수 없잖아. 당신, 정신 차려야 해. 똑바로 정신을 차려야 한다고. 경찰에게 단서를 준 건 바로 당신이야. 걱정 마. 그 문제는 더는 거론하지 않을 테니까. 당신이 알 수도 없었을 테고 말이야."

벌록 씨는 아량을 베풀듯 마지막 말을 덧붙였다.

"몰랐죠."

벌록 부인이 속삭이듯 말했다. 마치 시체가 말을 하는 것 같았다. 벌록 씨는 대화의 실마리를 찾았다.

벌록 씨는 상대를 진심으로 배려하는 어조로 말했다.

"난 당신을 나무라지 않아. 내가 그들을 깜짝 놀라게 만들 거야. 당신도 알다시피, 일단 감옥에 들어가게 되면, 안전하게 얘기할 수 있을 거야. 당신, 나하고 2년은 떨어져 있을 생각을 해야 해. 그건 나보다는 당신에게 더 쉬운 일이겠지. 내가 갇혀 있는 동안, 당신에겐 뭔가 할 일이 있을 테니까 말이야. 위니, 당신이 해야 할 일은 이 장사를 2년 동안 끌고 가는 거야. 당신은 머리가 잘 돌아가니까 그 정도는 알고 있겠지. 가게를 처분해야 할 때가 되면 당신에게 전갈을 보낼게. 그런데 당신, 정말로 조심해야 해. 당원들이 늘 감시할 테니 말이야. 당신은 될 수 있는 한, 속임수를 쓰고 절대로 비밀을 지켜야 해. 당신이 하려고 하는 일을 아무도 알아서는 안 돼. 나는 감옥에서 나오자마자, 머리통이 부서지거나 등에 칼을 맞고 싶지는 않으니까 말이야."

이렇게 벌록 씨는 미래의 문제에 대해 통찰력을 갖고 조리 있게 얘기했다. 상황을 정확히 인식하고 있는 만큼, 그의 목소리는 엄숙했다. 얘기하고 싶지 않은 것들까지 모두 얘기해야 했다. 미래는 불확실한 것이 되어버렸다. 어쩌면 그의 판단력은 블라디미르 씨의 잔인한 어리석음 때문에 잠시 흐릿해졌는지도 모를 일이었다. 나이가 마흔이 넘은 그가 일자리를 잃게 된다는 두려움 때문에 혼란스러워하는 건 이해할 수 있는 일이었다. 특히, 고위층들이 자신의 가치를 높게 평가하고 인정해주는 것을 바탕으로, 경찰의 비밀요원 노릇을 해온 그로서는 불가피한 일이었다. 그럴 만도 했다.

그런데 그 일이 지금, 끝장난 것이었다. 벌록 씨는 냉정했다. 그렇다고 기분이 좋은 건 아니었다. 복수심에 불타 비밀을 폭로해버리고 대중 앞에 자신의 업적을 과시하는 비밀요원은 필사적이고 살벌한 분노의 표적이 되기 마련이었다. 벌록 씨는 위험을 지나치게 과장하지 않으면서, 부인에게 그 문제를 분명히 인식시키려 했다. 그는 혁명주의자들이 그의 목숨을 처치하도록 놔둘 생각은 추호도 없다는 점을 다시 한 번 반복하여 말했다.

그는 아내의 눈을 똑바로 들여다보았다. 깊이를 알 수 없는 여자의 초점 없는 눈이 그의 눈길을 받았다.

그는 약간 불안정한 미소를 지으며 말했다.

"그러기에는 내가 당신을 너무 좋아해."

벌록 부인의 창백하고 움직임 없는 얼굴에 희미한 홍조가 나타났다. 과거에 대한 회상을 끝낸 그녀의 귀에 남편이 말하는 소리가 들려왔다. 아니, 그녀는 그 말을 이해하기까지 했다. 그녀는 자신의 정신 상태와는 다른 남편의 말에 다소 숨이 막히는 것 같았다. 벌록 부인의 정신 상태는 단순하다는 장점이 있긴 했지만, 정상적인 것은 아니었다. 그녀의 마음은 오로지 한 가지 생각에 사로잡혀 있었다. 그녀의 머리의 구석구석은 그녀가 지난 7년 동안 별다르게 싫은 감정이 없이 같이 살아온 이 남자가 '불쌍한 애'를 죽이려고 데리고 나갔다는 생각으로 가득 차 있었다. 그녀가 몸과 마음으로 익숙해 있는 이 남자가, 그리고 그녀가 신뢰하는 이 남자가 그 애를 죽이려고 데리고 나갔다는 생각이 그녀를 지배하고 있었다. 이러한 생각은 그 형태와 실체와 결과에 있어서 보편적인 것이었다. 그것은 무생물체마저 달리 보이게 만드는 성격의 것이었다. 그것은 꼼짝않고 앉아 사람을 영원히 놀라게 만드는 성격의 것이었다. 벌록 부인은 꼼짝않고 앉아 있었다. 벌록 씨가 모자와 외투를 쓴 친숙한 모습으로 왔다 갔다 하는 모습이 그녀의 생각에 비쳤다. 그가 발을 쿵쿵거리는 소리가 그녀의 머리에 울렸다. 어쩌면 그는 얘기를 하고 있는지도 몰랐다. 하지만 그녀의 생각이 대부분 그 목소리를 압도해버렸다.

그러나 이따금, 목소리가 들리기도 했다. 여러 개의 연결된 말들이 때때로 나타났다. 일반적으로 희망적이라고 할 수 있는 내용의 말들이었다. 그럴 때마다, 벌록 부인의 초점 잃은 눈은 먼 곳에 고정된 게 아니라, 남편의 움직임을 따라다녔다. 그것은 속을 알 수 없는 음산한 눈길이었다. 자신의 은밀한 직업에 관한 한, 모든 문제를 잘 알고 있는 벌록 씨는 자신의 계획이 성공할 것이라고 생각했다. 그는 격노한 혁명주의자들의 칼날을 피하는 것은 쉬운 일이라고 생각했다. 그는 그들의 분노의 강도와 그들이 행동할 수 있는 반경을 직업적인 이유에서 과장했었다. 너무 자주 그랬기 때문에, 이렇든 저렇든 환상이 많을 수도 없었다. 판단력을 과장하려면, 일단 제대로 계산을 하는 것부터 시작해야 했다. 또한 그는 어느 정도의 장점과 오명은, 2년 정도면 잊혀진다는 걸 알았다. 2년이면 긴 세월이었다. 그는 아내에게 처음으로 비밀스러운 얘기를 털어놓으면서 낙천적으로 생각했다. 또한 자신이 할 수 있는 한, 최대한도로 아내를 안심시키는 것이 필요하다고 생각했다. 그렇게 되면 가엾은 이 여자는 그걸 가슴에 아로새길 것이었다. 그가 살아온 삶에 걸맞은 은밀한 방식으로 석방되면, 그들은 지체 없이 사라질 것이었다. 그는 아내에게, 그걸 감쪽같이 처리하는 방법에 대해서는 자기에게 맡기라고 얘기했다. 그는 귀신도 모르게 일을 처리하는 방식을 알고 있다고 말했다.

그는 손을 저었다. 호언장담을 하는 것 같았다. 그는 그녀에게 용기를 불어넣어주고 싶을 뿐이었다. 그는 호의적인 의도로 그렇게 말했다. 그러나 애석하게도, 그의 말을 듣는 사람과 조화로운 관계에 있지 않았다.

벌록 부인은 그의 자신만만한 말을 대부분 흘려들었다. 지금의 그녀에게 말이 무슨 의미가 있겠는가! 오직 한 가지 생각에만 사로잡혀 있는 그녀에게 무슨 할 말이 있겠는가! 자신만은 무사히 빠져나갈 것이라고 장담하고 있는 남자의 모습을 그녀의 멍한 눈길이 따라다녔다. 그는 불쌍한 스티비를 어딘가에서 죽이려고 데리고 나간 남자였다. 벌록 부인은 그곳이 정확히 어디인지 생각해낼 수 없었다. 그러나 그녀의 가슴이 눈에 보일 정도로 뛰기 시작했다.

벌록 씨는 조용하고 은밀한 어조로, 그들 앞에는 몇 년간 조용히 살 일만 남았다고 얘기했다. 그는 구체적인 방법에 대해서는 언급하지 않았다. 그들은 그늘에 기분 좋게 드러누워, 육신이 풀잎 같은 사람들 사이에 숨어, 제비꽃처럼 기품 있게 살아갈 수 있을 것이었다. "잠시 몸을 낮추는 거지." 그는 이런 표현을 사용했다. 물론 그곳은 영국에서 멀리 떨어진 곳이어야 했다. 벌록 씨가 스페인이나 남아메리카를 염두에 두고 있는지 어쩐지는 분명하지 않았지만, 그곳은 여하튼 해외의 어느 지역일 것이었다.

벌록 부인은 그의 마지막 말을 듣고 무슨 느낌을 받은 것 같았다. 이 남자는 외국으로 떠난다는 말을 하고 있었다. 그런데 그녀가 받은 느낌은 논리적으로 연결된 것이 아니었다. 정신적인 습관의 힘은 그처럼 강력한 것이어서, 그녀는 즉시, 그리고 자동적으로 이렇게 속으로 반문했다.

'그렇다면 스티비는 어떻게 되지?'

그것은 일종의 건망증이었다. 하지만 그녀는 그 문제로 더는 걱정할 필요가 없다는 걸 즉시 알아차렸다. 그럴 일은 없을 것이었다. 불쌍한 그 애는 끌려 나가 죽고 없었다. 불쌍한 그 애는 죽은 것이었다.

순간적인 건망증이 사라지자, 벌록 부인의 머리가 돌아가기 시작했다. 그녀는 어떤 결과적인 것을 인식하기 시작했다. 벌록 씨가 알면 놀랄 성격의 것이었다. 그 애는 영원히 사라지고 없었다. 따라서 그녀가 이제 이 남자에게, 이 부엌에, 이 집에 있을 필요는 없었다. 아무런 필요도 없었다. 벌록 부인은 그 생각을 하며 용수철이 튕기듯 벌떡 일어섰다. 그러나 그녀는 자신을 세상에 잡아둘 게 아무것도 없다는 걸 깨달았다. 무력감이 그녀를 사로잡았다. 벌록 씨는 걱정스러운 표정으로 그녀를 지켜보았다.

그는 불안한 목소리로 얘기했다.

"이제, 당신다워 보이는군."

그런데 아내의 음산한 눈길에는 뭔가 특이한 것이 있었다. 그것이 그의 낙천적인 생각을 혼란스럽게 했다. 바로 그 순간, 벌록 부인은 이 세상의 모든 끈으로부터 자신이 풀려났다고 생각하기 시작했다. 그녀는 자유를 획득한 것이었다. 저기 서 있는 저 남자가 대변하는 삶과의 계약은 끝난 것이었다. 그녀는 자유로운 여자였다. 만약 벌록 씨가 그녀가 이렇게 생각한다는 걸 어떻게든 알았더라면, 엄청나게 놀랐을 것이었다. 그는 마음속으로 하는 생각에 대해서는 언제나 무심할 정도로 관대했다. 그에게는 자신이 사랑을 받는다는 것 외에 다른 생각은 없었다. 이런 생각은 그의 윤리적인 생각과 허영심의 조화로 이루어졌기 때문에, 그는 이 문제에 관한 한, 구제 불능이었다. 그는 고결하고 합법적인 결혼 생활에 있어서는 당연히 그래야 한다고 확신하는 사람이었다. 그는 자신이 그럴 만하니까 사랑받는다고 믿으면서, 나이가 들고 살이 찌고 몸무게가 불어갔다. 그는 벌록 부인이 아무 말도 하지 않고 부엌에서 나가는 걸 보고 실망스러웠다.

그는 다소 날카롭게 소리쳤다.

"어디 가는 거야? 위층에 가는 거야?"

벌록 부인은 문가에서 그 말을 듣고 몸을 돌렸다. 그녀는 두 계단 높은 곳에서, 두려움에서 생긴 본능적인 조심성을 발휘하여 입술을 약간 움직이며 그를 향해 고개를 약간 끄덕였다. 저 남자가 다가와 자신의 몸에 손을 댈지 모른다는 두려움이 너무 커서 그렇게 한 것이었다. 낙천적인 생각을 하고 있던 벌록 씨는 입술의 움직임을 보고, 창백하고 불확실하긴 하지만, 그래도 그녀가 자신을 향해 미소를 지었다고 생각했다.

그는 허스키한 목소리로 말했다.

"그래, 그렇게 해. 당신에게 필요한 건 조용히 휴식을 취하는 거야. 어서 올라가. 나도 곧 올라갈게."

자신이 어디로 가는지, 전혀 생각하지 않고 있던 자유로운 여자, 벌록 부인은 굳은 모습으로 그의 말에 따랐다.

벌록 씨는 그녀의 모습을 지켜보았다. 그녀는 계단 위로 사라졌다. 그는 실망했다. 그는 그녀가 자신의 가슴에 몸을 던졌더라면 더 만족했을 것이었다. 그러나 그는 너그럽고 관대했다. 위니는 언제나 감정을 드러내지 않는 조용한 사람이었다. 벌록 씨 자신도 원칙적으로, 애정 표현을 잘 하지 않는 사람이었다. 하지만 오늘 저녁은 평범한 저녁이 아니었다. 남자가 여자에게 따뜻함과 애정의 표현을 공개적으로 받음으로써 원기와 힘을 얻고 싶은 저녁이었다. 벌록 씨는 한숨을 쉬며 부엌의 가스램프를 껐다. 부인에 대한 벌록 씨의 동정심은 진지하고 강렬한 것이었다. 그는 거실에 서서, 아내가 견뎌야 할 외로움에 대해서 생각해보았다. 그의 눈에 눈물이 맺힐 지경이었다. 이런 기분이 되자, 벌록 씨는 스티비가 몹시 그리웠다. 그는 그의 종말에 대해서 가슴 아프게 생각했다. 만약 그 애가 그렇게 멍청하게 죽지만 않았더라면 얼마나 좋았을까!

억제할 수 없는 배고픔이 다시 한 번 그를 사로잡았다. 벌록 씨보다 더 강한 모험가들도 긴장 상태에서 위험한 일을 한 다음에는 그러는 법이다. 스티비의 장례식에 쓰려고 구워놓은 것처럼 생긴 쇠고기 덩어리가 그의 관심을 끌었다. 벌록 씨는 다시 한 번 식사를 했다. 그는 날카로운 나이프로 두툼한 쇠고기 조각을 잘라 허겁지겁 게걸스럽게 먹었다. 빵도 곁들이지 않고 고기만 먹었다. 그런데 벌록 씨는 식사를 하는 도중, 그의 아내가 침실에서 움직이는 소리가 전혀 나지 않는다는 걸 알았다. 당연히 소리가 났어야 했다. 그녀가 어둠 속에서 침대 위에 앉아 있을지 모른다고 생각하니 식욕이 달아났다. 그리고 그녀를 따라 위층으로 올라가고 싶은 생각도 없어졌다. 벌록 씨는 나이프를 내려놓으며 걱정스러운 모습으로 귀를 기울였다.

마침내 그녀가 움직이는 소리가 나자, 그는 안심이 되었다. 그녀가 갑자기 방을 가로지르더니 창문을 여는 소리가 났다. 잠시 정적이 흘렀다. 그는 그녀가 창문 밖으로 고개를 내밀고 있는 모습을 상상해봤다. 그러자 창틀이 서서히 내려오는 소리가 들렸다. 그런 다음 그녀는 몇 발자국을 옮기더니 자리에 앉는 것 같았다. 가정에 완전히 길들여진 벌록 씨는 집 안에서 나는 모든 소리에 익숙했다. 그는 아내의 발소리가 머리 위에서 나자, 눈으로 직접 그 장면을 보기라도 하는 것처럼, 그녀가 외출용 구두를 신고 있다는 걸 알았다. 벌록 씨는 불길한 징후를 감지하고 어깨를 약간 꿈틀거렸다. 그리고 식탁에서 떨어져, 난로를 뒤로한 자세로 서서, 머리를 한쪽으로 기울이고 착잡한 모습으로 손가락 끝을 물어뜯었다. 그는 그녀가 움직이는 방향을 소리로 알았다. 그녀는 이곳저곳을 거칠게 거닐다가 갑자기 걸음을 멈추는 것 같았다. 서랍장 앞으로 갔다가 다시 장롱 앞으로 간 것 같았다. 놀라움과 충격 속에서 하루를 보내다 보니, 벌록 씨는 이제 기진맥진해 있었다. 이제는 아무런 힘도 남아 있지 않았다.

그는 아내가 계단을 내려오는 소리가 들릴 때까지 고개를 들지 않았다. 그가 추측했던 것처럼, 그녀는 외출복으로 갈아입고 있었다.

벌록 부인은 자유로운 여자였다. 사람이 죽었어요! 도와주세요! 그녀는 이렇게 소리치거나 뛰어내리려고 침실 창문을 열었다. 자신의 자유를 어디에 쓸 것인지 정확히 몰랐기 때문이었다. 그녀의 자아는 두 개로 찢긴 것 같았고, 두 개로 찢긴 부분은 서로에게 적응하지 못하고 있는 상태였다. 한쪽 끝에서 다른 쪽 끝까지 버려진 것처럼 적막감만이 감도는 도로의 모습은 그녀를 불쾌하게 만들었다. 그 도로는 어떤 경우에도 자신만은 해를 입지 않을 것을 그다지도 확신하는 그 남자의 편인 것 같았다. 그녀는 아무도 와주지 않을 것 같아 소리를 지르는 게 두려웠다. 틀림없이 아무도 와주지 않을 것이었다. 그녀는 본능적으로 자기 방어력이 발동하여 그 끈적끈적하고 깊은 도랑으로 몸을 던지지 않고 뒤로 물러섰다. 벌록 부인은 창문을 닫고 옷을 갈아입고 밖으로 나갈 준비를 했다. 그녀는 자유로운 여자였다. 그녀는 얼굴에 검은 베일을 드리우는 것을 포함하여 완벽하게 옷을 차려입었다. 그녀가 거실 불빛에 모습을 드러냈을 때, 벌록 씨는 그녀의 왼쪽 팔목에 작은 핸드백이 달랑거리고 있는 모습을 눈여겨보았다. 물론 자기 어머니한테 가는 것이겠지.

역시 여자들은 피곤한 존재라는 생각이 그의 기진맥진한 머릿속에 떠올랐다. 하지만 그것은 순간적인 생각이었다. 그는 그 이상의 생각을 하기에는 너무 관대했다. 이 남자는 자존심이 구겨질 만큼 구겨졌지만 행동에 있어서는 관대했다. 그는 자신이 쓴웃음을 웃거나 경멸적인 몸짓을 취하는 걸 용납하지 않았다. 그는 정말로 큰마음을 먹고, 벽에 걸린 목제 시계를 바라보면서 완벽하게 침착하면서도 강한 어조로 말했다.

"위니, 여덟 시 이십오 분이야. 이렇게 늦게 밖에 나가는 건 말이 안 돼. 오늘 밤 돌아오지 못하게 될 테니까."

벌록 부인은 그가 내민 손 앞에 우뚝 멈춰 섰다. 그는 무거운 어조로 말을 이었다.

"당신이 그곳에 도착할 때쯤이면, 당신 어머니는 벌써 자고 있을 거야. 이런 소식을 서둘러 알릴 필요까지는 없잖아."

벌록 부인에게는 어머니를 찾아가고 싶은 생각이 추호도 없었다. 얼토당토않은 말이었다. 그녀는 그 생각을 하는 것만으로도 뒷걸음질을 쳤다. 뒷걸음질을 치다 보니 의자에 몸이 닿았다. 그녀는 의자에 주저앉았다. 그녀는 문밖으로 영원히 나가버리고자 했던 것뿐이었다. 만약 이런 느낌이 옳다면, 그것의 정신적인 모습은 그녀의 출신이나 위치에 어울리는 세련되지 못한 모습을 취하고 있었다. '차라리 밖에서 돌아다니며 사는 게 낫겠어.' 그녀는 이렇게 생각했던 것이다. 그러나 역사에서 가장 강력한 지진조차도 희미하고 흥미 없는 사건이라고 생각될 정도로 충격을 받은 이 여자는 아주 사소한 것들이나 뜻하지 않은 것에 몸이 닿자 마음이 흔들렸다. 그녀가 의자에 앉은 건 그런 이유에서였다. 모자를 쓰고 얼굴을 베일로 가린 그녀의 모습은 벌록 씨를 들여다보려고 잠깐 들른 방문객의 모습 같았다. 그녀가 금세 고분고분한 모습이 되자 그는 힘이 났다. 그러나 그녀가 자신의 의견을 일시적으로만 따르는 것처럼 보이자, 부아가 약긴 났다.

그는 권위 있게 말했다.

"위니, 당신이 오늘 저녁에 있어야 할 곳은 바로 이곳이야. 빌어먹을! 당신이 그 염병할 놈의 경찰한테 나를 옭아맨 결과가 됐단 말이야. 그렇다고 당신을 비난하는 게 아냐. 그래도 당신이 그렇게 한 건 사실이야. 빌어먹을 모자는 벗는 게 좋겠어. 나는 당신이 나가도록 내버려둘 수는 없어."

그는 마지막 말만큼은 부드러운 목소리로 했다.

벌록 부인의 마음은 그 말을 병적으로 완강하게 물고 늘어졌다. 그녀의 머릿속에는, 어딘지 모르는 곳에서 죽이려고 스티비를 그녀의 눈앞에서 데리고 나간 이 인간이, 이제는 자기마저 밖으로 나가지 못하게 하고 있다는 생각밖에 없었다. 물론 그는 허락하지 않을 것이었다. 이제 그는 스티비를 죽였으니, 결코 그녀를 놓아주지 않을 것이었다. 그는 이유 없이 그녀를 붙잡아놓을 것이었다. 벌록 부인의 뒤죽박죽된 머리는 광적인 논리를 동원하면서 현실적인 쪽으로 작동하기 시작했다. 그녀는 그의 곁을 빠져나가 문을 열고 도망칠 수도 있었다. 하지만 그렇게 되면 그가 뒤를 쫓아와 붙잡아서 가게 안으로 질질 끌고 들어올 것이었다. 그녀는 할퀴고 차고 물어뜯고 필요하다면 찌르기도 하면서 저항할 것이었다. 하지만 찌르기 위해서는 칼이 필요했다. 벌록 부인은 검은 베일을 쓴 채 가만히 앉아 있었다. 그녀는 찾아온 목적이 무엇인지 도저히 알 길이 없는 가면을 쓴 신비스러운 방문객 같았다.

벌록 씨의 아량에도 한계는 있었다. 그녀가 마침내 그의 화를 돋우고 만 것이었다.

"뭐라고 말 좀 할 수 없어? 당신한테는 사람을 화나게 하는 재주가 있어. 바로 그거야! 나는 벙어리 흉내를 내는 당신의 수법을 잘 알지. 전에도 그런 적이 있지. 하지만 지금은 그게 통할 때가 아니야. 우선, 이 염병할 것부터 치워버려. 마네킹하고 얘기하는지, 아니면 살아 있는 여자하고 얘기하는지 도무지 알 수 없잖아."

그는 앞으로 다가왔다. 그리고 손을 뻗어 베일을 걷었다. 도무지 내색을 알 길이 없는 얼굴이 드러나자, 바위에 내던져진 유리 덮개처럼 그의 노여움이 산산이 부서져 버렸다.

"이게 좋잖아."

그는 순간적으로 느낀 불안감을 감추기 위해 이렇게 말하고 벽난로 옆에 있는 자신의 자리로 되돌아갔다. 그는 아내가 자신을 단념할지 모른다는 생각은 추호도 하지 않았다. 그는 자신이 약간 수치스럽게 느껴졌다. 그는 다정하고 관대한 사람이기 때문이었다. 그가 뭘 할 수 있을까? 모든 걸 이미 말해버린 상태였다. 그는 격렬한 어조로 말했다.

"세상에! 당신도 내가 이 사람 저 사람을 물색했다는 건 알잖아. 그 저주받은 일을 할 사람을 찾다가 나 자신이 걸려들게 되는 위험을 감수하고 그랬어. 당신에게 다시 한 번 얘기하지만, 그런 일을 할 수 있을 정도로 충분히 미치거나 굶주린 사람을 찾을 수가 없었어. 당신은 날 뭘로 아는 거야? 살인자야, 뭐야? 그 애는 죽었어. 당신 생각엔 내가 그 애의 몸이 폭탄에 산산조각 나기를 바랐을 것 같아? 그 애는 죽었어. 그 애의 걱정도 끝났어. 그런데 우리의 걱정은 이제 막 시작되려고 해. 그 애가 그렇게 죽었기 때문이야. 당신을 비난하는 건 아냐. 하지만 그것은 순전히 우연이었다는 걸 이해하려고 노력해줘. 도로를 건너다가 버스에 치여 죽은 것만큼이나 우연이었단 말이야."

그의 너그러움은 무한한 것이 아니었다. 그도 인간이기 때문이었다. 그는 벌록 부인의 생각과는 다르게 괴물은 아니었다. 그는 잠시 말을 멈췄다. 하얀 이빨을 번쩍거리며 콧수염 위로 으르렁거리는 모습이 그를 그리 위험하지 않고 오히려 사려 깊은 짐승처럼 보이게 했다. 그는 매끈한 머리에 물개보다 더 음산하고 쉰 목소리를 가진 느릿느릿한 짐승 같았다.

"그 일에 관한 한, 당신도 나만큼 책임이 있어. 정말이야. 노려볼 테면 마음대로 노려보라고. 난 당신이 그렇게 하면서 뭘 할 수 있는지 알지. 내가 그런 목적으로 그 애를 이용하려고 생각했다면 나를 때려 죽여도 좋아. 내가 곤란한 상황에서 빠져나가려고 노심초사하며 반쯤 정신이 나가 있을 때, 그 애를 내 앞으로 계속 떠민 건 당신이었어. 도대체 당신은 왜 그랬던 거야? 당신이 고의적으로 그렇게 했다고 생각될 정도야. 제기랄, 당신은 고의로 그랬던 거야. 당신은 특별히 어느 곳을 바라보지도 않고, 아무 말도 하지 않으면서 교활하게 나한테 그랬던 건지도 몰라."

그의 허스키하고 가정적인 목소리가 잠시 멈췄다. 벌록 부인은 아무런 응수도 하지 않았다. 그 침묵을 대하자, 그는 자신이 한 말이 수치스러워졌다. 온순한 남자들이 부부 싸움을 할 때 종종 그렇듯이, 그는 수치심을 느끼자 내친김에 한 걸음 더 나아가버렸다.

그는 목소리를 높이지도 않고 다시 말을 시작했다.

"당신에겐 때때로 입을 꼭 다물고 말을 하지 않는 못된 습성이 있어. 다른 남자들 같았으면 미쳐버렸을 거야. 나는 그런 남자들처럼 당신이 병어리 행세를 하며 입이 뽀로통해 있어도 별로 영향을 받지 않지. 그건 당신으로선 다행이야. 나는 당신이 좋거든. 하지만 지나치게 그러지는 마. 지금은 그럴 때가 아니야. 우리는 앞으로 해야 할 일을 생각해야 해. 나는 당신이 오늘 밤 당신 어머니한테 쪼르르 달려가 나에 대해 말도 안 되는 얘기를 하도록 놔둘 수는 없어. 그렇게는 못 해. 그 점에 관해서는 착각하지 마. 당신이 내가 그 애를 죽였다고 생각한다면, 당신도 나와 마찬가지로 그 애를 죽인 거나 다름없어."

자신이 느끼고 있는 바를 성실하고 곧이곧대로 밝힌 이 말은, 비밀스러운 행위를 하면서 받은 돈과 다소간에 비밀스러운 물건들을 팔아 생긴 돈으로 유지되던 이 집안에서 했던 모든 말들을 능가하는 것이었다. 비밀스러운 행위든, 아니면 비밀스러운 물건을 파는 행위든, 그것은 불완전한 사회가 도덕적 위험과 육체적 타락 상태에 빠지지 않도록 하기 위해 평범한 인간이 고안해낸 초라한 방편이었다. 그 말들은 벌록 씨가 정말로 화가 났기 때문에 한 말이었다. 그러나 햇빛이 전혀 비치지 않는 가게 뒤의 그늘진 골목에 자리 잡고 있는 이 집안의 적막한 품위는 훼손되지 않고 그대로 있었다. 벌록 부인은 완벽하게 예의 바른 모습으로 그의 말을 들었다. 그리고 그녀는 볼일을 다 본 손님처럼, 모자를 쓰고 재킷을 입은 자세로 자리에서 일어났다. 그러고는 남편을 향해 다가가며, 조용히 작별 인사를 하려는 것처럼 한쪽 팔을 앞으로 내밀었다. 얼굴 왼편에 베일의 끝자락이 내려와 달랑거리는 모습이 그녀의 절제된 움직임을 혼란스럽게 보이게 했다. 그러나 그녀가 벽난로 앞 깔개까지 다가갔을 때, 벌록 씨는 이미 거기에 서 있지 않았다. 그는 눈을 들어 자신이 한 말이 어떤 효과를 내는지 쳐다보지도 않고, 소파가 있는 쪽으로 자리를 옮긴 것이었다. 그는 피곤한 상태였다. 부부간의 문제도 체념한 상태였다. 그러나 그는 부드러운 속마음 어딘가에 상처를 받은 느낌이었다. 만약 그녀가 뽀로통한 상태를 바꾸지 않고 침묵을 완강히 고수한다면, 별수 없지 않나 싶었다. 그녀는 그 기술에 있어서는 달인이었다. 벌록 씨는 늘 그렇듯이 모자가 어떻게 되든 상관하지 않고, 소파에 무거운 몸을 부렸다. 모자는 자기를 보살펴줄 건 자기밖에 없다는 듯, 식탁 밑의 안전한 곳에 내려앉았다.

그는 피곤했다. 몇 날 며칠 잠을 못 자며 음모를 계획하면서 보낸 지나 한 달을 생각하니 지긋지긋했다. 그런데 설상가상으로, 오늘은 계획했던 일이 예기치 않게 실패로 끝나면서 당황스럽고도 고통스러운 하루를 보내야 했다. 더는 남은 힘이 없었다. 피곤했다. 인간은 돌로 만들어진 게 아니었다. 될 대로 되라 싶었다. 벌록 씨는 외출복을 입은 상태로 소파에 몸을 눕혔다. 벌어진 외투 자락 한쪽 끝의 일부가 바닥에 닿았다. 벌록 씨는 등을 대고 소파에 나동그라졌다. 그러나 그는 더 편히 쉬고 싶었다. 모든 걸 잊고 몇 시간만이라도 푹 자고 싶었다. 그러나 그건 나중 일이었다. 일단은 일시적으로나마 쉬고 싶었다. '저 여자가 저 염병할 수작을 하지 않았으면 좋겠는데. 너무 화가 나네.' 그는 이렇게 속으로 생각했다.

자유를 되찾았다는 벌록 부인의 생각에는 뭔가 불완전한 게 있음이 틀림없었다. 그녀는 문 쪽으로 걸어가지 않고 뒤로 몸을 기댔다. 그녀는 담에 기대고 휴식을 취하는 여행자처럼, 벽난로 앞쪽 판에 어깨를 기댔다. 그녀가 거칠게 보이는 것은 뺨에 넝마처럼 드리워진 검은 베일과 불길하게 고정된 눈길 때문이었다. 방 안의 불빛은 그녀의 검은 눈 속으로 한 오라기의 흔적도 없이 빨려들어간 것 같았다. 이 여자는 거래를 할 줄 아는 여자였다. 그걸 조금만 의심했더라도 벌록 씨는 큰 충격을 받았을 것이다. 이 여자는 자신의 입장에서 거래를 공식적으로 끝내기 위해서는 뭔가 빠진 게 있다는 걸 정확하게 알고 있는 것처럼, 어정쩡한 자세로 있었다.

소파에 누운 벌록 씨는 어깨를 꼼지락거려 더 편안한 자세를 취했다. 그리고 가슴 깊숙한 곳으로부터 자기가 원하는 바를 얘기했다. 그것은 그곳에서 나옴직한 아주 경건한 말이었다.

그는 허스키한 목소리로 투덜거렸다.

"그리니치 공원이나 여타의 것들을 보지 않았더라면 좋았으련만."

적당한 성량의 분명치 않은 소리가 작은 방을 가득 채웠다. 그 성량은 그것에 담긴 소망의 크기에 잘 들어맞는 것이었다. 그 소리에 의해 생긴 적당한 길이의 공기 파장이 정확한 수학적 공식에 입각해 퍼지면서, 방 안에 있는 물건들 주위를 감싸고, 다시 돌로 된 머리라도 되는 것처럼 벌록 부인의 머리에 부딪히며 찰싹거렸다. 믿지 못할지 모르지만, 벌록 부인의 눈은 아직 더 커질 여지가 남아 있는 것 같았다. 벌록 씨의 넘쳐흐르는 가슴에서 나온 말은 부인의 기억 속에 있는 텅 빈 공간으로 흘러들어갔다. 그리니치 공원. 공원! 그랬다. 바로 그곳이 그 애가 죽은 곳이었다. 산산조각이 난 나뭇가지, 찢어진 잎, 돌, 동생의 살과 뼈 조각 들이 폭죽놀이를 할 때처럼 사방팔방으로 흩어져버린 그 공원! 그녀는 이제 들었던 것들을 다시 기억해냈다. 그녀는 그것을 너무나 생생하게 기억했다. 그들은 삽으로 그의 시체를 긁어모아야 했다. 그녀는 억제할 수 없을 정도로 몸을 덜덜 떨며, 그 끔찍한 시체 조각이 담긴 삽의 모습을 상상했다. 그 모습이 눈앞에 보이는 듯했다. 벌록 부인은 필사적으로 눈을 감았다. 그 모습을 보지 않으려고 눈을 감아버린 것이었다. 그러자 토막 난 수족이 비가 내리듯 떨어지고, 머리가 잘린 스티비가 혼자서 잠시 머뭇거리며 떠 있더니, 불꽃놀이의 마지막 섬광처럼 서서히 희미해져갔다.

그녀의 얼굴은 이제 무표정한 모습이 아니었다. 노려보는 눈길을 보면 얼굴에 미묘한 변화가 생겼다는 걸 누구나 알 수 있었다. 그것은 사람을 깜짝 놀라게 만드는 표정이었다. 그것은 제대로 된 분석이 필요한 한가하고 안정된 상황에서 역량 있는 사람들이 관찰할 수 있는 성격의 표정이 아니었다. 그 표정의 의미는 한 번만 눈길을 주는 것으로도 명백히 알 수 있는 성격의 것이었다. 벌록 부인의 얼굴에서는 거래가 종료됐는지 어떤지, 그 여부를 의심하는 모습은 이제 찾아볼 수 없었다. 그녀의 머리는 앞뒤가 맞지 않고 우왕좌왕하는 게 아니라, 그녀의 의지에 맞게 작동하고 있었다. 그러나 벌록 씨는 아무것도 보지 못하고 있었다. 그는 기진맥진해진 상태에서 비롯된 처량한 낙관적 태도를 유지하며 휴식을 취하고 있었다. 그는 이 세상의 모든 사람들과 더는 아무런 문제가 없었으면 싶었다. 부인과도 마찬가지였다. 그의 이러한 요구는 반박할 여지가 없는 것이었다. 그는 자신이 사랑을 받을 만해서 사랑을 받는다고 생각했다. 그는 그녀의 침묵을 자신에게 편리한 쪽으로 해석했다. 지금이 그녀와의 문제를 수습할 때였다. 침묵은 그만하면 됐지 싶었다. 그는 낮은 목소리로 그녀를 부르며 침묵을 깼다.

"위니."

"네."

자유인이 된 벌록 부인은 고분고분하게 대답했다. 그녀는 정신을 가다듬고 목소리를 차분하게 했다. 그녀는 초자연적이라고 할 수 있을 정도로 완벽하게 모든 몸의 조직을 통제하고 있다고 느꼈다. 거래가 종료됐기 때문에, 그녀의 몸은 온전히 자신의 것이었다. 그녀는 모든 걸 명확하게 바라보았다. 그녀는 교활해지고 있었다. 그녀는 하나의 목적을 위해 기꺼이 그의 부름에 응답했다. 그녀는 남자가 소파 위에서 자세를 바꾸는 걸 바라지 않았다. 그 자세는 그 상황에 아주 안성맞춤인 자세였다. 그녀의 작전은 성공했다. 남자는 움직이지 않았다. 그러나 그녀는 대답을 한 후, 휴식을 취하는 여행객처럼, 벽난로 앞 장식에 아무렇게나 몸을 기댄 자세로 서 있었다. 그녀는 서두르지 않았다. 그녀의 표정은 평온했다. 벌록 씨의 머리와 어깨는 소파의 높은 쪽에 가려 보이지 않았다. 그녀는 그의 발에 눈을 고정시켰다.

그녀는 이처럼 불가사의할 정도로 고정된 자세로 있다가, 벌록 씨가 남편의 권위가 배인 어조로 자신을 부르는 소리가 들리자 갑자기 정신을 차렸다.

"이리 와."

벌록 씨는 그녀가 소파 가장자리에 앉을 수 있도록 약간 몸을 움직이며 특이한 어조로 그렇게 얘기했다. 그 소리는 폭력적인 어조일 수도 있었겠지만, 벌록 부인에게는 낯익은 구애의 목소리였다. 그녀는 마치 파기되지 않은 계약에 의해 그 남자에게 아직도 묶여 있는 성실한 여자처럼, 즉시 앞으로 나아갔다. 그녀의 오른손이 식탁의 끝 부분을 살짝 스쳤다. 그녀의 몸이 소파를 향해 나아가면서, 접시 옆에 놓여 있던 고기 자르는 나이프가 소리도 없이 사라졌다. 벌록 씨는 마루가 삐걱거리는 소리를 듣고 만족해했다. 그는 기다렸다. 벌록 부인이 다가오고 있었다. 집 없이 떠도는 스티비의 영혼이 후견인이자 보호자이자 누이인 그녀의 가슴에 날아들어 안식처를 구한 것처럼, 그녀의 얼굴은 소파를 향해 한 걸음 한 걸음 다가갈 때마다 남동생의 얼굴과 더욱 닮아갔다. 아랫입술이 처진 모습도 그랬고, 거의 사시처럼 보이는 눈의 모습도 그랬다. 그러나 벌록 씨는 그걸 보지 못했다. 그는 누운 자세에서 위를 쳐다보고 있었다. 그는 부분적으로는 천장에, 부분적으로는 벽에, 손에 나이프를 움켜쥔 그녀의 팔이 그림자가 되어 움직이는 모습을 보았다. 그 그림자는 아래위로 흔들렸다. 그 움직임은 여유로운 것이었다. 벌록 씨가 팔과 무기를 알아볼 수 있을 정도로 충분히 여유로운 것이었다.

그것은 그가 그 불길한 징조의 온전한 의미를 받아들여 죽음의 맛을 목구멍에 느낄 수 있을 정도로 충분히 여유로운 것이었다. 그의 부인은 아주 미쳐 있었다. 살인적으로 미쳐 있었다. 부인이 그렇다는 걸 알고 그의 몸이 처음에는 마비가 된 듯했다. 그러나 그 느낌은 무기를 든 정신병자를 끔찍한 몸싸움 끝에 제압하겠다는 단호한 결심 앞에서 사라졌다. 그것은 그런 과정을 인지할 수 있을 정도로 여유로운 것이었다. 그것은 벌록 씨가 식탁 뒤로 달려가서 자신을 방어하고 무거운 나무의자로 그녀를 쓰러뜨릴 생각을 할 수 있을 정도로 여유로운 것이었다. 그러나 그것은 벌록 씨가 손이나 발을 움직일 시간을 줄 정도로 여유로운 것은 아니었다. 나이프는 벌써 그의 심장에 박혀 있었다. 그것은 아무런 저항 없이 그곳에 박혔다. 기가 막힐 정도로 우연히 심장에 정확하게 꽂힌 것이다. 벌록 부인은 아득하고도 모호한 가계(家系)에서 물려받은 모든 것과, 동굴에 살던 석기 시대의 단순한 잔인성과, 술집이 딸린 여관에 살던 시절의 불안정하고 신경질적인 분노를, 소파 위에 있는 사람의 몸속에 나이프를 깊숙이 꽂는 데 쏟아부었다. 비밀요원 벌록 씨는 일격을 받고 옆으로 살짝 몸을 돌리며 손발 하나 까닥하지 못하고 죽었다.

"안 돼!"

이렇게 속삭이듯이 말한 것이 그가 낸 소리의 전부였다.

벌록 부인은 심장에 꽂힌 나이프를 그대로 놔뒀다. 이제, 그녀의 죽은 남동생과 놀랄 만큼 닮았던 모습이 희미해져가면서, 벌록 부인은 아주 일상적인 모습으로 돌아갔다. 그녀는 심호흡을 했다. 그것은 히트 반장이 주소가 새겨진 스티비의 외투 안자락 천을 보여준 이래, 처음으로 편안하게 쉬는 숨이었다. 그녀는 소파 옆쪽에 포갠 팔을 대고 앞으로 몸을 기울였다. 그녀가 그렇게 편한 자세를 취한 것은 벌록 씨의 몸을 쳐다보거나 그걸 보고 웃고 싶어서가 아니라, 거실이 물결처럼 흔들리고 있었기 때문이었다. 그것은 폭풍우가 치는 바다에 있는 것처럼 얼마 동안 흔들리고 있었다. 그녀는 현기증이 났지만 침착했다. 그녀는 완벽한 자유를 찾은 자유로운 여자였다. 이제는 바라는 것도 없었고, 할 것도 없었다. 그녀의 헌신을 요구하는 스티비의 절박한 요구가 없어졌기 때문이었다. 단편적인 이미지로 생각을 하는 벌록 부인은 아무 생각도 하지 않는 상태였기 때문에 어떤 환영을 본다고 해서 마음이 산란해지지는 않았다. 그리고 그녀는 움직이지도 않았다. 그녀는 시체라도 되는 것처럼, 책임감으로부터 완전히 해방된 상태와 무한한 여유를 즐기는 여자였다. 그녀는 움직이지도 않았고 생각하지도 않았다. 그건 소파에서 휴식을 취하는 벌록 씨의 시체도 마찬가지였다. 벌록 부인이 숨을 쉬고 있다는 걸 제외하면, 두 사람은 완벽한 조화를 이루고 있었다. 불필요한 말을 하지 않고 신중한 침묵을 지키며, 또 불필요한 몸짓을 하지 않는 것까지 모두 조화를 이루고 있었다. 그것은 그들의 훌륭한 가정 생활의 기반이었다. 그것은 훌륭한 것이었다. 그것은 비밀스러운 일을 하거나 수상한 물건을 파는 상행위 과정에서 생길 수 있는 문제들을 적당히 침묵으로 덮어주는 훌륭한 것이었다. 마지막까지 그것의 품위는 지켜졌다. 그것에 어울리지 않는 비명 소리도 나지 않았고, 격에 맞지 않는 행동도 없었다. 그리고 그 품위는 나이프가 몸속에 박힌 후에도, 움직임이 없는 상태와 침묵 속에서 계속 지켜졌다.

벌록 부인이 서서히 고개를 들어 믿지 못하겠다는 듯한 눈으로 시계를 쳐다볼 때까지, 거실에 있는 아무것도 움직이지 않았다. 그녀는 방에서 뚝— 하고 나는 소리를 의식했다. 그 소리가 그녀의 귀에 크게 들렸다. 그녀는 벽에 걸린 시계는 소리를 내지 않고 조용히 간다는 사실을 분명히 알고 있었다. 그렇다면 왜, 갑자기 그렇게 큰 소리가 난 걸까? 시계는 아홉 시 십 분 전을 가리키고 있었다. 벌록 부인은 잠시 아무것도 염두에 두지 않았다. 그런데 뚝뚝 소리가 계속 들렸다. 그녀는 그것이 시계 소리일 리가 없다고 결론지었다. 그녀의 음침한 눈길이 벽을 따라 움직이다가 흔들리며 알쏭달쏭해졌다. 그녀는 소리가 어디에서 나는지 들으려고 귀를 기울였다. 뚝. 뚝. 뚝.

벌록 부인은 얼마간 귀를 기울인 나음, 남편이 있는 쪽을 향해 의도적으로 눈길을 낮췄다. 그녀가 그렇게 할 수 있었던 것은 휴식을 취하는 남편의 자세가 너무나 자연스럽고 친숙한 모습이기 때문이었다. 그녀의 가정 생활에 별다르게 새로운 일이 생긴 것 같지도 않았다. 벌록 씨는 늘 그랬듯이 휴식을 취하는 자세로 있었다. 그는 편안해 보였다.

벌록 씨의 얼굴은 몸의 위치 때문에 벌록 부인에게는 보이지 않았다. 어디에서 소리가 나는지 확인하려고 아래쪽을 더듬던 그녀의 섬세하고 몽롱한 눈길이 소파 가장자리 너머로 약간 돌출된 납작한 물체에 머물자, 생각에 잠겼다. 그것은 전혀 이상할 게 없는 가정용 나이프의 손잡이였다. 그런데 그것이 벌록 씨의 조끼 오른쪽에 있다는 사실과 거기에서 뭔가가 떨어지고 있다는 사실이 이상했다. 검은 방울이 한 방울, 두 방울, 마루 위로 떨어지고 있었다. 미쳐버린 시계가 똑딱거리는 것처럼 그 소리가 점점 더 빨라지고 거칠어졌다. 벌록 부인은 근심의 그림자가 오가는 표정으로 그것이 변화하는 모습을 지켜봤다. 그것은 검고 빠르고 가늘게 떨어지고 있었다. 피였다!

벌록 부인은 예기치 못한 상황을 대하자, 한가하고 무책임한 자세를 풀었다.

그녀는 뚝뚝 떨어지는 피가 파괴적인 홍수를 알려주는 첫 징후라도 되는 것처럼, 갑자기 치마를 움켜쥐고 희미한 소리를 지르면서 문으로 달려갔다. 그녀는 식탁이 앞을 가로막자, 그것이 살아 있는 것이라도 되는 것처럼 두 손으로 밀쳐버렸다. 그녀가 어찌나 거칠게 밀쳤던지 다리가 넷 달린 식탁은 우당탕탕— 소리를 내며 멀리까지 밀려났다. 커다란 접시가 마루 위에 떨어져 쨍그랑— 소리를 내며 깨졌다.

그런 다음, 모든 것이 고요해졌다. 문까지 달려간 벌록 부인은 우뚝 멈춰 섰다. 식탁이 움직이는 바람에 모습을 드러낸 둥근 모자의 윗부분이 그녀가 달려가면서 일으킨 바람 때문에 미세하게 흔들리고 있었다.

12

벌록 씨의 미망인이자 (인도주의적인 일을 하고 있다는 확신을 갖고 아무것도 모르는 상태로 몸이 산산조각 나서) 죽은 충직한 스티비의 누나인 위니 벌록은 거실 밖으로까지 나가지는 않았다. 그녀는 사실, 뚝뚝 떨어지는 핏방울 때문에 그렇게 달아난 것이었다. 그것은 본능적인 혐오감때문이었다. 그녀는 고개를 내려뜨린 채 노려보는 눈길을 하고 문 옆에 멈춰 섰다. 그녀는 마치, 작은 거실을 가로질러 달아나는 것을 반복하면서 오랜 세월을 살아오기라도 한 것 같은 모습이었다. 문 옆에 서 있는 벌록 부인의 모습은 조금 전만 해도, 머리가 약간 어지러워 소파에 몸을 기대고 있긴 했어도, 여타의 다른 면에서는 한가롭게 책임감에서 해방되어 고요를 마음껏 즐기는 모습이었다. 그러나 지금은 사뭇 다른 모습으로 변해 있었다. 벌록 부인은 더는 현기증을 느끼지 않았다. 그러나 그녀는 침착한 상태가 아니었다. 그녀는 오직, 두려울 따름이었다.

휴식을 취하는 자세로 누워 있는 남편 쪽을 외면한 것은 그가 두려워서가 아니었다. 벌록 씨는 바라보기에 끔찍한 모습이 아니었다. 그는 편안해 보였다. 게다가 그는 이미 죽은 상태였다. 벌록 부인은 죽은 사람에 대한 헛된 망상을 하지 않았다. 사랑이든 증오든, 죽은 사람을 되살릴 수는 없는 법이었다. 그리고 죽은 사람은 산 사람에게 아무 짓도 할 수 없는 법이었다. 죽은 사람은 아무것도 아니었다. 그렇게 쉽게 죽다니, 그에 대한 씁쓸한 경멸감마저 느껴졌다. 그는 한 집의 가장이자 한 여자의 남편이었고, 사랑하는 스티비를 죽인 살인자였다. 그런데 지금은 어느 면에서도 중요하지 않았다. 그는 그의 몸을 싸고 있는 옷, 코트, 구두, 그리고 마루 위에 놓여 있는 모자보다도 더 쓸모없는 존재였다. 그는 아무것도 아니었다. 바라볼 가치조차 없었다. 이제 그는 가엾은 스티비를 죽인 인간도 아니었다. 사람들이 벌록 씨를 찾아와 그 방에서 만나게 될 유일한 살인자는 그녀 자신이었다!

그녀는 손이 너무나 심하게 떨려 베일을 두 번씩이나 다시 묶으려고 했지만 그럴 수가 없었다. 벌록 부인은 이제 책임감으로부터 해방된 한가로운 사람이 아니었다. 그녀는 두려웠다. 벌록 씨를 찌르게 된 것은 급습이었을 뿐이다. 그 행위는 목구멍에 억제돼 있던 고통스러운 비명 소리와, 불타는 눈에 메말라 있던 눈물과, 지금은 아무것도 아닌 상태보다 못한 존재가 되어버린 저 남자가 그 아이를 그녀에게서 강탈해가서 저지른 포악 행위에 대한 미칠 듯한 분노를 완화해주었다. 그것은 몽롱한 의식 상태에서 일어난 급습이었다. 그런데 나이프의 손잡이로부터 마루 위로 뚝뚝 떨어지고 있는 피는 그것을 너무나도 명백한 살인 사건으로 보이게 했다. 본래, 어떤 일에 대해서 너무 깊숙이 들여다보지 않으려 하는 습성이 있던 벌록 부인은 이번만은 밑바닥까지 들여다봐야 했다. 그녀의 눈에는 사람을 따라다니며 괴롭히는 얼굴도, 비난에 찬 기색도, 양심의 가책도, 어떤 종류의 이상적인 생각도 보이지 않았고 떠오르지도 않았다. 그녀의 눈에는 하나의 물체만이 보였다. 그것은 교수대였다. 벌록 부인은 교수대가 두려웠다.

그녀는 교수대가 끔찍이 두려웠다. 그녀는 형이 집행되는 걸 목격한 적은 없었다. 다만 목판화로 그려진 장면을 책에서 보았을 뿐이었다. 쇠사슬과 인간의 뼈가 달린 교수대가 깜깜하고 험악한 장소에 세워지고, 죽은 사람들의 눈을 파먹는 새들이 그 위를 맴도는 모습이 머릿속에 그려졌다. 이것만 해도 충분히 두려운 모습이었다. 그러나 벌록 부인은 교육을 잘 받은 여자는 아니었지만, 이 나라에서 그 제도가 어떻게 집행되는지를 잘 알고 있었다. 그녀는 교수대가 황량한 강둑이나 바람이 매섭게 몰아치는 갑(岬) 위에 낭만적으로 세워지는 게 아니라 감옥 뜰에 세워진다는 걸 알고 있었다. 사면이 벽으로 둘러싸인 그곳에서 구덩이 속으로 끌려들어 가듯, 살인자들의 교수형이 집행되는 것이었다. 그것도 끔찍하게 고요한 새벽녘에, 그리고 신문이 늘 보도하는 바와 같이 "관계자들이 입회한 가운데" 집행되는 것이었다. 그녀는 고민과 수치심 때문에 콧구멍을 벌름거리고 마룻바닥을 응시하면서, 교수형 집행을 침착하게 진행시키는 실크 모자를 쓴 많은 낯선 남자들 틈에 서 있는 자신의 모습을 상상해보았다. 그건 안 돼! 안 돼! 그런데 그건 어떻게 집행되지? 교수형이 그처럼 조용하게 집행된다는 건 알겠는데, 세부적인 사항은 상상할 수 없었다. 그렇지 않아도 추상적인 그녀의 공포심이 이젠 미칠 듯한 상태가 되었다. 신문에는 한 가지 사실을 제외하고는 세부적인 것이 보도되지 않았다. 빈약한 기사의 말미에서 언제나 강조되는 것이 있었다. 벌록 부인의 머리에 그 문구가 떠올랐다. "사형수의 몸은 14피트 아래로 떨어졌다." 마치 그 문구가 불에 달궈진 바늘로 뇌에 새겨지기라도 하는 것처럼, 머리가 타는 듯이 아프고 괴로웠다.

"사형수의 몸은 14피트 아래로 떨어졌다."

이 표현은 그녀에게 육체적으로 영향을 미쳤다. 그녀의 목은 목 졸림을 당하지 않으려고 경련을 일으키며 파상적으로 떨렸다. 툭— 하고 떨어지는 느낌이 너무나 생생해서, 그녀는 머리가 어깨에서 분리되는 것을 막으려고 하는 것처럼 두 손으로 머리를 붙들었다.

"사형수의 몸은 14피트 아래로 떨어졌다."

안 돼! 그래서는 결코 안 돼! 그녀는 그것만은 참을 수 없었다. 그걸 생각하는 것조차도 참을 수 없었다. 그 생각이 나자, 서 있을 수도 없었다. 그래서 벌록 부인은 밖으로 나가 강물에 빠져 죽어버려야겠다고 결심했다.

그녀는 가까스로 베일을 다시 묶을 수 있었다. 모자에 꽂힌 몇 송이의 꽃을 제외하면 머리에서 발끝까지 온통 까맣게 차려입은 그녀는 마스크를 쓴 것 같은 얼굴을 들고 기계적으로 시계를 바라보았다. 그녀는 시계가 멈췄다고 생각했다. 시계가 가리키는 시간이 전에 보았을 때와 2분밖에 차이가 나지 않는다는 사실을 믿을 수 없었다. 그럴 리가 없었다. 시계는 계속 멈춰 있었음이 틀림없었다. 급습을 하고 난 후 처음으로 깊고 편안한 숨을 들이쉰 순간부터 템스 강에 빠져 죽겠다는 결심을 한 순간까지, 3분밖에 걸리지 않은 것이었다. 그러나 벌록 부인은 그걸 믿을 수 없었다. 어디선가, 살인이 일어나는 순간, 살인자를 파멸시키기 위해 시계가 멈춘다는 얘기를 듣거나 읽은 적이 있는 것 같았다. 그녀는 개의치 않았다.

"다리 위에서 몸을 던져 죽어야겠다."

그러나 그녀의 동작은 더뎠다.

그녀는 몸을 어렵게 끌고 가게로 갔다. 그리고 문을 열 힘이 생길 때까지 문고리를 잡고 있었다. 그녀는 거리의 모습을 보자 놀랐다. 그것이 교수대 아니면 강으로 가는 길이기 때문이었다. 그녀는 다리의 난간 너머로 떨어지는 사람처럼 머리와 팔을 앞으로 내밀며 허우적거렸다. 물에 빠져 죽는 것을 미리 경험하는 듯한 느낌이었다. 끈적끈적한 습기가 그녀의 몸을 감싸고 콧구멍으로 들어가고 머리에 달라붙었다. 실제로 비가 오는 게 아니었음에도 가스램프들이 저마다 흐릿한 안개로 감싸여 있었다. 마차와 말들은 사라지고 없었다. 짐마차꾼들이 주로 이용하는 어두컴컴한 거리의 식당 유리에는 커튼이 드리워져 있었다. 얼룩이 묻고 핏빛으로 붉은 가스램프의 불빛이 사각형 유리를 비추고, 다시 그것이 도로에 아주 가까운 곳까지 희미한 빛을 드리우고 있었다. 벌록 부인은 그곳을 향하여 서서히 몸을 끌고 가면서, 정말로 이 세상에 친구가 단 한 사람도 없다는 생각을 했다. 그건 사실이었다. 그건 너무도 사실이었다. 누군가 다정한 사람이 갑자기 보고 싶었다. 그러나 그녀는 파출부인 닐 부인 외에는 아무도 생각할 수 없었다. 그녀에게는 자기만의 친구가 없었다. 아무도 그녀를 그리워하지 않을 것이었다. 그렇다고 벌록 부인이 어머니를 잊은 건 결코 아니었다. 그건 아니었다. 위니는 착한 딸이었다. 그녀는 헌신적인 누이의 역할을 다하며 살아온 착한 딸이었다. 어머니는 언제나 그녀에게 기대며 살았다. 어떤 위로나 조언도 어머니에게서 기대할 수 없었다. 이제 스티비가 죽었으니, 유대감도 끊어진 것 같았다. 그녀는 늙은 어머니에게 그 끔찍한 얘기를 해줄 수 없었다. 게다가 그곳은 너무 멀리 있었다. 지금 그녀가 향하는 곳은 강이었다. 벌록 부인은 어머니를 생각하지 않으려고 노력했다.

그녀는 사력을 다해 한 걸음 한 걸음을 옮겼다. 벌록 부인은 식당의 붉은색 유리창을 지나쳤다.

"강에 빠져 죽어야겠다."

그녀는 완강하게 이 말을 되풀이했다. 그녀는 가까스로 손을 뻗어 가로등 기둥을 잡고 몸이 비틀거리지 않도록 진정시켰다.

'그런데 아침이 될 때까지 그곳에 다다르지 못할 거야.'

죽음에 대한 두려움이 교수대를 피하려는 그녀의 노력을 마비시키고 있었다. 그녀는 자신이 그 도로에서 몇 시간 동안이나 비틀거리고 있는 것만 같았다.

'그곳까지 가지는 못할 거야. 그들은 거리에서 헤매는 나를 잡아가고 말 거야. 그곳은 너무 멀어.'

그녀는 이렇게 생각하며 가로등 기둥을 붙잡고 있었다. 그녀는 검정색 베일 밑에서 숨을 헐떡이며 기둥을 붙잡고 늘어졌다.

"사형수의 몸은 14피트 아래로 떨어졌다."

그녀는 거칠게 가로등 기둥을 밀쳐내고 걷기 시작했다. 그러나 다시 어지럼증이 거대한 바다처럼 그녀를 감싸며 가슴에서 기운을 빼버렸다.

"그곳까지 가지는 못할 거야. 안 될 거야."

그녀는 갑자기 걸음을 멈추고, 희미하게 몸을 흔들거리며 중얼거렸다. 가장 가까운 곳에 있는 다리까지 걸어가는 것이 불가능하다는 걸 깨달은 벌록 부인은 외국으로 달아나는 것에 대해 생각해봤다.

그건 갑자기 생각한 것이었다. 살인범들은 으레 도망갔다. 그들은 외국으로 도망갔다. 스페인이나 캘리포니아로 도망갔다. 그러나 그건 이름에 불과했다. 인간의 영광을 위해 창조된 거대한 세계는 벌록 부인에게는 거대한 공백에 지나지 않았다. 그녀는 어느 곳을 향해야 할지 몰랐다. 살인범에게는 친구와 친척과 도와주는 사람 들이 있었다. 그들에게는 아는 게 있었다. 그녀는 아무것도 가진 게 없었다. 그녀는 사람을 죽인 살인범 중 가장 외로운 살인범이었다. 그녀는 런던에서 혼자였다. 미로 같은 도로들과 수많은 불빛들이 있는 경이로움과 하찮음이 뒤섞인 도시 전체가 절망적인 밤 속으로 가라앉아 시꺼먼 심연의 밑바닥에서 휴식을 취하고 있었다. 그러한 심연의 밑바닥으로부터 아무런 도움도 받지 않고 빠져나올 수 있는 여자는 아무도 없었다.

그녀는 앞으로 몸을 기울이고 무턱대고 다시 앞으로 나아가려고 했다. 넘어지지 않을까 너무 두려웠기 때문이었다. 그런데 몇 발자국을 떼지 않았을 때였다. 예기치 않은 누군가의 부축으로 몸에 안정감이 드는 것 같았다. 그녀는 고개를 들고 베일을 가깝게 들여다보는 남자의 얼굴을 보았다. 오시폰 동지는 낯선 여자들을 두려워하지 않았다. 그는 맛을 가리지 않았다. 그는 술에 많이 취한 게 명백해 보이는 여자와 사귀는 것도 마다하지 않았다. 오시폰 동지는 여자들한테 관심이 있었다. 그는 큼직한 손바닥으로 이 여자를 붙잡고 사무적인 일을 처리하듯 바라보았다.

그때 여자가 희미하게 부르는 소리가 들렸다.

"오시폰 씨!"

그는 하마터면 그녀를 바닥으로 떨어뜨릴 뻔했다. 그가 큰 소리로 외쳤다.

"벌록 부인! 당신이 여기에 있다니!"

그녀가 술을 마시다니, 그에게는 그 일이 불가능한 일인 것 같았다. 하지만 사람 일이란 아무도 모르는 일이지 싶었다. 그는 그 문제에 깊이 파고들지 않았다. 그는 벌록 동지의 과부를 그에게 맡긴 친절한 운명을 마다할 수 없었다. 그는 그녀를 가슴으로 끌어당기려고 했다. 놀랍게도 그녀는 순순히 응했다. 그녀는 몸을 떼기 전에 잠시 그의 팔에 안겨 쉬기까지 했다. 오시폰 동지는 친절한 운명을 무뚝뚝하게 맞을 수는 없었다. 그는 자연스럽게 팔을 거둬들였다.

그녀는 두 발을 딛고 흔들리지 않는 자세를 취하려고 노력하며 더듬거렸다.

"절 알아보시는군요."

오시폰이 냉큼 대답했다.

"물론이지요. 난 당신이 넘어지는 줄 알고 걱정했어요. 때와 장소를 불문하고 당신을 알아볼 수 있을 정도로, 난 당신을 생각하는 빈도가 요즘 너무 잦아졌어요. 당신을 처음 본 순간부터, 늘 당신을 생각하고 있었답니다."

벌록 부인은 그 말이 들리지 않는 것 같았다. 그녀는 조바심을 치며 말했다.

"지금 가게로 오시는 중이세요?"

오시폰이 말했다.

"바로 온 겁니다. 신문을 읽자마자, 바로 온 겁니다."

사실을 얘기하면, 오시폰 동지는 과감하게 움직여야 할지 어떨지 결정을 내리지 못하고, 브렛 스트리트에서 두 시간 동안이나 숨어 있었다. 그는 건장한 체격의 무정부주의자이긴 했지만 과감한 정복자라고는 할 수 없었다. 그는 벌록 부인이 그가 보내는 눈길에 단 한 번도 응수하지 않았다는 사실을 기억했다. 게다가 그는 경찰이 가게를 감시하고 있을지 모른다고 생각했다. 오시폰 동지는 경찰이 자신의 혁명주의적 성향에 대해 과장된 생각을 하게 되는 걸 원치 않았다. 지금 이 순간조차 그는 정확히 뭘 해야 하는지 몰랐다. 그가 여자에 대해서 흔히 품던 생각들과 비교하면, 이것은 크고도 심각한 일이었다. 그는 얻을 만한 것이 있는 곳이라면, 거기에 얼마가 있든, 어느 정도까지 가야 하든, 상관하지 않았다. 다만 그건 기회가 주어지는 경우에 그랬다. 이러한 당혹감이 의기양양한 기분을 주춤하게 만들었다. 그러자 목소리도 상황에 걸맞도록 차분하게 바뀌었다.

그는 가라앉은 목소리로 물었다.

"지금 어디로 가시는 길인지 물어봐도 될까요?"

"묻지 마세요!"

벌록 부인이 떨리는 목소리로 격하게 말했다. 그녀는 온 힘을 다해 죽음에 대한 생각으로부터 뒷걸음질을 쳤다.

"제가 어디로 가고 있었는지는 상관하지 마세요."

오시폰은 그녀가 대단히 흥분해 있긴 하지만 술에 취한 상태는 결코 아니라고 결론지었다. 그녀는 잠시 그의 곁에 잠자코 있었다. 그런데 그녀가 갑자기 예상치 못한 짓을 했다. 그의 팔 밑으로 손을 넣은 것이었다. 그는 그 행위 때문에 놀라기도 했지만 그 행위의 단호한 성격 때문에 놀라기도 했다. 그러나 이것은 민감한 일이었기 때문에 오시폰 동지는 상황에 맞게 처신했다. 그는 그녀의 손을 그의 건장한 갈비뼈에 대고 살짝 누르는 것으로 일단 만족해했다. 동시에 자신이 앞으로 끌려가는 것을 느끼고 거기에 자신을 맡겼다. 그는 브렛 스트리트의 끝에서, 몸이 왼쪽 방향으로 나아가고 있다는 걸 느꼈다. 그는 기꺼이 따라갔다.

구석에서 과일을 팔던 상인들은 화려하게 쌓아놓았던 오렌지와 레몬을 거둬들인 후 가버리고 없었다. 중앙에 있는 스탠드 위에 세 개의 램프가 희미한 후광을 곳곳에 비추며 삼각형으로 된 그곳의 형체를 드러낼 뿐, 브렛 스트리트는 온통 어둠에 휩싸여 있었다. 팔짱을 낀 남자와 여자의 형체가 이 처량한 밤에, 집도 절도 없는 연인들처럼 담장을 따라 서서히 미끄러져갔다.

벌록 부인은 힘을 주어 그의 팔을 잡으며 물었다.

"제가 당신을 찾으러 나선 길이었다고 말씀드리면 뭐라고 하시겠어요?"

"곤란한 상황에 처한 당신을 기꺼이 도와줄 사람은 나 말고는 없을 겁니다."

오시폰은 이제는 일을 진행시켜야겠다고 생각하고 대답했다. 사실, 그는 일이 진행되는 속도에 놀라고 있었다.

벌록 부인은 그가 한 말을 천천히 반복했다.

"제가 곤란한 상황에 처해 있다고 말씀하셨나요?"

"그럼요."

그녀는 이상하게 열정적인 어조를 띠며 속삭였다.

"당신은 저의 곤란한 상황이 뭔지 아세요?"

오시폰이 열정적인 목소리로 외쳤다.

"난 석간신문을 읽고 십 분쯤 후에, 당신이 가게에서 한두 번 본 적이 있을지 모르는 사람을 만났습니다. 나는 그 사람과 얘기를 나눈 후, 의심의 여지가 없다고 생각했습니다. 그래서 당신이 걱정되어 이쪽으로 출발했던 겁니다. 난 당신을 처음 본 이래로, 말로 표현할 수 없을 만큼 당신을 좋아했습니다."

그는 감정을 절제할 수 없다는 듯, 눈물에 젖은 듯한 소리로 말했다.

그런 말을 안 믿을 여자는 없다는 오시폰 동지의 생각은 어느 정도 맞는 말이었다. 그러나 그는 벌록 부인이 물에 빠진 사람에게 생기는 생존본능 때문에 그걸 격렬하게 받아들이고 있다는 사실을 알지 못하고 있었다. 벌록 씨의 미망인에게는 건장한 체격의 그 무정부주의자가 영롱한 삶의 사자(使者)라고 생각되었다.

그들은 천천히 발을 맞춰 걸었다.

벌록 부인이 희미하게 중얼거렸다.

"저도 그렇게 생각했어요."

오시폰은 그 말이 맞다는 듯 말했다.

"당신은 내 눈을 보고 알았군요."

그녀는 한쪽으로 기울인 그의 귀에 대고 속삭였다.

"네."

"당신을 향한 나의 사랑이 당신과 같은 여인에게 드러나지 않을 수는 없었겠지요."

그는 가게의 상업적 가치, 은행에 예치돼 있는 벌록 씨의 예금 액수 등과 같은 물질적인 측면에 대해서는 생각하지 않으려고 애쓰며 말을 계속했다. 그는 감정적인 측면에 매달렸다. 그러나 마음속으로는 드디어 한 건 해냈다는 생각에 얼떨떨해하고 있었다. 벌록은 괜찮은 사람이었다. 적어도 외면적으로 볼 때는 아주 괜찮은 남편이었다. 그러나 오시폰 동지는 자신에게 돌아온 행운을 죽은 사람 때문에 마다할 수는 없었다. 그는 벌록 동지에 대한 동정심을 단호하게 억제하고 말을 계속했다.

"난 그걸 숨길 수 없었어요. 당신에 대한 생각으로 마음속이 너무 꽉 차 있었기 때문이죠. 감히 얘기하건대, 당신은 내 눈을 보고 어쩔 수 없이 그걸 눈치 챌 수 있었을 거예요. 하지만 나는 짐작도 하지 못했어요. 당신이 언제나 거리를 두고 나를 대했기 때문이죠."

벌록 부인이 불쑥 말했다.

"저한테서 달리 뭘 기대하셨나요? 전 정숙한 여자였어요."

그녀는 잠시 말을 멈췄다가, 화가 나서 자신에게 얘기하는 것처럼 이렇게 덧붙였다.

"그 사람이 저를 이 지경으로 만들기 전에는 말이죠."

오시폰은 그녀의 말을 무심코 넘기고 자기 얘기를 했다. 그는 자신의 동지였던 사람에 대한 충성심을 과감하게 버리며 말했다.

"난 그 사람이 당신에게 그다지 어울리는 사람은 아닌 것 같다고 생각했어요. 그보다는 더 좋은 사람을 만났어야 한다고 생각했던 거죠."

벌록 부인이 비통한 어조로 말했다.

"더 좋은 사람을 만났어야 한다고요? 그 사람은 저를 속이고 7년이나 데리고 살았어요."

오시폰은 과거에 미적지근하게 행동했던 것을 무마하려고 노력했다.

"그래도 당신은 그 사람과 너무 행복하게 살고 있는 것 같았어요. 그래서 내가 미적미적했던 거지요. 당신은 그 사람을 사랑하는 것 같았어요. 나는 놀랍기도 했고, 질투가 나기도 했었죠."

벌록 부인은 경멸과 분노로 가득 찬 말을 낮은 목소리로 부르짖었다.

"그 사람을 사랑한다고요? 사랑이라고요? 전 그 사람에게 착한 아내였어요. 전 조신한 여자였다고요. 당신은 제가 그 사람을 사랑한다고 생각했단 말이군요! 그랬었군요! 이것 봐요, 톰!"

그 이름을 듣고 오시폰 동지의 몸은 자부심에 차 덜덜 떨릴 정도였다. 그의 본래 이름은 알렉산더였는데, 아주 가까운 사람들 사이에서는 합의에 의해 톰이라고 불렸다. 그 이름은 우정을 의미했고, 마음의 문을 개방하는 걸 의미했다. 그는 자신이 그 이름을 사용하는 걸 그녀가 누구한테서 들었는지 전혀 알 수 없었다. 분명한 것은 그녀가 그 이름을 듣고 머릿속에, 아니 어쩌면 가슴속에 간직해두었다는 사실이었다.

"이것 봐요, 톰! 그때 저는 어린 나이였어요. 전 몹시 지치고 피곤해 있었어요. 두 사람이 저한테 의지하고 있었어요. 더는 제가 할 수 있는 게 아무것도 없는 것 같았어요. 어머니와 남동생은 저만을 의지하고 있었으니까요. 남동생은 어머니의 자식이라기보다 제 자식 같았어요. 저는 여덟 살도 채 되지 않았을 때, 다락방에서 남동생을 무릎에 앉히고 다독거리며 수없이 밤을 새워야 했어요. 그 애는 제 것이에요. 당신도 그건 이해하지 못하실 거예요. 누구도 그건 이해할 수 없을 거예요. 제가 그 상황에서 어떻게 해야 했겠어요? 그때, 저에겐 남자 친구가 있었어요."

교수대에 대한 두려움과 죽음에 대한 반항심 때문에 움츠려 있던 그녀의 마음속에는, 정육점 아들과 연애를 했던 기억이 어렴풋한 이상 세계에 대한 형상처럼 잊혀지지 않고 남아 있었다.

벌록 씨의 미망인이 하던 말을 계속했다.

"그때 제가 사랑했던 사람은 그 남자였어요. 그 사람도 제 눈을 보고 그걸 알 수 있었을 거예요. 그런데 그 사람의 주급은 5파운드 10실링이었어요. 그리고 그 사람의 아버지는 그 사람이 몸을 잘 가누지 못하는 어머니와 백치 남동생이 딸린 저 같은 사람하고 결혼하게 되면 밖으로 내쫓아 버리겠다고 위협하고 있었어요. 그래도 그 사람은 제 주변을 맴돌았어요. 그러던 어느 날, 제가 용기를 내 그 사람에게서 등을 돌렸어요. 그렇게 해야만 했어요. 전 그 사람을 정말로 사랑하고 있었어요. 그런데 그 사람의 주급이 5파운드 10실링에 불과했으니 어쩌겠어요. 그리고 다른 남자가 나타났어요. 그 사람은 그때 하숙을 하고 있던 남자였어요. 그 상황에서 제가 여자로서 어떻게 할 수 있었겠어요? 길거리로 나가 몸이라도 팔아야 했을까요? 그 사람은 친절해 보였어요. 여하튼 그 사람은 저를 원하고 있었어요. 어머니와 불쌍한 남동생이 딸린 제가 그 상황에서 어떻게 할 수 있었겠어요? 그래서 제가 그렇게 하겠다고 한 거예요. 그는 마음이 착한 사람 같았고, 돈도 아낌없이 쓰는 사람이었어요. 그는 말이 없는 사람이었어요. 7년이 됐네요. 저는 7년 동안 그 사람에게 착하고 친절하고 너그러운 아내 역할을 다했어요. 그래서 그 사람은 나를 사랑했고요. 맞아요.

그 사람은 내가 때때로 다른 생각을 하게 될 때까지는 나를 사랑했어요. 7년이 됐네요. 저는 그 사람한테 7년 동안 아내 노릇을 했어요. 그런데 당신은 당신의 소중한 친구이기도 한 그 사람이 어떤 사람인지 아시나요? 당신은 그 사람이 어떤 사람인지 알고 있나요? 그 사람은 악마였어요."

그녀의 목소리가 낮긴 하지만 인간의 목소리라고 하기에는 너무 격렬해, 오시폰 동지는 너무 놀랐다. 위니 벌록은 몸을 돌려 두 손으로 그를 붙들고, 브렛 플레이스의 어둠과 적막감 속으로 내려앉는 안개에 싸인 그의 얼굴을 쳐다보았다. 브렛 플레이스는 아무 소리도 없이 적막하기만 했다. 모든 소리가 아스팔트와 벽돌과 눈먼 집들과 무감각한 돌들로 된 삼각형 우물에 빠져버린 것 같았다.

"아니, 몰랐어요. 하지만 지금은 알겠어요. 이제는 나도, 나도 알 것 같아요."

그는 흐느적거리는 목소리로 둔하게 응수했다. 그건 좀 웃기는 모습이었다. 그러나 교수대에 대한 공포에 사로잡힌 그 여자는 그걸 우습다고 생각할 겨를이 없었다. 그는 벌록이 졸리는 듯도 하고 차분한 듯도 한 집안 분위기 속에서 어떤 포악한 짓을 했을지 추측해보며 말을 더듬었다. 그건 정말 끔찍한 일이었을 것 같았다.

"나도 알 것 같아요."

그는 자신이 한 말을 반복했다. 그리고 갑자기 영감이 발동해, 그가 흔히 사용하는 "가엾은 당신!"이라는 말 대신, 차원 높은 동정심이 담긴 "불행한 여자!"라는 말을 반복한 말 뒤에 덧붙였다. 이건 흔한 경우가 아니었다. 그는 뭔가 비정상적인 상황이 전개되고 있다는 것을 의식했다. 그러나 그는 거기에 굉장히 많은 것이 걸려 있다는 사실을 결코 잊지 않았다.

"당신은 불행하지만 용감한 여자로군요!"

그는 자신이 한 말을 조금 바꿀 수 있어서 좋았다. 그러나 그 말 외에는 찾아낼 수 없었다.

"아, 그래도 그는 이제 죽고 없잖아요."

이 말이 그가 할 수 있는 최선의 말이었다. 그는 상당한 정도의 증오감을 섞어가며 조심스럽게 말했다.

벌록 부인이 광란을 하듯 그의 팔을 붙잡았다. 그리고 제정신이 아닌 듯 속삭였다.

"그 사람이 죽었다는 걸 당신은 짐작하셨군요. 당신이 말이에요! 당신은 내가 무슨 일을 해야 했는지 짐작하셨군요. 뭘 해야 했는지를 말이에요!"

무슨 의미인지 분명하게 드러나지는 않지만 그녀의 어조에는 승리와 안도감과 감사의 마음을 암시하는 뭔가가 배어 있었다. 그것은 말초신경에 이르기까지 오시폰의 모든 신경을 곤두서게 만들었다. 그는 그녀에게 무슨 일이 있었으며, 왜 그녀가 이처럼 흥분하고 있는지 궁금했다. 그는 그리니치 사건의 숨겨진 원인이 벌록의 불행한 결혼 생활에서 비롯된 것은 아닌지 궁금했다. 그는 벌록 씨가 그렇게 이례적인 방식으로 자살을 하려고 했던 것은 아닌지 의심하기까지 했다. 세상에! 그렇다면 너무나 어리석고 잘못된 방향의 이 사건은 그렇게 해서 일어난 것이로구나! 이 사건의 정황을 보면 무정부주의적인 것을 암시하는 건 아무것도 없었다. 그 반대였다. 벌록도 그의 위치에 맞는 다른 혁명주의자들처럼 그 사실을 잘 알고 있었을 것이다. 벌록이 유럽 전체와 혁명주의자들의 세계, 경찰과 신문, 그리고 자기 확신이 대단한 교수까지 포함해 모든 사람들을 바보로 만들고자 한 것이라면 이 얼마나 우스운 일인가! 오시폰은 너무 놀랐다. 그는 실제로 벌록이 그렇게 했다고 확신하는 것 같았다! 한심한 거지새끼 같으니라고! 두 사람이 사는 그 집에서 악마는 남자가 아닐 수도 있다는 생각이 갑자기 그의 머릿속을 스쳤다.

의사라는 별명을 가진 알렉산더 오시폰은 자연스럽게도, 남성에 대해서 관대하게 생각하는 경향이 있었다. 그는 팔에 매달린 벌록 부인을 힐끗 쳐다봤다. 그는 특히 여성에 대해서는 실용적인 면에서 생각하는 경향이 있었다. 그가 벌록 씨가 죽었다는 걸 알고 있다고 말했을 때, 벌록 부인은 왜 소리를 질렀던 걸까? 그건 그가 추측한 게 전혀 아니었다. 그녀가 소리를 질렀다는 사실이 마음을 너무 산란하게 했다. 여자들은 종종 정신병자처럼 얘기할 때가 있었다. 그러나 그는 그녀가 어떻게 그 사실을 알게 되었는지 궁금했다. 신문에서 이 사건에 대해 읽었다고 해도, 신원을 알 수 없는 남자가 그리니치 공원에서 산산조각이 났다는 단순한 사실 외에는 알 수 없었을 것이다. 벌록이 그녀에게 자신이 무슨 일을 하려는지, 조금이라도 알려줬다는 건 어떻게 꿰맞춰도 생각할 수 없는 일이었다. 그것이 무엇이었든 다 마찬가지였다. 오시폰 동지는 그 점이 몹시 궁금했다. 갑자기 그는 걸음을 멈췄다. 그들은 브렛 플레이스의 세 면을 다 돌아, 브렛 스트리트의 끝에 다시 한 번 가까이 와 있었다.

"그 얘기를 어디서 처음 들었나요?"

그는 옆에 있는 여자가 얘기했던 내용에 걸맞은 목소리로 물었다.

그녀는 잠시 격렬하게 몸을 떨고 나서, 맥이 풀린 목소리로 얘기했다.

"경찰한테서요. 수사반장이 다녀갔어요. 히트 반장이 와서 그랬다고 말해주더군요. 그 사람은 저한테 그걸 보여주면서……"

벌록 부인은 목이 메는 것 같았다.

"톰, 그 사람들이 시체를 삽으로 긁어모아야 할 정도였대요."

그녀는 가슴을 들썩이며 흐느꼈다. 오시폰은 깜짝 놀란 후, 곧 말문을 열었다.

"경찰이라고요? 경찰이 벌써 왔다 갔다는 말인가요? 당신에게 말해 주려고 히트 반장이 직접 왔었다는 말인가요?"

그녀는 여전히 맥이 풀린 목소리로 그 사실을 확인해줬다.

"예. 그 사람이 왔었어요. 그랬어요. 그 사람이 왔었어요. 저는 모르고 있었어요. 그 사람은 코트의 일부분을 제게 보여주더군요. 그리고 그걸 알아보겠느냐고 제게 물었어요."

"히트! 히트! 그가 뭘 했다는 겁니까?"

벌록 부인은 고개를 아래로 떨구며 처량한 목소리로 말했다.

"아무것도 하지 않았어요. 그는 아무것도 한 게 없다고요. 그냥 가버리더군요. 경찰은 그 사람 편이었어요. 또 다른 사람도 왔었어요."

오시폰은 너무 놀랐다. 그의 목소리는 겁에 질린 아이의 목소리와 같았다.

"다른 사람도요? 또 다른 경찰관도 왔었다는 말인가요?"

"모르겠어요. 좌우간 또 한 사람이 왔었어요. 외국인처럼 보이는 사람이었어요. 대사관 직원이었을지 몰라요."

오시폰 동지는 너무 충격을 받아 까무러칠 뻔했다.

"대사관이라고요? 당신이 지금 무슨 말을 하고 있는지 알고 있나요? 어떤 대사관 말이죠? 대사관이라니, 당신은 도대체 무슨 말을 하는 거죠?"

"체셤 스퀘어에 있는 그 대사관 말이에요. 그는 그 사람들 욕을 많이 하더군요. 모르겠어요. 어떻든 그게 뭐가 중요한가요?"

"그 사람이 당신한테 무슨 짓을 했죠? 아니면 무슨 얘기를 했나요?"

"기억이 안 나요. 아무것도…… 전 상관없어요. 묻지 마세요."

그녀는 기진맥진한 목소리로 애원했다.

"좋아요. 더 묻지 않을게요."

오시폰은 부드러운 어조로 그녀의 애원을 받아들였다. 그는 그렇게 할 작정이었다. 그렇다고 상대방이 간청하는 목소리에 마음이 움직여서가 아니라, 자신이 이 음침한 사건에 너무 깊이 빠져들고 있다고 느꼈기 때문에 그렇게 한 것이었다. 경찰! 대사관! 아이쿠! 그는 자신의 머리로 감당할 수 없는 곳으로 빠져든다는 게 두려웠다. 그래서 그는 단호하게 모든 가설과 추측과 이론을 마음 밖으로 밀어냈다. 그에게는 자신을 향해 몸을 던지고 있는 여자가 옆에 있었다. 그것이 우선이었다. 그는 이제 들을 만큼 들어서 더 놀랄 게 없다고 생각했다. 그래서 그는 벌록 부인이 갑자기, 안전에 대한 생각 때문에 화들짝 놀란 사람처럼, 대륙으로 당장 달아나자고 했을 때도 전혀 놀라지 않았다. 그는 가식이 섞이지 않은 유감스러운 표정을 지으며, 아침까지는 기차가 없다고 말했다. 그리고 엷은 안개에 싸인 가스램프 불빛에 비치는, 검은 베일에 싸인 그녀의 얼굴을 생각에 잠겨 바라보며 서 있었다.

그의 곁에 있는 그녀의 검은 형체가 어둠에 휩싸였다. 그 모습은 어떤 조각가가 검은 돌덩이를 끌로 깎아 절반 정도 완성해놓은 형상 같았다. 그녀가 무엇을 알고 있으며, 경찰이나 대사관과 얼마나 깊숙이 관여되어 있는지 말한다는 건 불가능한 일이었다. 그러나 그녀가 도망가기를 원한다면, 그가 반대할 이유는 없었다. 그 자신도 도망가고 싶은 건 마찬가지였다. 그는 수사반장이나 외국 대사관 직원 들에게 이상할 정도로 잘 알려진 가게를 떠맡고 싶은 생각이 없었다. 그건 관여해서는 안 될 문제였다. 그러나 다른 문제들이 있었다. 예금! 돈!

그녀는 실망스러운 목소리로 말했다.

"아침이 될 때까지 절 어딘가에 숨겨주셔야 해요."

"그런데 사실은 내가 사는 곳으로 당신을 데려갈 수는 없어요. 친구와 방을 같이 쓰고 있어서요."

다소 실망스럽기는 그 자신도 마찬가지였다. 아침이 되면 틀림없이 경찰들이 모든 역에 깔릴 것이었다. 만약 그들이 무슨 이유든 근거를 대고 그녀를 잡아가게 되면, 그는 그녀를 잃고 말 것이었다.

"하지만 그렇게 하셔야 해요. 당신은 제가 조금도 염려되지 않나요? 당신은 무슨 생각을 하는 거죠?"

그녀는 격렬한 어조로 말했지만, 낙담한 나머지 깍지 낀 손을 아래로 내려뜨렸다. 침묵이 내려앉았다. 안개도 내려앉고 있었다. 어둠은 끄떡도 하지 않고 브렛 플레이스에 군림하고 있었다. 아무도, 법 없이 떠도는 부랑자도, 발정한 고양이도 얼굴을 서로 마주 보고 있는 두 사람 옆으로 오지 않았다.

오시폰이 드디어 입을 열었다.

"안전한 곳을 찾을 수도 있을 것 같아요. 하지만 솔직히 말하면, 그렇게 해보고 싶어도 가진 게 동전 몇 푼밖에 없어서 문제로군요. 우리 혁명주의자들은 부자가 아니라서요."

그의 호주머니에는 15실링이 들어 있었다. 그는 이렇게 덧붙였다.

"게다가 우리는 여행을 앞두고 있어요. 아침이 되면 무엇보다도 떠나는 게 급선무니까요."

그녀는 움직이지도 않았고, 소리도 내지 않았다. 오시폰 동지의 가슴이 약간 내려앉았다. 그녀도 뾰족한 수가 없는 것 같았다. 그런데 그녀가 갑자기, 날카로운 통증을 느끼는 것처럼 가슴을 움켜쥐며 헐떡거리는 소리로 말했다.

"저한테 돈은 있어요. 돈은 충분히 있어요. 톰! 이곳을 떠나요."

그는 그녀가 몸을 당기는데도 움직이지 않고 물었다.

"얼마나 있다는 겁니까?"

그는 용의주도한 사람이었다.

"돈은 있다니까요. 모든 돈을 다 갖고 있어요."

"그게 무슨 말이죠? 은행에 있는 돈을 수중에 다 갖고 있다는 건가요?"

그는 믿을 수 없다는 듯 물었다. 그러나 자신에게 다가온 행운이 뭘 펼쳐 보이든 놀라지 않기로 마음먹었다.

그녀가 불안하게 말했다.

"그래요! 그래요! 다 있어요. 제가 다 갖고 있어요."

그는 놀랐다.

"도대체 어떻게 해서 당신이 그걸 벌써 다 갖고 있다는 말인가요?"

"그 사람이 저한테 다 줬어요."

그녀는 갑자기 가라앉고 떨리는 목소리로 중얼거렸다. 오시폰 동지의 놀라움은 더욱더 커졌다. 그러나 그는 애써 마음을 진정시켰다.

그리고 천천히 말했다.

"그렇다면 우리는 살았군요."

그녀는 앞으로 몸을 기울이고 그의 가슴에 털썩 안겼다. 그는 그녀를 반겼다. 그녀에게 모든 돈이 다 있었다. 그가 그녀에게 자신의 감정을 밖으로 표현하려다 보니, 그녀의 모자가 걸렸다. 그녀가 쓰고 있는 베일도 걸리긴 마찬가지였다. 그는 그 상황에 맞게 자신의 감정을 표현했다. 그러나 그 이상은 하지 않았다. 그녀는 아무런 저항도 없이, 그렇다고 완전히 몸을 맡기지도 않고, 그것을 수동적으로 받아들였다. 그녀는 무슨 일이 일어나는지 제대로 모르는 것 같았다. 그녀는 자신의 몸을 그의 느슨한 포옹으로부터 어렵지 않게 떼어냈다.

그녀는 뒤로 물러섰지만 그의 축축한 코트 깃을 여전히 꼭 잡고 있었다. 그녀가 갑자기 소리쳤다.

"톰, 절 구해줘요. 절 구해줘요. 절 숨겨줘요. 그들이 절 잡아가게 하지 말아요. 그러려거든 차라리 죽여줘요. 제가 그럴 수는 없었어요. 없었죠. 없었고말고요. 아무리 두려워도 그럴 순 없었어요."

그는 그녀가 너무 이상하다고 생각했다. 그것이 뭔지 정확히 알 수는 없었지만, 그녀는 그를 불안하게 만들고 있었다. 그는 중요한 것들을 생각하느라 정신이 없었다. 그래서 무뚝뚝하게 대꾸했다.

"도대체 당신이 두려워하는 게 뭐죠?"

여자가 울먹였다.

"당신은 제가 어떤 상황에 몰려 있었는지 짐작하지 못하겠어요?"

그녀는 끔찍한 두려움 때문에 갈피를 못 잡고 있었다. 전에 읽거나 들었던 말들이 머릿속에서 맴돌고 있었다. 그런 것들이 그녀가 겪게 될 것에 대한 공포를 너무나 생생한 것으로 만들고 있었다. 그녀는 앞뒤가 맞지 않는 생각들을 틀림없는 것으로 간주했다. 그녀는 자신이 머릿속에서는 많은 얘기를 했을지 몰라도, 밖으로는 앞뒤가 맞지 않는 말 외에는 한 말이 없다는 걸 전혀 의식하지 못하고 있었다. 그녀는 모든 걸 고백했다고 생각하며 안도감을 느꼈다. 그녀는 오시폰 동지가 하는 말 한마디 한마디에 특별한 의미를 부여했다. 그녀는 자신이 알고 있는 것과 오시폰이 알고 있는 것이 너무나 다르다는 걸 알지 못하고 있었다.

"당신은 제가 어떤 상황에 몰려 있었는지 짐작하지 못하시겠어요?"

그녀의 목소리가 낮아졌다.

그녀는 괴롭고 우울한 어조로 말을 이었다.

"그렇다면 당신은 머지않아 제가 뭘 두려워하는지 알게 되겠죠. 전 그건 못 하겠어요. 안 돼요. 안 돼요. 안 돼요. 차라리 절 죽여주세요."

그녀는 그의 코트 깃을 흔들며 말했다.

"그것만은 결코 안 돼요."

그는 자신이 그런 약속을 구태여 할 것까지는 없다며 짤막하게 얘기했다. 그러나 그는 틀에 박힌 말로, 그녀의 말을 반박하는 것을 피하려고 노력했다. 흥분 상태에 있는 여자들을 다뤄본 경험이 많기 때문이었다. 그는 개별적인 경우에 머리를 쓰는 것보다는 경험에 입각해 처신하는 것이 더 적당하다고 생각했다. 이 경우에 있어서 그의 머리는 다른 방향으로 움직이느라 바빴다. 여자의 말은 그냥 둬도 괜찮았다. 하지만 시간표가 문제였다. 영국이라는 섬나라의 지리적인 상황이 마음에 걸렸다. '이놈의 나라는 매일 밤 사람을 가둬놓고 열쇠를 채우는 꼴이라니까.' 이렇게 생각하자, 그는 짜증이 났다. 그는 여자를 등에 업고 담을 올라가야 하는 상황에 처한 것처럼 갈피를 못 잡고 있었다. 그러다가 그는 갑자기 이마를 쳤다. 그는 머리를 탁 치면서 사우샘프턴에서 생말로까지 가는 배편이 있다는 사실을 생각해냈다. 배는 자정 무렵에 출발하게 돼 있었다. 열 시 삼십 분 기차가 있었다. 그는 기분이 좋아지면서 그걸 행동으로 옮길 준비를 했다.

"워터루에서 출발하면 돼요. 시간은 충분해요. 이제 됐어요…… 지금은 뭐가 문제죠? 이쪽으로 가는 게 아녜요."

오시폰의 팔에 자신의 팔을 끼고 있던 벌록 부인은 그를 브렛 스트리트 쪽으로 다시 잡아끌며, 몹시 초조한 목소리로 속삭였다.

"나올 때 가게 문을 닫는 걸 잊었어요."

오시폰 동지는 가게든, 그 안에 있는 것이든, 관심이 없었다. 그는 자신의 욕망을 제한하는 방법을 알고 있었다.

그는 '아무려면 어때요?'라고 말하려다가 그만뒀다. 그는 사소한 것을 갖고 시비하는 걸 싫어했다. 그는 그녀가 서랍에 돈을 놓고 왔을지 모른다고 생각하며 걸음을 서두르기까지 했다. 그러나 그의 흔쾌함은 그녀의 강렬한 조바심에 비하면 아무것도 아니었다. 가게는 처음에는 아주 어두워 보였다. 문이 조금 열려 있었다. 그녀는 집 앞에 몸을 기대고 숨을 헐떡이며 말했다.

"아무도 다녀가지 않았군요. 보세요! 거실의 불을 보세요."

오시폰은 고개를 앞쪽으로 내밀었다. 컴컴한 가게를 통해 희미한 불빛이 보였다.

"그렇군요."

"제가 저걸 끄는 걸 잊었어요."

벌록 부인의 희미한 목소리가 그녀의 베일 뒤에서 들려왔다. 그는 그녀가 먼저 안으로 들어가기를 기다리며 서 있었다. 그때, 그녀가 더 큰 소리로 말했다.

"들어가서 불을 꺼주세요. 그렇지 않으면 미쳐버릴 것 같아요."

그는 그녀가 그런 부탁을 한다는 것이 의아스러웠지만, 그렇다고 이의를 달지는 않았다.

"그런데 돈은 어디 있죠?"

그녀가 뒤에서 그의 두 어깨를 잡으며 소리쳤다.

"저한테 있어요. 톰, 빨리 가서 끄세요. 빨리 들어가요!"

물리적인 힘에 대응할 준비가 돼 있지 않던 오시폰 동지는 그녀가 떠미는 바람에 가게 안쪽으로 비틀거리며 들어갔다. 그는 여자가 그렇게 힘이 세다는 데 놀랐고, 그녀가 자신을 그렇게 떠밀었다는 게 못마땅했다.

하지만 그렇다고 해서 몸을 돌려 밖으로 나가 그녀를 호되게 나무랄 수도 없는 일이었다. 그는 그녀의 이상한 행동에 불안하게나마 영향을 받기 시작하고 있었다. 게다가 지금 아니면 여자의 비위를 맞출 때가 결코 없을 거라는 생각이 들었다. 오시폰 동지는 카운터에 부딪히지 않고 침착하게 거실 문 쪽으로 나아갔다. 유리창 위의 커튼이 약간 들쳐져 있었다. 그는 문의 손잡이를 돌리려다가 무심코, 안쪽을 들여다보고 싶은 충동을 느꼈다. 그는 아무 생각이나 의도나 호기심도 없이 안쪽을 들여다보았다. 그가 들여다본 것은 그렇게 하지 않을 수 없었기 때문이었다. 그는 안쪽을 들여다보고 벌록 씨가 조용히 소파 위에서 휴식을 취하고 있는 모습을 보았다.

그의 가슴 깊숙한 곳에서 나오던 외마디 소리가 밖으로는 나오지 않은 채, 일종의 끈적거리는 역겨운 뒷맛을 입술에 남기고 사라져버렸다. 그와 동시에 오시폰 동지는 너무나 놀라 뒤로 펄쩍 뛰었다. 하지만 머리와 따로 노는 그의 몸은 본능적으로 문의 손잡이를 붙들고 있었다. 건장한 체격의 무정부주의자는 비틀거리지도 않았다. 그는 유리창에 얼굴을 밀착하고 머리에서 눈알이 빠져나올 정도로 안쪽을 응시했다. 그는 그 자리에서 빠져나갈 수만 있다면 어떤 대가라도 치르고 싶었다. 하지만 그는 제정신이 돌아오면서 문의 손잡이를 놓아서는 안 된다고 생각했다. 이게 도대체 무슨 일인가? 광기인가? 악몽인가? 그렇지 않으면 악마처럼 교묘히 그를 유인해 빠뜨린 함정인가? 그렇다면 그 이유가 뭔가? 그로서는 알 수 없었다. 이 사람들에 관한 한, 그의 가슴속에는 아무런 죄의식도 없었고 양심의 가책도 없었다. 그가 알 수 없는 이유 때문에 벌록 부부에게 살해될지 모른다는 생각이 마음속을, 아니 명치를 스치고 지나가면서, 메스껍고 어질어질하고 개운치 않은 뒷맛을 남겼다. 오시폰 동지는 잠깐이었지만, 아주 특이한 방식으로 기분이 몹시 불쾌해지는 걸 느꼈다. 그건 잠깐이었지만 긴 시간이기도 했다. 그는 앞을 응시했다. 그의 잔혹한 부인이 어둡고 버려진 거리에 몸을 숨기고 소리 없이 문을 지키고 있는 동안, 벌록 씨는 무슨 이유에선가 잠자는 시늉을 하며 아주 조용히 누워 있는 것 같았다. 이런 게 모두, 특별히 그를 위해 경찰이 꾸민 끔찍한 음모란 말인가? 그는 그렇게 생각하자 평온을 잃었다.

그러나 오시폰이 바라보고 있던 장면의 진정한 의미는 모자를 바라보면서 드러났다. 그것은 대단한 물건 같았다. 그것은 불길한 물체와도 같고 무슨 신호와도 같았다. 그것은 검은 모습을 하고 테를 위쪽으로 향한 채 소파 앞의 마룻바닥에 놓여 있었다. 그것은 마치, 소파에서 편안하게 휴식을 취하는 벌록 씨를 보러 올 사람들에게서 동전을 받을 자세를 취하고 있는 듯한 모습이었다. 건장한 무정부주의자의 눈길은 모자로부터 어지럽혀진 식탁으로 옮겨갔다. 잠시 그는 깨진 접시를 바라보다가, 소파에 누워 있는 남자의 완전히 닫히지 않은 눈에 하얀 빛이 반짝이는 걸 보고 일종의 시각적인 충격을 받았다. 벌록 씨는 잠을 잔다기보다는 고개를 숙인 채 누워서 그의 왼쪽 가슴을 골똘히 바라보고 있는 것 같았다. 오시폰 동지는 나이프의 손잡이를 알아보고, 유리창이 달린 문으로부터 몸을 돌리며 심하게 구역질을 했다.

거리 쪽에 있는 문에서 쿵— 소리가 나자 그는 정신적 공황 상태에 빠졌다. 사람이 죽어 있는 그 집은 그에게 여전히 끔찍한 함정이 될 수도 있을 것이었다. 오시폰 동지는 자신에게 무슨 일이 일어나고 있는지에 대해 분명한 생각을 갖고 있지 않았다. 그의 허벅지가 카운터 끝에 부딪히면서 몸이 빙글 돌았다. 그의 몸이 고통스러운 비명 소리를 내며 한 바퀴 빙글 돈 것이었다. 벨 소리가 쨍그랑하고 나면서 여자가 그의 팔을 옆구리에서 꼼짝 못하게 하고 그의 몸을 발작적으로 껴안는 게 느껴졌다. 여자의 차가운 입술이 귀에 오싹하게 닿았다.

"경찰이에요! 경찰이 나를 봤어요!"

그는 몸부림을 멈췄다. 그녀는 결코 그를 놔주지 않을 것이었다. 그녀의 손가락이 요지부동하게 깍지를 끼고 그를 놓아주지 않았다. 발자국이 다가오는 소리가 들렸다. 그들은 가슴에 가슴을 맞대고 빠르고 거칠고 힘들게 숨을 쉬었다. 그들은 마치 필사적인 몸싸움을 벌이고 있는 것 같았다. 하지만 사실, 그들은 끔찍한 두려움 때문에 그러고 있는 것이었다. 시간이 길게 느껴졌다.

순찰을 돌던 경찰은 실제로 벌록 부인의 모습을 얼핏 보긴 했다. 그러나 브렛 스트리트의 끝에 있는 불이 환한 도로에서 그곳으로 들어섰기 때문에 어둠 속에서 뭔가가 나풀거리는 모습만을 얼핏 보았을 뿐이었다. 아니, 그는 나풀거리는 게 있었는지조차 확신하지 못했다. 그는 서두를 이유가 없었다. 그는 가게와 나란한 곳까지 와서, 가게 문이 일찍 닫혔다는 걸 알았다. 특별히 이상한 건 아무것도 없었다. 근무 중인 경찰들은 그 가게에 대해서 특별한 지시를 받고 있었다. 그것은 가게에서 무슨 일이 일어나든지 절대적으로 혼란스러운 상황이 아니라면 쓸데없이 참견하지 말고 무슨 일이든 보고만 하라는 것이었다. 특별히 볼 것도 없었지만, 그 경찰은 의무감과 양심의 평화를 위해, 그리고 어둠 속에서 뭔가가 나풀거렸던 게 생각나, 도로를 건너 문을 열어봤다. 늘 그랬던 것처럼, 용수철 빗장이 걸려 있었다. 열쇠는 고인이 된 벌록 씨의 조끼 주머니에서 영원한 휴식을 취하고 있는 중이었다. 성실한 그 경찰관이 문고리를 흔들 때, 오시폰은 다시 한 번 여자의 차가운 입술이 귀에 오싹하게 닿는 걸 느꼈다.

"만약 저 사람이 들어오면 절 죽여주세요. 톰, 절 죽여주세요."

경찰은 형식적으로 가게 창문에 침침한 랜턴을 비춰보며 멀어져갔다.

여자와 남자는 가슴에 가슴을 맞대고 숨을 헐떡이며 꼼짝하지 않고 한순간 더 서 있었다. 그리고 그녀의 손가락 빗장이 풀린 후 팔이 서서히 아래로 내려갔다. 오시폰은 카운터에 몸을 기댔다. 건장한 무정부주의자에게 몸을 지탱해줄 도움이 필요한 순간이었다. 끔찍했다. 그는 너무 질려서 말을 할 수도 없었다. 그러나 가까스로 입을 열어 호소하는 듯한 말을 함으로써 자신의 현재 상황을 인식하고 있다는 걸 보여줬다.

"이 분만 늦었어도, 당신이 염병할 랜턴을 갖고 이곳을 기웃거리는 저 사람과 나를 부딪히게 할 뻔했어요."

벌록 씨의 미망인은 가게 한가운데에 꼼짝 않고 서서 끈덕지게 말했다.

"톰, 들어가서 불 좀 꺼줘요! 미치겠어요."

그녀는 그가 그것만은 절대 못 하겠다는 듯한 몸짓을 하는 걸 어렴풋이 바라보았다. 이 세상의 그 어느 것도 오시폰으로 하여금 거실로 들어가게 할 수는 없을 것이었다. 그는 미신을 믿는 사람은 아니었지만, 바닥에 피가 너무 많았다. 모자 주위에는 끔찍한 핏물이 고여 있었다. 그는 마음의 평화를 갖기에는, 아니 어쩌면 자신의 목이 안전하기에는, 이미 시체에 너무 가까이 갔었다고 판단했다.

"그럼 계량기 스위치를 내려요! 저쪽 구석에 있어요."

건장한 몸집의 오시폰 동지는 무뚝뚝하고 어둑한 모습으로 가게를 가로지르더니 고분고분하게 구석에 가 쪼그리고 앉았다. 그러나 그의 고분고분한 몸짓에는 품위가 없었다. 그는 초조해하며 손으로 더듬더듬 계량기를 찾았다. 속으로 욕이 나왔다. 유리창 달린 문 뒤에 있던 불이 꺼졌다. 여자가 헐떡거리며 신경질적인 한숨을 내쉬었다. 밤이었다. 세상의 남자들이 성실하게 일한 대가로 찾아오는 밤, 그 밤이 검증을 받은 혁명주의자였으며 '오래된 사람들 중의 하나'였고, 사회의 겸허한 수호자였으며 고 스토트 바르텐하임이 급파한 고도의 가치가 있는 비밀요원 △이었고, 스스로 사랑받는다고 착각하는 온후한 약점 한 가지를 제외하면 나무랄 데가 없었고, 성실하고 신뢰받고 정확하고 경탄할 만한 법과 질서의 신봉자였던 벌록 씨에게 찾아온 것이었다.

오시폰은 잉크처럼 새까매진 가게의 숨 막힐 듯한 분위기 속에서, 더듬더듬 카운터로 갔다. 가게의 중앙에 서 있던 벌록 부인의 목소리가 칠흑 같은 어둠 속에서 그를 따라오며 떨렸다.

"톰, 전 교수형은 당하기 싫어요. 저는……"

그녀는 말끝을 맺지 못했다.

"그렇게 소리치지 말아요."

오시폰이 카운터에서 그녀에게 주의를 줬다. 그는 이렇게 말한 다음, 깊은 생각에 잠긴 것 같았다.

"당신 혼자서 이 일을 했나요?"

질문을 하는 그의 목소리는 공허한 것이었지만, 겉으로는 완전히 침착해 보였다. 벌록 부인의 마음이 고마움과 신뢰로 가득해졌다. 그가 자신을 믿음직스럽게 보호해줄 수 있을 것 같아서였다.

모습이 보이지 않는 그녀가 속삭였다.

"예."

"난 그런 일이 가능하다는 걸 믿지 않았을 거요. 아무도 그럴 수 없었을 거요."

그가 낮은 소리로 말했다.

그녀는 그가 움직이는 소리와 거실 문이 잠기는 소리를 들었다. 오시폰 동지는 휴식을 취하는 벌록 씨에게 열쇠를 채운 것이었다. 그렇다고 영원한 것에 대한 존경심이나 다른 모호한 감상적 이유 때문은 아니었다.

그 집 어딘가에 누군가가 숨어 있을지 몰라서였다. 그는 이 여자를 믿지 않았다. 그게 아니라면, 그는 이 놀라운 세상에서 무엇이 사실이고 가능하며 개연성이 있는 것인지 판단할 수 없는 상태에 이르러 있었다. 그는 겁에 질린 나머지, 경찰 및 대사관과 더불어 시작되어 어디서 끝날지 모르도, 결국 누군가의 교수형으로 끝나게 될 이 놀라운 사건을 믿고 안 믿고 할 능력을 상실하고 있었다. 그는 일곱 시 이후로 어디서 뭔가를 하고 보냈다는 것을 증명할 길이 없다는 걸 생각하고 겁을 먹었다. 그는 브렛 스트리트 주변에서 계속 어슬렁거리고 있었던 것이다. 그는 자신을 이곳으로 데리고 온 여자한테 겁을 먹고 있었다. 이 여자는 어쩌면 그가 조심하지 않으면 이 사건에 그가 공모했다고 죄를 덮어씌울 것이었다. 그는 자신이 유인을 당해 이처럼 위험한 일에 그렇게 빠른 속도로 끌려들어갔다는 사실에 경악을 금치 못했다. 그녀를 만난 지 이십 분 정도밖에 되지 않았을 터였다. 그 이상일 리는 없었다.

벌록 부인의 가라앉은 목소리가 애처로운 애원조로 바뀌었다.

"톰, 그 사람들이 절 목매달지 못하게 해줘요! 이 나라 밖으로 절 데려가줘요. 당신을 위해 일할게요. 당신의 노예가 될게요. 당신을 사랑할게요. 저는 세상에 아무도 없어요. 당신이 아니면 누가 저를 쳐다보겠어요!"

그녀는 잠시 말을 멈췄다. 나이프의 손잡이로부터 뚝뚝 떨어지는 가느다란 핏줄기 때문에 그녀 주변에 생긴 깊은 고독감 속에서, 벨그라비아 맨션에 살던 품위 있는 여자였으며 벌록 씨의 헌신적이고 품위 있는 아내였던 그녀는 끔찍한 생각을 머릿속에 떠올렸다. 그리고 그녀는 부끄러운 듯한 목소리로 말했다.

"저와 결혼해달라고 하지는 않을게요."

그녀는 어둠 속에서 앞으로 한 걸음을 내디뎠다. 그는 그녀한테 겁을 먹고 있었다. 만일 그녀가 갑자기 또 다른 나이프를 꺼내 그의 가슴에 들이댔다고 해도, 그는 놀라지 않았을 것이다. 그렇게 되면 틀림없이 그는 아무런 저항도 하지 않았을 것이다. 사실, 그는 그녀에게 가만히 있으라고 말할 수 있을 정도의 용기조차 없었다. 그러나 그는 휑뎅그렁하고 이상한 어조로 물었다.

"그가 자고 있었나요?"

"아뇨."

그녀가 소리를 지르더니 빠르게 말하기 시작했다.

"잠을 자고 있지는 않았어요. 그는 세상의 그 어느 것도 자기 몸을 건드릴 수 없다고 저한테 말하고 있었어요. 그 예쁘고 착하고 순한 애를 제 눈앞에서 데리고 나가 죽여놓고도 그러더라고요. 그 애는 제 자식이나 마찬가지였어요. 그 애를, 아니 제 자식을 죽여놓고도, 그 사람은 그렇게 편안한 자세로 소파에 누워 있었어요. 그 사람이 보지 못하도록 길거리에라도 나앉고 싶었어요. 그런데 그 사람이 저한테 저도 그 애를 죽이는 데 한몫을 했다는 얘기를 하고 나서, '이리 오라'고 하더군요. 그 사람은 제 가슴을 그 애와 함께 진창 속에 망가뜨려놓고도 '이리 와' 하고 말하더군요."

그녀는 잠시 말을 멈춘 다음, 몽롱한 표정으로 "피와 진창"이라는 말을 두 번 반복했다. 오시폰 동지의 머릿속이 환하게 밝아졌다. 그렇다면 공원에서 죽은 사람은 그 등신이었단 말인가. 주위에 있는 모든 사람들이 철저히 속아 넘어간 것이었다. 그는 놀라움이 극치에 달하자, 큰 소리로 과학적인 발언을 했다.

"맙소사! 그 퇴화 인간이!"

벌록 부인의 목소리가 다시 커졌다.

"이리 와! 라는 말을 하다니, 그 사람은 절 뭐라고 생각했던 거죠?

톰, 얘기 좀 해줘요. 세상에 저한테 이리 와! 라는 말을 하다니! 전 나이프를 바라보고 있었죠. 저는 그 사람이 그렇게도 원하면 옆으로 가겠다고 생각했어요. 그래요! 저는 마지막 순간에 그 사람 옆으로 갔던 거죠. 나이프를 들고서 말이에요."

그는 그녀한테 몹시 겁을 먹고 있었다. 그녀는 그 퇴화 인간의 누이였으며, 그녀도 살인자 혹은 거짓말쟁이 타입의 퇴화 인간이긴 마찬가지였다. 오시폰 동지는 온갖 다른 종류의 두려움뿐만 아니라, 학술적인 입장에서도 두려움을 금치 못하고 있었다. 그것은 측정할 수 없는 복합적인 두려움이었다. 그것이 지나치다 보니, 어둠 속에 있는 그의 얼굴이 얼토당토않게도, 침착하고 사려 깊어 보였다. 마음과 의지가 반쯤 얼어붙어 있어서 힘들게 몸을 움직이고 힘들게 말을 하기 때문이었다. 아무도 그의 유령 같은 얼굴을 볼 수 없었다. 그는 자신이 반쯤 죽은 거나 마찬가지라고 생각했다.

"톰, 도와줘요! 살려주세요. 교수형은 당하기 싫어요."

그가 한 발짝 높이로 펄쩍 뛰었다. 예기치 않게 벌록 부인이 겁에 질린 날카로운 비명을 지름으로써 조용한 집 안 분위기가 깨졌기 때문이었다. 그는 앞으로 뛰어가서 그녀의 입을 찾아 손으로 틀어막았다. 비명 소리가 잦아들었다. 그러나 그는 그 과정에서 그녀를 넘어뜨리고 말았다. 그는 그녀가 이제 그의 다리를 잡고 매달리고 있다는 걸 느꼈다. 그의 두려움이 절정에 달했다. 그것은 일종의 흥분 상태가 되었고 망상이 되었으며, 정신 착란 상태와 비슷한 것이 되었다. 그는 눈앞에 뱀들을 보는 듯했다. 그는 여자의 몸이, 떼려야 뗄 수 없는 뱀처럼 자신의 몸을 휘감고 있다고 생각했다. 그녀는 단순히 무서운 존재가 아니었다. 그녀는 삶의 동반자인 죽음 그 자체였다.

벌록 부인은 감정 폭발을 통해 안도감을 느낀 것처럼 이제는 소란을 떨지 않았다. 그녀의 모습은 처량했다.

그녀는 마룻바닥에서 중얼거렸다.

"톰, 당신은 지금 저를 떼어낼 수 없어요. 당신이 구둣발로 내 머리를 으깨기 전에는 그럴 수 없어요. 전 당신을 떠나지 않을 거예요."

"일어나요."

이렇게 말하는 그의 얼굴은 너무 핼쑥하여 가게의 컴컴한 어둠 속에서도 그 모습이 보일 정도였다. 그러나 베일을 쓰고 있는 벌록 부인의 얼굴은 보이지 않았으며, 형태마저 식별할 수 없었다. 다만 뭔가 작고 하얀 것이 떨리고 있어서, 그녀의 위치와 움직임을 알아볼 수 있게 해줬다. 떨리고 있는 것은 그녀의 모자에 달린 꽃이었다.

그 형체가 어둠 속에서 일어섰다. 그녀가 마루에서 일어선 것이었다. 오시폰은 밖으로 즉시 뛰쳐나가지 않은 것을 후회했다. 그러나 그는 그렇게 해서는 안 된다는 걸 쉽게 깨달았다. 그래서는 안 될 일이었다. 그녀는 그의 뒤를 쫓아올 것이었다. 근처에 있는 경찰들이 쫓아올 때까지 소리를 지르며 그를 따라올 것이었다. 그녀가 그에 대해서 무슨 말을 하게 될지는 아무도 모르는 일이었다. 그는 너무 겁에 질린 나머지, 한순간 어둠 속에서 그녀의 목을 졸라 죽여버릴까 하는 생각도 해봤다. 그는 전보다 더 겁에 질렸다! 그녀는 그를 잡고 있었다. 그는 비참한 공포에 질려 벌벌 떨면서, 스페인이나 이탈리아에 있는 오두막집에서 살아가는 자신의 모습을 상상했다. 사람들은 어느 화창한 날 아침, 가슴에 나이프가 박힌 채 죽어 있는 그의 시체를 발견하게 될 것이다. 벌록 씨처럼 말이다. 그는 감히 움직일 엄두를 못 냈다. 벌록 부인은 그녀의 구세주가 침묵 속에서 생각에 잠겨 있다는 사실에 위안을 느끼며 아무 말 없이 그가 뭔가를 해주기를 기다렸다.

갑자기, 그가 거의 자연스러운 듯한 목소리로 말했다. 심사숙고가 끝난 것이었다.

"나갑시다. 그렇지 않으면 기차를 놓치겠어요."
"톰, 어디로 가는 거죠?"

그녀가 겁에 질려 물었다. 그녀는 이제 자유로운 여자가 아니었다.

"우선 파리로 갑시다. 그게 최선의 방책이오. 일단 나가서 길이 트여 있는지 확인해봅시다."

그녀는 고분고분했다. 그녀의 가라앉은 목소리가 조심스럽게 열린 문 사이로 들렸다.

"좋아요."

오시폰이 밖으로 나왔다. 그는 조심스럽게 나오려고 애썼지만, 깨진 벨이 닫힌 문 뒤에서 쨍그랑거렸다. 그것은 마치, 휴식을 취하고 있는 벌록 씨에게 부인이 그의 친구와 함께 마지막으로 집을 떠나고 있다는 걸 헛되이 알리려고 내는 소리 같았다.

그들은 곧 마차를 잡아탔다. 건장한 무정부주의자는 마차 속에서 그가 세운 계획에 대해서 그녀에게 설명했다. 그는 아직도 몹시 창백한 모습이었다. 그의 눈은 긴장한 얼굴 안쪽으로 반 인치쯤 쑥 들어가버린 것 같았다. 그러나 그는 모든 것을 철두철미하게 생각해놓은 사람처럼 보였다.

그는 야릇하고도 단조로운 목소리로 설명했다.

"일단 도착하면, 우리가 서로 모르는 사이인 것처럼, 당신이 나보다 앞서 역으로 들어가요. 내가 기차표를 끊은 다음 지나치면서 당신 손에 기차표를 건네주겠소. 그런 다음 당신은 일등석에 탈 여자들의 대합실로 들어가 기차가 출발하기 십 분 전까지 기다렸다가 나오시오. 나는 밖에 있겠소. 서로 모르는 사람처럼 행동하면서, 당신은 먼저 플랫폼으로 가시오. 뭔가 낌새를 챈 사람들이 우리를 지켜보고 있을지도 모르는 일이오. 당신이 혼자 있으면, 그저 기차 여행을 떠나는 사람처럼 보일 거요. 나는 사람들에게 알려져 있어요. 그래서 나와 함께 있으면, 사람들은 당신이 달아나고 있다고 생각할지 몰라요. 알아들었죠, 당신?"

그는 마지막 말을 힘들여 덧붙였다.

교수대에 대한 두려움과 죽음에 대한 공포 때문에 몸이 굳어진 상태에서 그에게 몸을 기대고 앉아 있던 벌록 부인이 대답했다.

"알았어요, 톰."

그리고 그녀는 무슨 끔찍한 후렴을 덧붙이듯, 혼잣말을 했다.

"사형수의 몸은 14피트 아래로 떨어진다는데."

오시폰은 그녀를 바라보지 않은 채, 심하게 아프고 난 후 분을 바른 것 같은 얼굴 표정으로 말했다.

"그런데 기차표를 살 돈이 있어야겠어요."

벌록 부인은 마차의 흙받기 너머를 똑바로 응시하면서, 웃옷의 호크를 열고 새 돼지가죽 돈지갑을 꺼내 그에게 건네줬다. 그는 아무 말 없이 그걸 받아들고 가슴속 어딘가에 깊숙이 집어넣었다. 그런 다음 그는 코트 바깥쪽을 찰싹 쳤다.

이러한 모든 것이 서로 눈길 한번 나누지 않은 상태에서 일어났다. 그들은 원하는 목적지의 첫 표시가 나타나기를 지켜보는 두 사람 같았다. 마차가 코너를 획 돌아서 다리를 향해 가고 있을 때에야 비로소 오시폰이 다시 입을 열었다.

"저 지갑에 얼마가 들어 있는지 알아요?"

그는 말의 귀때기 사이에 앉아 있는 꼬마 도깨비에게 천천히 말을 거는 것처럼 이렇게 질문했다.

"아뇨. 그 사람이 저한테 줬는데 세어보진 않았어요. 당시에는 아무 생각도 없었으니까요. 그런 다음……"

그녀는 오른손을 약간 움직였다. 그 움직임이 너무나 의미심장했다. 불과 한 시간 전에 한 남자의 심장에 치명상을 입힌 그 오른손이 그렇게 움직이는 걸 보고, 오시폰은 와들와들 떨지 않을 수 없었다.

"춥네요. 몹시 한기가 드는군요."

그는 날씨를 고의적으로 과장하며 중얼거렸다.

벌록 부인은 도망치는 것에 대해서만 생각하면서 앞을 똑바로 바라보았다. "사형수의 몸은 14피트 아래로 떨어졌다"는 말이 거리에 날리는 검은색 테이프처럼 그녀의 긴장한 눈을 가로막았다. 커다란 눈의 흰자위가 가면을 쓴 여자의 눈처럼 검은 베일 사이로 반짝이며 빛났다.

오시폰의 굳어 있는 모습에는 어딘지 사무적인 데가 있었다. 기이하게 사무적인 표정이었다. 말을 하려고, 잡고 있던 것을 놓아버리기라도 한 것처럼, 갑자기 그의 말이 다시 들렸다.

"이봐요! 당신은 남편 아니 그 사람이 실명으로 계좌를 갖고 있었는지, 아니면 다른 사람 명의로 갖고 있었는지 알고 있나요?"

벌록 부인은 가면을 쓴 듯한 얼굴을 돌려 크고 하얀 눈을 반짝이며 그를 쳐다봤다.

그녀가 생각에 잠겨 말했다.

"다른 사람 명의라고요?"

마차가 질주하는 상황에서 오시폰이 그녀를 타일렀다.

"정확하게 얘기해요. 엄청나게 중요한 일이니까요. 왜 그래야 하는지 설명해줄게요. 은행에는 이 어음의 번호가 기록되어 있어요. 만약 이 어음이 실명으로 그에게 지급되었을 경우, 그 사람이 죽었다는 게 알려지면,

이 어음은 우리를 추적하는 수단으로 이용될 수 있어요. 우리한테는 다른 돈이 없기 때문이죠. 가진 돈이 있나요?"

그녀는 고개를 저었다.

그가 재차 물었다.

"정말 아무것도 없단 말인가요?"

"동전이 몇 개 있을 뿐이에요."

"그렇다면 위험하게 됐군요. 돈 문제는 특별히 잘 처리해야 되겠어요. 정말 특별히 말이죠. 내가 파리에 알고 있는 안전한 곳에서 이 어음을 교환하게 되면 아마 절반 이상은 손해를 보게 될 것 같아요. 그러나 만약 그가 계좌를 갖고, 예를 들어 스미스와 같은 다른 이름을 사용해 돈을 받았다면, 이 돈은 우리가 써도 완벽할 정도로 안전한 돈이오. 알겠죠? 은행에서는 벌록 씨와 다른 이름을 가진 사람이 똑같은 사람이라는 걸 알 리가 없죠. 당신이 내 질문에 조그만 착오도 없이 답변하는 게 얼마나 중요한지 이젠 알겠죠? 내 질문에 답변할 수 있나요? 아마 못 하겠죠?"

그녀가 침착하게 말했다.

"그리고 보니까 생각이 나네요! 그 사람은 자기 이름으로 은행 거래를 하지 않았어요. 그 사람이 언젠가, 프로조라는 사람의 이름으로 예금을 하고 있다고 말한 적이 있어요."

"틀림없나요?"

"틀림없어요."

"은행에서 그 사람의 실명을 알고 있는 것 같지는 않았나요? 아니면 은행에 있는 누군가가……"

그녀는 어깨를 으쓱했다.

"제가 어떻게 그걸 알 수 있겠어요? 톰, 그럴 가능성이 있나요?"

"없어요. 그럴 것 같지는 않아요. 알면 더 좋았을 텐데…… 다 왔어요. 먼저 내려서 바로 들어가요. 빨리 움직여요."

그는 뒤에 남아 갖고 있는 은화로 마부에게 삯을 지불했다. 그가 앞을 내다보고 세밀하게 계획한 것들이 착착 진행되고 있었다. 벌록 부인이 생말로행 표를 들고 여성 전용 대기실로 들어가자, 오시폰 동지는 술집에 들어가 물에 섞은 독한 브랜디를 칠 분도 안 되는 사이에 석 잔이나 마셨다.

"추위를 견디려고 그런다네."

그는 여자 바텐더에게 다정하게 고개를 끄덕이고 찌푸린 미소를 지으며 이렇게 설명했다. 그런 다음 밖으로 나왔다. 안에서 기분 좋게 브랜디를 마시던 모습과 달리, 오시폰의 얼굴은 슬픔의 샘에서 뭔가를 들이마신 듯한 표정으로 바뀌었다. 그는 눈을 들어 시계를 바라보았다. 시간이 되었다. 그는 기다렸다.

벌록 부인은 위쪽에 몇 개의 창백한 싸구려 꽃송이가 달린 베일로 얼굴을 감싼 채 정확하게 시간에 맞춰 밖으로 나왔다. 그녀는 죽음 그 자체처럼 온통 검은 모습을 하고 있었다. 그녀는 웃으며 얘기를 하고 있는 몇몇 남자들을 지나쳤다. 그러나 그 남자들의 웃음은 그녀가 말 한마디만 했으면 뚝 그쳤을 것이었다. 그녀는 서두르지 않았다. 그녀는 등을 꼿꼿이 세우고 걸었다. 오시폰 동지는 출발하기 전에 두려움에 질린 눈으로 그 모습을 쳐다봤다.

기차가 들어왔다. 창가에는 거의 아무도 없었다. 승객이 거의 없었다. 때가 때여서도 그랬고, 날씨가 나빠서도 그랬다. 벌록 부인은 오시폰이 뒤에서 팔꿈치에 손을 댈 때까지, 열차의 텅 빈 객실로 천천히 걸어갔다.

"여기로 들어가요."

그녀는 안으로 들어갔다.

그는 주위를 돌아보며 플랫폼에 서 있었다.

그녀가 앞으로 몸을 기울이며 속삭였다.

"톰, 무슨 일이죠? 위험한가요?"

"잠깐 기다려요. 역무원이 있어요."

그녀는 그가 제복을 입은 남자에게 다가가서 말을 거는 모습을 보았다. 그들은 잠시 얘기를 했다. 그녀는 역무원이 "좋습니다" 하고 말하며 머리에 손을 대는 걸 보았다.

오시폰이 돌아와서 말했다.

"나는 저 사람에게 우리가 탄 칸에 아무도 들여보내지 말라고 부탁했어요."

그녀는 앉은 채로 앞으로 몸을 기울이고 있었다.

"당신은 모든 것에 치밀하시군요. 톰, 제가 도피할 수 있게 해주는 거죠?"

그녀는 무뚝뚝하게 베일을 들어올리고 그녀의 구세주를 바라보며 고통스럽게 말했다.

그녀의 완강한 얼굴이 드러났다. 그녀의 두 눈이 하얗게 빛나는 천체 속에 있는 두 개의 검고 크고 마르고 확장되고 빛이 없고 타버린 구멍처럼 그를 바라보고 있었다.

"위험은 없어요."

그는 황홀한 것처럼 진지하게 그녀의 눈을 응시하며 말했다. 교수대에서 달아나는 처지에 있는 벌록 부인은 그 모습을 보고 힘과 부드러움이 넘치는 남자라고 생각했다. 그가 이렇게 헌신적으로 대하는 것이 그녀의 마음을 깊이 움직였다. 그러자 완강한 얼굴에서 두렵고 경직된 표정이 사라졌다. 오시폰 동지는 세상의 어느 남자도 자신이 사랑하는 사람을 그렇게 바라본 적이 없다는 듯, 그녀를 바라봤다. 무정부주의자이자 의사라는 별명이 있으며 (부적절하긴 하지만) 의학적인 내용을 담은 팸플릿을 만든 바 있고, 최근에는 노동자들의 클럽에 가서 위생법의 사회적인 측면에 대해 강연을 한 바 있는 알렉산더 오시폰은 인습적인 도덕의 속박으로부터 자유로운 사람이었다. 그러나 그는 과학의 법칙을 따르는 사람이었다. 그는 과학적이었다. 그는 퇴화 동물의 누이이자 살인자 타입의 퇴화 동물인 그 여자를 과학적으로 바라보았다. 그는 그녀를 바라보면서, 이탈리아 농부가 자신이 좋아하는 성인에게 그러하듯, 롬브로소에게 호소했다. 그는 그녀를 과학적으로 바라보았다. 그녀의 뺨, 코, 눈, 귀 모두가 질이 나빴다! 모두가 치명적인 특징을 갖고 있었다! 벌록 부인의 창백한 입술이 벌어졌다. 그가 보여준 정열적인 관심으로 마음이 이완된 탓이었다. 그는 그녀의 치아도 살펴보았다. 이제는 한 오라기의 의심도 남아 있지 않았다. 그녀가 살인자 타입이라는 건 틀림없는 사실이었다. 만약 오시폰 동지가 겁에 질린 자신의 영혼을 롬브로소에게 맡기지 않았다면, 그것은 오로지 사람에게 영혼이 있다는 걸 과학적인 근거에서 믿을 수 없기 때문에 그런 것이다. 그러나 그의 마음속에는 과학적인 영혼이 있었다. 그것이 그를 움직여 소심하고도 변덕스러운 말로, 기차역의 플랫폼에서 얘기를 하게 만들었다.

"당신 동생은 굉장한 아이였어요. 연구 대상으로서 너무너무 흥미로운 아이였어요. 어떤 점에서 보면 완벽한 타입이었어요. 완벽했다고요!"

그는 속으로 두려움을 느끼며 과학적으로 얘기했다. 벌록 부인은 사랑하는 죽은 동생을 칭찬하는 말이 그의 입에서 나오자 앞으로 몸을 숙였다. 폭풍우를 예고하는 한 줄기 햇빛처럼 그녀의 음울한 눈에 한 줄기 빛이 반짝였다.

그녀는 떨리는 입술로 부드럽게 속삭였다.

"그 아이는 정말 그랬어요. 톰, 당신은 그 아이에게 많은 관심을 보여 줬었죠. 전 그래서 당신이 좋았어요."

"두 사람이 그렇게 비슷하다니 믿을 수 없을 정도군요."

오시폰은 한편으로는 두려워서, 또 한편으로는 기차가 언제 출발하느냐 조바심하는 속마음을 숨기려는 의도에서 이렇게 말했다.

"그래요, 그 아이는 당신을 꼭 닮았어요."

이 말은 특별히 감동적이거나 동정적인 표현은 아니었다. 그러나 두 사람 사이의 비슷한 점이 계속 강조되는 것만으로도 그녀의 감정이 큰 폭으로 움직이기에는 충분한 것이었다. 벌록 부인은 희미한 소리를 지르며 팔을 앞으로 내밀고 마침내 울음을 터뜨렸다.

오시폰은 객실 안으로 들어가 급히 문을 닫았다. 그리고 시간을 확인하려고 역에 있는 시계를 바라보았다. 팔 분만 더 지나면 되었다. 벌록 부인은 이 중에서 삼 분 동안을 쉴 새 없이 격렬하게 울었다. 그런 다음 그녀는 마음이 진정되어 부드럽게 흐느꼈다. 그녀는 자신의 구세주, 생명을 가져다주는 사자인 그 남자에게 말했다.

"오, 톰! 그 애가 그렇게 잔인하게 죽었는데도, 어떻게 제가 죽는 걸 두려워할 수 있는 거죠? 제가 어떻게 그럴 수 있죠? 제가 어떻게 해서 그런 겁쟁이가 된 거죠?"

그녀는 사람을 죽일 정도로 한 가지 목적에만 충실해온, 매력도 없고 품위도 없었던 삶에 자신이 집착하는 게 너무 한탄스러워 이렇게 큰 소리로 말했다. 인간이 한탄을 할 때, 고통의 크기에 비해 밖으로 표현되는 말이 빈약하기 짝이 없는 경우가 종종 있는 것처럼, 그녀가 절규하는 진실이 어디에선가 주워들은 허위적인 마음이 담긴, 닳고 가식적인 형태의 말에 담겨 나오고 있었다.

"어떻게 제가 죽음을 이토록 두려워할 수 있죠? 톰, 전 혼자 어떻게 해보려고 했어요. 하지만 두려워요. 혼자 해보려고 했지만, 그럴 수가 없었어요. 제가 비정한 사람인가요? 두려움의 잔이 저 같은 사람에게는 충분히 차 있지 않았던 것 같아요. 그때, 당신이 저한테 오셨던 거예요."

그녀는 말을 잠시 멈췄다. 그리고 상대방에 대한 신뢰와 고마움을 토해내며 흐느꼈다.

"톰, 전 평생 당신을 위해 살 거예요."

오시폰이 간절한 목소리로 말했다.

"플랫폼에서 안 보이도록 저쪽 구석으로 가 앉아요."

그녀는 자신의 구세주가 이끄는 자리로 가서 편안하게 앉았다. 그는 그녀가 전보다 더 격렬하게 울음을 터뜨리려고 하는 모습을 바라보았다. 그는 의사가 초침을 재는 것처럼, 그 증상을 바라보았다. 마침내 그는 역무원이 호각을 부는 소리를 들었다. 기차가 움직이기 시작하는 걸 감지하자, 그는 포악한 결정을 내릴 때 그러하듯이 윗입술을 무의식적으로 수축시키며 이를 드러냈다. 벌록 부인은 아무것도 듣지 못하고 아무것도 알아채지 못했다. 그녀의 구세주인 오시폰은 꼼짝 않고 서 있었다. 그는 기차가 여자의 흐느끼는 소리에 발을 맞추기라도 하듯 심하게 덜커덩거리며 속도를 내는 걸 느꼈다. 그때 두 걸음을 크게 뗀 다음 침착하게 문을 열고 밖으로 뛰어내렸다.

그는 기차가 플랫폼을 벗어나기 직전에 뛰어내렸다. 그는 필사적으로 자신의 계획을 밀어붙였다. 그는 기차의 문을 열고 허공으로 뛰어내렸다. 그건 일종의 기적이었다. 그때에야 그는 총에 맞은 토끼처럼 자기 몸이 거꾸로 구르는 걸 느꼈다. 그는 조금 다치고 정신이 얼얼한 상태가 되었다. 그는 죽은 사람처럼 창백했다. 몸을 일으켰을 때는 숨을 못 쉴 지경이었다. 그러나 그는 침착했다. 주변에 몰려든 흥분한 역무원들을 완벽하게 상대할 수 있을 정도로 침착했다. 그는 부드럽고 설득력 있는 어조로 아내가 급한 연락을 받고 어머니의 임종을 지키려고 브르타뉴에 가기 위해 탑승하고 있었고, 자신은 그녀가 너무 염려되어 기분을 풀어주려고 올라가 있었는데, 처음에는 기차가 출발하는지도 모르고 있다가 엉겁결에 뛰어내리게 되었노라고 말했다.

"그렇다면 왜 사우샘프턴까지 가지 않았소?"

사람들이 이렇게 묻자, 그는 아무 경험도 없는 어린 처제가 집에서 세 아이들을 돌보고 있으며, 전보를 취급하는 사무실도 닫혀버려 연락할 길도 없을 것 같고, 자신이 없으면 처제가 너무 놀랄 것 같아 그랬노라고 말했다. 그는 본능적으로 그렇게 행동했다고 말했다.

"하지만 두 번 다시 그렇게 할 엄두는 나지 않는군요."

그는 이렇게 결론을 내리고 사람들을 돌아보며 미소를 지었다. 그리고 동전 몇 푼을 나눠주고 절뚝거리지도 않고 역을 빠져나갔다.

생전에 한 번도 가져보지 못했던 액수의 돈을 두둑이 챙긴 오시폰 동지는 마차를 타라는 제의를 거절했다.

"걸을 수 있소."

그는 친절한 마부에게 다정하게 웃으며 말했다.

그는 걸을 수 있었다. 그는 걸었다. 그는 다리를 건넜다. 미동도 하지 않고 서 있는 거대한 웨스트민스터 수도원의 탑들이, 더부룩한 노랑머리를 나풀거리며 가로등 아래로 지나가는 그를 내려다보고 있었다. 빅토리아의 불빛도 그를 바라보고 있었다. 슬론 스퀘어도 그랬고 공원의 난간들도 그랬다. 오시폰 동지는 자신이 다시 한 번 다리 위에 있다는 걸 알았다. 움직이지 않는 그림자들과 흘러가는 불빛들이 새까만 침묵 속에 섞여 불길한 모습을 하고 있는 강이 그의 눈길을 끌었다. 그는 강을 바라보며 오랫동안 난간에 서 있었다. 시계탑의 시계가 아래로 수그러진 그의 머리 위로 요란하게 시간을 알렸다. 그는 시곗바늘을 바라보았다······ 영국 해협의 황량한 밤 열두 시 반.

오시폰 동지는 다시 걸었다. 그날 밤, 거친 안개로 덮인 융단 같은 진흙 위에서 괴이하게 자고 있는 거대한 도시의 외딴 지역에서 그의 건장한 모습이 목격되었다. 또한 그의 형체가 활기나 소리도 없이 거리를 가로지르거나, 가로등이 줄지어 켜져 있는 텅 빈 도로에 인접한 그늘진 집들이 끝없이 늘어선 곳으로 사라져가는 모습이 목격되었다. 그는 광장, 경기장, 공원을 통과하고, 인간성의 먼지가 삶의 흐름에서 빠져나와 생기도 없고 희망도 없는 상태로 안착해 있는, 단조로운 이름 없는 거리들을 통과해 걸었다. 그는 걸었다. 그리고 갑자기, 더러운 잔디가 심겨진 어떤 정원 쪽으로 방향을 틀었다. 그리고 호주머니에서 열쇠를 꺼내 문을 따고 작고 더러운 집 안으로 들어갔다.

그는 옷을 입은 채로 침대 위에 몸을 던졌다. 그리고 십오 분 정도 꼼짝 않고 누워 있었다. 그러다가 갑자기 일어나 앉아 무릎을 오그리고 다리를 끌어안았다. 새벽이 다가올 때까지 그는 뜬눈으로 그렇게 있었다. 그렇게 오랫동안, 그렇게 멀리까지, 그렇게 방향도 없이, 피곤한 기색 하나 없이 걸을 수 있었던 이 남자는 팔다리도, 눈꺼풀 하나도 움직이지 않고, 몇 시간 동안 꼼짝도 하지 않고 앉아 있었다. 그러나 늦게 뜬 태양이 방 안에 빛을 비추자, 그는 깍지 낀 손을 풀고 베개에 머리를 눕혔다. 그의 눈이 천장을 응시했다. 그러다가 갑자기 닫혔다. 오시폰 동지는 햇빛 속에서 잠을 잤다.

13

방 안에서 눈길을 줄 수 있는 유일한 물체가 있다면, 그것은 벽장 문에 걸린 거대한 맹꽁이자물쇠뿐이었다. 그 외의 모든 것은 궁상맞고 추해서 쳐다보는 것만으로도 괴로울 지경이었다. 그 벽장은 워낙 거창하게 생겨 정상적인 거래로는 팔 수 없는 것이어서, 런던 동부에 있는 해운상이 단돈 몇 푼만 받고 교수에게 판 것이었다. 방은 크고 깨끗하고 번듯했지만 초라했다. 빵 외에는 아무것도 먹지 않고 연명하는 가난한 사람을 연상케 하는 초라한 방이었다. 벽에는 지워지지 않는 얼룩이 여기저기 묻고, 사람이 살지 않는 대륙의 흐릿한 지도처럼 보이는 얼룩이 묻은, 비소(砒素)의 초록색을 띤 널따란 벽지 말고는 아무것도 없었다.

오시폰 동지는 창문 가까이에 있는 탁자에 몸을 기대고 두 주먹으로 머리를 감싸고 있었다. 교수는 그의 유일한 싸구려 양복을 입고, 믿을 수 없을 정도로 너덜너덜한 슬리퍼를 끌고 찰싹거리는 소리를 내면서 방 안을 오가다가, 재킷의 뒤틀린 호주머니 속으로 깊숙이 손을 집어넣었다. 그는 건장한 몸집의 손님에게 사도 미케일리스를 최근에 찾아갔다는 얘기를 했다. 완벽한 무정부주의자는 긴장이 약간 풀어진 상태였다.

"그 친구는 벌록의 죽음에 대해서 아무것도 모르고 있더군. 당연하지! 그 친구는 신문을 보지 않으니까 말일세. 신문을 보면 슬퍼진다고 하더군. 하지만 그건 상관할 일이 아니지. 여하간 나는 그 친구가 살고 있는 오두막 안으로 들어갔지. 아무도 안 보이더군. 내가 여러 차례 큰 소리로 부른 다음에야 대답을 하더군. 난 그 친구가 아직도 침대에서 푹 자고 있다고 생각했지. 그런데 그게 전혀 아니었어. 벌써 네 시간 동안이나 집필을 하고 있었던 거야. 그 친구는 원고가 이러저리 널려 있는 작은 방에 앉아 있더군. 탁자 위에는 반쯤 먹다 남은 당근이 놓여 있었는데, 그게 그 친구의 아침 식사였던 거지. 당근과 약간의 우유만 먹고 산다네."

오시폰 동지가 무관심한 듯 물었다.

"그 친구는 이 일에 대해서 어떻게 반응하던가요?"

"천사처럼 반응하더군…… 바닥에 있는 원고를 한 움큼 집어서 읽어 봤더니, 논리가 너무 없어 놀라울 시경이너군. 그 친구한네는 논리가 없어. 일관된 생각을 하지도 못해. 하지만 그건 아무 문제도 아냐. 그 친구는 자신의 전기를 '믿음, 희망, 자선' 등 세 부분으로 나누고, 강자가 약자를 돌보는 데 헌신적인 노력을 다하는, 정원에 꽃이 만발한 크고 근사한 병원처럼 주도면밀하게 계획된 세상에 대한 글을 쓰고 있다네."

교수가 잠시 말을 멈췄다. 그리고 냉혹한 확신을 갖고 덧붙였다.

"오시폰, 자네는 그걸 어리석다고 생각하나? 약자! 약자란 이 세상에 있는 모든 악의 근원이야. 나는 그 친구에게 약자를 잡아들여 몰살해버리는 도살장 같은 세계를 꿈꾸고 있다고 말해줬지. 오시폰, 자네는 이해하겠는가? 그들은 모든 악의 근원이란 말일세! 그들은 우리의 사악한 주인이네. 약한 자들과 무기력한 자들과 겁이 많은 자들과 뱃심도 없는 자들과 노예 근성을 가진 자들 말일세. 그들에게는 힘이 있어. 그들이 다수이기 때문이야. 이 세상의 왕국은 그들의 것이네. 몰살해야 해! 몰살해야 해! 그것만이 세상이 발전할 수 있는 유일한 방법일세. 정말 그래! 오시폰, 나를 따르게. 우선, 다수인 약자들이 없어져야 하네. 그렇게 되면 비교적으로 강한 자들만이 남겠지. 알겠는가? 처음에는 눈먼 자들이 없어지고, 귀가 먹은 자들과 벙어리인 자들, 그리고 절름발이들이 그 뒤를 이어 없어져야 하네. 모든 오점과 악과 편견과 인습이 없어져야 하네."

오시폰이 숨넘어가는 목소리로 물었다.

"그럼 남는 게 뭐죠?"

"내가 남겠지. 내가 강하다면 말일세."

혈색이 누르스름하고 몸집이 작은 교수가 이렇게 주장했다. 허약한 두상에서 양쪽으로 불거지고 얇은 막(膜)처럼 생긴 그의 커다란 귀가 갑자기 진홍색을 띠었다.

그는 강한 어조로 말을 이었다.

"약자에 대한 억압 때문에 내가 충분히 고통당하지 않았는가?"

그런 다음, 그는 재킷의 앞주머니를 두들겼다.

"하지만 내가 그 힘이란 말일세. 그런데 시간이 말일세! 시간 말이네! 내 말은 나한테 시간을 달라는 거네. 아, 그런데 대중이란 너무 우둔하여 연민이나 두려움도 느끼지 못한단 말일세. 때로는 모든 것이 그들 편이라는 생각도 든다네. 나 자신의 무기인 죽음까지 포함하여 모든 게 말일세."

"실레노스에 가서 맥주나 한잔하시죠."

건장한 오시폰이 이렇게 말했다. 완벽한 무정부주의자가 신고 있는 슬리퍼가 빠르게 찰싹대는 소리만이 침묵을 깨고 있었다. 교수가 그 제의를 받아들였다. 그는 그날, 나름대로 특이한 방식으로 즐거운 기분이었다.

그는 오시폰의 어깨를 찰싹 쳤다.

"맥주! 그러지! 마시고 놀자고. 우리는 강자니까. 그리고 내일이면 죽을 테니까."

그는 분주하게 구두를 신으면서 무뚝뚝하고 단호한 목소리로 말했다.

"오시폰, 자네 무슨 일이야? 시무룩하게 보이는 데다 나까지 찾아오다니. 남자들이 술에 취해 허튼소리 하는 곳을 자네가 계속 들락거린다는 얘기가 있더군. 이유가 뭔가? 여자들은 모두 어디에 버렸는가? 여자란 강자를 먹여 살리는 약자야. 안 그런가?"

그는 한쪽 구두를 다 신고 발을 굴러보다가 무겁고, 밑창이 두껍고, 닦이지도 않고, 이곳저곳이 기워진 다른 쪽 구두를 집어들었다. 그가 냉혹한 미소를 지었다.

"오시폰, 자네는 무서운 사람 아닌가. 그런데 자네가 제물로 삼은 여자들 중 자네를 위해서 목숨을 바친 사람이 있었는가? 아니면 자네의 승리는 아직 미완성인가? 오직 피만이 위대하다는 걸 보증해주는 거니까 말일세. 피. 죽음. 역사를 보게."

"당신은 저주받을 거요."

오시폰이 고개를 돌리지 않은 채 말했다.

"그 이유가 뭔가? 그게 약자들이 희망하는 거겠지. 강자들이 가게 될 지옥을 생각해낸 것은 약자들이 아니겠나. 오시폰, 내가 자네한테 느끼는 건 우호적인 경멸감일세. 자네는 파리 한 마리도 못 죽일 사람이네."

그러나 교수는 버스를 타고 술을 마시러 가는 동안, 유쾌한 기분이 사라져버렸다. 그는 도로에 가득 찬 군중을 보자 의심스러워지고 불안해지며 확신이 사라졌다. 그것은 커다란 맹꽁이자물쇠가 달린 커다란 벽장이 있는 방에 얼마간 틀어박혀 있어야만 떨쳐낼 수 있는 의심이며 불안감

비밀요원 355

이었다.

뒷자리에 앉아 있던 오시폰 동지는 어깨 너머로 이렇게 말했다.

"그러니까 미케일리스는 아름답고 유쾌한 병원 같은 세계를 꿈꾸고 있단 말이군요."

교수가 냉소적으로 그 말을 시인했다.

"그렇다네. 약자들을 치료하기 위한 거대한 자선 병원이라고나 할까."

오시폰도 인정했다.

"웃기는 발상이군요. 약점은 치료되는 게 아니거든요. 의사들이 2백 년 안에 세상을 지배하게 될 거요. 벌써 과학이 군림하고 있어요. 그늘 속에서 군림하고 있을지 몰라도, 군림은 군림이죠. 모든 과학의 귀결점은 치료가 돼야 해요. 그러나 그건 약자가 아니라 강자를 위한 치료여야만 해요. 인간은 살고 싶어 하니까요."

"인류는 원하는 게 뭔지를 모르고 있어."

교수는 이렇게 주장했다. 그의 금속테 안경이 자신감 있게 빛났다.

오시폰이 으르렁거리며 말했다.

"하지만 당신은 안다고 했잖아요. 조금 전만 해도 시간만 있으면 된다고 큰소리를 쳤잖아요. 당신이 괜찮은 사람이라면 의사들이 당신에게 시간을 갖게 해줄 겁니다. 당신은 호주머니 속에 자신을 포함한 이십여 명을 저승으로 보낼 정도의 폭약을 갖고 다니기 때문에 강자라고 얘기하지만, 저승이란 빌어먹을 구멍에 불과한 겁니다. 당신은 필요한 게 시간이라고 했죠. 그럼 당신에게 십 년 정도의 시간을 줄 수 있는 사람이 있다면, 당신은 그 사람을 선생으로 모시겠군요."

"나한테는 하느님도 없고 선생도 없어."

교수는 버스에서 내리기 위해 일어서며 과장해 말했다. 오시폰이 뒤를 따랐다. 그는 발판에서 뛰어내리며 응수했다.

"시간이 다해 뒤로 벌렁 나자빠질 때까지 당신의 상스럽고 지저분하고 천한 시간을 기다려보시죠."

그는 도로를 건너 보도의 연석 위로 뛰어오르며 이렇게 말했다.

"오시폰, 내 생각에 자네는 협잡꾼이야."

교수가 유명한 실레노스의 문을 능숙하게 열며 말했다.

그들이 작은 탁자에 자리를 잡자, 교수가 자신의 멋진 생각을 조금 더 밀고 나갔다.

"자네는 의사도 아냐. 하지만 자네는 좀 웃기긴 하지. 몇몇 익살꾼들이 시키는 대로 혀를 내밀고 이쪽저쪽 옮겨 다니며 알약을 얻어먹는다는 인류에 대한 자네의 생각은 예언가답네. 예언이라! 그런데 앞으로 어떻게 될 것인지 생각해봐야 무슨 소용인가!"

그는 잔을 들었다.

"현존하는 것의 파괴를 위해서 건배!"

그는 차분하게 말했다.

그는 술을 마시고 그만의 은밀한 침묵 속으로 되돌아갔다. 인간이 해변의 모래알처럼 많기 때문에, 그들을 모두 전멸시킬 수도 없고 제거하기도 힘들다는 사실이 그의 마음을 압박해 왔다. 폭탄이 몇 개 폭발해봤자 그 소리는 헤아릴 수 없이 많은 수동적인 모래알들에 묻혀버리고 아무런 반향도 남기지 못할 것이었다. 가령, 벌록이 벌인 일을 보자. 지금 누가 그걸 생각하기라도 하는가?

오시폰은 갑자기 알 수 없는 힘에 끌린 것처럼, 호주머니에서 여러 겹으로 접은 신문을 꺼냈다. 교수는 부스럭거리는 소리가 들리자 고개를 들었다.

그가 물었다.

"그 신문은 뭔가? 무슨 기사가 난 거야?"

오시폰은 겁먹은 몽유병자처럼 깜짝 놀랐다.

"아무것도 아니에요. 아무것도 나지 않았어요. 열흘이나 된 신문이에요. 호주머니에 들어 있다는 걸 잊었던 것 같아요."

그러나 그는 그 낡은 신문을 버리지 않았다. 그는 그걸 호주머니에 다시 넣기 전에 한 단락의 마지막 줄을 흘깃 바라보았다. "광기 혹은 절망의 행위에는 도저히 그 속을 알 수 없는 미스터리가 영원히 드리워져 있는 것처럼 보인다." 거기에는 이렇게 씌어 있었다.

이것은 '해협 횡단 선박에서 일어난 여자 승객의 자살'이라는 제목이 붙은 기사의 마지막 문장이었다. 오시폰 동지는 그 신문 기사의 아름다운 문체를 익히 알고 있었다. "광기 혹은 절망의 행위에는 도저히 그 속을 알 수 없는 미스터리가 영원히 드리워져 있는 것처럼 보인다." 그는 단어 하나하나를 외울 정도였다. "그 속을 알 수 없는 미스터리……" 건장한 무정부주의자는 고개를 떨구고 긴 몽상에 빠졌다.

그는 이것으로 인해 존재의 근원까지 위협을 받고 있었다. 그는 밖으로 나가 지금까지 자신이 정복한 자들, 즉 켄징턴 가든에 있는 벤치에서 꾀었던 여자들, 난간 근처에서 만났던 여자들을 만날 수 없었다. 그들에게 그 속을 알 수 없는 미스터리에 대해 얘기해야 한다는 것이 두렵기 때문이었다. 그는 '영원히 드리워져 있다'는 말 사이에서 그를 기다리고 있는 정신 착란 상태를 과학적으로 두려워하고 있었다. 그것은 강박 관념이었고 고문이었다. 그는 예전 같으면 여자들을 만나서 남자다운 배려가 섞인 말에 감정을 실어 끝없는 진실을 토로했을 테지만, 최근에는 여러 개의 약속을 지키지 못했다. 다양한 계층의 여자들이 속마음을 털어놓는 것이 자기애에 대한 필요를 만족시켜주었고, 물질적인 수단을 그의 수중에 넣어주었다. 그는 살아가기 위해서 그것을 필요로 했다. 그것은 거기에 있었다. 그러나 만약 그가 더는 그것을 활용하지 못한다면, 이상과 육체를 굶주리게 할 위험마저 있었다…… '광기 혹은 절망의 행위.'

'도저히 그 속을 알 수 없는 미스터리'는 '영원히 드리워져' 있을 게 분명했다. 그건 모든 인간에 관련된 것이었다. 그러나 모든 사람들 중에서 오직 그만이 그걸 알고 있다는 저주를 없앨 수 없다면 어떻게 될 것인가? 오시폰 동지가 알고 있는 것은 신문 기자가 파악한 것만큼이나, '영원히 드리워진 미스터리'의 발단까지 확실했다.

오시폰 동지는 그 정황을 잘 알고 있었다. 그는 증기선의 현문(舷門)을 지키던 사람이 증언한 것에 대해서도 알고 있었다. "검은 베일을 쓰고 검은 드레스를 입은 여자가 한밤중에 부두에서 배회하고 있어서, '배를 타시려면 이쪽으로 오세요' 하고 얘기해준 사람이 있었다. 그 여자가 어쩔 줄 몰라 하는 것 같아서, 그 사람은 그녀가 배에 오르는 걸 도와줬다. 그녀는 당시, 힘이 없어 보였다고 한다."

또한 오시폰은 여승무원이 목격한 것에 대해서도 알고 있었다. 창백한 얼굴에 검은 옷을 입은 여자가 텅 빈 여성 전용 객실의 한가운데에 서 있었다. 여승무원은 그녀에게 그곳에 누워 있으라고 권했다. 그 여자는 말을 하고 싶지 않은 것처럼 보였다. 그녀는 심한 걱정거리가 있는 사람 같았다. 여승무원이 다음에 기억하는 것은 그녀가 객실에서 나가고 없다는 것이었다. 여승무원은 그녀를 찾으려고 갑판으로 나갔다. 그랬더니 그 불행한 여자가 차일 달린 좌석에 누워 있었다. 눈은 뜨고 있었지만 그녀는 어떤 말에도 대꾸하지 않으려 했다. 그녀는 아주 아픈 것 같았다. 여승무원은 수석 승무원을 데리고 왔다. 두 사람은 차양 달린 좌석 옆에 서서,

그 특이하면서도 비참한 승객을 어떻게 할 것인지 논의했다. 그들은 (그녀가 듣지 못하는 것 같았기 때문에) 남이 들을 수 있는 목소리로 생 말로와 그곳의 영사, 그리고 영국에 있는 가족들에게 연락하는 것에 대해 얘기했다. 그런 다음 그들은 그녀를 아래층으로 옮길 준비를 하려고 아래로 내려갔다. 그들에게는 그녀의 얼굴이 죽어가는 사람의 얼굴처럼 보였다. 그러나 오시폰 동지는 그녀의 절망의 하얀 가면 뒤에는, 두려움과 절망에 대한 몸부림, 활기찬 생명력, 살인으로 치닫는 미칠 듯한 괴로움에 저항할 수 있는 삶에의 집착, 교수대에 대한 맹목적이고 광적인 두려움이 있었다는 것을 알고 있었다. 그는 그것들을 알았다. 그러나 여승무원과 수석 승무원은 그것들에 관해 아무것도 아는 게 없었다. 아는 게 있었다면, 그들이 오 분도 되지 않아 그곳으로 돌아왔을 때, 검은 옷을 입은 여자가 더는 그곳에 없다는 사실이었다. 그녀는 아무 곳에도 없었다. 그녀는 사라지고 없었다. 그때가 새벽 다섯 시였다. 그건 사고도 아니었다. 한 시간 후, 증기선의 인부 중 하나가 의자 위에 놓여 있는 결혼 반지를 발견했다. 그것은 약간 젖은 나무에 달라붙어 있었는데, 반짝이는 게 인부의 눈길을 끈 것이었다. 반지의 안쪽에는 1879년 6월 24일이라고 새겨져 있었다. '도저히 그 속을 알 수 없는 미스터리가 영원히 드리워져……'

오시폰 동지는 이 섬나라의 다양한 보통 여자들이 좋아하는, 햇살을 받아 흡사 아폴로 신같이 보이는 머리를 치켜들었다.

교수는 그 사이에 안절부절못했다. 그는 자리에서 일어섰다.

오시폰이 다급하게 말했다.

"같이 좀 있어주세요. 당신은 광기와 절망에 대해서 아는 게 있나요?"

교수는 얄팍하고 마른 입술을 혀끝으로 축이며 권위 있게 말했다.

"그런 건 없다네. 이제, 모든 열정은 없어진 거야. 세상은 힘을 잃고 평범하고 약해져 있네. 광기와 절망은 힘이지. 그런데 힘이라는 건 바보들과 약자들과 만사를 좌지우지하는 얼간이들의 눈에는 죄악으로 보이겠지. 자네도 변변찮은 사람이야. 벌록도 변변찮았어. 그 사람이 일으킨 사건도 경찰이 적당히 흐지부지하고 말았어. 경찰이 그 사람을 죽인 거야. 그 사람은 변변찮았어. 모든 사람은 평범해. 광기와 절망이라고 했지? 나한테 그걸 지렛대로 주면 나는 그걸로 세상을 움직일 수 있을 거야. 오시폰, 나는 자네를 경멸하네. 자네는 살이 피둥피둥 찐 시민이 범죄라고 일컫는 것조차 생각해낼 수가 없는 사람이야. 자네한테는 힘이 없어."

그는 잠시 말을 멈추고 냉소를 지었다. 그의 두꺼운 안경 유리가 맹렬하게 반짝거렸다.

"사람들 말로는 자네가 유산을 조금 받았다고 하던데, 그렇다고 자네 머리가 더 잘 돌아가는 것도 아니군그래. 맥주를 마시며 앉아 있는 꼴이 바보 같군. 나, 가네."

오시폰이 백치 같은 웃음을 띠고 위를 쳐다보며 말했다.

"당신이 그걸 다 가지렵니까?"

"뭘 가지라는 말이지?"

"유산 말입니다. 모두 다."

타락을 모르는 교수는 단지 미소를 지을 뿐이었다. 그의 옷은 몸에서 흘러내릴 정도로 해어져 있었고, 수없이 수선을 한 탓에 형체가 없어진 구두는 납처럼 무거웠고 걸을 때마다 물이 스며들었다.

"나는 내일 화학 약품들을 주문할 생각이네. 자네한테 소액의 청구서를 보내겠네. 그 약품들이 몹시 필요한 상태거든. 알겠는가?"

오시폰은 서서히 고개를 내려뜨렸다. 그는 혼자였다. "속을 알 수 없는 미스터리……" 그는 허공에 걸린 자기의 두뇌가 '속을 알 수 없는 미스터리'의 리듬에 맞춰 욱신거리고 있는 것을 보고 있는 것 같았다. 병에 걸린 게 분명했다……"광기 혹은 절망의 행위."

문 옆에 있던 자동 피아노가 경쾌한 왈츠를 연주하다가, 심술이 난 것처럼 갑자기 조용해졌다.

의사라는 별명을 가진 오시폰 동지는 실레노스 맥주집을 나섰다. 그는 문가에서, 그리 눈부시지도 않은 햇빛에 눈을 깜빡거리며 머뭇거렸다. 한 여자의 자살을 보도한 기사가 실린 신문이 그의 호주머니에 있었다. 그의 심장이 그것에 대고 팔딱팔딱 뛰었다. 여자의 자살— "광기 혹은 절망의 행위."

그는 자신의 발이 어디를 내딛는지 쳐다보지도 않고 거리를 따라 걸음을 옮겼다. 그는 여자와 약속한 장소와는 다른 방향으로 걸어갔다. (그녀는 아폴로 신과 같이 신성한 그의 머리를 신뢰하는 나이 먹은 보육원 교사였다.) 그는 그곳으로부터 멀어지고 있었다. 그는 어느 여자도 만날 수가 없었다. 그것은 파멸이었다. 그는 생각할 수도 없었고, 일하거나 잠잘 수도 없었고, 뭘 먹을 수도 없었다. 그러나 그는 쾌감과 기대감과 희망을 갖고 술을 마실 수는 있었다. 그것은 파멸이었다. 많은 여자들이 그를 향해 갖는 감정과 신뢰에 의해 지탱되어온 혁명주의자로서의 그의 생애는 그 속을 알 길이 없는 미스터리에 위협당하고 있었다. 신문에 난 문구— "광기 혹은 절망의 행위에 〔……〕 영원히 드리워져 있을 것이다"— 의 리듬에 맞춰 터무니없이 고동을 치는 한 인간의 두뇌의 미스터리, 그것은 광기와 절망의 도랑으로 기울어지고 있었다.

"심각할 정도로 내 몸이 아프구나."

그는 과학적인 통찰력을 발휘하여 이렇게 혼잣말을 했다. 건장한 체격의 그는 대사관이 벌록 씨에게 스파이 행위의 대가로 지불했던 돈을 호주머니에 넣은 채, 하수도를 따라 앞으로 나아갔다. 그 모습은 마치, 틀림없이 완수해야 할 미래의 과업을 위해 실습을 하는 것 같았다. 그는 신성한 머리털이 난 머리와 널찍한 어깨를, 샌드위치맨이 걸치고 다니는 가죽 광고판을 받아들 준비가 되어 있는 것처럼 벌써부터 숙이고 있었다. 일주일도 더 된 그날 밤처럼, 오시폰 동지는 발이 닿는 곳이 어디인지도 몰랐고, 피곤함도 느끼지 못했다. 그리고 아무것도 느끼지 못했으며, 아무것도 보지 못했고, 아무 소리도 듣지 못했다. '그 속을 알 수 없는 미스터리……' 그는 그저 걷기만 했다. '광기 혹은 절망의 행위.'

  타락을 모르는 교수도 증오스러운 다수의 군중에게서 눈길을 외면한 채 걸었다. 그에게는 미래가 없었다. 그는 미래를 경멸했다. 그는 힘이었다. 그는 파멸과 파괴의 이미지만을 품고 다녔다. 그는 허약하고 궁상맞고 초라하고 비참한 모습을 하고 있었지만, 세상을 재생시키기 위해 광기와 절망을 불러들여야겠다는 생각의 단순성 때문에 무시무시해 보였다. 아무도 그를 쳐다보지 않았다. 사람들로 가득한 거리에 있는 페스트처럼, 치명적이고 의심받지도 않으면서 그는 지나갔다.

■ 작가의 말

『비밀요원 The Secret Agent』의 기원——주제, 처리 방식, 예술적 의도, 작가가 글을 쓰는 여타의 동기 등——은 정신적, 감정적 반응의 시기로 거슬러 올라갈 수 있을 것 같다.

실제로 나는 충동적으로 이 소설을 쓰기 시작해, 계속 이어갔다. 이것이 책으로 묶여 일반 독자들에게 넘겨진 지 얼마 되지 않아, 이 소설을 썼다는 것 때문에 내가 비난을 받고 있다는 걸 알았다. 내 소설을 향한 충고 중에는 가혹한 것도 있었고, 서글픈 것도 있었다. 그런 비판적인 글들이 지금 내 앞에 없지만, 나는 아주 단순했던 일반적인 논점을 생생히 기억한다. 또한 그 성격 때문에 내가 놀라워했던 사실도 기억한다. 이런 모든 것들이 지금은 아주 오래된 이야기처럼 들린다! 하지만 그리 오래전 일이 아니다. 1907년 당시의 나는 매우 순수했다. 지금 보면, 순진한 사람조차도 그 소설이 제시하는 지저분한 상황과 도덕적 비열함의 문제로 인해 비판을 받을 수 있으리라 예견할 수 있었을 것이라는 생각이 든다.

물론 이것은 심각한 이의제기이다. 전체적인 평가가 그런 건 아니었다. 사실, 그처럼 많은 지적이고 동정적인 평가 중에서 지극히 적은 부분을 차지하고 있는 비판을 떠올린다는 것은 무례한 일일지 모른다. 이 작가의 말을 읽는 독자들이 내가 상처받은 허영심이나 고마움을 모르는 성격 때문에 이런 말을 한다고 성급한 결론을 내리지는 않을 것이라고 믿는다. 관대한 독자라면 이런 말이 겸손함에서 비롯된 것이라고 생각할 수도 있을 것이다. 그러나 그때 내가 받았던 비난을 언급하는 것은 꼭 겸손해서가 아니다. 그렇다. 겸손이라고 꼬집어 말할 수는 없을 것이다. 나는 내가 겸손한지 어떤지 잘 모르겠다. 그러나 지금까지 내 소설들을 읽은 독자들은 내가 다른 사람들의 칭찬을 열거함으로써 자기 찬양을 하지 않을 정도의 품위와 감각과 수완savoir faire은 갖고 있다고 인정해줄 것이다. 내가 이렇게 하는 진짜 이유는 전혀 다른 데 있다. 나는 언제나, 나 자신의 행동을 정당화하려고 했다. 그렇다. 변명이 아니라 정당화하기 위해, 내가 옳았다고 주장하기 위한 게 아니라, 내가 그 소설을 쓰고자 했던 작가적 충동의 밑바닥에 인간의 타고난 감성에 대한 은밀한 경멸감이나 비뚤어진 의도가 전혀 없었다는 걸 그저 설명하기 위해 말이다.

이런 종류의 약점이 위험하다면, 그것은 오직 이 약점이 우리를 지루한 작가로 만드는 경우에 한한다. 사람들은 일반적으로, 어떤 명백한 행위의 동기보다는 결과에 관심이 있기 때문이다. 사람은 웃고 또 웃을 수 있지만, 어떤 것에 대해서 깊이 캐묻는 존재는 아니다. 또한 명백히 드러나는 것을 좋아하고, 시시콜콜 설명을 하면 몸을 움츠린다. 하지만 나는 설명을 해야 할 것 같다. 내가 이 소설을 굳이 쓸 필요가 없었다는 것은 명백하다. 나에게는 그런 제재(題材)를 다뤄야 할 필요가, 소설의 이야기만이 아니라 좀더 포괄적인 의미에서 인간 삶에서의 특이한 표출이라는 제재를 다룰 필요가 전혀 없었다. 이 점은 충분히 시인한다. 그러나 단순히 충격을 주기 위해서 추한 면을 상세히 묘사하거나, 외면적인 것을 바꿈으로써 독자들을 놀라게 하려는 생각은 추호도 없었다. 독자들은 내 말을 믿어줄 것이라고 생각한다. 나 자신의 기질을 근거로 그런 기대를 하는 것만은 아니다. 그것은 내가 이야기를 처리하는 방식, 마음속에서 일어나는 분노, 그리고 밑바닥에 깔린 연민과 경멸감을 보면, 소설의 외적인 배경과 관련된 비열함과 야비함에서 거리를 두고 있다는 사실을 누구라도 알 수 있을 것이기 때문이다.

나는 영국에서 멀리 떨어진 라틴 아메리카를 배경으로 하는 『노스트로모Nostromo』와 지극히 개인적인 『바다의 거울 The Mirror of the Sea』을 집필하는 데 골몰하며 2년을 보낸 후, 『비밀요원』을 쓰기 시작했다. 『노스트로모』는 내 소설 중에서 가장 스케일이 큰 작품이며, 『바다의 거울』은 내가 바다에서 생활하며 알고 느꼈던 것들과 내 인생의 거의 절반에 해당하는 세월 동안 내게 영향을 미쳤던 것들을 가감하지 않고 드러내기 위한 시도였다. 또한 이 시기는 사물의 진실성에 대한 나의 느낌에 아주 강렬한 상상적, 감정적 자세가 곁들여지던 시기였다. 그런데 그러한 상상적, 감정적 자세는 일어났던 일들에 충실하고 성실하기 위한 것들이었지만, (일단 그 작업이 끝나면) 나로 하여금 뒤에 남겨져 단순한 감각의 껍데기들 사이에서 정처 없이 떠돌고, 다른 열등한 가치들이 팽배하는 세계에서 길을 잃고 헤매는 듯한 느낌을 갖게 만들었다.

정말로 내가 상상력과 비전과 정신적인 태도에 변화를 원했었는지는 잘 모르겠다. 오히려, 근본적인 분위기에서 이미 부지불식간에 변화가 내 마음속에 스며들어 있었다고 생각하고 싶다. 내가 기억하기론 어떤 구체적인 일이 있었던 것 같지는 않다. 한 줄 한 줄마다, 나 자신과 독자들에게 정직하게 대한다는 생각을 갖고 『바다의 거울』의 집필을 끝낸 후, 나는 잠깐이긴 하지만 불행하지만은 않은 정지 상태에 자신을 맡겼다. 나는 잠시 그런 상태로 있었다. 내가 특별히 추한 어떤 것을 찾으려고 하지 않았던 것은 분명하다. 그런데 그때 『비밀요원』의 주제가 떠올랐다. 한 친구가 무정부주의자 혹은 무정부주의자들의 활동에 관해 가볍게 했던 말 때문이었다. 그 얘기가 어떻게 해서 나오게 되었는지는 기억나지 않는다.

하지만 그들의 원리와 행동, 정신 구조의 범죄적인 무익함, 자기 파멸에 이르고 싶어서 늘 안달하는 인간의 고지식함과 비참함을 뻔뻔스럽게 속이고 이용하는 경멸스러운 반미치광이 짓에 대해 내가 언급을 했었다는 것만은 기억난다. 내가 그것의 철학적인 가식을 용서할 수 없는 이유는 바로 이런 것들 때문이다. 우리의 대화는 곧, 구체적인 사건에 대한 이야기로 넘어갔다. 우리는 그리니치 천문대를 폭파하려고 했던 이미 오래된 이야기를 떠올렸다. 이성적인 생각으로든 비이성적인 생각으로든, 도저히 그 기원을 알 길이 없는 그 어리석은 행위를 떠올렸던 것이다. 비뚤어진 반(비)이성에도 나름대로 논리적인 과정이 있는 법인데, 그 행위에는 그것이 없었다. 그 사건은 도저히 이해할 수 없는 것이었다. 그럼에도 불구하고, 무정부주의 혹은 다른 이데올로기와 조금도 유사한 것이 없는 그 무엇 때문에 한 사람의 몸이 산산조각 났다는 것은 틀림없는 사실이었다. 물론, 그리니치 천문대의 외곽 벽에는 조금도 금이 가지 않았다.

나는 이러한 것들을 모두 친구에게 지적했다. 그 친구는 잠시 가만히 있더니, 늘 그러하듯 가볍게 한마디 툭 던졌다. "아, 그 친구는 반푼이였지. 그의 누이는 나중에 자살했고." 이 말이 우리 사이에 오간 유일한 말이었다. 나는 예기치 않은 정보에 너무 놀라 잠시 멍하니 있었다. 그러고서 나의 친구는 바로 다른 것에 관해서 얘기하기 시작했다. 나는 나중에 그가 어떻게 해서 그걸 알게 되었는지 물을 생각도 하지 못했다. 단언하건대, 만약 그 친구가 그의 인생에서 무정부주의자의 뒷모습을 한 번이라도 보았다면, 아마 그것이 전부였을 것이다. 하지만 그 친구는 온갖 종류의 사람들과 얘기하기를 좋아하는 사람이었다. 어쩌면 그는 건널목 청소부, 퇴임한 경찰 간부, 그가 출입하는 클럽에 참석한 어떤 사람, 혹은 공적이거나 개인적인 연회장에서 만난 국무장관한테서 그 사실을 전해 들었는지도 모른다.

여하튼 그 친구가 했던 말에는 뭔가를 환히 틔워주는 게 있었음이 분명하다. 나는 숲에서 걸어나와 평원으로 들어서는 것과 엇비슷한 느낌을 받았다. 볼 것은 별로 없었지만 빛은 많았다. 그랬다. 볼 것은 별로 없었다. 솔직히, 나는 얼마 동안은 어떤 것을 인식하려고 하지도 않았다. 뭔가 빛이 비쳤다는 인상만이 남아 있었다. 그것은 만족스러운 것이었지만 수동적인 형태로 남아 있었다. 그런데 그로부터 일주일 후, 내가 알기로는 그때까지 크게 알려진 바 없던 책 한 권을 읽게 되었다. 그 책은 경찰 부국장이었던 사람이 집필한 간단한 회고록이었는데, 그 사람은 종교적 성향이 강하고 유능한 사람으로서, 런던에서 그 다이너마이트 사건이 터졌던 1880년대에 경찰 부국장으로 있었던 사람이었다. 책은 꽤 흥미로웠고 내용도 물론 신중했다. 나는 지금은 그 책의 내용 대부분을 잊어버렸다. 그 책은 새로운 것이 없이, 표면적인 것만을 훑고 지나가는 책이었다. 그게 전부였다. 내가 왜, 일곱 줄 정도밖에 안 되는 한 단락에 주목을 하게 됐는지, 그 이유를 굳이 설명하려고 하지 않겠다. 그 단락에서 저자는(내 기억으로는 저자의 이름이 앤더슨Anderson이었던 것 같다) 예기치 않은 무정부주의적 범법 행위가 있은 직후, 의회의 로비에서 내무장관과 나눴던 짤막한 대화를 소개하고 있었다. 내 생각에 당시의 내무장관은 윌리엄 하코트 경Sir William Harcourt이었을 것이다. 그는 상당히 신경이 곤두서 있었고, 부국장은 용서를 구하는 입장이었다. 그들 사이에 오간 세 마디 말 중, 나에게 가장 깊은 인상을 준 것은 하코트 경이 화가 나서 비꼬며 한 말이었다. "그런 것 모두 다 좋소. 하지만 비밀에 대한 당신네들의 생각은 내무장관을 아무것도 모르는 상태로 놓아두는 것 같군그래." 그건 하코트 경의 기질로 봐서 충분히 할 수 있는 말이었고, 그 자체로서는 특별할 게 없는 말이었다. 그러나 그 사건에는 모종의 분위기가 있었음이 틀림없었고, 나는 어쩐지 흥분되는 느낌을 받았다. 그런 다음, 화학을 전공하는 학생이라면 이해하겠지만, 무색의 액체가 담긴 시험관에 제대로 된 시약을 약간만 떨어뜨려도 결정화 과정이 촉진되는 것과 유사한 것이 나의 마음속에 일어났다.

그것은 처음에는, 잠잠해져 있던 상상력을 교란하는 정신적인 변화였다. 윤곽은 분명하지만 불완전하게 감지된 이상한 형상들이 나타나서, 결정체들이 기이하고 예기치 않은 형태로 그러하듯이, 나의 주의를 끌고 있었다. 그 현상 앞에서 나는 생각에 잠겼다. 온갖 생각이 다 들었다. 과거가 떠올랐다. 투박한 빛과 잔인한 혁명의 대륙, 남아메리카가 머릿속에 떠올랐다. 소금물이 무한히 뻗어 있는 그 바다, 하늘의 찡그림과 미소를 비추는 거울과 같은 그 바다, 세상의 빛을 반사하는 그 바다가 머릿속에 떠올랐다. 그런 다음, 거대한 도시의 형상이 떠올랐다. 다른 대륙들보다 사람이 더 많고, 인위적인 힘에 있어서 하늘의 찡그림과 미소에 무관심한 듯하고, 세상의 빛을 잔인하게 삼켜버릴 듯한 가공스러운 도시의 형상이 떠올랐다. 거기에는 어떠한 이야기든 배치할 수 있는 충분한 여지도, 어떠한 정열이든 배치할 수 있는 충분한 깊이도, 어떠한 배경이든 배치할 수 있는 충분한 다양성도, 오백만 명을 파묻기에 충분한 어둠도 있었다. 그 도시는 저항할 수 없을 정도로, 깊고도 시험적인 명상의 시간을 위한 배경이 되어주었다. 무한한 풍경이 내 앞에 다양한 방향으로 펼쳐졌다. 제대로 된 길을 찾으려면 몇 년이 걸릴 것이었다. 사실, 몇 년이 걸리는 것 같았다! ……서서히, 벌록 부인의 모성적인 감정에 대한 확신이 나 자신과 그 배경 사이에서 불길이 되어 타올랐고, 그것이 그 배경을 은밀한 열기로 물들이고, 또 그곳으로부터 엄숙한 색채를 받으며 나왔다. 마침내 위니 벌록의 이야기가 그녀의 어린 시절부터 끝까지 완성되어 나타났다. 아직은 균형이 잡히지 않은 상태였고, 초안이라서 모든 게 정지된 상태였지만, 이제 이야기 속에서 다뤄질 준비가 되어 있었다. 이 모든 것이 약 사흘 동안에 일어난 일이었다.

이 소설은 다룰 수 있을 정도의 크기로 축소된, 바로 그 이야기다. 모든 과정은 그리니치 공원의 폭파 사건의 터무니없는 잔혹성을 중심으로 하고 거기에서 암시받은 것들이다. 나에게는 해야 할 일이 주어졌다. 거친 성격의 일이었다고 말하지는 않겠지만, 여하간 아주 힘든 일이었다. 하지만 해야 했다. 그것은 필요였다. 벌록 부인의 주위에 있는 사람들, "삶은 깊이 들여다볼 필요가 없다"는 그녀의 비극적인 생각에 직·간접적으로 관련되어 있는 사람들은 바로 그 필요의 결과이다. 개인적으로 나는 벌록 부인의 이야기의 리얼리티를 조금도 의심하지 않았다. 그러나 그것을 그 거대한 도시에서의 모호함으로부터 분리해내야 했다. 즉, 믿을 만한 것으로 만들어야 했다. 내 말은 그녀의 영혼보다는 주위 상황을, 그녀의 심리보다는 인간성을 믿을 만한 것으로 만들어야 했다는 말이다. 주위 상황에 관한 힌트가 부족한 것은 아니었다. 나는 젊었을 때

혼자서 밤에 런던 시내를 거닐던 기억들을 가까이하지 않으려고 열심히 노력해야 했다. 그 기억들이 내가 한 줄 한 줄 쓸 때 늘 그랬던 것처럼, 감정과 생각이 심각한 상황에서 쏟아져 들어와 이야기를 압도하지 못하도록 하기 위해서였다. 그런 점에서 보면 나는 『비밀요원』이 진짜 순수한 작품이라고 생각한다. 아이러니컬한 방법을 이런 식의 소재에 적용하는 순수하게 예술적인 의도조차도 주도면밀하게 선택된 것이었다. 즉, 이 소재를 아이러니컬하게 다루는 길만이 내가 동정심이나 경멸감을 갖고 얘기해야 한다고 느꼈던 모든 것들을 제대로 얘기할 수 있는 길이라고 믿었다. 내가 처음부터 끝까지 그렇게 밀고 나갈 수 있었던 것은 나의 작가적 삶에서 작게나마 만족스러운 부분 중 하나이다. 런던을 배경으로 도입한 인물들(특히 벌록 부인의 경우가 그렇다)도 조금은 만족스러운 부분 중 하나이다. 그것이 창작을 할 때 따라붙기 마련인 숨 막힐 듯한 회의에 대항할 수 있는 여지를 주는 것이어서 더욱 그렇다. (희화적인 인물로 도입한) 블라디미르 씨를 예로 들어보자. 나는 세상사에 경험이 많은 어떤 사람이 "콘래드는 그쪽과 접촉이 있었음이 틀림없고, 만약 그렇지 않다면 뛰어난 직관력을 갖고 있는 사람이다. 블라디미르에 대한 묘사는 개연성이 있을 뿐만 아니라, 그 본질에 있어서 정확하다"고 했다는 말을 듣고 만족스러웠다. 그리고 미국에서 온 한 방문객으로부터, 뉴욕에 도피해 있는 온갖 혁명주의자들이 이 소설은 그들에 관해 많은 것들을 알고 있는 사람이 쓴 소설이라고 했다는 얘기를 들었다. 이러한 말들은 나에게 대단한 찬사였다. 사실, 나는 이 소설에 대한 첫 암시를 주었던 내 친구보다도 그들을 본 적이 더 없었다. 그러나 나는 이 책을 집필하면서, 극단적인 혁명주의자가 되었던 순간들이 있었다. 그들보다 확신을 가진 혁명주의자였다고 할 수는 없지만, 그들 이상으로 집중된 목적을 가진 혁명주의자였다고는 말할 수 있을 것 같다. 자랑하려고 이 말을 하는 게 아니다. 단지 내 일을 열심히 했다는 의미일 뿐이다. 하기야 나는 어느 책을 쓰거나 늘 최선을 다했다. 나 자신을 완전히 포기하고 그 일에 전념했다. 이 말도 자랑은 아니다. 다른 것에서는 그럴 수 없었을 테니 말이다. 어떤 것을 단순히 가장하는 것은 나를 너무 싫증 나게 했을 것이다.

준법자냐 아니냐를 막론하고, 이 이야기에 등장하는 인물들 중 일부는, 일부 독자들도 알아볼 수 있는 다양한 출처에서 도입한 인물들이다. 그들은 그리 알기 어려운 인물들이 아니다. 하지만 나는 여기에서 그런 인물들에 정통성을 부여하는 데 관심이 있는 게 아니다. 범죄자들과 경찰 사이에 존재하는 도덕적 문제에 대해 내 생각을 말해보라면, 그것은 적어도 논란의 여지가 있는 것이라는 말 정도밖에 할 말이 없다.

이 소설을 출판한 지 12년이 지났지만, 내 입장은 바뀌지 않았다. 나는 이 소설을 썼던 것을 후회하지 않는다. 이 작가의 말의 일반적인 방향과는 전혀 상관이 없는 최근의 상황들은 나로 하여금, 내가 수년 전에 이 소설에 적합하다고 생각하고 입혔던, 경멸감이라는 문학적 옷을 벗기게 만들었다. 말하자면, 나는 그 적나라한 뼈대를 바라보도록 강요당했다. 고백하건대, 그것은 섬뜩한 해골이었다. 그러나 나의 입장은 여전하다. 그것은 내가 위니 벌록의 이야기를 절대적인 황량함, 광기, 절망이라는 무정부주의적인 귀결점에 맞춰 서술하면서, 그리고 그 이야기를 그러한 방식으로 서술하면서, 인간의 감정을 불필요하게 모욕하려고 했던 것은 아니었다는 것이다.

J. C.
1920

■ 옮긴이 해설

"영국의 검은 늪지에 유럽적인 시각의 빛을 가져다준 작가"
──콘래드의 이채로운 삶과 예술에 관하여

1

영국 문학사에 나오는 수많은 작가들을 통틀어 보더라도, 조지프 콘래드Joseph Conrad(1857~1924)의 이력은 유달리 특이하고 이채롭다. 그는 열여섯의 나이에 조국 폴란드를 떠났고, 이후 20년에 가까운 세월 동안 배를 타며 선원 생활을 하다가 급기야 선장의 지위에까지 올랐고, 30대 후반부터는 소설을 써서 생계를 유지했다. 영어보다 프랑스어에 더 능통했던 콘래드는 영문학을 공부하는 누구도 그를 피해 갈 수 없을 만큼, 작품성이 높은 위대한 소설들을 후대에 남겼다. 콘래드가 생존했을 당시에도, 프랑스 작가 앙드레 지드는 콘래드의 소설을 원문으로 읽기 위해서 영어를 배웠다고 말했을 정도였다.

콘래드는 평생 아웃사이더였다. 모더니즘 계열의 작가들, 아니 그 이전의 작가들을 총망라하여도 콘래드만큼 철저하게 주변부에 위치한 작가는 없었다. 제임스 조이스, 사뮈엘 베케트, 헨리 제임스, T. S. 엘리엇 모두가 제 나름으로 아웃사이더였지만 콘래드만큼 철저하게 아웃사이더일 수는 없었다. 다른 작가들은 콘래드의 단편소설 「에이미 포스터Amy Foster」에 나오는 얀코 구랄이라는 인물이 이민자로서 경험한 바와 같은, 언어와의 갈등을 겪을 필요가 없었다. 콘래드의 소설이 대부분 영국 이외의 지역을 배경으로 하는 것은 20여 년에 걸친 선원 생활과 평생 아웃사이더일 수밖에 없었던 삶이 어우러져 빚어진 현상이다. 그리고 영국에서 시작하여 유럽, 러시아, 아시아를 거쳐 아프리카로 이어지는 거대한 콘래드의 캔버스가 지금 유럽이나 미국에서 활발하게, 어쩌면 유행이 아닌가 싶을 정도로 광범위하게 진행되고 있는 문화 연구 및 탈식민 연구의 집중적인 조명을 받고 있는 것은 아웃사이더로서의 콘래드의 위상과 그에 따른 소설 세계의 중요성 때문이다.

영국 문학은 모더니즘에 이르기까지 콘래드만큼 제국주의나 식민주의 문제를 심도 있게 파헤친 작가를 배출한 적이 없었다. 콘래드가 누구보다도 이러한 문제들을 심도 있게 그릴 수 있었던 것은 그가 고통과 수난으로 점철된 역사를 가진 폴란드 출신이었기 때문이었다. 폴란드는 1772년 오스트리아, 프러시아, 러시아에 의해 세 가닥으로 찢겨진 다음, 1793년 재분할되고, 1795년 또 분할되는 수난을 당한 불행한 나라였다. 조국의 역사를 바라보는 콘래드의 착잡한 마음은 그래서 이런저런 형태로 그의 소설 속에 투영될 수밖에 없었다.

2

콘래드는 본래 유제프 테오도르 콘라드 날레치 코르제니오프스키

Josef Teodor Konrad Nalecz Korzeniowski라는 이름으로 1857년 12월 3일, 러시아 통치하에 있던 폴란드의 베르디체프(우크라이나 지역)에서 태어났다. 유제프는 그의 외할아버지의 이름이었으며, 테오도르는 친할아버지의 이름이었고, 날레치는 귀족 계급인 슐라흐타의 이름이었다. 후에 영국식으로 바뀌어 그의 성이 된 콘래드는 폴란드 작가인 아담 미츠키에비치의 애국적인 시에 등장하는 영웅의 이름이었다. 폴란드인들에게 콘래드라는 이름은 러시아에 대항하여 싸우는 투사를 상징했다.

콘래드의 아버지 아폴로 코르제니오프스키는 아들에 대한 기대가 컸다. 그는 아들의 세례를 기념하여 아주 애국적이고 종교적인 「러시아 압제 85년에 태어난 나의 아들에게」라는 시를 썼는데, 그 시는 1772년의 영토 분할을 언급하며 콘래드가 성장하여 나라를 위해서 몸을 바칠 것을 염원하는 내용을 담고 있다.

이처럼 콘래드는 애국적인 것을 강조하는 식민지 국가에서 태어나 성장했다. 콘래드의 전기 작가인 제프리 마이어스에 따르면, 당시 폴란드인들이 식민지 상황에서 취할 수 있는 행동 방식에는 '충성, 화해, 저항, 이민' 등 네 가지가 있었다. 콘래드의 부모가 세상을 떠난 후 그의 든든한 후견인이자 보호자가 된 외삼촌 타데우슈는 화해를, 콘래드의 아버지 아폴로는 저항을, 그리고 콘래드는 이민을 택했다. 아버지의 충고와 전례를 따르는 것을 거부하고 1874년, 자발적인 망명을 택한 콘래드는 그래서 죄의식을 느꼈다. 콘래드의 소설에 다양한 형태로 드러나는 죄의식은 이처럼 폴란드 역사와 관련된 콘래드의 가족사에 연유한 바가 크다.

콘래드의 아버지 아폴로는 급진적인 독립운동가였다. 그는 러시아와의 화해를 반대하고 러시아의 압제에 대한 적극적인 저항을 강조했던 비밀 조직의 견인차 역할을 했다. 아폴로는 1861년 여름, 바르샤바에서 한 신문을 창간하고 좌익 비밀 조직을 결성하는 것을 도왔고, 이 조직은 여러 개의 음모 단체로 발전해나갔다. 가장 급진적인 좌익 음모자들 중의 한 사람이었던 아폴로는 폭력적인 저항과 민족주의적인 폭동을 옹호했던 사람이었다.

아폴로는 그의 급진적인 생각과 행동 때문에 톡톡히 대가를 치러야 했다. 그는 귀양형을 선고받아 가족과 함께 모스크바의 북동쪽에 위치한 볼로그다로 귀양을 가야 했다. 그런데 볼로그다는 혹독하다 못해 살인적이기까지 한 추위가 기승을 부리는 곳이었다. 그러한 기후가 건강에 몹시 나쁜 것이었음은 물론이다. 결국 콘래드의 어머니 에바는 폐결핵에 걸리게 되었고, 급기야 나중에는 그 병으로 세상을 등지고 말았다. 콘래드의 나이 일곱 살 때였다. 어머니의 죽음은 그렇지 않아도 건강이 좋지 않던 콘래드의 허약한 몸을 더욱 악화시켰다. 콘래드는 어렸을 때 창백하고 허약했으며, 불안정하고 간질병이 있었다. 그리고 어른이 되어서는 과민하고 대단히 신경질적이며 자주 아팠다. 그는 볼로그다로 가는 도중 어머니와 함께 폐렴을 앓았으며, 그 후에도 다시 그 병을 앓았다. 그는 여러 번 간질 발작을 일으켰으며, 방광에 소변이 남아 계속적인 복통을 유발시키는 병을 앓았다. 그리고 10대 초반에는 심한 편두통과 신경 쇠약증을 앓았다.

설상가상으로, 콘래드의 아버지 아폴로는 사랑하던 부인이 세상을 떠난 지 4년 후인 1869년, 자신도 폐결핵에 걸려 죽게 되었고 결국 콘래드는 고아가 되어버렸다. 당시 열한 살이었던 콘래드는 더 울 수도 없을 정도로 심신이 녹초가 되어 있었다. 혁명주의자이며 민족주의자였던 아버지의 장례식에는 수천 명이 참석했고, 장례식 행렬은 애국적인 시위

행렬이 되었다. 그의 아버지의 무덤에 "러시아의 포악 행위의 희생자"라는 비문이 새겨진 비석이 세워졌다는 것은 그의 아버지의 과격한 행위가 실질적인 독립이나 해방으로 이어지지는 않았지만, 폴란드 사람들에게 존경을 받는 행위였음을 잘 말해준다.

아폴로가 귀양형을 선고받았을 때, 콘래드는 네 살이었다. 아폴로는 콘래드를 외가에 맡겨 편하게 지내도록 할 수 있었지만, 귀양지로 데리고 갔다. 아폴로가 왜 그런 선택을 했는지 분명히 알 수는 없지만, 콘래드의 전기 작가 마이어스는 그걸 이렇게 설명한 바 있다. 콘래드의 어머니 "에바가 그녀의 허약한 외아들과 헤어지는 것을 못 참아 했을 수도 있었을 것이고, 아폴로가 그의 아들에게 애국자가 되는 데 수반되는 고통을 체험시키고자 했을 수도 있었을 것이다. 그 이유가 무엇이든 콘래드가 그들의 불안, 슬픔, 가난, 어려움, 아픔 등을 공유했던 것만은 확실하다."

3

러시아는 콘래드의 강박 관념이었다. 러시아는 조국 폴란드를 속국으로 만들고 그를 범법자로 취급하였으며, 부모를 귀양 가게 만들고 결국 그들을 죽음으로 몰아넣은 제국주의 국가였다. 범슬라브주의를 주창하며 폴란드인들을 게으르고 변절을 일삼는 민족으로 묘사했던 도스토예프스키를 콘래드가 "시꺼먼 짐승 bete noire"이라고 부르며 끝까지 싫어한 것도 같은 맥락에서였다. 콘래드는 러시아를 철두철미하게 싫어했다는 점에서 그의 아버지와 다를 바가 없었다. 아폴로에게는 러시아가

"모든 종교들과 사회적이고 정치적이며, 국가적이고 개인적인 모든 관계들을 허위로 만들며 불명예스럽게 만들고," 또한 "억제할 줄 모르고 조직적으로 수백만의 범죄자들을 유럽에 게워낼 준비가 되어 있는" 그로테스크한 감옥이었다. 콘래드에게는 "러시아인들의 정신 구조와 감정주의는, 그것이 물려받은 것이든 개인적인 것이든 혐오스러운 것"이었다. 『비밀요원』과 『서구인의 눈으로』는 콘래드가 러시아를 어떻게 생각했는지 잘 드러내준다.

콘래드의 삶은 러시아의 압제로 인해 만신창이가 되었다. 그가 1874년 폴란드를 떠났을 때, 그의 조국은 100년이 넘게 식민지 상태에 있었고, 독립의 가능성도 전혀 없었다. 그는 조국이 처한 절망적인 상황으로부터 탈출하고 싶었다. 러시아의 식민 통치를 받고 있던 폴란드 사람들에게는 출세의 가능성도 없었고 미래도 없었다. 어차피 그는 자신을 붙들 부모도 세상을 떠나고 없는 상태였다. 더욱이 그는 정치범의 아들이었기 때문에 징집 연령이 되면 러시아 군에 입대해서 25년을 복역해야 하는 상황에 처해 있었다.

그러한 현실적인 장벽 앞에서 콘래드는 폴란드를 떠나기로 결심했고, 폴란드를 지배하던 러시아와 오스트리아의 적이었던 프랑스로 떠났다. 쇼팽, 아폴리네르, 퀴리 부인, 말리노프스키와 같은 폴란드 출신의 이민자들처럼, 콘래드도 탈출 행렬에 동참한 것이었다. 1870년부터 1914년까지 폴란드를 떠난 사람들은 350만 명에 이르렀고, 콘래드도 그중 한 사람이었다. 여하튼 콘래드는 그러한 상황에서 "폴란드인이 되라!"는 아버지의 말을 거역하고, 열강에 의해 분할된 조국의 비극적인 역사로부터 자신을 단절시키게 된 것이었다.

콘래드는 부모가 생존했을 때부터 가정교사를 통해 프랑스어를 배운

덕택에 언어 소통에는 어려움이 없었다. 그리고 그의 친척이 프랑스에 알고 있는 사람이 있어서, 마르세유에서 프랑스 상선을 탈 수 있었다. 그 이후로 콘래드는 20년에 가까운 세월을 바다를 누비며 살았다. 바다는 그의 삶이었고 정열이었다. 그의 소설의 주된 배경을 이루고 있는 남아메리카, 아프리카, 동남아시아, 지중해 등은 그가 배를 타고 돌아다녔던 곳들이었다.

4

콘래드는 『개인적인 기록 A Personal Record』에서 자신이 폴란드를 떠났던 것을 비유해 "뛰어내렸다 jumped"는 표현을 사용했다. "뛰어내렸다"는 표현은 콘래드의 대표작 중의 하나인 『로드 짐 Lord Jim』에서 주인공 짐이 가라앉는 배를 두고 뛰어내린 것을 일컬을 때 썼던 표현이다. 어떤 면에서 보면, 폴란드는 가라앉을 위기에 처해 있는 나라였다. 그는 그러한 나라를 자신이 등진 것을 가리켜 "뛰어내렸다"고 하면서, 그 뛰어내림이 불가피하고 실존적인 상황에서 일어난 것이었음을 밝히는 것과 동시에 그에 대한 죄의식을 은연중에 토로하고 있다.

콘래드가 1874년, 그러니까 그가 열여섯 살이었을 때, 폴란드라는 '배'에서 뛰어내린 것은 그로 하여금 평생 이방인의 삶을 살도록 운명 지운 대사건이었음이 분명하다. 이 "뛰어내림"을 알레고리화하는 것이 가능하다면, 콘래드는 이 "뛰어내림"으로 인해 『빅토리 Victory』의 헤이스트처럼 이곳저곳을 떠도는 삶을 살면서 그에 수반하는 자기 정체성의 위기를 끊임없이 겪게 되었다고 할 수 있다. 그래서 우리는 콘래드의 소설을 읽거나 그의 삶의 궤적을 좇아가면서 철저하게 고민하고, 철저하게 회의하고, 철저하게 고독한 인간의 모습과 만나게 된다. 조르주 풀레가 말한 바와 같이 소설을 읽는 행위가 예술가의 영혼이나 자아와 만나는 데 궁극적인 의미가 있다고 한다면, 우리가 콘래드의 소설에서 고독과 회의와 비극의 심연에 침잠해 있는 한 예술가의 영혼과 맞닥뜨리게 되는 것은 당연한 현상인지 모른다.

사실 콘래드의 소설은 자전적인 요소를 많이 내포하고 있다. 그 자신도 "모든 소설은 자전적인 요소를 포함한다. 왜냐하면 작가란 자기의 작품 내에서 오직 자기 자신만을 표현할 수 있기 때문이다"라고 말한 바 있을 정도다.

그래서인지 콘래드의 소설에는 행복한 삶을 살아가는 인물들이 거의 등장하지 않는다. 그의 인물들은 대부분 어머니가 없으며 이곳저곳을 외롭게 떠돌아다니며 살아간다. 그의 소설 속에 등장하는 인물 중의 상당수가 무엇인가를 영원히 잃어버리고 말았다는 극단적인 상실감에 시달리는 것도 우연이 아니다. 『빅토리』의 헤이스트는 그가 사랑하는 레나가 죽은 후 극심한 상실감에 자살로써 삶을 마감하고, 『로드 짐』의 짐은 배반 행위로 인하여 자신이 잃어버린 것을 만회하려고 극한 상황 속으로 자신을 몰아치며 부대끼다가 결국 죽음을 맞게 되며, 『서구인의 눈으로』의 라주모프는 친구를 배반하여 죽게 만든 자신의 행위를 끝없이 정당화하려 하지만 자신이 그 행위를 함으로써 잃어버린 것은 정작 자기 안에 있는 그 무엇이라는 인식 — "할딘을 배반하면서 내가 가장 비열하게 배반한 것은 나 자신이었어" — 에 이르게 된다. 그리고 『노스트로모 Nostromo』의 데쿠드는 상실감 때문에 자신의 존재마저 부정하는 극단적인 허무주의에 빠져 결국 목숨을 버리게 된다. 이러한 인물들의 상실감과 패배감을 감안하면, 콘래드 소설의 저변에 깔려 있는 미학이 "실패의 미학"이라는 슈레쉬 라발의 말은 적절한 것이다.

5

콘래드는 1920년, 그러니까 『비밀요원』이 쓰여진 지 13년이 지난 후에 덧붙여진 작가의 말에서, "이 소설에 대한 첫 암시를 주었던 내 친구보다도" 혁명주의자들을 "본 적이 더 없었다"고 밝히고 있는데 (여기에서 친구는 포드Ford Madox Ford를 가리킨다), 어쩌면 이 말은 콘래드가 20년에 가까운 세월을 바다에서 생활했다는 걸 감안하면 틀린 말은 아닌 듯하다. 그러나 그는 『비밀요원』의 배경이 되는 런던에서 활동하는 혁명주의자들에 대해서는 알지 못했을지 몰라도, 러시아와 관련된 혁명주의자들에 대해서는 잘 알고 있던 사람이었다. 그의 아버지가 혁명주의자였다. 물론 그의 아버지는 이 소설에 등장하는 위선적이고 나태하며 비인간적인 혁명주의자들과 다르긴 하지만, 잃어버린 조국을 위해 급진적인 활동을 한 혁명주의자였던 건 분명하다. 혁명주의자들에 관한 이야기가 러시아를 배경으로 해서 전개되는 『서구인의 눈으로』에 콘래드의 자전적인 요소가 많이 담겨 있는 것은 바로 그러한 이유 때문이다. 그 소설과는 성격이 다르지만, 『비밀요원』도 혁명주의자들에 대한 깊은 이해와 성찰이 없었다면 쓰여지기 어려웠을 것이다. 콘래드는 "이 책을 집필하면서, 내가 극단적인 혁명주의자가 되었던 순간들이 있었다"고 고백하고 있는데, 이는 일면적으로는 "자신을 완전히 포기하고" "어느 책을 쓰거나 전념을 다" 하는 그의 철저한 예술 정신의 고백이기도 하지만,

또 다른 면에서 보면, "집중된 목적을 간직한 혁명주의자"였던 아버지의 삶을 반추하고 간접적으로 체험했다는 고백일 수도 있다. 그랬다. 콘래드는 아버지의 혁명적인 삶을 체험함으로써, 소설에 나오는 혁명주의자들과 같은 "확신"은 비록 없었지만, "그들이 그들의 인생에서 했던 것 이상으로 집중된 목적을 가진 혁명주의자"일 수는 있었다.

물론 그 결과는 판이하게 달랐다. 콘래드는 아버지와는 다르게 혁명주의자가 아니었다. 콘래드는 아버지와 달리 혁명을 통해서 독립을 성취할 수 있다는 낙관적인 생각에 동의할 수 없었다. 그에게는 모든 게 절망적이었다. 콘래드 소설의 밑바닥에 흐르는 회의주의와 보수주의, 절망감과 실존 의식은 그의 기질적인 특성에서 연유되었다고도 할 수 있지만, 아버지와 연루된 그의 삶과 체험에서 비롯된 바가 크다. 아버지의 혁명주의적 활동 때문에 어렸을 때부터 삶을 저당잡혔던 콘래드는 아버지와 같은 혁명주의자들을 이해할 수는 있었지만, 그들이 갖고 있는 근원적인 이상주의와 낙관론에 동의할 수는 없었다.

위대한 예술가는 이처럼, 개인적이고 자전적인 것들을 자신이 선택한 장르에 끌어들여 사유할 줄 알고 그것을 언어화할 줄 아는 사람이다. 콘래드는 바로 그러한 예술가였다.

6

『비밀요원』은 『어둠의 심장』『로드 짐』『노스트로모』『서구인의 눈으로』『빅토리』 등과 함께 콘래드의 대표작으로 꼽히는 소설이다. 『어둠의 심장』『로드 짐』『노스트로모』 등이 콘래드가 선원 생활을 통해 경험한 것들을 형상화한 것이라면, 『서구인의 눈으로』와 『비밀요원』은 선원 생활과는 전혀 관계가 없는 것들을 소재로 한 소설들이다. 『비밀요원』이 런던을 배경으로 벌어지는 혁명주의자들의 활동을 아주 냉정한 방식으로 다루고 있는 데 반해, 『서구인의 눈으로』는 콘래드의 강박 관념이라고 일컬을 만한 러시아를 다루고 있다. 『비밀요원』이 1907년에 출판됐고 『서구인의 눈으로』가 1911년에 출판됐으니, 4년의 간격을 두고 혁명주의자들에 관한 두 편의 소설들이 씌어진 것이다.

콘래드가 혁명주의자들을 다루는 방식은 다소 특이하다. 『서구인의 눈으로』에서 혁명주의자들이 때로는 긍정적으로, 때로는 부정적으로 그려지면서 다소간에 균형이 잡힌 모습으로 나타나는 것과 달리, 『비밀요원』에 등장하는 혁명주의자들은 한결같이 그로테스크한 모습을 하고 있다. 이중 스파이 노릇을 하면서도 스파이와는 전혀 어울리지 않게 피둥피둥 살이 찌고 게으르기만 한 벌록, 전단을 가끔씩 만드는 걸 제외하면 돈 가진 여자들의 엉덩이를 따라다니는 게 하는 일의 전부인 전직 의대생 오시폰, 현실과는 동떨어지게 강자들이 약자들의 뜻을 떠받드는 이타적인 사회를 꿈꾸며 앞뒤가 뒤범벅되고 비논리적인 자서전을 집필하는 미케일리스, 테러리즘을 실행에 옮겨본 적이 없으면서도 잔인하고 포악한 소리를 입에 달고 사는 테러리스트 윤트, 폭탄을 옷 속에 넣고 다니며 자신에게 다가오는 누구라도 날려버리겠다며 경찰을 위협하지만 속으로는 열등감으로 똘똘 뭉쳐 있는 폭탄 제조업자 교수, 그리니치 천문대의 자오선을 폭파하라는 터무니없는 지시를 벌록에게 내리지만 사교계에서는 재담으로 유명한 러시아 대사관의 블라디미르 등이 그들이다. 이러한 혁명주의자들이 등장하는 만큼, 아이러니가 이 소설을 처음부터 끝까지 지배하고 있는 것도 무리는 아니다. 어빙 하우 Irving Howe는 그래서 이 소설을 "아이러니의 방앗간"이라고 했다.

콘래드와 동시대인이었던 클로드 드뷔시는 콘래드의 "차가운 아이러니"에 대해 언급하며 이렇게 말한 바 있다. "당신은 콘래드의 소설『비밀요원』을 읽어본 적이 있는가? 그 소설엔 정말로 재미있는 악당들이 등장하고 결말은 아주 장엄하다네. 최대한도로 냉정하고 초연한 방식으로 기술되어 있거든. '하지만 이 사람들은 괴물들이야!' 하고 말하게 되는 것은 그것에 대해 생각하고 난 다음에나 가능한 일이네."

그렇다고 혁명주의자들과 대치점에 있는 경찰들이 긍정적으로 다뤄지고 있는 것은 아니다. 혁명주의자들의 심리 상태를 조금도 이해하지 못하면서 이중 스파이를 포섭해 그의 신변을 보장해주며 그에게서 정보를 캐내 출세 가도를 달리는 수사반장 히트, 그리고 특정한 혁명주의자와 친분이 있는 귀부인의 미움을 사지 않으려고 그 혁명주의자를 비호하는 과정에서 수사반장 히트와 부딪치는 부국장이 이 소설에 나오는 경찰들의 주된 모습인데, 이들의 언행도 개인적인 욕심에 근거한 것이라는 점에서 혁명주의자들의 그것과 전혀 다를 바 없다. 경찰이나 혁명주의자 모두 "똑같은 바구니에서 나온다"는 소설 속의 말처럼, 양편 모두 자신들에게 부여된 책무에 충실하기보다는 자신들의 편의에 맞춰 세상을 살아가는 걸 선호한다는 점에서 다를 바가 전혀 없는 것이다.

부정적으로 그려진다는 점에서는, 이 소설의 내러티브의 근간을 이루는 인물 중 하나인 위니도 마찬가지다. 그녀는 사랑하는 사람이 있었음에도 경제적인 능력이 없다는 이유 때문에 그를 버리고, 벌록과 결혼한 여자다. 그녀가 그렇게 할 수밖에 없었던 것은 몸을 잘 가누지 못하는 어머니와 지능이 약간 모자란 바보 동생 스티비가 그녀에게 전적으로 의존하고 있었기 때문이다. 그녀는 결혼을 함으로써 어머니와 스티비를 구제하고자 했던 것이다. 벌록은 자신이 사랑받을 만해서 위니가 자신과 결혼했다고 믿고 있지만, 그녀가 그를 대하는 감정은 의무감 이상의 것이 아니다. 콘래드의 다른 소설들에 등장하는 많은 인물들처럼, 그들은 서로를 이해하지 못하는 가운데 삶을 살아간다. 그러한 몰이해가 이 소설에 긴장감을 형성하고 있고, 그것이 아이러니를 통해 제시된다.

『비밀요원』에 나오는 인물들은 자신의 울타리에 갇혀 산다. 그들이 서로를 이해하지 못하고 몰이해의 그물로 상대를 옭아매는 것도 당연한 것이고, 부부간임에도 불구하고 벌록과 위니 사이에 비극적 사건이 벌어지는 것도 어쩌면 당연한 것이다. 서로간의 몰이해가 극치에 다다르다 보니, 이 소설을 지배하는 아이러니는 대부분 희극적인 모습을 띠게 된다. 아마 이 소설은 콘래드의 소설 중 가장 희극적인 소설일 것이다. 특히 콘래드가 대부분 심각한 성격의 소설들을 썼던 작가라는 사실을 감안하면, 그리고 이 소설이 다른 20세기 작가들의 스파이 소설에 심오한 영향력을 행사한 소설이라는 걸 감안하면, 『비밀요원』의 희비극적인 측면은 다소 예외적인 것이 아닐 수 없다.

콘래드는 등장인물이나 일어나는 사건으로부터 냉정하고 객관적인 거리를 지키며 시종일관 아이러니컬한 방식으로 내러티브를 전개하고 있는데, 『마의 산 The Magic Mountain』으로 유명한 독일 작가 토마스 만은 1926년, 콘래드가 세상을 떠난 지 2년 후에 출판된 독일어 번역판 『비밀요원』의 서문에서 이를 가리켜, "젊은 콘래드를 바다로 내몬 사랑과 열정"과 흡사한 "자유를 위한 열정"이라고 한 바 있다.

7

『비밀요원』은 콘래드의 소설 중 가장 완벽하게 짜여진 소설이다. 이 소설에서 가장 훌륭한 장면은 어쩌면 위니가 벌록을 살해하는 장면일 것이다. 벌록은 위니에게 그녀도 스티비의 죽음에 책임이 있다고 말함으로써 참을 수 없을 정도로 그녀를 자극한다. 그런데 이 장면에서 벌록은 낯익은 구애의 목소리로 "이리 와" 하고 말하는데, 이것은 남편과의 성관계를 싫어하면서도 그것을 강요당하는 앞서의 장면을 연상시킨다. 결국 벌록은 위니의 칼을 가슴에 맞고 소파 위에 축 늘어진다. 그의 몸에서 피가 떨어지는 소리가 똑딱거리는 시계 소리와 어우러진다. 음산한 살인이 벌어지는 장면을 묘사하는 콘래드의 언어는 그가 왜 뛰어난 예술가인지를 실감나게 보여준다.

『비밀요원』이 뛰어난 건 짜임새의 완벽성만이 아니다. 이 소설의 서술 방식, 아이러니, 구도, 심리 묘사를 면밀히 살펴보면 왜 콘래드가 제인 오스틴, 조지 엘리엇, 찰스 디킨스, 헨리 제임스, D. H. 로렌스 등과 함께 영국 소설의 '위대한 전통'을 확립한 작가라는 평가를 받아왔으며, 그리고 왜 그가 T. S. 엘리엇, 앙드레 지드, 토마스 만, 윌리엄 포크너, V. S. 나이폴, 응구기 와 시옹오, 어니스트 헤밍웨이, 그래엄 그린 등과 같이 수많은 20세기 유명 작가들에게 심오한 영향력을 행사할 수 있었는지 잘 보여준다.

이 소설은 심리적이고 정치적인 스파이 소설이라는 장르를 탄생케 했다는 점에서도 의의가 크다. 이런 점에서 조지 오웰이 콘래드에 대해 했던 말은 시사하는 바가 크다. "그는 음모 정치에 대한 상당한 이해력을 갖고 있었다. 그는 무정부주의자들이나 니힐리스트들에 대한 두려움을 자주 피력했다. 그러나 그에게는 그들과 통하는 바도 있었다. 그것은 그가 폴란드인이었으며, 국내 정치에서는 보수주의자였지만 러시아와 독일에 대해서는 반골이었기 때문이다." 오웰 자신을 비롯하여 그린, 케스틀러, 실로네, 사르트르, 르 카레 등과 같은 작가들이 콘래드의 심리적이고 정치적인 스파이 소설에서 많은 것을 배웠다는 것은 놀라운 일이 아니다.

이처럼 "러시아의 포악 행위의 희생자"였던 아폴로 코르제니오프스키의 외아들 유제프 테오도르 콘라드 날레치 코르제니오프스키는 조지프 콘래드라는 이름의 영국 작가가 되어 위대한 작품들을 뒤에 남기고 1924년 8월 3일 오전, 켄트 지방에 있는 자택에서 숨을 거두고 캔터베리 공동묘지에 묻혔다. 당시 그의 나이는 66세였다.

콘래드 소설의 정치적·이데올로기적 함의와 예술적 완성도를 감안하면, "영국의 검은 늪지에 유럽적인 시각의 빛을 가져다준 작가"라는 에즈라 파운드의 평가는 지당한 말이다. 그는 영어의 구문과 의미의 파장을 더듬으며 영어를 한 차원 높은 것으로 끌어올리고, 그렇게 끌어올려진 언어로 정치적·이데올로기적 담론을 전개한 위대한 작가였다.

8

나는 재미가 있으면서도 심오한 이 스파이 소설을 번역하면서, 난삽하고 까다로우며 때로는 종잡을 수 없이 긴 문장이 나올 때는 원문을 크게 훼손하지 않는 범위 내에서 가급적이면 수위를 조절하려고 노력했다. 조금은 풀어 쓰기도 하고, 필요할 경우에는 앞으로 당기거나 뒤로 넘기기도 했다. 내 딴에는 일반 독자를 위한 배려에서였다. 단락이 한 페이지가 넘게 이어지는 경우에는 독자가 이야기의 가닥을 따라가는 속도를 저해한다고 판단해, 단락 안에 처리된 대화를 행을 바꿔 단락 밖으로 내놓음으로써 한 단락이 여러 단락으로 분리되게 했다. 어차피 대부분의 번역서는 원문을 찾아서 읽고 지루함도 마다하지 않는 전문가들을 위한 것이 아니라 일반 독자들을 위한 것일 테니까 말이다. 솔직히, 내가 지금까지 막노동이나 다름없는, 아니 때로는 그보다 더한 번역을 계속해온 이유는 그 수가 얼마일지는 모르지만, 그러한 일반 독자들을 찾아가는 데 많은 의미를 두기 때문이다.

처음 발표되었을 당시에는 없었다가 후에 전집이 발간될 때 콘래드가 서두에 첨부한「작가의 말」은 굳이 앞에 둘 것이 없다고 판단되어 뒤쪽에 있는「옮긴이의 말」앞으로 옮겼다. 소설을 다 읽고 난 다음에 읽는 것이 좋을 것 같아서였다. 그리고 9장의 맨 마지막 문장 "그 결혼반지가 쓰레기통 속으로 떨어졌다."는 소설의 결말과 모순되는 것 같아 임의적으로 생략하였다.

작가가 이 작품을 쓰는 데 할애했을 고뇌와 열정, 예술 정신에 비하면 내가 이 소설을 번역하는 데 들인 시간과 노력은 미미한 것이겠지만, 나로서는 힘든 작업이었다. 그럼에도 불구하고 이 번역서가 어느 정도의 완결성을 갖추고 있는지는 장담하지 못하겠다. 5분의 3 정도가 15년 전에 번역한 것이고 나머지가 4년 전에 번역한 것인데, 특히 앞의 번역이 제대로 되었는지 확신이 서질 않는다. 교정을 하면서 수없이 찾아낸 오역은 더 많은 오역의 가능성을 암시해주는 것 같아 마음이 무겁다. 오역의 가능성을 이토록 염려하면서도, 이 역서를 통해 독자가 콘래드의 주제 의식, 스타일 등을 조금이라도 음미할 수 있게 되기를 바라는 것은 번역에 들어간 품이 아까워서라기보다는, 이 소설이 콘래드의 심오한 회의주의, 아이러니컬한 사회 인식, 탐색적인 언어, 심리 묘사의 깊이 등의 제반요소들을 두루두루 갖고 있는 대표작이기 때문이다. 리비스의 말에 따르면, 이 소설은 "콘래드의 걸작 중 하나이며, 그가 영국 소설에 덧붙인 일급의 고전"이다.

『비밀요원』은 콘래드의 걸작 중에서도 가장 읽기 쉽고 재미있는 소설이다. 그것도 단순한 소설이 아니라 정치적인 스릴러이며 범죄 소설이어서 20세기 스파이 소설의 원조에 해당한다. 이 소설을 스릴러의 거장 히치콕Alfred Hitchcock이 1936년에 영화화하고(『공작원Sabotage』), 햄튼Christopher Hampton이 1996년에 영화화한 것(『비밀요원』)은 우연이 아니며, 어떤 사람들이 이 소설에서 일어나는 바와 같은 모방 범죄를 일으킨 것도 우연이 아니다. 여하튼, 테러리즘이 화두가 되어 있는 시점에서 이 소설을 번역해 내놓게 되어 기쁘다. 상황과 맥락이 약간 다르긴 하지만 본질에 있어서는 흡사한 바가 많은 테러리즘의 문제가 런던을 배경으로 때로는 아이러니컬하게, 때로는 희극적으로, 때로는 비극적으로 다뤄지는 이 소설이 많이 읽히기를 기대해본다.

2006년 11월
왕은철

■ 작가 연보

1857   12월 3일, 아폴로 코르제니오프스키와 에바 보브로프스키의 외아들로 우크라이나에서 태어남.
1861   2월 6일, 아버지가 지하 활동 때문에 러시아 당국에 체포됨.
1862   5월 9일, 부모가 러시아로 귀양을 갈 때 동행함.
1865   4월 18일, 어머니가 폐결핵으로 사망함.
1868   1월, 중병에 걸린 아버지와 함께 러시아를 떠남.
1869   5월 23일, 아버지가 크라쿠프에서 죽음.
1874   9월 26일, 폴란드를 떠나 마르세유로 향함.
1878   3월, 마르세유에서 자살을 시도함. 4월, 외삼촌이 모든 빚을 갚아줌.
        7월 11일, 최초의 영국 배인 바다의 스키머 호에 승선함.
1879   서덜랜드 백작 호를 타고 시드니에 도착함.
1880   2등 항해사 자격을 취득함.
1882   팔레스타인 호를 타고 방콕에 도착함.
1884   1등 항해사 자격을 취득함.
1886   8월 19일, 영국 시민이 됨.
        11월 10일, 영국 상선의 선장 자격을 취득함.

1887~1888	보르네오 호를 타고 보르네오로 네 차례 항해함.
1888	선장으로서 오타고 호를 지휘. 방콕에서부터 싱가포르, 시드니, 멜버른, 모리셔스, 애들레이드로 항해함.
1889	런던에서 첫 소설 『올메이어의 어리석음 Almayer's Folly』을 집필하기 시작함.
1890	6월 12일~12월 4일, 벨기에 식민지 콩고에서 근무함.
1891~1893	토렌스 호의 항해사로서 런던에서 오스트레일리아까지 두 차례에 걸쳐 왕복 항해를 함.
1893	미래의 부인 제시 조지를 만남.
1894	보호자 역할을 했던 외삼촌이 죽음. 『올메이어의 어리석음』이 완성되어 피셔 언윈에서 출판이 예정됨.
1895	4월 29일, 『올메이어의 어리석음』이 런던에서 출판됨. 필명으로 '조지프 콘래드'를 사용함.
1896	3월 4일, 『섬들의 낙오자 An Outcast of the Islands』가 출판됨. 3월 24일, 스물세 살인 제시 조지와 결혼함.
1897	헨리 제임스, 스티븐 크레인, 커닝엄 그레이엄을 만남. 『나르시소스 호의 검둥이 The Nigger of the Narcissus』가 12월 2일에 출판됨.
1898	첫 아들 보리스가 태어남. 켄트의 올딩턴 부근의 펜트 농원으로 이사함. 포드 매덕스 포드와 공동 저술을 시작함. 『불안한 이야기들 Tales of Unrest』이 3월 26일에 출판됨.
1899	제임스 핑커가 문학 대리인이 됨. 『어둠의 심장 Heart of Darkness』이 연재됨.
1900	10월 15일, 『로드 짐 Lord Jim』이 출판됨.
1901	6월 26일, 포드와 공동 집필한 『후계자들 Inheritors』이 출판됨.
1902	11월 13일, 『청춘 Youth : A Narrative; and Two Other Stories』이 출판됨.
1903	4월 22일, 『태풍 Typhoon and Other Stories』이 출판됨.

1903	10월 16일, 포드와 공동 집필한 『로맨스Romance』가 출판됨.
1904	10월 14일, 『노스트로모Nostromo』가 출판됨.
1905	4월 23일, 에세이 「독재와 전쟁Autocracy and War」을 완성함.
1906	둘째 아들 존이 태어남. 『바다의 거울The Mirror of the Sea』이 10월 4일에 출판됨.
1907	베드퍼셔의 소머리즈로 이사함. 12월 12일에 『비밀요원The Secret Agent』이 출판됨.
1908	8월 6일, 『여섯 편의 세트A Set of Six』가 출판됨.
1909	켄트의 올딩턴으로 이사함.
1910	『서구인의 눈으로Under Western Eyes』를 완성한 후 신경 쇠약증에 걸림. 켄트의 애슈퍼드 근처의 카펠 하우스로 이사함.
1911	10월 5일, 『서구인의 눈으로』가 출판됨.
1912	1월 19일, 『개인적인 기록A Personal Record』이 출판됨. 10월 14일, 『바다와 육지 사이Twixt Land and Sea』가 출판됨.
1913	9월 18일, 『찬스Chance』가 출판됨.
1914	7월 25일~11월 3일, 가족과 함께 폴란드를 방문함.
1915	2월 24일, 『조류 안에서Within the Tides』가 출판됨. 3월 27일, 『빅토리Victory』가 출판됨.
1917	3월 19일, 『섀도 라인The Shadow Line』이 출판됨.
1918	12월 12일, 「분할의 범죄The Crime of Partition」를 완성함.
1919	8월 6일, 『황금의 화살The Arrow of Gold』이 출판됨.
1920	5월 21일, 1896년에 쓰기 시작했던 『구조The Rescue』가 완성되어 출판됨.
1921	3월 25일, 『삶과 편지Notes on Life and Letters』가 출판됨. 6월, 폴란드어로 된 브루노 비나버의 『욥서Ksiega Hioba : The Book of Job』를 번역함.
1923	5월 1일~6월 2일, 미국을 방문함.

1923	12월 1일, 『유랑자 The Rover』가 출판됨.
1924	8월 3일, 캔터베리 근처의 집에서 심장마비로 사망.
1925	『소문 Tales of Hearsay』과 『서스펜스 Suspense』가 출판됨.
1926	『마지막 에세이들 Last Essays』이 출판됨.
1928	미완성 소설인 『자매들 The Sisters』이 출판됨.

■ 기획의 말

'대산세계문학총서'를 펴내며

근대 문학 100년을 넘어 새로운 세기가 펼쳐지고 있지만, 이 땅의 '세계 문학'은 아직 너무도 초라하다. 몇몇 의미 있었던 시도에도 불구하고, 전체적으로는 나태하고 편협한 지적 풍토와 빈곤한 번역 소개 여건 및 출간 역량으로 인해, 늘 읽어온 '간판' 작품들이 쓸데없이 중간되거나 천박한 '상업주의적' 작품들만이 신간되는 등, 세계 문학의 수용이 답보 상태에 머물러 있었음을 부인하기 힘들다. 분명한 자각과 사명감이 절실한 단계에 이른 것이다.

세계 문학의 수용 문제는, 그 올바른 이해와 향유 없이, 다시 말해 세계 문학과의 참다운 교류 없이 한국 문학의 세계 시민화가 불가능하다는 의미에서, 보다 근본적으로, 우리의 문화적 시야 및 터전의 확대와 그 질적 성숙에 관련되어 있다. 요컨대 이것은, 후미에 갇힌 우리의 좁은 인식론적 전망의 틀을 깨고 세계 전체를 통찰하는 눈으로 진정한 '문화적 이종 교배'의 토양을 가꾸는 작업이며, 그럼으로써 인간 그 자체를 더 깊게 탐색하기 위해 '미로의 실타래'를 풀며 존재의 심연으로 침잠하는 작업이라 할 수 있다.

우리의 현실을 둘러볼 때, 그 실천을 위한 인문학적 토대는 어느 정도 갖추어진 듯이 보인다. 다양한 언어권의 다양한 영역에서 문학 전공자들이 고루 등장하여 굳은 전통이나 헛된 유행에 기대지 않고 나름의 가치 있는 작가와 작품을 파고들고 있으며, 독자들 또한 진부한 도식을 벗어나 풍요로운 문학적 체험을 원하고 있다. 새롭게 변화한 한국어의 질감 속에서 그 체험이 이루어지기를 바라는 요청 역시 크다. 그러므로 필요한 것은 어쩌면 물적 토대뿐일지도 모른다는 판단이 우리를 안타깝게 해왔다.

이러한 시점에서, 대산문화재단의 과감한 지원 사업과 문학과지성사의 신뢰성 높은 출간을 통해 그 현실화의 첫발을 내딛게 된 것은 우리 문화계의 큰 즐거움이 아닐 수 없다. 오늘의 문학적 지성에 주어진 이 과제가 충실한 결실을 맺을 수 있도록, 우리는 모든 성실을 기울일 것이다.

'대산세계문학총서' 기획위원회